Jim Crace

Die Versuchung in der Wüste

ROMAN

Aus dem Englischen
von Walter Ahlers

KARL BLESSING VERLAG

Titel der Originalausgabe: Quarantine
Originalverlag: Viking, Penguin Books, London

Umwelthinweis:
Dieses Buch und der Schutzumschlag wurden
auf chlorfrei gebleichtem Papier gedruckt.
Die Einschrumpffolie (zum Schutz vor
Verschmutzung) ist aus umweltfreundlicher
und recyclingfähiger PE-Folie.

Der Karl Blessing Verlag ist ein Unternehmen
der Verlagsgruppe Bertelsmann.

1. Auflage

Umschlaggestaltung: Design Team München
Umschlagfoto: Kazuyoshi Nomachi/
Pacific Press Service
Satz: Filmsatz Schröter GmbH, München
Druck und Bindung: Wiener Verlag
Printed in Austria
ISBN 3-89667-074-3

Wenn ein Mann von normaler Konstitution und durchschnittlichem Gewicht ein absolutes Fasten beginnt, also weder feste Nahrung noch Getränke zu sich nimmt, dann darf er nicht damit rechnen, länger als dreißig Tage am Leben zu bleiben, davon allenfalls fünfundzwanzig Tage bei Bewußtsein. Die vierzig Tage, von denen in religiösen Texten die Rede ist, würde er nicht durchhalten – es sei denn mit göttlicher Hilfe. Eine solche Intervention ist jedoch historisch nicht belegt und würde medizinischen Erkenntnissen widersprechen.

Ellis Winward und Michael Soule,
The Limits of Mortality, New Jersey, 1993

1

Miris Mann schrie im Schlaf; nicht Worte, die sie verstand, sondern einfache, grelle Fanfaren des Schmerzes. Als sie schließlich eine Lampe anzündete, um zu sehen, was ihn quälte, war seine Zunge schwarz – verkohlt und rußig. In seinem Atem konnte sie des Teufels schweflige Mahlzeit riechen, in seinem Husten hörte sie des Teufels Reisig knacken. Sie legte eine Hand auf seine Brust. Er fühlte sich weich an, feucht und heiß wie frisches Brot. Musa, ihr Mann, wurde bei lebendigem Leib gebacken. Gute Neuigkeiten.

Miri tat, was in ihren Kräften stand. Sie saß im Schneidersitz in ihrem Zelt, Musas Nacken auf das Kissen ihrer geschwollenen Fesseln gebettet, seinen Kopf gegen die neue Rundung ihres Bauchs gelegt, und versuchte, das Fieber mit Weihrauch und Gesang aus ihm herauszulocken. Er bekam die Behandlung, die eigentlich ihr – im sechsten Monat schwanger und nicht bei bestem Befinden – zugestanden hätte. Sie wischte ihm mit einem feuchten Tuch die Stirn. Sie rieb ihm Augen und Lippen mit Honigwasser ein. Sie hielt die Fliegen von ihm fern. Die ganze Nacht hindurch sang sie ihre Litaneien. Aber das Fieber war taub. Oder sein Gehör war so gut, daß es in Miris Innerstes lauschen konnte und wußte, daß Musas Tod ihr kein unerträgliches Leid wäre. Sein Tod wäre ihre Rettung.

Am Morgen war Musa so steif und trocken wie Leder, aber er klammerte sich – boshaft bis zuletzt – an das bißchen Leben. Seine Verwandten und die anderen, älteren Männer der Karawane kamen herein, ihn auf die Stirn zu küssen und ihm ins Ohr zu flüstern, wie sehr sie es bedauerten, nicht nachsichtiger mit ihm gewesen zu sein, als er noch bei Kräften war. Nachdem sie seine säuerliche Haut gerochen und geschmeckt und den aschenschwarzen Mund gesehen hatten, schüttelten sie die Köpfe, tupften sich die Augen trocken und überschlugen, welchen zusätzlichen Profit der heimliche Verkauf seiner Ware ihnen bringen würde. Musa mußte einen hohen Preis dafür zahlen, sagten seine Onkel, daß er auf dem Rücken und ohne ein Tuch über dem Mund geschlafen hatte. Ein aberwitziger Tod. Während der Nacht war ihm ein Teufel in den offenen Mund geschlüpft und hatte unter dem Gebälk seiner Rippen sein Feuer entzündet. Teufel waren wie Menschen; sie brauchten ein warmes Plätzchen, wollten sie in der Wüstenkälte nicht zugrunde gehen. Nun hatte Musa dem Fieber des Teufels ein Obdach gewährt. Länger als ein, zwei Tage würde er nicht durchhalten – wenn doch, so war es ein Wunder. Und kein erfreuliches.

Miri war es Musa schuldig, sagten alle, die Karawane ohne sie nach Jericho und zu den Märkten des Nordens weiterziehen zu lassen. Sie durften das Fieber nicht mit auf die Reise nehmen. Oder Musas Tod abwarten. Und schon gar nicht ließen sich vierzig Tage der Trauer um

Musa erübrigen. Das wäre Torheit. Musa selber würde solche Verschwendung nicht gutheißen. Auch er war Händler gewesen und hätte – solange er bei Verstand war – nicht zugelassen, daß Geschäfte, Gott bewahre, auf ein Begräbnis warten mußten. Oder auf eine Niederkunft. Vermögen standen auf dem Spiel, wenn Kaufleute sich nicht sputeten. Überdies würden die Kamele nicht durchhalten. Die brauchten Weideland und Wasser, und stehendes Wasser gab es keins in dieser Wildnis und wenig Hoffnung auf Regen. Nein, auch sie seien unendlich traurig, sagten seine Onkel, ganz bestimmt, aber Miri müsse zurückbleiben, bis zum Ende ihre Lieder singen und Musa dann allein begraben.

Sie würde Steine aufschichten müssen zum Zeichen dafür, daß ihr Mann gestorben war, und sein Grab pflegen, bis die Karawane zurückkehrte, um sie zu holen. Wenn sie gut achtgab, konnte ihr nichts passieren. In den Schläuchen war Wasser für ungefähr eine Woche, und bis dahin fand sie sicher irgendwo einen Brunnen; Feigen und Oliven und etwas Korn waren auch noch da und ein wenig gepökeltes Fleisch und andere Nahrungsmittel, dazu das Zelt, die Besitztümer der Familie, kleine Partien verschiedenfarbiger Wolle, ein Messer, etwas Parfüm und ein wenig Gold. Und Gesellschaft hatte sie außerdem. Sechs Ziegen wollten sie ihr lassen, dazu einen lahmen Esel, der zu langsam war und nutzlos für die Karawane. Zwei Esel also. Beide lahm, sagte Miri und deutete auf ihren Mann.

Keiner lachte über Miris Taktlosigkeit. Man lachte nicht in einem Zelt, in dem das Fieber herrschte, auch wenn die Aussicht, Musa halbtot hier zurückzulassen, für sie alle zufriedenstellend war. Mit ein wenig Glück, sagten sie, würde Musa nur ein, zwei Tage leiden müssen. Und dann? Und dann, so meinten sie, wenn Miri ihre Pflicht an ihrem Mann erfüllt hatte, gab es im Tal gewiß ein paar Behausungen, in denen sie Zuflucht suchen konnte. Vielleicht käme ein Käufer für das Gold des Weges; aber sieh dich vor, warnten sie, denn Gold kann Unglück bringen. Oder sie erkaufte sich mit den Ziegen ein Quartier für die Niederkunft, bis die Karawane käme, um sie zu holen, sie und das Kind, falls es überlebte. Schließlich würde ihr noch der Erlös von Musas Waren zustehen, die sie zu ihren Gunsten verkaufen wollten, die Säcke mit ziselierten Kupferwaren aus Edom, seine geliebten Ballen gewebten Tuchs, die gefärbte Wolle. Miri schüttelte lächelnd den Kopf und fragte, ob sie denn meinten, daß auch sie eine lahme Eselin sei. Nein, nein, versicherten sie ihr; warum vertraute sie nicht auf ihre Redlichkeit? Natürlich durfte sie einen Gewinn vom Verkauf erwarten. Auf die Höhe wollte man sich nicht festlegen. Aber es mochte durchaus reichen, sich einen neuen Mann zu leisten. Einen besseren als Musa allemal, dachten sie. Einen kleineren. Einen älteren. Einen, der nicht log und die Fäuste nicht so oft gebrauchte, der nicht brüllte und nicht weinte und nicht so viel lachte. Vielleicht einen, der nicht so viel trank und nächtelang wach saß und die Kamele und die Zelte seiner Nachbarn mit Steinen bewarf und den Mond mit Ziegenmist. Einen, der beim Sterben nicht so gräßlich stank.

Sie versprachen, im Frühjahr zurückzukehren, spätestens aber in einem Jahr. Miri wußte, daß kein Frühjahr sie zurückbringen würde, ganz gleich, wohin sie gingen. Sie würden schon dafür sorgen, daß ihr Winter nie endete. Warum sollten sie die weite Reise auf sich nehmen, um die Witwe und die Waise eines Mannes zu sich zu holen, der so lästig und launenhaft war? Und warum auf den Profit verzichten – wenn sie schon ein Jahr lang die Hand darauf gehalten hatten? Nein, Miri war die Reise nicht wert. Das war die nackte Kaufmannswahrheit.

Also ließ Miri sie gehen. Sie spuckte in den Staub, als sie loszogen, am abbröckelnden Rand der Felsen entlang und auf den Erdrutsch zu, von wo aus sie den Abstieg beginnen konnten. Spucken brachte Händlern Glück. Geschäfte wurden besiegelt, indem man auf eine Münze oder in die Hand spuckte, manchmal sogar auf die Waren, die den Besitzer wechselten. Spucken bringt mehr ein als Niesen, hieß es. Hätte einer den Mut gefunden, sich nach Miri umzublicken, er hätte ihr Spucken für einen Reisesegen halten können. Aber es fand keiner den Mut. Wohl deshalb, weil sie wußten, daß Miri ihnen kein Glück wünschte. Gut, vielleicht schafften sie ihr Gelegenheit, ihr Leben zu ändern. Aber ohne es zu wollen. Nein, Miri verachtete sie für ihre Eile und ihre Feigheit. Ihr Spucken war ein Gebet; lahm sollten sie werden oder ihre Last im Jordan verlieren, Räuber sollten ihnen die Hälse durchschneiden, Vögel ihnen die Augen auspicken. Sie fühlte sich beschwingt, als die Onkel und ihre Tiere fortzogen. Dann war sie niedergeschlagen und fürchtete sich. Und dann wurde sie vollkommen ruhig, der Abgeschiedenheit ihres Zelts und dem nahenden Tod ihres Gatten zum Trotz. Sie wollte sich nicht um alltägliche Notwendigkeiten sorgen. Noch nicht. Frauen kamen mit weniger zurecht. Für den Augenblick dachte sie nur an die Freiheiten der Witwenschaft – und der Mutterschaft –, die ihr gehören würden, sobald er tot war.

2

Es war Mittag, und Miri schlug das Vorzelt zurück; so reinigte sie die Luft vom bösen Atem des Todes und konnte die Landschaft nach Anzeichen von Leben absuchen. Hoffte sie, die Karawane könnte, von schlechtem Gewissen geplagt, umgekehrt sein, um sie zu holen? Oder hatte sie einfach Angst vor den Leoparden, Wölfen und Schlangen, die in diesen Bergen hausten? Sie saß mit gekreuzten Beinen in einem Streifen Sonnenlicht, neben sich den eingehüllten Körper ihres Mannes; fast zärtlich ruhte ihre Hand auf seinen Fesseln. Sein Puls ließ nach. Und er war jetzt fast still. Ein Pfeifen in der Kehle, und sonst nichts. Die Kraft, zu schreien, hatte er nicht mehr. Und er fühlte sich kalt an. Kalt wie das Innere des Zeltes.

Miri blickte in das ferne Braun und Grau Judäas, versuchte sich zu erinnern, was die Bräuche vorschrieben – welche Gebete, welchen Kräuterbalsam, welche Stellung der Gliedmaßen? In der Nacht hatte sie ihre Pflicht getan und versucht, den Teufel herauszulocken. Gelungen war es ihr nicht. Der Leib ihres Mannes war ein labyrinthischer Zufluchtsort, so reich an Verstecken und

Kammern, daß viele Teufel sich dort einrichten konnten. Und was mußte sie jetzt für ihn tun? Alle Götter namentlich anrufen und um Gnade bitten für diesen Mann? Seine Krankheit bekämpfen als das mustergültige geduldige Eheweib, mit Ölen, Salben und Küssen? Einen Stein suchen und ihm auf den Schädel fallen lassen? Nein, was sie auch unternahm, es würde nichts ändern. Das war die Wahrheit, die trostlose, tröstende Wahrheit. Ihr Mann war ohne Bewußtsein und lag im Sterben, und sie mußte ihn seinem Schicksal überlassen. Sollte der Teufel hinter ihrem Rücken seine Arbeit tun.

Jedenfalls strengte die Wache sie an. Sie konnte nicht einen Augenblick länger sitzen. Ihr Kind war kräftig und lebhaft; es stemmte Arme und Beine so unermüdlich gegen ihre Hüften, daß sich in den letzten Wochen ihr Becken geweitet und die Nerven eingeklemmt hatte. Ihre Hinterbacken und Oberschenkel quälten sie. Zu Stein würde sie erstarren, wenn sie nicht auf der Stelle das Zelt verließ. Es war das einzige Mittel. Einfach weggehen – falls der Schmerz es ihr erlaubte, aufzustehen – und am Nachmittag zu einem Toten zurückkehren. Es mochte feige sein, einen Sterbenden allein zu lassen, aber es war niemand da, der sich ihr in den Weg stellen konnte. Jedenfalls niemand, der bei Bewußtsein war. Musa konnte Knöchel, Finger oder Ballen nicht mehr gegen sie verwenden. Er konnte sie nicht an den Haaren festhalten. Sie legte ihm das feuchte Tuch über den Mund – vielleicht, um die Teufel einzusperren? –, band den kränklichen Esel an einen bequemen Strick, pflockte den einzigen Bock zwischen seinen Ziegen an. Dann kehrte sie dem abbröckelnden Rand des Plateaus den Rücken und ging quer über das ebene Strauchland auf die Täler und niedrigen Berge zu, auf der Suche nach gut entwässertem Boden und dem ungegrabenen Grab ihres Mannes.

Es würde schwer werden, das wußte sie, Musa zu begraben. Schwer fürs Herz, schwerer noch für die Hände. Denn er war groß. Sie würde gut aufpassen müssen, wenn sie große Steine hob oder den Boden aufriß. Entlang der Talsohle gab es Mulden aus weichem Lehm, Stellen, wo selbst ein Kind – und kein Kind hätte der Versuchung widerstanden, seinen Abdruck in den Lehm zu stempeln – allein durch festes Auftreten eine Delle in den Boden trampeln konnte. Doch das höher gelegene Gelände, wo Musas Körper vor Überschwemmungen sicher wäre, war mürbe wie zu niedrig gebrannter Ton. Und unter der mürben Kruste war es steinig.

Miri suchte nach einer Grabstelle mit Blick über das salzige Tal. Schon bald hatte sie den idealen Platz gefunden, einen offenen Hang vor niedrigen, kupferroten Felswänden, die von Höhlen durchlöchert und – es war Frühling – vom grelleren Rot des Klatschmohns gesprenkelt waren. Von dort aus würde die Welt groß und grenzenlos erscheinen, dachte sie, der richtige Ort für einen Reisenden wie Musa, dessen Reiselust unermüdlich war, solange er lebte, und der bald erfahren würde, daß auch der Tod groß und grenzenlos war.

Ein sanfter Tag für den Beginn der Witwenschaft, warm und klar und windstill. Dort in der versinkenden Ferne, höchstens zwei Tagesmärsche entfernt, lag das schwere Meer unterhalb Jerichos und dahinter die Felsen aus Natrium und Salz, die abgehärmten Berge, die blauenden Höhen von Moab und schließlich (denn daß es hier einen Himmel gab, konnte sie nicht glauben) das spröde, harte Firmament, bewölkt nur mit den pfeilförmigen Geschwadern der Frühlingsvögel, die vom Nil zur Donau zogen.

Wo ließe sich die Ewigkeit besser vertreiben?

Für die lebende Miri jedoch war es schwer. Sie fühlte sich selber groß und grenzenlos. Bislang war ihre Ehe – eine erst wenige Monate alte Ehe mit einem jüngeren, härteren Mann – spröde und leer gewesen, zu niedrig gebrannter Ton, Steine unter mürber Kruste. Sie sollte sich, dachte sie, wenigstens um den toten Körper ihres Mannes kümmern, pflichtbewußt und mit jenem Eifer, den sie dem lebenden verweigert hatte. Sie wollte ihn gewissenhaft vergraben, so tief wie möglich. Sie würde ihm die Aussicht nicht lassen, den weiten Blick auf die Ewigkeit, hinüber nach Moab und noch darüber hinaus. Sie würde ihn mit dem Gesicht nach unten begraben, wie es der Brauch war bei einem Mann, der keinen Erben hatte (noch keinen, jedenfalls), damit er auf ewig mit der Erde kopulieren konnte und alle seine Söhne und Töchter Erde wären.

Sie setzte die Finger auf den Boden, lockerte den ersten von vielen hundert Steinen und machte sich daran, ein Grab zu graben.

3

Das salzige Strauchland war ein fauler, ungnädiger Wirt. Selbst Eidechsen hoben die Füße aus Angst, ihm zu nahe zu treten. Warum also sollte es sich von menschlichen Gästen aus der Ruhe bringen lassen, einer schwangeren Frau und dem fast schon toten Körper eines Mannes, wenn sie auch einsam und verlassen waren auf diesem entlegensten aller Berge hinter Jerusalem und niemand da war, sie zu begrüßen und ihnen Beistand zu leisten, als das Land selber. Es hätte ihnen, in aller Regel jedenfalls, keine Gastfreundschaft gewährt. Es machte keine Unterschiede in seiner Grausamkeit. Das Strauchland gestattete seinen Gästen allenfalls, sich die Füße an Steinen aufzustoßen oder mit Armen und Beinen am Dornengestrüpp hängenzubleiben. Es schickte die Reisenden in Lumpen nach Jericho. Oder es machte ihre Tiere lahm. Und wenn sie auf seinem harten Grund ihr Nachtlager aufschlugen, ließ es Schlangen und Skorpione unter ihren Decken Zuflucht suchen.

Doch Miri hieß das Strauchland willkommen in seinen toten Bergen. Es schenkte ihr seine Gastfreundschaft. Selbst wenn sie allein zurückblieb, mußte sie sich nicht fürchten vor der Nacht, dem Hunger oder den Tieren. Das Land würde tun, was in seinen bescheidenen Kräften stand, um Miri das Leben leichter zu machen; es würde ihr Lager frei von Skorpionen halten, ihre Haut vor Dornen schützen, sie ungestört schlafen lassen. Und wenn möglich, würde es Miris Zelt ein wenig Regen schicken, ihren Ziegenbock vor dem Absturz bewahren oder ihr Gazellen in die Fallen treiben. In seinen braunen Mantel gehüllt, würde es seinen Atem mit Miris vermählen. Es würde an ihrer Seite rascheln, für einen Dornbusch gehalten oder für einen Windstoß. Es würde ihr Schulterblatt sein, ihr aber auch die Sandfliegen von Lippen und Augen wedeln. Es war bereits von ihr verzaubert, wenn so etwas möglich ist, wenn Land ein Herz haben kann. Der Stein war sich selber auf den Zeh getreten. Die Erde war dem Fleisch freundlich gesinnt. Sie ließ es bereitwillig geschehen, daß Miri die Steine aus ihr herauszog; so wurde das Grab ihres Mannes hüfttief, und noch immer war sie bei Kräften und guten Mutes. Sie riß sich nur die Nägel auf, trug ein paar Abschürfungen an den Knien davon. Der Schmerz in Hinterbacken und Schenkeln wurde durch Bewegung sogar ein wenig gelindert.

Das also ist das Glück, dachte sie. Oder zumindest das, woraus schließlich Glück wird. Die richtige Mischung, für die sie gebetet hatte. Sicher, im Glück stecken auch Not und Unglück. Aufgerissene Fingernägel. Blut. Einsamkeit. Aber es gab die Aussicht, daß sie friedlich schlafen konnte, wenn Musa erst einmal tot war, ohne seine schmerzenden Finger im Fleisch. Daß sie nicht mehr hinter Männern und Kamelen herlaufen mußte. Daß sie Miri sein konnte, ohne Scham und ohne Zaudern, daß sie ihr Kopftuch fortwerfen und das Haar aus seinen festen Knoten befreien konnte, damit nichts mehr zwischen ihr und dem Himmel stand.

Und wirklich, das Kopftuch wurde abgestreift. Die Locken waren frei und durften fallen, wie es ihnen gefiel. Dann legte sie sich neben das Grab ihres Mannes, bettete den unverhüllten Kopf auf Steine, und mit offenen Augen und dem Himmel als Bettdecke schlief sie beinahe ein. Sie war erschöpft und unbesiegbar. Ihre Schwangerschaft hatte sie so gemacht; erschöpft vom Graben und Sterben, unbesiegbar durch das beherzte, kühne Klopfen in ihrem Schoß. Konnte es einen größeren Triumph geben als diesen – ein zweites, winzig kleines Herz zu nähren?

Als sie klein war, hatte man ihr erzählt, der Himmel sei eine harte Schale. Sie würde sich die Fäuste daran stoßen, wenn sie nur fliegen könnte. Eine sanft gerundete Schale sei er, blau, wenn nicht Wolken oder die Nacht ihn verdeckten oder die Launen der Sonne ihn rosa und grau und weiß tönten. Aber jetzt hob sie die Hände in die nachgiebige Luft über dem offenen Grab und fragte sich, ob er nicht doch eine weiche Schale war. Ob sie nicht durch sie hindurchfliegen konnte, von ihrer Weichheit nur verlangsamt und gestreichelt, so als glitte sie zwischen den schweren, ziegenledernen Vorhängen ihres Zelts hindurch, als zwängte sie sich durch die engen, gepolsterten Bahnen des Fleisches, um ihren Platz im Himmel einzunehmen, wenn sie wollte, oder sich den Platz auf Erden zu suchen, an dem sie ungestört war.

4

Sie sollte nicht lange ungestört bleiben. Es war die erste Neumondnacht des Frühlings, und Reisende waren unterwegs, Reisende, die bereits aufgebrochen waren aus ihren Dörfern und Städten, die bereits durch Muntar, Qumran und Marsaba zogen; Reisende, die für ein paar Wochen in der Wildnis zu tun hatten. Sie kamen, um den Fledermäusen gleich zu leben, hieß es in den Schriften, vierzig Tage des Fastens bei Tageslicht, der Einsamkeit und des Gebetes in den Höhlen. Aber konnten Fledermäuse beten? Zweifellos waren sie so fromm, daß sie, um die Augen nicht vom Himmel zu wenden, stundenlang nach oben blickten, an den Füßen aufgehängt. Der Boden war ihre Zimmerdecke. Ihre gegliederten Flügel waren gefaltet wie das Gewand eines Priesters. Unbequemlichkeit war ihr Glaubensbekenntnis. Und Fledermäuse – vielleicht spielte das Sprichwort darauf an – kannten keine Eitelkeit. Kein Verlangen nach Farben oder Schmuck. In Höhlen gab es keine Eitelkeit.

Die Höhlen bei Musas Grab galten trotz ihrer Entlegenheit als wirtlich, ein beliebtes Ziel für alle, die beim Leiden auf weichen, trockenen Boden Wert legten, beliebt auch bei Leoparden. Drinnen fand man die schwarzen Überreste von Lagerfeuern und an den Wänden die rußigen Striche der Besucher, die ihre Fastenzeit in Zehnerblocks abgezählt hatten.

Es gab noch andere, weniger beliebte Höhlen in Miris Wildnis, in der kahlen, bröckelnden Felswand unterhalb des Zelts, zu denen nur Ziegen und Wahnsinnige gelangten, die nur Ziegen und Wahnsinnige – und Fledermäuse – sich zum Nachtquartier wählten, auch wenn es einem um diese Jahreszeit so vorkommen mochte, als wären die Wahnsinnigen ebenso zahlreich wie Ziegen. Es war die Jahreszeit der Wahnsinnigen; der erste Neumond des Frühlings lockte diese Männer hervor – denn Wahnsinnige sind meistens Männer. Sie haben die Zeit und die Gelegenheit, den Teil von sich auszutreiben, der sie wahnsinnig gemacht hat. Verrückt vor Gram. Oder Scham. Oder Liebe. Oder vor Krankheit und Hirngespinsten. Wahnsinnig genug, um zu glauben, alles, was sie tun, mag es noch so eitel oder banal sein, sei von Interesse für ihren Gott. Wahnsinnig genug, um zu glauben, vierzig Tage Unbequemlichkeit könnten ihre Welt in Ordnung bringen.

Nicht alle Höhlenbewohner waren wahnsinnig. In jenem Frühjahr hatte es in Jerusalem ein Fieber und viele Tote gegeben. Musa war nicht der einzige, der seinen Mund unbewacht gelassen hatte. Die meisten Reisenden, die der Trost der Hügel in den Osten zog, waren Hinterbliebene, die der verlorenen Mutter oder des Sohnes gedenken wollten, denen die vierzig Tage nicht Remedium waren, sondern Requiem. Eine Gruppe von neun oder zehn dieser Leute – allesamt Juden – hatte gegen einen bescheidenen Mietzins für den Schäfer ihr

Trauerquartier in natürlichen Höhlen über einem Wasserlauf an der Handelsstraße südlich von Almog bezogen, wo die Entbehrungen nicht allzu groß waren. An der Quelle des Flüßchens, bequem zu Fuß zu erreichen, wurden Märkte abgehalten, wo sie – sobald das Fasten bei Tageslicht vorüber war – essen und ihr rituelles Bad nehmen konnten, und zudem war es recht warm in den Höhlen. Der Trauerfall ist Strafe genug, sagten sie sich. Wozu hungern? Wozu nachts frieren? Wozu sich verkriechen? Würden sie damit den Toten helfen oder sie gar zum Leben erwecken?

Eine andere Gruppe von vierundzwanzig Männern – allesamt Zeloten, die dem Aufruf des Jesaja folgten: »In der Wüste bereitet unserem Gott eine ebene Bahn!« – zog auf der Suche nach den Siedlungen der Essener durch das Tal des Toten Meeres. Sie würden ihre vierzig Tage in künstlichen, von Hand gegrabenen Höhlen verbringen und auf das Ende der Welt warten (Gebe Gott, daß die Welt nicht in vierzig und einem Tag ende …), ihren Besitz und ihre Gebete teilen, nur die Palmen als Gefährten.

Aber jene, die bis in das hoch gelegene Tal kamen, wo Miri – die Augen halb geöffnet – schlief und Musa mit dem Fieberteufel um die letzten Stunden seines Lebens feilschte, suchten etwas Entlegeneres, eine größere Herausforderung als Totengedenken und gemeinsame Gebete. Es waren fünf an der Zahl – keine Gruppe, sondern über die Straße verteilt, auf der frühmorgens die Karawane der Onkel davongezogen war. Drei Männer, eine Frau und – zu weit zurück, um das Geschlecht zu erkennen – eine fünfte Gestalt. Sie war barfuß und trug keinen Wanderstab. Keinen Wasserschlauch und keinen

Kleidersack. Keinen Proviant. Eine langsame, sich behutsam bewegende Gestalt, die in der steigenden Hitze schmal und flüssig flimmerte, als hätte jemand einen Stein in den Teich aus Luft geworfen, den sie durchschritt, und die kleinen Wellen hätten sie verwischt.

Die ersten vier – ihre Probleme? Wahnsinn, Wahnsinn, Krebs, Unfruchtbarkeit – waren am Morgen alle von derselben Siedlung im Tal aus aufgebrochen. Auch wenn sie die Gepflogenheiten der Pilgerfahrt beachtet und Abstand zwischen sich gelassen hatten, so hatten sie sich doch bemüht, in Sicht- und Rufweite zueinander zu bleiben. Es gab Räuber in den Bergen, entlaufene Söldner, Aussätzige, Teufel, Tiere, Schuttlawinen und eine bedrohliche Verschwörung von Felsen, Hitze und Wind, die das Land heimtückisch und unberechenbar machte. Da war es tröstlich, Hilfe in der Nähe zu wissen. Nachdem sie über den steilen Erdrutsch auf das Plateau über der Felswand geklettert waren und ihr Weg sie durch ebenere Steppe auf das Zelt zu führte, trennten sie nur noch wenige hundert Schritte. Sie gingen zögerlicher, langsamer. Erschöpft, zweifellos, aber auch des Weges nicht sicher, nicht einmal sicher, ob der Entschluß, zu fasten, ein weiser war. Sie suchten nach den Zeichen, die heilige Wanderer vor Jahren in die Felsen gekratzt hatten, verwitterte Zeichen, die den Weg zu den Höhlen wiesen. Die Zeichen führten sie auf das höhere Gelände. Sie mußten die Kamelspuren und den Pfad auf der Felswand verlassen, noch ehe sie das Zelt, in dem der hilflose Kranke lag, erreichten oder auch nur sehen konnten. Sie folgten den Flutrinnen in dem kleinen Tal, und keiner von ihnen mochte sich die Gelegenheit entgehen lassen, die eigenen Fußabdrücke in den weichen Lehm zu treten, bevor sie auf den Steilhang und die wärmeren, trockeneren Höhlen hinter dem Mohn und dem Grab zugingen. Und so erwachte Miri, aufgeschreckt von plötzlichen Geräuschen. Der erste der Eremiten auf Zeit kletterte über loses Geröll den Steilhang hinauf, um sich seinen Schlafplatz auszusuchen. Wer sie aufgestört hatte, konnte Miri nicht sehen, aber sie erkannte die Geräusche menschlicher Füße, die über das Geröll rutschten. Von unten hörte sie noch andere herankommen.

Miri rollte sich zu einer Kugel zusammen, ein Stachelschwein ohne Stacheln. Sie war nicht mehr ungestört. Wessen unsicherer Schritt mochte das sein? Sie wünschte, im Boden versinken zu können. Und das war nicht unmöglich. Ein offenes, einladendes Grab stand zu ihrer Verfügung, eine Armeslänge nur entfernt. Sie mußte sich nur einmal um sich selber drehen. Ein paar Steine polterten mit ihr ins Grab, aber niemand hörte sie. Vier Paar kletternde Füße übertönten den Lärm, und kein wildes Land ist jemals völlig still und schweigsam. Es hat sein Getöse, seine Detonationen. Ameisen bringen Erde zum Einstürzen, Eidechsen schlagen mit den Schwänzen gegen Kiesel, die Sonne läßt Salven von Samen aus ihren Schoten platzen, Tauben landen unsanft in dürren Zweigen, und Steine, sich selber überlassen, finden die Kraft, den Hügel herabzurollen. Also duckte Miri sich in Musas Grab und war augenblicklich weder zu sehen noch zu hören.

Natürlich hatte sie von ihrem Kind geträumt. Die übliche Mischung: Angst und Freude. Der Schlaf hatte ihren Mann ausgesperrt. Aber in den alarmierenden Augenblicken des Erwachens, in denen sie zum Stachelschwein wurde, zur Erschütterung im Geröll, zur ersten zitternden Bewohnerin von Musas Grab, war sie überzeugt, daß er es war, der sie geweckt hatte. Wer sonst? Er hatte ihren Schlaf schon so viele Male gestört. Es konnten nur seine steifen, blutleeren Füße sein, die die kleinen Steine losgetreten hatten. Er war gestorben, allein, ohne einen Menschen, der ihn bei der Hand nahm. Ein solches Schicksal war schlimmer als der Tod. Und jetzt war er gekommen, seine Frau zu suchen. Sie war nicht schwer zu finden. Da war die frisch getretene Spur, die vom Zelt über das ebene Strauchland ins Tal und hinauf zum Steilhang führte. Da war der Schlachthof der Steine, die sie für ihn ausgegraben hatte. Da war ihr spöttisches Kopftuch, abgeworfen, an einem Dorn festgehakt, eine Fahne, die ihm den Weg zu ihr wies. Da war das Grab, und Miri, tief hineingekauert, kaum versteckt – das kleine schluchzende Weib in der großen Grube für den dicken Mann. Wie sollte er sie übersehen? Und wie konnte er sie ungestraft davonkommen lassen? Musa gab ihr keine Rätsel auf. Er würde seine Fäuste und Füße gebrauchen. Und Steine und Erde aufheben, um sie damit zu töten. Die Toten würden die Lebenden begraben. Das sagten die Propheten. So würde die Welt zu Ende gehen.

Aber die Minuten verstrichen. Es flogen keine Steine. Sie wurde nicht von seinem Leib erdrückt. Schließlich fand sie den Mut, sich in die Ecke des Grabes zu kauern und hinauszuspähen wie ein Nagetier aus seinem Bau. Natürlich kannte sie die Leute nicht, die sie jetzt sah, aber sie fürchtete sich auch nicht vor ihnen. Sie waren immerhin lebendig. Nicht Musa also. Nicht einmal der Tod und seine drei Parteigänger. Sie war nichts Schlimmerem als ein paar Fremden preisgegeben.

Miri fühlte sich zu lächerlich und zu zittrig, um herauszukommen. Wie ein Kind, gefangen unter der Matte, wenn Erwachsene kamen. Sie mußte einfach auf eine natürliche Gelegenheit zur Flucht warten. Den Sonnenuntergang vielleicht. Bis zum Sonnenuntergang würde Musa längst harmlos und kalt sein, dann konnte sie sich unbemerkt fortschleichen und ins Zelt zurückkehren. Sie würde Klagelieder für ihn singen. Das war – exakt – das mindeste, was sie für ihn tun konnte. Morgen früh würde sie ihn dem Esel auf den Rücken laden – nicht zu schaffen ohne Hilfe – und ihn begraben. Hier lagen die Steine, die Musas Bettgenossen sein würden – sie kauerte auf ihnen wie eine Glucke auf unfruchtbaren Eiern. Nicht einer, den sie beim Graben nicht in der Hand gehalten hätte. Welche Witwe konnte das von sich behaupten, welche Witwe hatte das Grab ihres Gatten besser kennengelernt? Ach, wie artig sie doch gewesen war.

Im Augenblick blieb Miri nicht viel anderes zu tun, als die Steine zu studieren und von Zeit zu Zeit, wenn sie für das Begrabensein zu steif wurde, den Kopf über die Krume zu strecken, um die Neuankömmlinge dabei zu beobachten, wie sie sich ihre Höhlen aussuchten – so weit voneinander entfernt wie möglich und doch nah genug, um in der Nacht sicher zu sein. Sie waren wie Raben, nicht wie Krähen, weder gesellig noch dem Nachbarn feindselig gesinnt. Sie sah ihnen zu, wie sie sich einrichteten, jeder für sich, den ganzen Nachmittag lang. Sie warfen die Hinterlassenschaften von Tieren und anderen Besuchern hinaus, drehten Steine nach Skorpionen und Schlangen um, zogen Dornenranken vor die Höhleneingänge, um den Wind zu mildern und Tiere fernzuhalten, schleuderten Knochen so weit fort wie möglich. Dann setzten sie sich vor ihre neuen Behausungen, blickten hinaus über die Täler und warteten auf die Dunkelheit und – zu guter Letzt – den geschwungenen, leuchtenden Kelch des Mondes. Den Beginn ihrer Fastenzeit.

Natürlich war ihnen trotz aller vogelartigen Versunkenheit und Zurückhaltung nicht entgangen, daß Miri sie beobachtete. Sie waren so konzentriert auf das Land, das für die nächsten vierzig Tage ihr Gastgeber sein würde, so voller Furcht davor, daß kein Käfer sich rühren konnte, ohne daß sie ihn bemerkten. Wie sollten sie da ein frisch ausgehobenes Grab und seine Insassin übersehen, beide mit offenen Mäulern? Aber niemand von ihnen schien es absonderlich oder auch nur erstaunlich zu finden, daß sich da unten eine Frau ihre eigene Grube gegraben hatte und offensichtlich nichts dabei fand, den Nachmittag darin zu verbringen. Es war die Jahreszeit der Wahnsinnigen. Wenn ihre Anwesenheit sie mit Angst und Sorge erfüllte – warum nicht? Deshalb waren sie schließlich gekommen; um sich solcherlei Ängsten zu stellen und sie zu überleben.

Miri wünschte sich den Mut, sich aufzurichten, bis zu den Hüften in Erde und Steinen, und nach ihnen zu rufen. Sie war eine Krähe. Sie brauchte Gesellschaft. Sie würde sie fragen, was sie hier wollten, was sie in den Höhlen suchten. Sie würde sie bitten, ihr – später, bald – dabei zu helfen, ihren Mann auf den Rücken des Esels zu laden und ihn herzubringen, um ihn hier zu bestatten. Allein schaffte sie es nicht, würde sie sagen und ihnen erzählen, daß sie verlassen war, verwitwet, schwanger, grenzenlos … und dringend ihre Blase entleeren mußte. Das Kind drückte darauf. Rücken und Schenkel

hohe, geflochtene Mütze, die sein Gesicht noch schmaler machte, als es ohnehin schon war. Die Haut war trocken von der vielen Sonne. Aber er schien stark zu sein, so wie ein Lederriemen stark ist. Gemacht für das Tragen von Lasten. Er war denn auch schwer beladen und gut ausgerüstet – ein großes Ziegenfell, gefüllt mit Wasser, eine Bettmatte aus Schilf, ein Umhang, ein Wanderstab aus einem verlängerten Stück Tarbony, der in der Mitte gewunden war wie das Horn des Widders, so daß sich sein Gewicht, wenn er sich auf den Knauf stützte, zweimal durch die Spirale schlängeln mußte, um den Boden zu erreichen. Er hatte sich im mittleren Rang die kleinste und wärmste Höhle ausgewählt.

Auch der zweite wählte den mittleren Rang; seine Höhle lag zwanzig Schritt von der des Römers oder Griechen entfernt, hinter einer sanften Neigung der Terrasse, so daß der Eingang gegen den Blick des Nachbarn und die Abendsonne abgeschirmt war. Er war ein älterer Jude mit einer Filzkappe, gelben Augen und gelber Haut, zu gebrechlich und zu scheu für sein Alter, kurzsichtig, müde, ein Mann, dem die Zeit ausging. Er war beschäftigt, stöberte nervös zwischen Steinen und Geröll herum, sammelte Dornenwurzeln und Zweige für ein Feuer, schleppte Steine für die Feuerstelle heran. Er redete laut mit niemand Bestimmtem. Mit sich selbst? Den Eidechsen? Keine Gebete oder Zauberformeln, wie zu vermuten. Sondern Bemerkungen zu allem, was er sah und fand. Ausreichend Brennholz, welch ein Segen … Wir werden wie Könige leben, alter Freund …

Die dritte war – erstaunlich genug – eine jüdische Frau in Miris Alter, nur größer, kräftiger gebaut und offenbar das Wandern nicht gewohnt. Und das Ausmisten von Höhlen auch nicht. Sie mochte weder Knochen noch Aas anrühren. Sie konnte aus Sträuchern keinen ordentlichen Besen binden. Auch ihre Unterkunft war schlecht gewählt – eine der beiden Höhlen am Fuß des Steilhangs, gleich die erste, an die sie gelangt war, leicht zu erreichen, aber schwer zu schützen. Die Sträucher davor würden Fliegen anlocken und Schlimmeres. Der Eingang lag ein wenig höher als die Höhle selbst. Regen war nicht sehr wahrscheinlich – aber wenn welcher fiel, würde sie darin schlafen müssen.

Der vierte? Ein Badu aus den Wüsten des Südens mit silbernen Armreifen und hennagefärbtem Haupthaar und Bart. Er war ihr vertrauter als die anderen. Die Karawane hatte oft mit solchen Männern Handel getrieben; ein wenig Silber für ein Dutzend Ziegen, ein wenig Parfüm für einen Ballen Tuch, ein Kübel Datteln für die freie Reise durch ihr Land. Sie verkauften sogar ihre Kinder, erzählte man sich. Und ihre Frauen. Er blieb vor seiner Höhle stehen, eine der beiden, die ein wenig abseits von den anderen in der dunkleren Gesteinsschicht der Felswand lagen. Er zupfte und drehte an seinem Haar, so fest, daß die Kopfhaut sich in spitzen Kegeln hob, und starrte zu Miri herüber, bis sie schließlich nach ihrem weggeworfenen Kopftuch langte, den Kopf bedeckte und sich in ihre Grube duckte. Warum ein solcher Mann eine Höhle und kein Zelt wählte, war ihr unerklärlich. Die Badu gingen nur zum Sterben in eine Höhle, und dieser Mann – klein und zäh – erschien zu wild zum Sterben.

Miri beobachtete die vier, bis die Dunkelheit sie und ihre Blase befreite. Den fünften bekam sie nicht zu sehen.

6

Der fünfte, männlich, war weit jünger, als er aus der Entfernung erscheinen mochte, dem Jünglingsalter kaum entwachsen also. Nackte Füße machen uns alle zu alten Männern, zumindest auf steinigem Pfad. Aber selbst nachdem er den weicheren, bequemeren Weg oberhalb des Geröllfelds erreicht hatte, ging er nicht aus den Schultern heraus wie ein erfahrener Wanderer, der die Steine und Anstiege auf seinem Weg bezwingen will, sondern katzengleich aus der Hüfte heraus, die gestreckten Zehen nach vorn gerichtet und vorsichtig aufsetzend, bevor er die Fersen dem Boden anvertraute. Er hatte die einzige Lektion der Dornen gelernt. Seine Füße waren längst zerkratzt und aufgestoßen. Also: lange Beine, langer Hals, lange Hände, kurze Leopardenschritte. Und wie ein Leopard blieb er häufig stehen, nicht um auszuruhen, sondern um die Luft zu schnuppern, als könnte er – trotz des Schwefelgeruchs aus den Thermen im Tal – riechen, daß hier eine Kamelkarawane durchgezogen war, daß Gazellen im Dornengestrüpp weideten, daß jemand da vorn in der Wildnis im Sterben lag.

Sein Mund stand offen. Die Zunge wanderte hin und her, umkreiste die Lippen, schmeckte die Atmosphäre nach Düften ab. Tatsächlich war sein Geruchssinn von Hitze und Durst so zertrümmert, daß er nicht einmal den Schwefel riechen konnte. Er war ausgedörrt und schwach. Seine Lippen waren aufgesprungen. Beine und Rücken – an solche Hitze und solche Anstrengungen nicht gewöhnt – schmerzten entsetzlich. Er blieb deshalb so oft stehen und schnupperte, weil er nichts riechen konnte. Das beunruhigte ihn. Er hoffte, die Nase freizubekommen und vielleicht auch die Kopfschmerzen zu verlagern.

Er war ein Wanderer namens Jesus aus den kühleren, fruchtbaren Tälern des Nordens, ein Galiläer, dem solche Entbehrungen fremd waren. Die Nacht hatte er im Stroh verbracht, als zahlender Gast eines Schäfers, und am Morgen hatte er seinen Beutel, den Wasserschlauch, die Sandalen und den Wanderstab in der Unterkunft zurückgelassen. Er würde die Fastenzeit ohne derlei Annehmlichkeiten hinter sich bringen, ohne die Versuchung durch Kleider, Nahrungsmittel und Wasser. Er vertraute auf Gott, wie alle jungen Männer. Er wollte Gott begegnen oder sterben, nicht mehr und nicht weniger. Deshalb war er hergekommen. Um mit seinem Gott zu reden. Um sich von Gott mit Speise und Trank versorgen zu lassen. Oder um den Teufel sein Werk verrichten zu lassen. Es sollte für sie alle drei eine Prüfung sein.

Zuerst mußte er einen Ort finden, wo er und Gott sich ungestört begegnen konnten. Hätte man ihn gefragt, so hätte er geantwortet, daß ihm der Weg hierher von Gott beschrieben worden war, bis in die letzte Einzelheit. Er war in seines Vaters Werkstatt am Fenster gestanden, als Gott ihn beim Namen gerufen hatte. Bei jedem Schlag des Hammers auf das Holz war er im Geiste einen Schritt weiter die Straße entlanggegangen, vom lebenden Meer in Galiläa zu den toten Salzmeeren des Südens und weiter, hinauf in die Wüstenberge und zu den Höhlen.

Neun Tage lang schlug der Hammer auf Holz, dann fand er den Mut, mit seiner Familie zu reden, sein Bündel zu schnüren und sich auf den Weg zu machen. Er habe den Ruf der Berge vernommen, hatte er ihnen gesagt. Doch als er in die Wildnis hinaufstieg – die Nase verstopft, die Füße wund, der Schädel pochend von den unaufhörlichen Schlägen eines anderen Hammers –, war von Gott nicht viel zu sehen. Galiläa war um diese Jahreszeit erfüllt von Gott – die frische Frucht auf den Feldern, die blühenden Aprikosen, die Lämmer, die wärmeren Nächte … Gott zu verehren fiel nicht schwer in Galiläa. Hier jedoch hatte der Frühling noch kaum eine Spur hinterlassen. Jesus war Optimist. Sieh dir das unfertige Land an, sagte er sich, mit trockener Zunge, geschwächt von den Strapazen der Reise: Die Täler warten auf ihre Flüsse, das Braun und das Gelb warten auf ihr Grün. Hier war die Schöpfung noch nicht vollendet. Die Welt war noch unvollständig. Konnte es einen besseren Ort geben, um Gott bei der Arbeit zuzusehen?

Anders als die vier, die am Nachmittag vor ihm hergegangen waren und sich ihre Bleibe im Klatschmohn gesucht hatten, folgte Jesus nicht den in die Felsen gekratzten Zeichen, die den Eremiten sicher zu den Höhlen führten. Er hatte nicht vor, seinen Abdruck in den weichen Lehm zu treten. Er suchte nach steinigerem Gelände. Er gab den heiligen Habitaten der Wahnsinnigen und Fledermäuse den Vorzug, wo er vierzig Tage leben konnte, wenn nötig an den Zehen aufgehängt, ohne einen Vorwand, den Blick vom Himmel zu wenden. Er hatte gesehen, daß in der bröckligen Felswand, die unterhalb des Kamelpfads so steil abfiel, daß selbst die Ziegen dort nicht klettern mochten, Höhlen waren. Er wollte sich eine suchen, die schwer zu erreichen und unwirtlich war, der Sonne, dem Wind und der Kälte ausgesetzt. Er hatte die am höchsten gelegene und entlegenste der Höhlen im Auge, eine schlüssellochförmige Öffnung. Als Vorhof hatte sie nicht mehr als eine schräg abfallende Felsplatte zu bieten, kaum größer als ein Gebetsteppich, ein idealer Ausguck für Adler. Und für Engel. An der Stelle jedoch, wo er in die Wand einsteigen mußte, zögerte Jesus. Er hatte zweifellos ein Recht darauf, etwas zu trinken, ehe er sich dieser Prüfung unterzog. Es war noch nicht dunkel. Bis jetzt zeigte noch keine schmale Mondsichel den Beginn der Fastenzeit an. Und vor dem ersten Tag würde Gott nicht kommen. Also durfte er trinken. Es war keine Sünde, zu trinken. Es wäre auch kein Zeichen der Schwäche, wenn er sich auf die Fastenzeit mit, sagen wir, einer einfachen Mahlzeit, einer Waschung und etwas Schlaf einstimmte.

Er hatte die fledermausförmigen Umrisse von Miris Ziegenlederzelt gesehen, das auf dem ebenen Gelände am Ende des Tals aufgeschlagen war. Er ging darauf zu. Draußen war niemand zu sehen. Nur Ziegen. Wo Ziegen waren, gab es auch Wasser. Und Milch und Fleisch.

Ein angepflockter Esel kündigte ihn an, als er noch fünfzig Schritt entfernt war. Jesus blieb, wie es der Brauch war, in gehörigem Abstand vor dem offenen Vorzelt stehen und wartete darauf, von drinnen gegrüßt und hereingebeten zu werden. Er konnte für Speis und Trank nicht zahlen. Sein bißchen Geld hatte er am Morgen in der Obhut des Schäfers gelassen. Doch selbst die Wildnis kennt Gepflogenheiten. Gesicht und Lippen darf ein Reisender kostenlos benetzen.

Er hustete, er klatschte in die Hände. Und er rief selber seinen Gruß. Doch niemand ließ sich blicken. Das war seltsam – das Zelt stand unbewacht, obwohl das Vorzelt aufgeschlagen war. Jesus ging ein, zwei Schritte, um besser hineinsehen zu können. Alles deutete darauf hin, daß es bewohnt war: Teppiche und Matten, Töpfe, von einem Mahl übriggebliebenes Brot und Datteln, an denen sich Ameisen labten, Getreidesäcke, Reste eines Feuers, die Wasserschläuche, die im Schatten hingen, zusammengerollte Decken auf einem Bett, die aufgereihten Schuhe. Aber soweit er das erkennen konnte, war niemand da. Jesus wandte sich um, aber es näherte sich auch niemand dem Zelt. Er rief noch einmal – keine Antwort. Seine Geduld hatte Grenzen. Er wollte, so redete er sich ein, unbedingt vor Einbruch der Dunkelheit in der Höhle sein, um seine Fastenzeit zu beginnen. Er fürchtete sich auch. Er fürchtete, er könnte allen Mut verlieren, wenn er an den Abgrund trat, und auf der Stelle umkehren und nach Hause gehen.

Dies war kein Diebstahl. Er ging noch ein paar Schritte auf das Vorzelt zu und hob den nächsten, den kleinsten der Wasserschläuche von seinem Haken. Er bückte sich, nahm das verdorbene Brot und die Datteln auf. Mit dem Arm wischte er die Ameisen weg. Ohne sie zu töten. Das versuchte er zumindest. Sie fielen in den Staub und gingen ihrer Arbeit nach, unbeirrt. Er zupfte ein paar Strohhalme zwischen den Zehen hervor, pickte sich Steinchen von den Fersen. Was er an Dornen fand, drückte er heraus. Seine Füße waren aufgestoßen und wund. Sein Kopf war noch nicht besser geworden. Seine Glieder schmerzten. Vielleicht machte es nichts, wenn er hineinging, aus der Sonne, wenn er sich mit gekreuzten Beinen ins Zelt auf diese Decken setzte, um sein letztes Mahl in größerer Behaglichkeit zu sich zu nehmen. Und so trat er – Wasser, Brot und Datteln in den Händen – noch ein paar Schritte näher. Ließ die Sonne draußen. Er sah nichts in der Dunkelheit. Während er darauf wartete, daß seine Augen sich an die Düsternis gewöhnten, hörte er pfeifenden Atem, als würden die eingerollten Decken an seinen Fesseln nach etwas zu trinken rufen.

»Wer ist da?« fragte er.

Wieder der pfeifende Atem.

»Wer schläft da?«

Ehe der Tod eintritt, gewährt das Fieber seinen Opfern eine kurze Spanne der Klarheit. Musa kam zu sich, gerade so lang, daß er das Wort *schläft* hörte und die Schmerzen überall in seinem Körper spürte. Sein Kopf war schwammig wie ein Pilz. Jeden Knochen, jeden Nerv, jede Ader und Darmschlinge, jeden Muskel und jede Faser meißelte der Schmerz einzeln heraus. Er war Ödland, verdorrt und versengt, von Blitzen erhellt. Und in dem Augenblick, in dem er das Wort hörte, sah er auch das Gesicht. Ein Judengesicht, jung, länglich, frauenhaft. Ein Galiläergesicht. Ein Bauerngesicht. Und ein Diebsgesicht, zweifellos, denn der Mann hatte sich eigenmächtig Wasser genommen, er hielt den Schlauch noch in den Händen. Musa hätte ihm eins über den Schädel gezogen, hätte er die Kräfte dazu gehabt. Es wäre seine

Pflicht gewesen, ihm beizubringen, daß man sich mit Diebstahl, dem Diebstahl von Wasser zumal, ein paar blaue Flecken und eine blutige Nase einhandelte. Seine Pflicht, und ein Vergnügen obendrein. Aber nicht einmal die Faust konnte er ballen. Er versuchte Miris Namen zu rufen. Sein Atem reichte nicht aus, einen Ton hervorzubringen.

»Gewähre mir Wasser, um diese schmalen Rinden aufzuweichen und mir die Lippen zu benetzen«, sagte der Galiläer in jenem Mischdialekt, mit dem das Aramäische dem Griechischen schmeichelt. Er ahnte, daß die stumme Antwort nein lautete. Er kniete sich tiefer ins Dunkel des Zeltes, ließ sich leiten von den bösen Lauten, die Musa ausstieß, und kauerte sich neben ihn. »Verweigere mir das Wasser nicht, Vetter«, sagte er. »Laß mir einen Schluck, und du hast vierzig Tage Ruhe vor mir. Ich versprech es dir. Ein Tröpfchen nur.«

Er berührte Musas Stirn mit den Fingerspitzen. Er strich ihm mit dem Daumen über die Augenlider. »Ist dir nicht wohl? Mir ist auch nicht gut.« Er legte Musa die Hand auf die Brust und drückte, so daß der Atem des Teufels entwich und das Zelt mit dem Gestank des Fiebers füllte und das eine Wort aus ihm herauspreßte, das Musas Lippen bereits geformt hatten: »Mi-Ri.« Das Tuch, das Miri ihm über den Mund gelegt hatte, um das Fieber einzusperren, blähte sich vor der Macht ihres Namens. Seine Zunge war schwarz. Wieder stützte der Galiläer sich mit seinem ganzen Gewicht – was nicht viel war – auf Musas Brust und drückte. Der Schwefelhauch der Berge. Die Glut des Feuers in der Brust. Selbst Jesus konnte sie riechen. Keine weiteren Rufe nach Miri jedoch.

»Ein Schluck, ein Schluck. Dann gehe ich«, sagte Jesus. »Ein Tröpfchen nur.« Er goß sich etwas Wasser in die Hand und verschmierte den Staub der Reise auf seinem Gesicht. Ihn fror entsetzlich, aber er war froh, von der Sonne verschont zu sein. Er befeuchtete sein Haar und massierte sich das Wasser in die Kopfhaut, um den Kopfschmerz zu verdünnen. Er machte Brot und Datteln mit dem Wasser wieder weich. Er aß, und seine langen Handwerkerfinger streiften kaum die Lippen. Er trank nochmals. Und dann – erst jetzt fiel es ihm ein – tupfte er Musa ein wenig Wasser auf Wangen und Lippen. Er fühlte sich beschwingt, vom Schmerz erlöst und kräftig. Er benetzte das Tuch und breitete es wieder über Musas Mund. Die nassen Hände schüttelte er über Musas Gesicht aus, ein Segen. »Alsdann, werde gesund«, sagte er, ein gebräuchlicher Gruß für die Kranken.

Was sollte er tun? Viel lag nicht daran. Es gab keine Zeugen, niemanden, dem er Rechenschaft schuldig war. Bis jetzt verkündete kein schmaler Sichelmond den Beginn der ersten Nacht seines Stelldicheins mit Gott. Er war also noch unbeobachtet. Was bleibt mir anderes übrig, sagte er sich. Er mußte den Sterbenden seinem Schicksal überlassen. Sonst käme er nie zu seiner Höhle; er würde den Beginn der Fastenzeit versäumen.

Er wäre gern gerannt, aber seine Füße erlaubten es nicht. Er humpelte hinaus, ein greiser junger Mann, ließ den Wasserschlauch fallen und schlug beim Hinausgehen das Vorzelt herunter – vielleicht doch voller Scham über seinen Eigennutz? Doch Musa sah ihn nicht. Musa sah gar nichts. Er hatte die Augen geschlossen. War endlich eingeschlafen und träumte wie ein sattes Kind.

7

Musa erwachte. Das Tuch, steif und verwunden wie eine lose Wurzel, lag schwer auf seinem Mund. Er spuckte es fort. Er breitete die Arme, um sich von all den Hüllen zu befreien. Er wollte sich aufsetzen – bei einem Mann seines Umfangs zu allen Zeiten ein mühseliges Geschäft. Als erstes mußte er das Gewicht auf einen Ellenbogen verlagern, sich mit der anderen Hand abstützen, auf die Knie kommen – Kamele waren behender und weniger schwerfällig. Musa hatte nicht gern Zeugen, wenn er sich so würdelos aus seinem Bett erhob, doch meistens war Miri da, die ihn an Händen und Ellenbogen auf die Füße zog, ihn abwischte, ihm die Kleider reichte. Heute schaffte er es nicht einmal, sich aufzustützen. Sein Kopf war nicht bereit, die Matte zu verlassen. Er wußte nicht recht, wo er war. Auch der ekelhafte Gestank nach Kräutern, Honig und Weihrauch sagte ihm nichts. Einbalsamiergestank. Ihn fror, soviel war gewiß. Und er stand vor einem Rätsel. Warum war er so erschöpft und kraftlos? Warum in Decken eingewickelt? Warum war er so ruhig, so beschwingt? Und überhaupt – er versuchte den Kopf zu heben und sich umzusehen – wo war seine Frau? Er klatschte in die Hände. Er brauchte Wasser, auf der Stelle. »Miri. Miri.« Keine Antwort. »Miri? Willst du wohl kommen?« Die Worte klangen hart und splittrig, wo er doch sonst fistelte wie ein Jüngling. Der Speichel schmeckte scharf, seine Lippen waren rissig. Seine Kehle war eine Wüstenei.

Er klatschte wieder in die Hände und lauschte auf ein Zeichen, daß sie oder sonst jemand mit Wasser in der Nähe war. Gleichgültig, wer es brachte, solange es nur schnell kam und nichts kostete. Aber nichts rührte sich. Er hätte die Stimmen seiner Vettern und Onkel hören müssen, das Trompeten der Kamele, die üblichen Geräusche beim Erwachen im Lager der Händler. Er hörte nur Ziegen und das Stöhnen der Zeltwände. Schließlich fand er, wenn auch unter Schmerzen, die Kraft, sich über die Matte zu rollen und unter den schweren Schürzen des Zelts hindurchzuspähen. Er kannte wieder, was er sah. Zumindest Teile davon. Es war der unwirtliche Ort, an dem sie gestern abend – von der Dunkelheit überrascht – ihre Zelte hatten aufschlagen müssen. Ein Strauchland in der Wüste, weit weg von Jericho. Dort die aufgewühlte Erde, wo Habaks Zelt gestanden hatte. Und Rahams Zelt. Und Aliels. Diese Narren. Er sah den schwarzen Kreis ihres Feuers. Den Kamelmist. Die zerrupften und geknickten Sträucher, an denen die Ziegen gefressen hatten.

Es war – dem Himmel sei Dank – Trinkbares in Reichweite. Jemand verdiente was hinter die Ohren für die Schlamperei. Sie hatten einen Wasserschlauch einfach unter das Vorzelt geworfen. Musa zog ihn zu sich her, zog den Stopfen heraus und goß sich – allzu freigebig, zum sparsamen Gebrauch fehlte ihm die Kraft – Wasser über den Kopf und das Gesicht. Dann trank er. Den ersten Schluck spuckte er aus. Er war sauer im Mund. Aber dann tat das Wasser sein Werk, erweckte ihn wieder zum Leben. Beinahe spürte er das Rieseln und Plätschern der Bewässerung, den Schwall, der durch Mund und Kehle hinunter in den Magen rauschte und schließlich den Weg in den Kopf hinauf fand. Atem und Blick klarten auf. Er war wiederhergestellt: ein Mann um die Sechsundzwanzig, der mit seinem Händlerleben verheiratet war, der sich im Geiste am liebsten vor einem Marktstand sah, im Schneidersitz, Gebote und Einschätzungen austeilend wie ein Priester, unerbittlich und viel zu würdevoll, um zum Schachern einzuladen. Der sich craquelierte Lampen gegen Damaszener Silber tauschen sah, Feigen gegen Wein, Hochzeitsfigurinen gegen römisches Tuch, Papyrus gegen Salz; keine Handelsware, die sich in seinen Händen nicht vermehrte und verwandelte. Der sich beneidet und bewundert sah. Und reich.

Bewundert wurde er in der Tat, aber nur auf dem Basar. Dort jonglierte er wie ein Zauberer mit Waren und Preisen, ein königlicher Mittler mit seinem blaugefärbten Haar, den fransenumrahmten, wohlgenährten Backen, dem gestärkten, blütenweißen Gewand, mit seiner aufgeblasenen Eleganz, seiner Schläue. Um so schroffer war er im täglichen Tausch der Gefühle. Seine Zärtlichkeit war von der schmerzhaften Sorte. Seine Schläge unterschieden sich nicht von seinen Küssen. Es schien, als liebte er das Beiwerk seines Lebens und haßte es zugleich – Miri, sein Weib, den Basar, sich selber, das maßlose Trinken, das ewige Rasten und Anschirren der Karawane. Er war ihr Herr und ihr Sklave zugleich. Zwei Männer in einem; feindliche Zwillinge, hatte man ihm gesagt, als er ein Junge war und seine despotischen Wutausbrüche nicht mit den Weinkrämpfen in Einklang zu bringen wußte. Kein Wunder, daß er als Kind schon recht stattlich war – zwei Herzen, zwei Bäuche, zwei Temperamente, die doppelte Zahl an Knochen.

Jetzt, da er Händler und erwachsen war, sich vor Spott und Blamage fürchtete, hatte Musa es gelernt, den schwächeren, ängstlichen Zwilling zu unterdrücken. Das Leben war zu hart und erbarmungslos für solch einen Schwächling. Jeder konnte dieses zarte Brüderchen übers Ohr hauen. Jeder konnte in sein Zelt eindringen. Jeder konnte ihn lächerlich machen. Also versteckte Musa ihn, den verlorenen Gefährten der Kindheit, und zeigte der Welt sein härteres Ich, den Musa, der zuschlug und feilschte wie kein zweiter, den mächtigen Händler, die Pranke, die Unersättlichkeit. Wie konnte es sein, daß solch ein Prachtkerl von seinen Vettern in der Karawane gefürchtet wurde, aber nicht geliebt? Das verstand Musa nicht, und es weckte seinen Zorn. Es ist der blanke Neid, redete er sich ein. Aber während der einsamen nächtlichen Stunden, wenn er vor seinem Zelt saß und trank, fiel sein Urteil schärfer aus und klarer: Sie hassen dich, Musa. Du mußt sie auch hassen!

Für den Augenblick jedoch hatte das Wasser den schwächeren Zwilling kurzzeitig wiederbelebt. Musa kroch auf dem Bauch wie ein Tempelsklave, Haare und Bart noch naß und verfilzt, und dachte nicht ohne Zärtlichkeit an Miri und seine Onkel, die Marktschreie, das Schnauben der Kamele. Um ein Haar hätte er sie alle verloren, er wäre beinah gestorben, und ihr Verlust, das wußte er, wäre nicht zu ertragen gewesen. Er spähte wieder aus dem Zelt, hielt Ausschau nach Lebenszeichen von Verwandten und Freunden – eine Rauchfahne, ein Ruf. Nichts. Vielleicht war er doch gestorben und war nun in der Hölle.

Was war geschehen? Musa mußte sich besinnen. Ein Gesicht geisterte ihm durch den Kopf. Eine Stimme pochte in seinem Schädel. Eine unbekannte Stimme. Die letzte Reise kam ihm in den Sinn; die Karawane war aus den Bergen gekommen, von Badu-Hirten im Süden aufgehalten, die Garn gegen Kupferwaren tauschen wollten. Er hatte seine Körperfülle und seine Unduldsamkeit eingesetzt, um das Geschäft schnell zum Abschluß zu bringen. Er sei einer, der noch aus Sand Gewinn schlägt, hatte er einen der Männer sagen hören und war stolz darauf gewesen. Er erinnerte sich daran, wie sie das Lager aufgeschlagen hatten, an das Abendmahl, die Lagerfeuer, die Kälte der Nacht. Ihm war heiß und kalt gewesen, als er sich gestern nacht schlafen gelegt hatte. Oder war es vorgestern nacht gewesen? Oder vor zehn oder zwanzig Nächten? Er hatte sich von Miri die Schultern massieren lassen. Er hatte sie nach Decken geschickt. Beinahe hätte er sich erbrochen und mußte auf dem Rücken schlafen, weil seine Brust schmerzte und zitterte. Er hatte Durchfall gehabt.

Das also war es! Er hatte sich ein Fieber geholt. Soviel war offensichtlich.

Und jetzt wurde unerbittliche Gewißheit – den Beweis sah er draußen –, daß Gefährten und Verwandte ihn im Kampf gegen das Fieber allein gelassen hatten. Das war grausam. Zurückgelassen in der Wüste mit … Er machte Bestandsaufnahme. Der nutzlose Esel mit seinem Hinkebein. Fünf oder sechs Ziegen. Und etwas Kamelmist. Keine Tuchballen, keine größeren Mengen Wolle, keine ziselierten Kupferwaren. Nicht einmal Miri. Das Gefühl harmonischer Ruhe hielt Verzweiflung und wachsendem Zorn nicht stand. Der schwächere Zwilling ergriff die Flucht.

Die Sonne stand schon tief am Himmel, müde und rot im Gesicht, wie ein Reisender nach einem Tag in der Wüste. Es mußte später Nachmittag sein. Die Karawane war schon zu weit fort, um sie zu verfolgen. Und wie hätte Musa sie auch verfolgen sollen? Auf einem lahmen Esel? Einer Ziege? Er konnte sich ja nicht einmal auf die Füße stellen. Er lag da – die Schultern im Zelt, den Kopf hinausgestreckt – und träumte davon, sie mit einer Ziegenstaffel zu verfolgen und in einem grünen Tal irgendwo im Norden zu stellen. Er würde seine Waren von den Rücken der Kamele zerren, die Kupferwaren, die Tuche, die Wolle. (Er liebte das Sinnliche an der Wolle, besonders der orangeroten und der purpurnen. Huren trugen solche Farben.) Die lieben Onkel und ihre Söhne würden vor Scham im Boden versinken. Würde er ihnen verzeihen, daß sie ihn den Schlangen und Leoparden überlassen hatten? Würde er sie gar beglückwünschen zu ihrem diebischen Geschäftssinn? Nein, er würde sie mit Verachtung strafen. Sie mit Steinen vertreiben. Mit einem schweren Knüppel würde er zwischen sie treten und ihnen die Köpfe einschlagen. Sie wußten um seine Gefährlichkeit. Sie sahen ihn nicht zum erstenmal den Knüppel schwingen. Und dann würde er zu den Frauen hinübergehen. Diesmal hatte er einen Grund, über sein Weib herzufallen, und niemand würde es wagen, ihm die Hand auf den Arm zu legen und zu sagen: »Ruhig Blut, Musa. Laß sie los.« Was konnten sie schon zu ihrer Verteidigung vorbringen? Er durfte sie an Ort und Stelle verstoßen. Das Recht dazu hatte er. Sich von ihr zu trennen, sie auf der Stelle hinauszuwerfen. Statt dessen würde er sie in sein Zelt bringen, und die ganze Nacht hindurch sollten alle ihre Schreie hören. Die unterschiedlichen Schreie, die sie ausstieß, wenn er ihr ins Gesicht schlug, wenn er ihr den Kittel auszog und ihr den Riemen zu schmecken gab, wenn er ihr die Schenkel öffnete, die Faust in ihr Haar gekrallt, und in sie eindrang bis zur Dreieinigkeit von Schmerz und Tränen und Angst. Küsse, Schläge? Da machte er keinen Unterschied. Und dann würde er sie verstoßen.

Aber die Wahrheit war, Musa fühlte sich verängstigt und verraten, trotz aller größenwahnsinnigen Träume. Er hatte sich Wasser in die Augen gespritzt, aber es waren auch Tränen dabei. Er zitterte, und nicht nur, weil es kalt im Zelt war. Seine Aussichten waren, bei Lichte betrachtet, nicht gerade rosig. Was für ein Händler war er jetzt? Eine Zielscheibe des Spottes. Eine Witzfigur. Ein Esel. Ein Tölpel. Man hatte ihn fortgeworfen wie eine Nußschale. Er war in Mordlaune, aber es war niemand da zum Ermorden außer ihm selber.

Doch der Zorn verlieh ihm Kraft. Er versuchte es noch einmal, drehte sich auf die Seite, zog die Knie an und stellte fest, daß er auf wackligen Beinen stehen konnte. Er tappte, so gut es ging, im Zelt umher, eine Decke um die Schultern, sich an den Zeltpfosten aufrecht haltend, und machte Bestandsaufnahme der Dinge, die sie ihm gelassen hatten. Die Ziegen, wenn auch nicht die besten. Seinen Familienbesitz. Teppiche, Bettzeug und Utensilien. Zwei Säcke Korn. Gepökeltes Fleisch. Feigengebäck. Eine Flasche Dattelgeist. Einen Rest orangerote Wolle, einen Rest purpurrote, seinen Musterstab mit gefärbten Garnen, seine Kleider, die Kleider seiner Frau, ihren Webstuhl. Etwas duftenden Wermut für das Feuer. Er eilte zu seiner Satteltasche und war erleichtert, als er das verzierte Messer fand, die sieben Fläschchen mit Parfüm, die er Anfang des Jahres erworben hatte, und den kleinen Vorrat an Gold, Münzen und Schmuck, eingewickelt in einen Streifen Berbertuch. Verlassen, ja, aber nicht ganz mittellos. Der Handel würde ihm wieder auf die Beine helfen.

Er ergriff das lange hölzerne Pistill, mit dem Miri Nüsse und Korn zerstieß, und stützte sich darauf, als er ins Freie schlurfte, vorbei an dem angepflockten Esel in das schwächer werdende Licht, den Wasserschlauch über die Schulter gehängt. Die Knöchel der Hand auf dem Pistill traten weiß hervor. Er drehte sich einmal um sich selber. Nur für alle Fälle. Aber es war weit und breit niemand zu sehen. Weit und breit niemand zum Küssen und Schlagen.

Den Esel – eine alte Stute, älter jedenfalls als Musa – hatte sein Weib angepflockt. Er erkannte Miris tierfreundlichen Knoten. Das Tier war lahm geworden, weil das Geschirr der Lastkörbe es aufgescheuert und sich am hinteren Schenkel eine wunde Stelle und dann ein Furunkel gebildet hatte. Das Furunkel saß hart auf dem Muskel, die Eselin lahmte und hatte Schmerzen. Ihr Atem roch schlecht. Die Nüstern schienen entzündet zu sein, vielleicht vom zirkulierenden Gift des Furunkels. Musa beugte sich vor, um es genauer zu untersuchen, nicht das Furunkel, sondern die Nüstern der Eselin, nach Anzeichen für Eiter und entzündete Schleimhäute. Ihre Oberlippe zog sich zurück wie bei einem Pavian, kräuselte sich beim Geruch des Mannes. Sie wollte ihn sich vom Leibe halten. Doch auch er wahrte lieber Abstand. Geschwüre an den Nüstern waren ein Symptom für die Rotzkrankheit. Die Rotzkrankheit konnte auch ein Mann bekommen, und nicht nur, wenn er die Stute besprang, wie manche Leute wissen wollten. Er war nicht sicher, ob es Geschwüre waren, was er sah, oder einfach nur Schleim. Wenn es Geschwüre waren, würde die Eselin bald sterben. Und was war sie dann noch wert, die Hinterlassenschaft seiner netten Onkel und Vettern? Das Fleisch konnte er nicht essen; er durfte nicht einmal das Fell zu Leder gerben, wenn er nicht Gefahr laufen wollte, am Eselsfieber zu erkranken.

Der Gedanke ließ Musa einen Schritt zurücktreten. Vielleicht war das die Krankheit, die auch ihn quälte. Esel, das wußte man, saßen voller Dämonen, die begierig darauf waren, sich anderswo einzurichten. Er tastete nach der verräterischen Schwellung des Unterkiefers. Aber Musas Kinn unterhalb des Bartes hing ohnedies schwabblig und lose herab, schwer zu sagen, ob dort eine Schwellung war. Er schob den kleinen Finger in die Nasenlöcher. Sie waren nicht frei, aber sie taten ihm auch nicht weh. Hatte er nun die Rotzkrankheit erwischt? Oder hatte ein anderer Teufel in seinen Lungen gesessen? Nur eins war sicher, nämlich daß seine Karawanen-Gefährten sie beide, die Eselin und ihn, aus demselben Grund zurückgelassen hatten – weil sie nutzlos waren und ansteckend und so gut wie tot.

Musa löste den Knoten, um die Eselin vom Zelt und den Ziegen fortzuführen. Ihre Krankheit erzürnte ihn. Lieber sollte sie dort sterben, wo ihre Krankheit keinen Schaden anrichten konnte. Das hieß, wenn er sie zum Gehen bewegen konnte. Musas Fußtritte ließen sie kalt.

Sie wollte sich ihm nicht fügen. Und sie mußte gespürt haben, daß er selber krank war. Er war nicht stärker als sie. Sie wußte, daß sie so fest ziehen konnte, wie er zerrte. Außerdem sind Esel Schläge gewohnt. Schläge gehören zum Dienst dazu, sie sind Teil des Arbeitsvertrags. Ein Gertenhieb des Reiters auf des Esels Wange wird mit einem Schlurfschritt vorwärts und einem Iah vergolten. Eselschlagen ist so unschuldig wie Teppichklopfen. Ein herzhafter Hieb auf den Rücken treibt den Staub heraus. Aber diese alte Stute hatte die Kränklichkeit doppelt halsstarrig gemacht, trotz des angeborenen Halblächelns um die Lefzen. Als Musa ihr gegen die Schienbeine trat, rührte sie sich nicht vom Fleck, sie iahte nicht einmal. Sie war bockig wie ein junger Hengst. Sie sank auf ihr Hinterteil und legte das Kinn in den Staub.

Ein stehender Esel hat etwas schief Gebautes, Lächerliches an sich: die schmalen Hufe viel zu zierlich für den kantigen Schädel, das Fell beiderseits des langen schwarzen Rückenkreuzes ein grobes Flickwerk, dazu der Schwanz mit seiner ausgefransten Fliegenquaste, die Henkelohren. Aber im Liegen, den Kopf wie ein Hund zwischen die Vorderläufe gelegt, sah diese Eselin adretter, würdevoller und – trotz des rosaroten Untertons der hellen, im letzten Sonnenlicht leuchtenden Flanken – irgendwie schöner aus.

Musa hob das Pistill mit beiden Händen. Es schien, als sei sein Körper das einzige, das sich in dieser reglosen Welt aus Stein und Dornen bewegte. Für die Bergherden auf ihrer mühevollen Wanderschaft war es zu dunkel und zu spät. Aber ganz ohne Zeugen war er nicht. Drei Falken kreisten hoch über dem Strauchland. Vögel, die aus solcher Entfernung einen schwankenden Käfer ausmachten, konnten schwerlich eine Eselin übersehen, die den Kopf auf das Kinn sinken ließ, nicht in einer Landschaft wie dieser, wo das Leben so langsam war. Es würde Aas abfallen, es würde einen Kampf geben. Drei Falken mußten sich zwei Eselsaugen teilen. Sie kreisten ruhig, mit gemessenen Flügelschlägen, über dem schmalen Streifen, dann hinaus über den Abgrund, die seitlich angestrahlten Berge, und ließen die Steppe und ihr kleines Drama – kleiner noch und blasser als die Schatten, die es warf – nicht aus den Augen. Hier war – aus der sterbenden Thermik des Tages gesehen – das Böse am Werk, unwiderstehlich, als Miniatur: der Mann, eine Eselsstute, zwei erhobene Arme; die Ziegen, die all das nicht kümmerte; die gestrafften, tierhaften Ecken des Zeltes, und niemand da, um Musa die Hand auf den Arm zu legen oder ihm auf die Brust zu drücken, um den Atem des Teufels herauszupressen, bevor das Pistill wieder herunterfiel.

Musa gab der Eselin eine letzte Chance. »Steh auf«, sagte er. Seine Kehle war frei. Er hatte seine Fistelstimme wieder. Er trat ihr in die Flanke. Er stieß die Ferse in das entzündete Furunkel. Ohne Erfolg. Er schlug ihr mit dem Pistill versuchsweise auf den verlängerten Rücken. Noch einmal: »Steh auf.« Doch hier traf Musa auf eine ebenbürtige Gegnerin. Ihre Krankheit war schlimmer als seine und besiegte ihn. Seine Schikanen ertrug sie, aber zum Aufstehen fehlten ihr der Wille und die Kraft. Sie schloß die Augen und ließ sogar die Ohren hängen. Mach mit mir, was du willst. Ich seh dich nicht.

Musa konnte nun nicht mehr zurück. Ein Kaufmann muß den Handel zum Abschluß bringen. Wenn nicht in seiner Währung, dann eben in einer anderen. Er wußte, daß Esel wie Kunden waren. Sie hatten ein langes Gedächtnis. Kamele hatten keins. Ein Esel, dem man einmal seinen Willen gelassen hatte, pochte jedesmal darauf. Er widersetzte sich Strick und Gerte. Er warf den Lastkorb ab und brüllte nach besserem Futter. Musa sagte sich, daß er keine Wahl hatte, daß er die Eselin auf die Beine bringen, sie weit genug fort vom Zelt führen mußte. Zu welchem Zweck? Vielleicht nur, damit sie dort zusammenbrach und starb, wo Musa es ihr befahl? Das wäre dann die letzte Lektion ihres Lebens. Für Ungehorsam muß man zahlen, dachte er. Alles hat seinen Preis. Er würde sie auch für seine Krankheit bezahlen lassen. Dafür, daß man ihn verlassen hatte.

Musa hob das Pistill ein zweites Mal, diesmal nicht versuchsweise. Jetzt gab es drei gute Gründe, die Eselin zu schlagen, und nichts sprach für einen Straferlaß. Er mußte seinen Zorn besänftigen. Zorn war wie Schleim und Urin – am besten gleich heraus damit. Ein Jammer, daß es keine Zeugen gibt, dachte er. Er erwärmte sich zusehends für die Aufgabe. Wie gerne hätte er ein Publikum gehabt – Miri und seine Onkel. Seht, was geschieht, wenn Musa verärgert ist, hätte er gesagt. Ich will euch zeigen, wozu ein Pistill nütze ist. Verstoßen würde er die Eselin.

Es war ganz gut, daß es keine Zeugen gab. Als Musa ausholte, verlor er den Halt. Das Gewicht des Pistills kreiste zu weit hinter seiner Schulter. Sein eigenes Gewicht verlor die Mitte. Beinahe wäre er auf die Eselin gestürzt. Und auch sein Gemüt geriet aus dem Gleichgewicht. Er mußte noch einmal von vorn anfangen, das Pistill wie eine Axt gebrauchen, auf den Mörtel ihres Schädels einhacken. Dicke Männer erscheinen oft ungelenk in ihrem Jähzorn. Ihr Haß wirkt dann komisch und sanft. Sie haben zu kurzen Atem und zu viele Kinne. Dünne Männer mit blutleeren Lippen und schmaler Taille erscheinen gefährlicher. Aber Musas Tobsucht war nicht komisch. Es war weder Spaßiges noch Sanftes an der Art, wie er das Pistill führte. Im Gegenteil, die Wut über seine eigene Unbeholfenheit verlieh im doppelte Kräfte. Töten fiel ihm nicht schwer. Es war etwas Natürliches. Er hatte wohl ein Dutzend Ziegen geschlachtet. Er hatte Vögeln den Hals umgedreht. Er hatte Schlangen den Garaus gemacht. Aber dies war mehr als Schlachten. Dies war die Begleichung einer offenen Rechnung.

Er brauchte zwei Schläge, um die Eselin niederzustrecken. Ihr Schädel war dünn, und sie war alt. Die Lebensgeister reichten noch, um Musas Bein die blanken Zähne zu zeigen, aber nicht mehr, um sich auf die Seite zu drehen und nach ihm auszuschlagen. Sie drehte sich erst, als sie bewußtlos war und nicht mehr anders konnte. Musa hörte nicht auf, als sie auf der Seite lag. Jetzt wollte er ein Ergebnis seiner Anstrengungen sehen, aufgeplatzte Haut, ein paar Rippen, etwas Blut. Er wollte dem halsstarrigen Vieh das Genick brechen. Es kostete ihn zehn Schläge, den knöchernen Grat oben am Hals zu zertrümmern, die Wirbel zwischen den Ohren. Die kurze, federnde Mähne schützte sie. Musa mußte das Pistill beim Schlagen drehen, um die Eselin an der ungepolsterten Seite zu treffen, entlang des Sehnenstrangs zwischen dem Unterkiefer und der Schulter. Allmählich wurde ihr Fell frei von Staub. Die Haut wurde weich wie all die Körner, die unter demselben Pistill in Miris Hand aufgeplatzt und weich geworden waren. Doch das Blut kam nur zögerlich hervor. Und als es kam, sickerte es durch die Haut der Eselin wie Wein durch Brot, es lief nicht heraus, sondern quoll dunkelrot hervor aus dem Fell, verdickte und verdunkelte sich in Schichten an der Kehle, als sei es selber so entkräftet, daß es nicht einmal mehr fallen konnte.

Musa machte eine Pause und sah, daß Brüche und Schwellungen den Blutfluß zum Gehirn der Eselin unterbrachen. Die Nerven, zuerst in den Ohren und am Hals, dann in der Flanke, schließlich in dem verletzten Bein und im hintersten Schwanzbüschel, bebten und zitterten, als verspürte die Eselin nichts anderes mehr als plötzliche Kälte. Musa schlug erneut auf sie ein. Ihr Gesicht war Obst. Es bekam Flecken, platzte auf und näßte. Der Hals war über dem Schulterblatt gebrochen. Musa hatte es geschafft: Endlich hing der Kopf der Eselin lose. Er konnte der Versuchung nicht widerstehen, schlug ein letztes Mal zu, obwohl seine Schultern schmerzten und sein Herz raste. War es Übermut oder Brutalität? Er schlug ihr die Schneidezähne ins Maul. Sie brachen aus dem Zahnfleisch wie Steine aus Aprikosen.

Musas Anstrengungen waren beschwerlich für einen vom Fieber geschwächten Mann. Er mußte wieder ausruhen. Er stützte die Hand auf den Rumpf der Eselin und setzte sich hin. Seine Hände und Knie waren blutverspritzt, und sie zitterten. Er schüttete etwas Wasser darüber und wusch sich. Er wußte, daß er vorsichtiger sein sollte, weil das Blut noch ansteckend sein konnte, aber er beruhigte sich mit der simplen Ansicht, auch der Pferderotz müsse unter den Schlägen des Pistills verendet sein, der Tod müsse stärker sein als jede Krankheit. Der Tod kann heilen. Er wischte die Hände in Eselshaar trocken, schüttelte das Wasser über dem Tier ab. Er verspritzte den Schmutz seiner Hand über dem Kopf der Eselin, ein ganz besonderer Segen. Musa fühlte sich ruhiger, verspielt sogar, aber ein Freund zynischer Rede war er nicht. Es mußte also eine andere Stimme sein, die aus ihm sprach. Er war erstaunt, aus seinem Mund den üblichen Trost für Kranke und Sterbende zu hören. »Alsdann, werde gesund«, sagte er. Ein frommer Wunsch!

»Alsdann, werde gesund«? Bei der Wiederkehr dieses Satzes erschauerte Musa. Solche Wiederholungen kamen nicht von ungefähr. Niemals. Alles kehrt wieder, so lautet das eherne Gesetz der Welt. Wessen Worte waren das: Alsdann, werde gesund? Wer geisterte ihm durch den Kopf? Wessen Stimme pochte da in seinem Schädel? Er zermarterte sich das Hirn. Ja, da war die schwache Erinnerung an eine Gestalt. Ein Gesicht im Fieberwahn. Ein Bauerngesicht. Ein Diebsgesicht. Er konnte sich an die streichelnden Daumen auf seinen Lidern erinnern. »Ein Schluck, ein Schluck. Dann gehe ich.« Nicht Miris Stimme, jemand Sanftes, Männliches; sein schwächerer Zwilling, aber mit dem Akzent des fruchtbaren Nordens. Eine Galiläerstimme mit offenen, müden Vokalen, mit Konsonanten, die herausplatzten wie Samen aus einer trockenen Schote, die wie Aprikosen ihre Steine abwarfen, die wie Eselszähne aus Zahnfleisch brachen. »Ein *Schluck*, ein *Schluck*, ein *Schluck*.« Die Stimme eines Heilers, eines Heilers in seinem Zelt.

Musa spähte in das Zelt. Keine ungewohnten Schatten zu sehen. Er suchte das Strauchland nach Bewegung ab. Er hoffte und fürchtete den Mann wiederzutreffen. Er würde jede Schuld begleichen. Er würde die Zeche bezahlen, solange sie im Rahmen blieb. Sie waren gemeinsam auf den langen, schwarzen Grat gestiegen, um einen Blick in das ockerfarbene Tal des Todes zu werfen. Alsdann, werde bald gesund. Werde gesund.

So fand ihn Miri, als sie zurückkam. Sie mußte in der Dunkelheit nach einer Lampe tasten, um zu sehen, was da für ein Unglück geschehen war. Es lag kein Toter im Zelt, und das erschreckte sie. Sie brauchte nicht lang, um ihren Mann und den Esel zu finden. Der Kadaver stank entsetzlich, und die Steppenhunde schlichen bereits um das Zelt, gierig nach dem Fleisch. Musas Kopf lag auf dem Bein der Eselin, beide schwarz von getrocknetem Blut. Zuerst hielt sie beide für tot. Aber nein. Seine Brust hob und senkte sich. Er schnarchte. Die Zunge lag rosig und gesund auf den Lippen, nicht mehr schwarz vom Fieber. Es war ein Fluch; es war ein Wunder. Der Tod war nicht sehr wählerisch. Er hatte sich die Eselin geholt, nicht den Mann.

Das Licht der Lampe weckte Musa. Er hatte kein Fieber mehr. Er sah Miri an, ihre schmutzigen Hände, die zerschrammten Knie, die verweinten Augen. »Ha, du bist also umgekehrt«, sagte er. Um so besser. Er deutete auf sein blutiges Werk. Aber Musas Wut hatte sich an der Eselin ausgetobt. Er war erleichtert über den Anblick seiner Frau. Man sah es ihm an. Allein kam er nun mal nicht zurecht. Ein aberwitziger Tag lag hinter ihm, und er war müde. Er wußte nicht, ob er feiern oder trauern sollte. Er zog sie heftig an sich, eine strafende Zärtlichkeit, und ließ sich von ihr berichten, was geschehen war, was seine Onkel ihm verordnet, was sie mit ihm vorgehabt hatten.

»Also, wo bist du gewesen?« fragte er schließlich. »Was ist mit deinem Haar?«

Was sollte sie sagen? Daß sie ihm fortgelaufen war? Daß sie sein Grab gegraben und den Nachmittag recht behaglich darin verbracht hatte? Sie konnte nicht sprechen. Sie war erregt und zitterte. Zu kurz hatte die Freiheit gedauert. Schließlich sagte sie, und er mochte ihre Tränen für Tränen des Kummers und der Sorge halten, daß sie gedacht hatte, er würde sterben.

»Nun, dem war nicht so. Ein Geist ist gekommen und hat mich zurückgeholt. Ganz ohne deine Hilfe«, fügte er vorwurfsvoll hinzu, doch er löste den festen Griff um ihren Arm und legte ihr die Hand in den Schoß. »Ich habe sein Gesicht gesehen.«

»Was für ein Gesicht?«

»Irgendein Gesicht eben. Das Gesicht des Fiebers? Deins jedenfalls nicht.«

»Ich habe das Fieber nicht herauslocken können«, sagte sie. »Ich habe für dich gesungen. Die ganze Nacht. Ich schwör es dir. Ich habe ...« Musa neigte das schwere Kinn zum Zeichen, daß er sie nicht hatte singen hören. »... ich bin in den Steilhang geklettert und habe nach Wurzeln gesucht. Um dir einen Breiumschlag zu machen. Aber ...« (sie öffnete die Hände und zeigte die eingerissenen Nägel) »... ich habe vergeblich gegraben. Die Erde war hart. Die Steine ...«

Sie plapperte weiter, ohne sich selber zu hören. Der Teufel soll den Geist holen, der dich zurückgebracht hat, dachte sie. Ihr Handgelenk schmerzte noch von seiner Umklammerung. Seine Finger bohrten und forderten, und sie wich vor ihnen zurück. Er war noch wacklig. Und ungelenk wie immer. Er schaffte es nicht, noch nicht, Miri auf den Rücken zu drehen. Mehr Glück hatte er mit den Lippen, die nicht mehr rissig und trocken waren. Er drückte ihr Küsse auf das Gesicht. Das war die ganze Ausbeute ihres Tages.

Immerhin war es ein Nachmittag der Hoffnung gewesen. Sie hatte die Hände in weichere Luft gestreckt. Der Himmel hatte nachgegeben für sie. Jetzt wurde er wieder zur harten, schmerzbringenden Schale. Miri war nur noch nächtliche Bewohnerin des Strauchlands mit seinen sieben Menschen und seinen Ziegen, seinen Höhlen, seinem Zelt, seiner unduldsamen Gastlichkeit unter dem schmalen Frühlingsmond. Sie war unverwitwet, unbefreit, die Geliebte ungeliebter Lippen, die Hüterin eines nutzlosen Grabes.

8

Die vier neuen Gäste der Höhlen schliefen nicht gut. Sie waren zerschunden und zerschlagen. Ihre Füße taten weh. Ihre Beine waren steif. Die Reise war eine Qual gewesen; eigentlich hätten sie wie Hunde auf ihr Lager fallen und einschlafen müssen. Aber ihr Quartier war zu kalt zum Schlafen. Ihr Wirt, das Strauchland, begrüßte sie zur Feier von Neumond und Frühlingsanfang mit einem Wind, der alt und winterlich und tückisch war. Zu Anfang wehte er noch zu schnell und zu kräftig, um in den Nischen der Felswand auszuruhen, seine Nase in Spalten und Höhlen zu stecken. Er fegte darüber hinweg. Später in der Nacht jedoch, als sie den Schlaf gerade kommen fühlten, wurde er zudringlicher. Ein feuchter Dunst, aus der steigenden Tageshitze im Tal destilliert und von der Dunkelheit gekühlt, hatte den Wind schwerer und geschmeidiger gemacht. Er kam in die Höhlen gekrochen, fegte die versteckten Nester warmer Luft heraus und setzte jedermanns Schlaf ein Ende.

So einte diese vier Reisenden wenigstens die Feuchtigkeit und die Schlaflosigkeit. Was blieb ihnen anderes übrig, als die Kälte auszuklopfen? Oder die Knie anzuziehen? Oder mit den Füßen zu stampfen? Oder in die Hände zu blasen und sich zu fragen, ob sie die innere Kraft – oder Torheit – besaßen, noch neununddreißig Nächte durchzuhalten? Ein Feuer hätte Abhilfe geschaffen. Aber die Wurzeln und Zweige des alten Mannes hatten nicht brennen wollen. Sein Bubenglück mit Feuerstein und Reisig hatte ihn offenbar verlassen. Sein Glück war müde geworden wie seine alten Knochen. Und so hatten er und seine unsichtbaren Gefährten die Nacht so kalt und steif und unentflammt wie das Feuer verbracht.

Sie alle kannten die Dunkelheit gut genug. Wer hätte nicht des Nachts wach gelegen, die bedrohlichen Umrisse im Zimmer durch nichts erhellt als durch den matten Lichtschein eines wolkenverhangenen Himmels? Wer hätte nicht nach einer Lampe gerufen? Aber dieses Dunkel wurde durch nichts gemildert – denn Sternenlicht, und sei es auch angefeuchtet von der Luft, wird, anders als der Wind, niemals geschmeidig. Es sucht sich nicht um Ecken und Kanten seinen Weg. In den Höhlen herrschte blendende Finsternis. Sie konnten die Hand vor Augen nicht sehen. Sie konnten die Dämonen, die Schlangen, die tanzenden Knochen nicht sehen. Um so deutlicher hörten sie sie. Wie läßt sich die Zeit besser herumbringen, das Leiden an der Kälte besser vergessen als mit Gedanken an Schlimmeres als Kälte – Geräusche ohne Form?

Wenn einer in seiner feuchten Ecke hustete, vermuteten die anderen drei Hyänen dort draußen. Flüsterte sich einer – aus Angst vor den Hyänen – Trost zu, dann klang seine Stimme für die anderen drei wie das verschwörerische Flüstern von Räubern. Ein Gähnen wurde zum unterdrückten Hilferuf. Ein Niesen zum Jauchzen der

Geister. Der Wind brachte Sträucher zum Rascheln – eine Eule huschte durchs Gebüsch – Höhlenkäfer mit aufgestellten Flügeln probten Mord und Vergewaltigung.

Die Frau blieb nicht ganz so schlaflos wie die anderen drei, vielleicht weil die wenigen Büsche vor ihrer Höhle sie vor dem Wind schützten. Ihr Name war Marta. Seit neun Jahren war sie mit Thaniel verheiratet, dem Grundbesitzer aus Sawiya bei Jerusalem. Als seine zweite Frau. Sie war – wie hieß es in dem Lied, das sie zu oft hatte hören müssen? – die »Mutter eines fadenscheinigen Schoßes, deren Kettfaden ohne Schuß geblieben war«. Obschon über dreißig Jahre alt, war sie noch kinderlos, trotz aller nächtlichen Bemühungen ihres Gatten, trotz aller Experimente mit Zaubersprüchen und einschlägigen Kräutern. Sie hatte gemeinsam mit dem Dorfpriester wohl ein Dutzend Tauben geopfert. Sie hatte Honig auf einen Kürbis geschmiert, Geld nach Jerusalem geschickt, sich kupferne Amulette um den Hals gehängt, den Samen ihres Mannes – auch wenn sie nicht wußte, wozu das gut sein sollte – im Mund erduldet. Wochenlang hatte sie Balsamblätter unter den Kleidern getragen, bis sie raschelte wie Pergament. Sie hatte nur grünes Obst gegessen (und den Preis dafür gezahlt). Sie hatte gehungert. Sie hatte sich vollgestopft. Jetzt war sie rund und wurde noch runder, nicht um ihrem Mann zu gefallen, sondern weil ihr Bauch nicht länger flach sein sollte. Ein dickerer Bauch und größere Brüste würden ihr Glück bringen, dachte sie. Stell den Taubenschlag auf, dann kommen die Tauben ganz von selbst.

Natürlich hatte nichts von alledem gewirkt. Ihr Kettfaden war ohne Schuß geblieben. Hundertmal und öfter hatte sie den allmonatlichen Rückschlag der Blutung mit Gebeten und Selbstbetrug zu verhindern gesucht. Noch bis zur Ernte blieb ihr Zeit zur Empfängnis. Danach, hatte ihr Mann gesagt, wollte er sich von ihr trennen. Das Gesetz gestattete es ihm. Das Gesetz gebot es ihm sogar. Nach zehn Jahren Unfruchtbarkeit durfte ein Mann sich ein neues Weib nehmen. »Auf sauren Boden wirft man keine Saat«, sagte er. Er hatte ein Recht auf Erben. Es war die heilige Pflicht des Weibes, Kinder zu gebären und großzuziehen. Er hatte seine erste Frau verstoßen müssen, weil sie nicht schwanger geworden war. Und auch Marta hatte versagt. Also würde Thaniel sie verstoßen und sich anderweitig umsehen müssen. Natürlich sei das beklagenswert und hart, sagte er, aber er konnte sich ja nicht selber die Schuld geben. Nicht zweimal. Er würde Lishas Tochter heiraten. Sie war jung. Ihr Vater besaß ein Stück Land, das an seines grenzte. Es war eine erfreuliche Aussicht. Und vernünftig.

»In zehn Monaten habe ich einen Sohn«, sagte er zu seiner Frau. »Und nun wisch dir die Tränen ab, Marta, und zeige etwas Würde. Mit Tränen änderst du nichts. Bete lieber um ein Wunder … Komm. Du hattest zehn Jahre, um dich zu beweisen, das ist nur gerecht …«

»Ich werde beten«, sagte sie.

»Bete, soviel du willst.«

Marta nahm ihn beim Wort. Sie wollte tun, was sie konnte. Und so war sie, trotz der Einwände des Priesters, der ihre Pläne für eigenwillig und unschicklich hielt, in diese Wildnis gewandert, um bei Tag zu fasten und nachts um Wunder zu beten.

Jetzt saß sie aufrecht in ihrer Höhle, an die hinterste der feuchten Wände gelehnt, und wartete auf den ersten grauen Streifen Tageslicht im Eingang. Sie war mehr müde als ängstlich, und wenn sie auch wie ihre Nachbarn aus dem Geklapper jedes Steins, den nichts Bedrohlicheres als der Morgentau ins Rollen gebracht hatte, einen Teufel oder eine Schlange heraushörte, so konnte sie es doch nicht verhindern, daß der Kopf ihr von Zeit zu Zeit auf die Brust sank. Die Träume ihres Schlafs waren weniger beängstigend als die Wachträume, und so hatte sie das Gefühl des Fallens nicht beim Einschlafen, sondern wenn sie allein im Alptraum der Höhle erwachte. Sie fand sich in einem Mutterschoß wieder, einem Grab, einer Katakombe. Aber sie war ruhig. Diese vierzig Tage konnten nicht schlimmer sein als ein Leben ohne Kind, ohne Ehemann, ohne ein Heim.

Natürlich verachtete sie den Mann und hatte an mindestens acht ihrer neun Ehejahre nicht viel Freude gehabt. Da ging es ihr nicht anders als den übrigen Frauen in Sawiya. Die Ehe war ein holpriger Ritt, »aber lieber reiten, als zu Fuß gehen«, sagten sie sich, »und wenn man auf einem Esel reiten muß«. Natürlich waren ihre Ehemänner ein Ärgernis. Aber Ehemänner waren auch amüsant. Zumindest, wenn sie nicht in der Nähe waren. Am Backofen oder am Brunnen konnte man sich gemeinsam mit den Freundinnen über ihre Eitelkeiten und Launen lustig machen. Das Schimpfen und Lachen über käsige Ehemänner trieb das Brot auf und ließ den Joghurt gerinnen. Aber Marta konnte nichts Komisches an Thaniel finden. Er hatte sie und seine erste Frau unfruchtbar gemacht, daran gab es für sie keinen Zweifel, mit seinem trockenen Herzen, der funkensprühenden Zunge. Sie wirkten zusammen wie Mühlsteine ohne Öl. Dennoch blieb Marta Optimistin, glaubte fest daran, daß alles sich zum Guten wenden würde, wenn sie nur dieses Kind bekam. Sie drückte sich mit Daumen und Zeigefinger die Augen zu, den kleinen Finger am Mundwinkel, und betete, daß sie ihre Unfruchtbarkeit an diesem dunklen, unfruchtbaren Ort zurücklassen konnte, an den sie gehörte. Sie betete um vierzig Tage und Nächte des Reifens, auf daß sie fruchtbar werde, auf daß sie sich mehre. Und sie betete, daß der Morgen die Gewohnheiten der Ewigkeit brechen möge: Laß ihn dies eine Mal früher kommen und die Nacht vertreiben.

Aber soviel sie auch betete, die Geräusche ließen sich nicht ganz aussperren. Wenn sie innehielt und lauschte, war sie sicher, daß im Gebüsch gleich unterhalb der Höhle etwas, oder jemand, war. Sie hörte die leisen Geräusche, die einer macht, wenn er – denn es war zweifellos ein Mann –, wenn er still steht und durch die Nase atmet. Das Schnaufen, das Rascheln der Kleider, das Schmatzen der Zunge von jemandem, der im Dunkeln auf sie wartete. Vielleicht einer ihrer drei neuen Nachbarn? Sie waren ihr nicht gefährlich vorgekommen, auch wenn eine Frau keinem Mann trauen durfte, wenn sie allein war, egal, wer er war. Sie hörte auf zu beten und atmete, so leise sie nur konnte. Es raschelte wieder, und dann schien der Jemand ein Stück Stoff auszuschütteln. So klang es, wenn ihr Mann den Staub aus seinen Kleidern schüttelte, nachdem er sie abgelegt hatte. War es der alte Mann? Der Blonde? Der Badu mit dem hennaroten Haar? Welcher stand nackt vor ihrer Höhle?

Das leise Atmen und das Stillsitzen machten Marta schläfrig. Sie versuchte sich wach zu halten, sich auf die Geräusche zu konzentrieren, doch es half nichts. Das Kinn sank ihr auf die Brust. Sie schlief ein.

Dem Himmel sei Dank für die Barmherzigkeit der Träume. Als Marta erwachte und wieder das Rascheln unterhalb der Höhle hörte, sah sie vor ihrem geistigen Auge keinen nackten Mann mehr. Sie hörte jetzt genauer hin. Die Geräusche waren zu leicht, zu vogelartig, um bedrohlich zu sein. Ein Mann gab gewichtigere Laute von sich. Er hatte nicht die Geduld, so leise und reglos stehenzubleiben. Also eine Frau? Ein Vogel? Gazellen? Die Antwort lag auf der Hand: Es mußte die kleine feingliedrige Frau mit dem offenen Haar sein, die sich zwischen den Mohnblumen eine grabähnliche Grube gegraben und es sich darin eingerichtet hatte; das spähende kleine Mausgesicht, das, halb in der Erde versteckt, mit feuchten, ängstlichen Augen auf das Strauchland hinausgeblickt hatte. Marta hätte vor Freude und Erleichterung in die Hände klatschen mögen. Sie hatte diese vierte Gefährtin der Nacht ganz vergessen. Ob sie immer noch in ihrer Grube kauerte?

Jetzt hatte Marta einen guten Grund, die Höhle zu verlassen. Da draußen wartete eine Freundin, eine Verrückte vielleicht, aber eine, die zu klein war, ihr etwas anzutun. Frauen sollten einander suchen. Sie ging auf den Eingang zu, stützte sich mit beiden Händen an der Höhlenwand ab und trat hinaus auf die feuchte Erde, in das Gesträuch am Fuße der Felswand. Sie war erstaunt, wie dunkel es war, wie böig der Wind geworden war. Erstaunt, weil sie immer geglaubt hatte, der Nachthimmel über dem Land sei viel heller als der staubige Himmel über den Dörfern. Aber die Nacht war trotzdem schön, viel schöner als jede Nacht in Sawiya, vielleicht, weil Sawiya im Kellergeschoß der Berge lag. Dies Strauchland hier war das Dach. Von ihrem Platz aus hatte sie den

Mond in Augenhöhe. Er glich einem schmalen Melonenschnitz, mit festem Rücken, durchscheinend und farblos. Seine Schale ruhte auf dem schwarzen Horizont, kaum hell genug, den Himmel zu tönen. Aber zu ihrer Linken, jenseits der großen Ebene mit ihrem Meer, zeigten die Gipfel und Bergrücken von Moab stolz ihre Epauletten aus rosafarbenem Licht. Der Morgen näherte sich.

Marta ging auf das Grab zu. Drinnen hörte sie die neue Freundin scharren. Ein schnappendes Luftholen war zu hören, wie bei gestrandeten Fischen im Netz.

»Es ist gut«, rief sie, zur Beruhigung für sie beide. »Ich bin's. Die Frau von gestern.«

Aber es war natürlich keine andere Frau in dem Grab. Schon seit der Abenddämmerung nicht mehr. Miri lag bei Musa im Zelt, wieder mit ihm vereinigt durch die Decke auf ihrem Bett, das schmale, knöcherne Rückgrat gegen seine Hüften gepreßt. Statt ihrer nur scharrende, zufriedene Dunkelheit in der Grube. Und jetzt wieder die kleinen, nassen Geräusche, die Marta zuvor gehört hatte. Sie konnte sie nicht einordnen – sie waren zu feucht und federleicht für eine Frau, und mochte sie noch so klein sein.

Sie trat zu nah an den Rand. Sie stieß einen losen Stein hinein. Mehr brauchte es nicht. Zuerst ein erschrockenes Kreischen, dann ein flatternder, heftiger Windstoß, als die Grube aus Schatten jählings Formen machte und ihren Inhalt in die Luft warf. Ein Lärm wie hundert Ehemänner, die ihre Kleider ausschütteln. Feuchte Körper taumeln aus dem Grab in die Nacht hinaus, blindlings und rachsüchtig wie Dämonen, die aus einem Alptraum geschleudert und von den sieben Winden der Hölle vorwärts getrieben werden.

Marta schrie so laut, daß ihre neuen Nachbarn sie und auch ihr Echo hörten. Sie schlug hart auf die Knie. Etwas klatschte ihr ein dutzendmal fest und naß ins Gesicht. Brust und Schultern bekamen sechs oder sieben Hiebe ab. Flügel, Schnäbel und Gestank fielen über sie her. Und dann, noch ehe Martas Schrei verhallt war, stoben sie davon, verwünschten sie in wilder Flucht. Sie wußte nicht, was für Vögel das waren. Sie war zu erschrocken. Ihr Herz schlug schneller als die Flügel. Einer der Vögel hatte sich mit den Klauen im groben Gewebe ihres Umhangs verfangen und hing nun kopfüber an ihrem Schenkel, zappelnd und flatternd. Marta, nicht weniger panisch als der Vogel, schlug nach ihm, aber er ließ nicht los. Als sie wieder Luft bekam und bei Sinnen war, packte sie ihn bei den Flügeln und riß ihn los. Ihr zitterten die Hände. Es war ein großer Vogel mit breiter Brust, gesprenkelter Kehle und erdfarbenen Unterflügeln. Irgendein Federvieh des Strauchlands. Schwer atmend kniete sie für einen Augenblick nieder, um sich die Hände an den Brustfedern des Vogels zu wärmen. Sie würde ihn nicht wieder loslassen. Er war ein Geschenk. Ihr Abendschmaus, um das Ende ihres ersten Fastentages zu feiern. Sie drückte seine Federn einen Moment lang an Wangen und Lippen. Sie waren weicher als jeder Stoff. Aber sie wußte nur zu gut, daß es weder Ort noch Zeit für Kindereien war. Sie brach ihm die Flügel, damit er zu flattern aufhörte. Nach den Regeln hätte sie ihn schächten und ausbluten lassen müssen. Doch es war kein Messer zur Hand – und kein Priester. Also legte sie ihm die Daumen an den Hals und brach ihm das Genick.

Noch ein zweites unverdientes Geschenk gab es. Als der Morgen so weit aufgestiegen war, daß sie in das Grab sehen konnte, erkannte sie den Grund für die Vogelversammlung. Als Miri Musas Grab ausgehoben hatte, mußte sie tiefer graben als die Schicht aus mürbem Zwieback und Steinen und war auf die Wasserader getroffen, durch die das bißchen Feuchtigkeit ablief, das in den Steilhang sickerte; und über Nacht war das Grab zur perfekten Zisterne geworden: kühl, mit steilen Seitenwänden, unerreichbar für Ziegen und Antilopen. Das Wasser war dunkelbraun und gerade mal knöcheltief, aber es ließ ihr die vierzig vor ihr liegenden Tage fast behaglich erscheinen.

Marta war nicht durstig, aber sie wußte, daß sie trinken sollte, bevor die Sonne aufging und es ernst wurde mit dem Fasten. Sie legte sich bäuchlings auf den Boden, das Kinn auf dem Grabrand, und langte ins Wasser hinunter. Zum Glück war sie eine große Frau und reichte mit den Armen bis zum Grund des Grabes. Sogleich setzten sich ihr ein paar schwarze Lausfliegen auf die Handgelenke. Das Wasser schmeckte herzhaft, wie Suppe, erdwarm, nicht gerade delikat, aber grausam wohltuend wie eine Kräutermedizin. Fruchtbar schmeckte es. Was würde Thaniel sagen, sähe er sie der Länge nach auf dem Boden liegen, ungeniert wie ein kleines Mädchen?

Sie schöpfte ihr Wasser nicht lange allein. Der Blonde, herbeigerufen von ihrem unfreiwilligen Aufschrei und dem Geflatter der Vögel, lag bald neben ihr, trank auf sein Glück, und das aus vollen Händen. Dem alten Juden fiel es schwer, sich hinzuknien oder gar auf den Bauch zu legen, um an das Wasser zu gelangen. Er hielt sich die Seite, schmerzverzerrt. Marta schöpfte Wasser für ihn; das meiste rann durch die Finger, bis sie die hohlen Hände, die noch zitterten vor Schreck, an seinen Mund gehoben hatte. Er schüttelte entschuldigend den Kopf. Es ging nicht an, daß er mit Lippen oder Zunge ihre Haut berührte. Er reichte ihr seine Filzkappe. Viel Wasser paßte nicht hinein, aber sie sog sich immerhin so voll, daß der Alte sie zwischen den Zähnen ausquetschen konnte. Zuerst versuchte er, die Erdklumpen aus dem Filz zu lösen, bevor er trank, dann entschied er sich für den einfacheren Weg und pickte sich Erde und Sand von Lippen und Zunge. Der Badu kam als letzter, allem Anschein nach ungerührt von Martas Schrei. Auch er reichte mit den Händen nicht an das Wasser heran. Er sprang in das Grab und ließ sich auf die Knie fallen, um zu trinken. Er hatte die Manieren und das schmale Rückgrat einer Ziege.

Nichts eignet sich besser als ein Wasserloch, um aus Tieren, die außer ihrem Durst nichts vereint, auf kurze Zeit gute Nachbarn zu machen. Es gibt die Fabel vom Leoparden und dem Hirschen, die geduldig anstehen, wenn Vipern trinken. Und unter Wanderern geht die Rede, daß jeder, der an der Quelle drängelt, den Tod durch Ertrinken erleidet. Daß seine Knochen nie mehr trocknen werden. Und so waren die vier Fremden, die sich um die Zisterne versammelt hatten, rücksichtsvoller und höflicher, als wenn sie sich etwa im Gedränge vor einem Marktstand begegnet wären, wo Ellenbogen und die lauteste Stimme zum magersten Fleisch verhelfen. Selbst der Badu, trotz seiner kindischen, knietiefen Ungehörigkeit, blieb in seiner Ecke und vermied es tunlichst, auf die schöpfenden Hände der anderen zu treten. Auch hörte man manches nervöse Lachen. Sie wußten, welch komischen Anblick sie boten – ungewaschen, übermüdet, fern von zu Hause, und das stinkendste Wasser, kaum rein genug zum Bewässern der Felder, rann ihnen durch die Finger, an Brust und Beinen herunter. Als sie mit Wasser abgefüllt waren und auf den Felsen saßen, auf die Sonne warteten und darauf, daß sie ihnen die Kleider trocknete, hatten sie keinen Grund mehr, sich wie völlig Fremde zu verhalten. Wie Reisende, die im Gasthof am selben Tisch sitzen, wohl wissend, daß jeden von ihnen in der Nacht dasselbe Unwohlsein befallen wird, mußten sie miteinander reden. Sie mochten um der Abgeschiedenheit willen in die Berge gekommen sein. Aber es gab auch Bräuche, die beachtet werden wollten. Die Bräuche der Wasserstellen. Die Bräuche der Landstraßen. Und für die Männer den unangenehmen, hinderlichen Brauch der Ausdrucksweisen und Manieren, den die Gegenwart einer allein reisenden Frau ihnen aufzwang. Wer weiß, wie diese drei geredet, sich benommen hätten, wäre Marta nicht gewesen, schön und imposant, Hals und Arme und Fesseln nah genug, um genauestens betrachtet und berührt zu werden? Wer war die Viper? Wer Leopard, wer Hirsch?

Marta war sich ihrer verstörenden Wirkung bewußt. Die Männer starrten sie an, selbst in Sawiya, wo sie keine Neuigkeit mehr war, als erfüllte ihre Gegenwart sie mit Unbehagen. Sie hielten in der Arbeit inne, um ihr auf dem Weg zum Brunnen nachzugaffen. Sie konnte die Sichel, die Säge zum Stillstand bringen. Dieselben Männer sahen sie zurückkommen, den vollen Krug auf der Schulter. Sie hofften darauf, daß sie die Arme über den Kopf hob. Dann breiteten die Brüste sich hoch und flach über den Brustkorb. Dann konnte jeder Mann sehen, daß ihr Bauch noch nicht die Last eines Kindes getragen hatte, und das war – aus Gründen, die nur Männer und junge Gockel verstanden – ein erregender Anblick. Aber

Marta mißdeutete ihre Blicke, erwiderte sie, sah ihnen in die Augen. Warum sollte sie sich schämen? Wenn sie grinsten oder sich etwas zuflüsterten, dann konnte sie sich denken, was sie sagten und warum sie lachten. Für diese Männer war sie ein Baum ohne Früchte. »Armer Thaniel«, sagten sie wohl. »Keine Aussicht auf Ernte dieses Jahr. Zwei fruchtlose Weiber. Wer soll das ertragen?«

Und doch, arme Marta. Sie schämte sich, trotz aller Kühnheit draußen in den Gassen. Ihrer Unfruchtbarkeit. Ihres hohen Wuchses; sie fand sich unfraulich und plump. Ihres unterernährten Herzens. Und jetzt, vor Fremden, schämte sie sich erst recht. Ihr ungewollter Schrei hatte sie alle aus den Höhlen gelockt. Als hätte sie sie herbeirufen wollen. Nun war sie bloßgestellt. Das ungekämmte Haar unterm Kopftuch. Die nassen, staubigen Kleider. Die Erde und das Wasser auf Gesicht und Brust. Eine verheiratete jüdische Frau ihres Alters war es nicht gewohnt, allein mit Männern zu sein, es sei denn mit Verwandten oder Priestern. Selbst Thaniel, ihr Mann, verbrachte nicht viel Zeit mit ihr allein, wenn er es vermeiden konnte. Gott sei's gedankt. Deshalb war ihr nicht wohl dabei, den Blicken dieser Fremden ausgesetzt zu sein. Sie versteckte die Füße unter dem Saum der Tunika, hüllte Arme und Schultern so züchtig wie möglich in den Mantel, zog die Schultern nach vorn, damit die Tunika gerade wie ein Vorhang vor ihrem Körper herabfiel, und setzte sich ein wenig abseits von den Männern. Sie nahm den Rand der Tunika zwischen die Finger und tastete nach den Samenkörnern, die sie vor ein paar Jahren als Talisman in den Saum genäht hatte. Zehn Samen, jeder ein ungeborenes Kind, jeder mit den Monaten hart geworden. Fünf Töchter und fünf Söhne, damit Mitgift und Morgengabe sich die Waage hielten, falls alle überlebten. Sie ließ sie durch die Finger gleiten wie Gebetsperlen an einem Armband, zählte durch bis vierzig und wieder zurück bis null. Sie zählte heimlich. Sie bewegte die Lippen nicht. Sie wollte sich in Stein verwandeln. Sie mußte vierzig Tage lang ihr Schweigen wahren. Sie mußte sich von den Männern fernhalten. Der Priester hatte recht gehabt: Es war eigensinnig gewesen, gefährlich und unschicklich, von zu Hause in die Wildnis zu flüchten. Aber niemand hatte ihr vorher gesagt, wie beflügelt und lebendig sie sich fühlen würde.

Der alte Mann beunruhigte sie nicht, er interessierte sie nicht einmal, trotz seiner Gebrechlichkeit. Er war Jude. Ein Jude, wie sie sie zu Hunderten kannte. Ihre Onkel und älteren Nachbarn waren wie er, nachgiebig und großspurig zugleich, schlecht zu Fuß, flink mit dem Maul, wehleidig wie kleine Kinder. So würde ihr Mann im Alter sein. Der Blonde jedoch war befremdlich und schön. Ein Ausländer, vermutete sie. Ein faszinierender Ausländer zum Träumen. Eine solche Haarfarbe hatte sie nur bei Legionären gesehen, manchmal auch bei Händlern aus dem Norden. Das Haar eines Parfümverkäufers. Honigfarben. Und der Hals und die Backen braun wie Bienenwachs. Sie betrachtete ihn aus den Augenwinkeln; sie wollte nicht bemerkt werden, fand aber auch keinen Anlaß, anderswo hinzusehen. Er saß im Schneidersitz, in sich versunken, die Beine fast zu einem Zopf verschlungen. Er führte einen Wanderstab aus knorrigem Holz mit sich, mit makellosen Windungen längs des Schafts, den er sich quer über den Schoß gelegt hatte. Er fuhr mit den Fingern die Windungen entlang. Ein ansehnlicher Mann, fand sie. Mehr als ansehnlich. Stattlich. Sie fragte sich, ob sein Körperhaar wohl blond war …

Der Badu wollte Marta nicht so recht gefallen. Er war ohne Rücksicht auf die Reinlichkeit der anderen in die Zisterne gesprungen. Die Art, wie er auf den Fersen kauerte, schaukelnd wie eine Wiege, das hennarote Haar zwischen den Fingern zwirbelnd, zum Aufspringen bereit, erregte ihr Mißtrauen. Er war zu klein und katzengleich, trug zu viele Ringe an den Armen, um ihr ernstlich gefährlich werden zu können. Aber es lag etwas Teuflisches, Unreifes in seinen Zügen. Falls er Körperhaare hatte, paßten sie gewiß nicht zum hennaroten Schopf.

Marta hatte ihre Zahlen und ihre Samenkörner als Gefährten. Sie behielt die Männer im Auge und wartete auf die Sonne und ihre Wärme. Der Badu sprach kein Wort. Er ließ sich Kiesel in den Mund fallen. Der Alte dagegen war froh zu reden, und der Blonde, obgleich er kaum den Kopf wandte, schien ihm zuzuhören. Der Alte flüsterte nicht, sondern sprach laut und vernehmlich, in selbstbewußtem Griechisch – vielleicht, damit es alle hören konnten. Er gab seinen Namen bekannt, seinen Geburtsort, sein Gewerbe. Er war Aphas der Steinmetz aus Jerusalem. Er berichtete von seiner beschwerlichen Reise zu den Höhlen, seinen Versuchen, Feuer zu machen, der unbequemen Nacht. In allen unwichtigen, harmlosen, beruhigenden Einzelheiten. Was für vertrauliche Mitteilungen sollte man Fremden in der Wildnis sonst auch machen? Als niemand antwortete, wandte er sich schließlich an den Badu und fragte ihn nach seinem Geburtsort. Aber der Badu lächelte nur – schlechte Zähne, nasse Kiesel – und schüttelte den Kopf. Vielleicht wollte er seinen Familiennamen nicht verraten. Kannte ihn wohl nicht. Welcher Badu kannte schon seinen Familiennamen? Oder er konnte kein Griechisch. Jetzt wandte Aphas sich Marta zu und versuchte sie mit einem Kichern über das Schweigen des Badu in seine Belustigung einzubeziehen. »Was für ein Plappermaul«, sagte er. Er wollte nach ihrem Namen fragen, überlegte es sich jedoch anders. Schickte sich das? Man durfte eine Frau nicht einfach nach dem Namen fragen oder zu ihr sagen: »Wie heißt die Familie deines Gatten?« oder »Warum bist du allein unterwegs? Was willst du hier?« Statt dessen tippte er dem Blonden aufs Knie – ein alter Mann darf sich solche Vertraulichkeiten herausnehmen – und sagte: »Ja, ja? Laß hören.«

Der Honigschopf stammte, wie Marta vermutet hatte, aus dem Norden. Er konnte etwas Aramäisch, etwas Griechisch, auch wenn viele seiner Worte unverständlich blieben. Anders als der geschwätzige Steinmetz redete er, als hätte er alle Zeit dieser Welt. Den Namen seiner Heimatstadt hatte sie noch nie gehört, um so vertrauter war ihr sein Name. Er hieß Shim. Beinahe ein jüdischer Name. Dabei war er kein Jude, sagte er. Sein Großvater aber, der das große Tal von Jesreel vor sechzig Jahren durch einen der Zugänge verlassen hatte, war ein Jude gewesen. Er sei in das Land seiner Vorväter zurückgekehrt, sagte Shim, um dort etwas zu suchen, das er nicht benennen konnte. »Vielleicht gibt es kein Wort dafür. Bis jetzt.«

»Um Gott zu treffen«, schlug Aphas vor, der zeigen wollte, daß er ein Mann von Bildung war.

»Nein, nein, das Wort ›Gott‹ ist schwerlich stark genug für das, wonach ich suche.« Er sah den Alten nicht an, sondern war ganz auf seinen Stab und seine Stimme konzentriert. »Mein Gott ist kein heiliger König, kein Herrscher im Himmel. Er ist allgegenwärtig. Auch in diesem Ding hier …«, er schüttelte den Wanderstab, »… und im menschlichen Geist. Er nimmt uns in sich auf, wenn wir sterben. Wenn wir bereit dazu sind. Aber zuerst müssen wir das finden, für das mir das Wort fehlt …«

»Erleuchtung wäre ein Wort… «, schlug Aphas vor.

»Erleuchtung kommt zu denen, die nichts wissen. Sie ist ihr Licht im Dunkeln, ihre Rettung vor den Lockungen und Begierden des täglichen Lebens. Aber ich für meinen Teil, ich suche mehr nach … Gelassenheit, vielleicht. Die findet man nicht so leicht.« Er rieb die Finger gegen den Daumen, als wären seine Worte Stoff. »Gott finde ich auch zu Hause. Erleuchtung finde ich in den kleinsten Dingen. Da muß ich mein Haus nicht verlassen. Aber hier ...«, wieder befühlte er den Stoff aus Worten, »… wo gäbe es einen besseren Ort, um jenseits von Erleuchtung und Gott nach dem Namenlosen zu suchen, als hier in den Höhlen, fern aller Bequemlichkeiten und Zerstreuungen der Welt?« Aphas nickte unablässig, obwohl Menschen wie Shim – Gelehrte, Mystiker, Weise, Asketen, Stoiker, Epikuräer, dieses Heer von Heiligen – ihm ein Rätsel waren. Warum seinen Körper freiwillig strafen, wenn die Welt und Gott ihn früher oder später ohnehin strafen würden? Aber es führte zu nichts, einem Mann von Shims Rang und unbestrittener Würde zu widersprechen. »Ich verstehe«, sagte er, doch Marta sah ihm an, wie beunruhigt er war. »Ich weiß, was du meinst, auch wenn es kein Wort dafür gibt …«

»Bis jetzt.«

Er habe Gott, dem Herrscher des Himmels, nicht den Rücken gekehrt, fuhr Shim fort. Nicht einem Gott.

Nicht einem einzigen der Götter. Aber in seinen Überzeugungen sei er Grieche. Er verehre alles Lebendige. »Ich verehre den hier«, sagte er und hob einen Stein auf. »Ich verehre die dort oben.« Er deutete hinauf zu den Vögeln. »Ich verehre dies.« Wieder drehte er die Windungen seines Wanderstabs.

»Das ist gut. Das ist ausgesprochen griechisch«, sagte Aphas.

»Ich verehre jeden hier«, fuhr Shim fort. Er sprach mit leiser, kaum vernehmbarer Stimme. »Bis auf einen, natürlich.« Er hob eine Hand von seinem Stab und zeigte auf sich selber.

Aphas räumte ein, keine derart selbstlosen Motive für sich in Anspruch nehmen zu können wie Shim. Er könne nicht behaupten, daß er so griechisch sei. Er sei zum Fasten hergekommen, weil er (»Warum viel komplizierte Worte darum machen?«) sterben müsse. Diese vierzig Tage seien seine letzte Chance, hatte sein Priester gesagt. Er hoffe, seinen Frieden mit Gott zu machen, und natürlich mit sich selber. Vor allem aber hoffe er auf Wunder, darauf, daß das Fasten und die Gebete ihn wieder gesund machen würden. Innere Einkehr sei leicht zu finden, verglichen damit. Er habe ein Geschwür, sagte er. »Etwas Lebendiges in mir. Das kann keiner verehren. Größer als meine Faust.« Er zeigte seine Faust und deutete auf seine Seite. »Man kann fühlen, wie hart es ist.« Er wartete auf einen Freiwilligen, der ihm einen Finger in die Seite drückte. Shim beugte sich über seine gekreuzten Beine, legte den Finger auf das Geschwür und nickte. »Du sagst es«, bestätigte er.

»Komm her.« Aphas winkte den Badu zu sich, rief ihn erst auf griechisch an, dann auf aramäisch und übersetzte die Worte schließlich in Fingersprache. »Fühl mal.«

Der Badu sprang auf, kam flink und leise wie eine Katze herbeigeschlichen, hörte nicht auf zu grinsen. Er hob das Hemd des Steinmetzen. Marta sah, daß der Bauch angeschwollen war. Die Haut spannte sich. Es sah aus, als hätte der alte Mann zwischen Hüftgelenk und Rippen eine zusätzliche Kniescheibe. Der Badu spuckte Kieselsteine, lachte, bedeckte das Geschwür mit der flachen Hand. Er schüttelte den Kopf hin und her. Er tippte mit den Fingerspitzen auf den Krebs, legte Aphas das Ohr auf die Brust und hielt seine Hand fest. Nichts, was er tat, hatte irgendeinen Sinn. Aphas mußte fest ziehen, damit der Badu ihn losließ. Er brauchte Mitleid oder Wunder, nicht so etwas.

»Er versteht kein Wort, das wir sagen«, bemerkte Aphas, flüchtete sich in Geschwätz, wie er es sein Leben lang getan hatte. Ihm lief die Nase, und er hatte feuchte Augen. »Hier, Meister Shim, der Bursche gehört dir. Du liebst alles Lebendige, sagst du. Also liebe ihn.« Er lachte gequält, wischte sich die Augen. Dann wiederholte er es, beinahe Wort für Wort ... »Liebe ihn, habe ich gesagt.« Er wandte sich Marta zu, wartete auf ein Nicken, ein Lächeln von ihr, das ihn aus seiner Verlegenheit erretten würde. Sie lachte, aber aus einem ganz anderen Grund. Ihre drei Gefährten waren lächerlich. Selbst der Honigschopf. Er war vielleicht der Verrückteste von allen.

Sie merkten kaum, daß die Sonne aufgegangen war und ihre vierzig Tage begonnen hatten. Aber bald – nachdem Shim und Aphas sich einig geworden waren, daß sie sich in der Abenddämmerung alle wieder einfinden, ein gemeinsames Feuer entzünden und ihre Fastenzeit mit Martas Federvieh und der kostenlosen Nahrung der Wildnis unterbrechen wollten, falls es etwas zu sammeln oder zu jagen gab – verstummten sie, sogar Aphas. Sie beschäftigten sich mit sich selber. Bis sie sich schließlich in den Schatten und die Einsamkeit ihrer Höhlen zurückzogen. Der Badu ging am Steilhang entlang, stieß von Zeit zu Zeit einen Schrei aus und kniete nieder, um Steine aufzusammeln. Marta war froh, allein zurückzubleiben, in der Sonne zu sitzen, Samenkörner zu zählen. Die Vögel, die in den Dornbüschen gewartet hatten, kehrten scharenweise zurück, um Flügel und Schnäbel ins Wasser zu tauchen. Doch schon bald waren sie in der Minderheit. Das Wasser in der Zisterne roch so moosig, und die Vögel, erregt von diesem unerwarteten Segen, sangen so unermüdlich, daß jedes Geschöpf in den Bergen die Aufforderung zum Trinken riechen und hören konnte.

Fette Fliegen, Grabwespen und Flöhe sprenkelten die Wasseroberfläche, tauchten beide Enden ihrer Körper ein, das vordere, um zu trinken, das hintere, um ganze Ketten von Eiern abzulegen. Hundertfüßler und Tausendfüßler, stille Liebhaber alles Feuchten, versammelten sich am Rande der Zisterne zum seltenen Gemeinschaftsmahl. Schlanke Käfer und kugelrunde Würmer feierten im Schlamm. Schnecken mit und ohne Haus, die hinab zum Wasser und zu dem wippenden Körper einer Schabe krochen, zogen schleimige Spuren über die Wände des Grabs. Perleidechsen wandten blinzelnd die flachen Köpfe auf der Suche nach leichter Beute. Über ihnen und in den Dornen sammelten sich noch mehr Vögel, um sich zum Frühstück ins Gewühl zu stürzen.

Marta zögerte noch immer, ihre Höhle aufzusuchen.

Sie hoffte auf die Rückkehr der kleinen Frau: »Hallo, ich bin's. Die Frau von gestern.« Aber sie sah nur Vögel und Insekten, die es zum Wasser in der Zisterne zog. Auch sie zog es dorthin. Sie wollte ihnen beim Trinken zusehen und vielleicht einen zweiten Vogel fangen. Ihr Schatten fiel über das Grab. Wieder schüttelten die Vögel ihre Flügel aus und flogen davon. Sie duckte sich, wich aus. Sie schrie nicht. Die Eidechsen huschten hinter Steine, verschlossen die Augen vor ihr. Insekten probierten ihre Flügel aus. Schnecken verschwanden in ihren Häusern und mimten das heimliche Leben der Steine. Marta kam es vor, als hätte sie den Finger in einen heiligen Trank getaucht und davon gekostet. Es war wie am vierten Schöpfungstag, als Gott bestimmt hatte, daß es im Wasser von lebendigem Getier wimmeln und die Vögel hoch über der Erde unter dem Gewölbe des Himmels fliegen sollten. Sie fühlte sich wenig erbaut von Gottes Werk, sondern – wie jeder halbherzige Jude – abgestoßen davon. Sie würde ihre Angst vor Insekten überwinden, die Gesetze des Levitikus (»Diese Tiere sollen euch Gewürm sein, und ihr werdet euch damit unrein machen«) vergessen müssen, bevor sie den Mut faßte, noch einmal davon zu trinken.

9

Musa war müde und enttäuscht. Als Miri ihm von den vier Höhlenbewohnern erzählt hatte, war er überzeugt, daß einer von ihnen der Galiläer sei. Hätte er sonst den Annehmlichkeiten seines Zeltes den Rücken gekehrt und wäre hinter Miri bergan gestiegen durch Hitze und Gestrüpp? Es gab Besseres zu tun. Er hätte ausruhen, essen, Inventur machen können. Die Strapazen des Fiebers abschütteln. Und Pläne mußte er machen. Wie ließ sich sein Unglück in bare Münze verwandeln? Wie sollte er die Karawane einholen mit nur einem einzigen Packtier – zudem einem schwangeren – für das Zelt und alle ihre Besitztümer? Wie sollte er nach Jericho gelangen, um ein Kamel zu kaufen, ein paar seiner Waren einzutauschen, um wieder Anspruch auf den Titel eines Händlers erheben zu dürfen? Doch als erstes galt es, die Rechnung mit dem Wasserdieb zu begleichen. Er wollte den Mann wiedersehen. Weshalb? Er hätte es nicht sagen können. Aber wenn man Miris verdrießlichem Bericht Glauben schenken durfte, dann hatte der Galiläer die Nacht in den Höhlen verbracht. Sie hatte auf die kupferroten, pockennarbigen Felsen gedeutet. »Nicht weit«, hatte sie gesagt. Vielleicht nicht weit für eine, die wie sie gebaut war. Ein Hühnchen, nichts als Haut und Knochen und Schnabel. Nichts dran an ihr, von der sanften, hohen Schwellung des Leibes einmal abgesehen. Für Musa war dieser Ausflug eine Plackerei. Gegen das Hühnchen Miri war er eine Ente, plattfüßig und unbeholfen. Seine Schenkel waren so dick, daß sie ihn dazu zwangen, in verschiedene Himmelsrichtungen zu gehen: Der rechte Fuß wollte nach Jerusalem, den linken zog es nach Negeb. Mit winzigen Schritten navigierte er seinen Leib durch das Gestrüpp.

Zuerst hatte Miri, beladen mit Wasserschlauch und einer Matte, hinter ihm gehen müssen, damit ihr schmaler Schatten auf seinen Rücken fiel. Musa war nicht gut auf sie zu sprechen. An allem gab er ihr die Schuld, am Fieber, an seiner Verlassenheit, seiner Unbeweglichkeit, dem Verlust seiner Waren. Er hatte ihr befohlen, ihm den Kadaver des Esels aus den Augen zu schaffen. Er stank. Er störte. Selbst die Geier hatten nur ein paar Kreise über ihm gezogen und waren wieder fortgeflogen, ohne von seiner Krankheit zu kosten. Weniger wählerisches Getier als die Geier hatte in der Nacht seinen Magen gefressen. Wahrscheinlich Hyänen. Die Augen waren auch nicht mehr da. Dafür um so mehr Fliegen. Aber Miri hatte behauptet, der Kadaver sei zu schwer für sie allein. Sie hatte sich geweigert, auch nur den Versuch zu machen – das hatte sie noch nie gewagt. Aus Angst vor Maulschellen. Was war in seine Frau gefahren? Nachts hatte er sie beim Weinen ertappt. Tränen um einen Esel? Gewiß nicht. Und jetzt schmollte sie wie ein enttäuschtes Kind, warf Dinge im Zelt umher, machte Lärm, klagte über Schmerzen in den Hinterbacken. Auch wenn ihre Hinterbacken den Namen nicht verdienten. Vielleicht war das der Preis der Schwangerschaft – Ungehorsam, schlechte Laune, Schmerzen. Glaubte sie denn, er würde sich solche Respektlosigkeiten noch vier Monate lang bieten lassen?

»Geh mir aus den Augen«, hatte er zu Beginn ihres Marsches gesagt. Aber der Boden war steinig und unwegsam. Er sah nicht ein, daß er als erster leiden sollte, also schickte er seine Frau voraus, damit sie ihm einen Pfad bahnte. Sie mußte in die Hände klatschen, um Schlangen zu verscheuchen. Sie mußte Steppenhexen beiseite schieben und Dornenranken brechen. Sie mußte den weichsten Grund ausfindig machen und ihm die losen Steine aus dem Weg schaffen. Viel richtete sie nicht aus. Zwanzig Männer wären nötig gewesen, um den Weg zu räumen. Und Musa mußte mit diesem Hühnchen von einem Weib auskommen, das da vor ihm herlief und in die Hände klatschte. In seinen Träumen hielt er sich schadlos. Er würde zwanzig Männer kommandieren, wenn er erst reich war. Bei jedem Schritt würden ihm zwanzig Männer vorausgehen. Würden jedes Steinchen aus dem Weg räumen. Würden Schilf und Binsen niedertrampeln. Und auch zwanzig Mädchen waren da – von denen keines wie ein Huhn aussah.

Schließlich erreichten sie die Talsohle mit dem weichen Lehmboden. Musa mußte nicht stampfen, um seinen Abdruck zu hinterlassen. Seine Füße sanken ein. Bei jedem Schritt knickten ihm die Knöchel um. Er rief seine Frau an seine Seite und stützte sich auf sie. Jetzt taten ihm die Hinterbacken und die Waden weh. Verglichen mit Miris hatten seine Hinterbacken den Namen zehnmal verdient. Also waren auch die Schmerzen zehnmal stärker. Seine Lunge stand kurz vor dem Bersten. Er war nicht gebaut fürs Wandern. Er war für Sänften und Kamele gebaut. Vielleicht war es voreilig gewesen, die Eselin zu töten. Auf ihrem Rücken hätte er zu dem Galiläer reiten können, oder er hätte sich von Miri einen Eselskarren zimmern lassen. Das wäre würdevoller gewesen.

Aber soweit er das erkennen konnte, gab es hier keinen Galiläer. Als Miri ihn schließlich die letzten Stufen der Böschung hinaufgeschoben hatte, durch das Mohnfeld zum schattigen Fuß der Felswand, und er sich erschöpft auf der Matte niederließ, konnte er – von der Vogelversammlung abgesehen – nirgends ein Zeichen von Leben entdecken.

»Ruf nach ihnen«, befahl er Miri. »Falls dir das Rufen nicht auch zu schwer fällt.«

Sie gehorchte und rief den Marktruf ihres Mannes, »Herbei! Herbei!«, und einer nach dem anderen kamen die Fastenden aus ihren Höhlen und stellten sich ein wenig ängstlich vor Musa auf, der sie musterte wie Ware. Er hatte sie schnell taxiert. Der Badu war nicht viel wert. Für eine Ziege bekam er zwei Badus. Immerhin trug dieser hier silberne Armreife. Der alte Jude war ein Handwerker, ein sterbender, so wie er aussah. Ein Mann wie er war zu stolz, um mittellos zu reisen. Der Blonde trug einen Wanderstab aus gewundenem Tarbony. Recht wertvoll. Musa kannte die Sorte; ein erfahrener Reisender und im Zweifelsfall auf Diebe eingerichtet. So einer nähte sich immer ein paar Münzen in den Mantel. Und die Frau? Gute Kleider – ein gewobener Schleier aus feinstem Tuch, ein langes, ärmelloses Kleid, doppelt gegürtet, wie es die Mode war, einmal unterhalb des Busens, ein zweites Mal über den Hüften. Guter Stoff. Gute

Haut. Gute Zähne. Guter schwerer Geldbeutel wohl auch, dachte er. Und ein gutes Geschäft.

Die vier Höhlenbewohner schienen zu wissen, daß sie besser nichts sagten. Der Badu drehte und zwirbelte sein Haar zu steifen Strähnen. Die anderen drei standen geduldig da, froh – zumindest bis jetzt – über die Abwechslung in ihrem Tag. Was hatte ihr Mann nur an sich, dachte Miri, daß fremde Menschen sich seinen Wünschen fügten, als sei er ein König? War es seine Größe? Fürchteten sie sich vor großen Männern? Oder war ihre Duldsamkeit bewußter, nicht Zeichen ihres Respekts vor Musa, sondern Ausdruck innerer Gelassenheit?

»Ihr seid nur zu viert?« sagte er schließlich. Der Alte nickte. »Und wo ist der andere?« Die Frau schüttelte den Kopf, und für einen winzigen Augenblick fing sie Miris Blick ein. Ein Lächeln huschte ihr übers Gesicht. Miri kannte dieses Lächeln – sie hatte es bei Leuten gesehen, die überrascht von Musas fistelnder Jünglingsstimme waren.

Der alte Jude sprach für sie alle. Er meinte, sagte er, einen fünften gesehen zu haben, als sie am Tag zuvor in die Berge hinaufgestiegen waren. Es konnte ein Junge, eine Frau oder ein Mann gewesen sein. Er wußte es nicht. Seine Augen wollten nicht mehr so recht. Und die Gestalt war weit entfernt gewesen. Recht groß. Vielleicht ein Schafhirt. Aber sie waren nur zu viert heraufgekommen, um sich in diesen Höhlen in Frömmigkeit zu üben. »Ich bin Aphas. Aus Jerusalem …«, begann er.

»Und du?« sagte Musa, ohne weiter auf Aphas aus Jerusalem zu achten. Er deutete mit dem Kinn auf Marta. »Warum bist du hier?«

»Um zu beten und zu fasten. Wie die anderen auch«, sagte sie. »Vierzig Tage nur …«

»Wozu fasten? Was bringt dir das ein?«

Sie schüttelte den Kopf. Sie wollte es nicht verraten. Sie lächelte, zuckte die Achseln, errötete. Musa sah, wie ihre Brüste und Schultern sich hoben. Sie mochte in Miris Alter sein, doch war sie groß und füllig. Die Sorte Frau, von denen Musa zwanzig haben wollte, wenn er erst reich geworden war. Sie würde einen Esel ohne viele Worte beiseite schaffen. Sie würde aus einer Schwangerschaft keinen Umstand machen. Er leckte sich über die Lippen und lächelte. »Wo ist der andere?« fragte er. »Der Wasserdieb?«

»Wir nicht«, unterbrach der alte Mann. »Wir haben unser eigenes.« Er deutete auf die Grube hinter seinem Rücken.

»Was ist das?« fragte Musa und zeigte, wieder mit einem kaum merklichen Rucken des Kinns, auf sein eigenes Grab. Miri trat zurück, Musa aus den Augen. Sie hob die Hand vor den Mund. Ob jemand sagen würde: »Damit hat dein Weib den gestrigen Tag verbracht? Sie hat das Grab für dich gegraben«? Miri kniff sich in die Lippen.

»Unsere Zisterne«, sagte Aphas. »Die war schon da … Denn Gott trägt Sorge.«

War schon da? Musa hatte einen Einfall. Sein Geist war so flink und zielbewußt wie sein Leib unbeholfen. Sogleich witterte er ein Geschäft, und eine schnelle Lösung für das Problem des unerwünschten Aufenthaltes in der Wildnis obendrein. Das war seine Gelegenheit. Gott trägt Sorge, in der Tat. Er musterte sie der Reihe nach, um sich zu überzeugen, daß keiner von ihnen der Galiläer war und keiner welterfahren oder ortsklug genug, um seine Lüge zu durchschauen. Und dann: »Sie ist dort, weil ich sie dort gegraben habe«, sagte er. »Mein Land. Mein Wasser.« Er deutete auf die Reihe von Höhlen oben in der Felswand. »Meine Höhlen.«

Miri nahm die Hand vom Mund. Sie mußte lächeln. Ihr Mann war der Geist auf der Matte. Staunend hörte sie ihm zu, wie er von dem Loch erzählte, das er eigenhändig ausgehoben habe, mit ein klein wenig Hilfe von seinem Eheweib. Er drehte den Kopf, so gut er konnte, und blinzelte ihr zu. Damit sie den Mund hielt.

Es war harte Arbeit, sagte er. Der Boden war voller Steine: »Meine Frau ist schwanger. Seht sie euch an. Sie könnte kein Loch im weichen Lehm graben, geschweige denn in steiniger Erde. Sie ist nicht groß genug, um auch nur einen Stein zu heben. Sie hat sich die Fingernägel eingerissen. Zeig ihnen deine Hände.« Miri tat, wie ihr befohlen. »Harte Arbeit«, wiederholte er. Er wußte noch nicht recht, aus welchem Grund er und Miri das Loch gegraben haben sollten. Er brauchte Zeit zum Nachdenken, und er gewann sie, indem er Miri auftrug, jedem einzelnen ihre gesprungenen Nägel zu zeigen. Als sie an seine Seite zurückkehrte, kannte er den nächsten Vers des Liedes. »Meine kleine Eselin ist gestorben«, sagte er. Sie war krank. Es war ein grausames Gebot der Liebe, ihr Leiden zu beenden. Sie hatte ihm schon gehört, als er noch ein Junge war. Sie war ihm wie eine Schwester gewesen. »Diese Grube« – wieder dieses kaum merkliche Schwenken des Kinns – »sollte ihr Grab sein.« Man kann doch eine Eselin nicht einfach so verrotten lassen, sagte er, nicht ein Tier, das ihm so lieb war. Sie würde Wölfe anlocken, Leoparden. Er brauchte ihnen ja wohl nicht zu sagen, wie gefährlich das war. Für sie alle. Und was sollte er jetzt tun? Die Eselin in ihr Grab legen und mit Steinen bedecken, wie er es vorgehabt hatte? Oder sollte die ganze Schufterei umsonst gewesen sein, nur wegen ein paar Tropfen Wasser und einer Handvoll Fremder? Er schloß die Augen und begann vor sich hin zu summen, als wäre selbst Salomo von einer solch schweren Entscheidung überfordert. Es gab ihm Zeit, darüber nachzudenken, wie er aus den vieren noch mehr Gewinn schlagen konnte.

»Und dann ist da natürlich noch diese andere Sache«, sagte er schließlich. Die Sache mit den Höhlen. Unterkunft sei nicht umsonst, erklärte er ihnen. Sie würden ja auch nicht in einem Wirtshaus einkehren und erwarten, dort unentgeltlich beköstigt und untergebracht zu werden. Das war nicht üblich und wäre auch nicht zweckmäßig. Dies hier war kein öffentlicher Grund, also mußten Reisende einen Tribut entrichten. Einen symbolischen Tribut. Nicht viel. Nur eine Geste. »Ein Schluck, ein Schluck, ein Tröpfchen nur«, sagte er, und es gefiel ihm. Selbstverständlich konnte er sie nicht zum Zahlen zwingen. Sie konnten jederzeit weiterziehen. Das war kostenlos. Sie durften nur nicht auf den Gedanken kommen, sie könnten bleiben, ohne zu zahlen. »Ihr könnt euch vorstellen, wie traurig ich wäre, wenn ihr das tätet«, sagte er. »Und meine hundert stämmigen Vettern würden sich womöglich noch genötigt sehen, euch mit ihren Knüppeln zu vertreiben. Ein Rülpser von mir, und ein Sturm bricht los. Ihr habt die Wahl.« Er wollte ihnen bis zum Mittag Zeit lassen, sich zu entscheiden.

Der Badu war mit seinem Haar beschäftigt, während die beiden anderen Männer das Problem mit dem Wasser und den Höhlen und Musas ungehobelten Vettern besprachen. Ihre Fastenzeit schien unter keinem guten Stern zu stehen. Musa faltete die Hände im Schoß und schloß die Augen. Er machte sich zu groß und zu gelassen, als daß man sich ihm widersetzen könnte. Welch ein behaglicher Ort seine Welt doch war. Er hatte einen schönen schlichten Plan gefaßt. Er wollte hier so lange bleiben, bis er ihnen die Taschen geleert hatte. Das würde keine vierzig Tage dauern. Nicht einmal zehn, dann hätte er die Hand auf den gewundenen Wanderstab gelegt, auf die silbernen Armreife, den Geldbeutel des Alten, die versteckten Münzen im Mantel. Und auf die Brüste der Frau, wenn er sich nur in Geduld übte. Sie war mehr als vierzig Tage des Wartens wert. Er mochte ihr Gewebe, ihre Textur. Sie war aus dem Stoff, der seinen Penis zapplig machte. Er hatte die Augen nicht ganz geschlossen. Durch die Wimpern betrachtete er Marta. Es gefiel ihm, wie sie den Saum ihres Kleides hob und den Stoff durch die Finger gleiten ließ wie eine Perlenkette.

Marta spürte Musas Blick. Der Mann war so diskret wie ein halbverhungerter Hund. Gegen ihn war Thaniel ein Juwel von einem Ehemann. Mit so einem Kerl wollte sie nicht gern verheiratet sein; seine kleine Frau war nicht viel besser dran als eine Sklavin. Und trotzdem war Marta neidisch auf Miri. Sie mochte eine Sklavin sein, aber sie war sehnig und lebendig – und schwanger. Sie war die Frau, die Marta gern gewesen wäre, die Frau, die sie in ihren Träumen war, deren Kettfaden schwer am Schuß hing. Marta hatte Miris Hand kurz in ihrer gehalten, als sie gekommen war, um ihr die eingerissenen Fingernägel zu zeigen. Die beiden Hände hätten sich verschiedener nicht anfühlen können – die Haut der einen weich und ölig wie eine Olive, die der anderen trocken wie Pergament. Marta hätte liebend gern die Hand ausgestreckt und auf Miris Bauch gelegt, um die Flügelschläge ihres Kindes zu spüren. Ob der Bauch sich auch wie Pergament anfühlte? Wenn Kinder doch nur ansteckend wie ein Fieber wären ... Wenn sie doch nur durch das Fleisch langen und das Kind da drinnen mit den Händen umfassen könnte... Wenn Miri es ihr doch nur verkaufen würde ...

Marta tastete nach dem kleinen Beutel, den sie in das Oberteil ihrer Tunika eingenäht hatte, und wog die Münzen in der Hand. Sie konnte bezahlen. Sie konnte Miris Kind bezahlen, wenn sich vier Monate nur in vierzig Tage pressen ließen und ein Kind zum Verkauf stünde. Sie wollte auch gern für Unterkunft und Wasser zahlen, solange Miri da war. Es hatte beinahe etwas Tröstliches, zu zahlen, denn dann mußte sie weder hungern noch frieren, und sie erkaufte sich Nähe zu Musas kleiner Sklavin. Sie ließ den Beutel wieder in seine Schnur fallen, zurück in die Wärme und die Dunkelheit ihrer Kleider. Er beulte den Stoff ein wenig aus, und sie errötete, denn sie wußte, daß Musa das Fallen des Beutels beobachtet hatte, daß er ihm mit den Blicken unter die Falten ihres Kleides gefolgt war. Sie zog den Haarschleier vor das Gesicht und wartete darauf, daß der alte Mann und Shim, der Honigschopf, mit den Verhandlungen zu Ende kämen und Musa ihr Angebot unterbreiteten.

Musa behauptete gern von sich, daß der Blick in die Köpfe seiner Kontrahenten ihm nicht schwerer fiele als der prüfende Daumendruck auf die Melone. Er wußte, wann sie süß und reif waren. Er wußte, ob sie saftig genug waren und wo und wann er drücken mußte. Er merkte es, wenn sie hohl und trocken waren. Ein leichtes Spiel. Er war Meister darin. Er prüfte und drückte seine Kunden am Marktstand und wußte, bevor sie es selber wußten, mit welchem Gebot sie eröffnen und welchen Preis sie am Ende zahlen würden. Fast alle ließen sie sich in die Karten blicken. Ihre Finger wollten nicht stillhalten, zählten Zweier, Dreier oder Vierer vor. Sie lächelten zu oft, blickten ihm zu treuherzig in die Augen, wenn sie ihn betrügen wollten. Sie atmeten anders, als lastete ein Druck auf ihnen. Es gab ein ganzes Vokabular des Räusperns, Fingerklopfens, Lispelns, Stirnrunzelns, das dem König der Händler verriet, ob seine Lieferanten oder Kunden den Preis drücken, einen Rückzieher machen oder mit ihm handelseinig werden wollten.

Shim und Aphas waren keine Gegner für einen Mann wie Musa. Er sah ihrem Zwiegespräch von seiner Matte aus zu – der Alte fahrig, ungeduldig, hektisch, während der Blonde Gleichgültigkeit gegenüber Geld, Zahlen, Wasser, Mietzins heuchelte. Wenn sie klug waren, dachte Musa, dann gestanden sie ihren Mangel an Geschäftssinn ein und versuchten gar nicht erst, sich mit ihm zu messen. Wie hätten sie sich auch mit ihm messen sollen? Sie waren Stadtmenschen, dem Aussehen nach, und fern von zu Hause. Sie hatten keine Ahnung, was in der Wüste üblich war. Sie wußten nur, daß in der Stadt ein jedes Grundstück jemandem gehörte. Dort ließ sich jeder Streifen Land für Ziegen oder Korn oder guten Pachtzins nutzen. Warum also nicht auch hier? Warum nicht auch in der Wildnis? Und deshalb würden sie ihm für das Wasser und die Höhlen zahlen. Sie würden keinen Ärger machen oder nach Beweisen fragen, nicht bei hundert Vettern in den Bergen. Möglich, daß sie Armut geltend machten und Musa baten, sich einen Platz in ihren Gebeten zu sichern, indem er Gnade vor Recht ergehen ließ. Er würde nein sagen. Wohltätigkeit und Kredite – das kaufmännische Gebaren von Idioten. Nein, nein, entweder sie zahlten, oder sie mußten ihre Fastenzeit noch mal von vorn beginnen, woanders. Entweder – oder. Vielleicht wollten sie ja gleich ihre Sachen packen und verschwinden? Er würde Miri auftragen, die Eselin zur Bestattung in der Zisterne fertigzumachen. Dann würden sie ihre Geldbeutel schon ausschütten wie Prasser und Hochzeitsgäste.

Musa legte die Hände in den Schoß und versuchte zu berechnen, wieviel der Tag für ihn abwerfen würde. Was war der gängige Satz für schlammiges Wasser und zugige Höhlen? Wieviel durfte er verlangen? Soviel er kriegen konnte. Der Badu mit den hennaroten Haaren würde nicht viel beizusteuern haben. Schon gar nicht in Barem. Soviel war klar. Er konnte ja nicht einmal reden. »Er hat keine Sprache«, hatte der kranke Jude gesagt. Und der kranke Jude selbst? Ein geldbewußter kleiner Arbeitsmann, zu stolz, um etwas zu erbetteln, zu dumm, um sich vor einer Schuld zu drücken. Ein solcher Mann reist nicht weit von zu Hause fort ohne ein paar Silberlinge für die Reise. Er hatte sicher einen hohlen Gürtel unter dem Mantel, wie jeder Handwerksmann, und darin Münzen und etwas Salz vielleicht, damit das Glück ihm treu blieb, und einen Strang süßes Harz gegen die Flöhe. Musa lächelte in sich hinein, wenn auch sein Lächeln schmaler als die Lippen war. Auf einen wie mich setzt sich kein Floh, dachte er. Die Miete ist ihm zu hoch.

Dieser Aphas dagegen – so Musas Gedankengang – würde sich nicht lange bitten lassen und zahlen. Er wirkte erschöpft von der Reise und ausgezehrt von seiner Krankheit. Er würde nicht mehr weiterziehen wollen. Er konnte nicht mehr weiterziehen. Das hier – das Wasser und die Höhle, das Recht zum Bleiben und Ausruhen, die Genehmigung, Wüstenluft zu atmen – würde ihm acht Silberlinge wert sein, schätzte Musa. Vielleicht zehn, wenn man ihn drängte. Aber wohl keine Münze mehr. Auch der Blonde würde acht zahlen. Was tat es schon, ob er nun reich war oder arm, würde er sagen. Er würde sich nicht wegen etwas wie Miete streiten wollen. Er brauche weder Unterkunft noch Wasser, würde er behaupten, die Sterne und der Tau seien ihm gut genug, und tausend Vettern könnten ihn nicht schrecken. Und dann würde er den Geldbeutel zücken und bezahlen.

Und die Frau? Musa spähte wieder zu ihr hinüber und fuhr sich mit der Zunge über die Zähne. Sie konnte soviel erübrigen wie die beiden Männer, wenn nicht mehr. Diese Kleider. Diese makellosen Hände. Doch sie sollte auch acht zahlen. Musa blickte von seinen Kalkulationen auf. Dreimal acht, das machte vierundzwanzig. Das war genug. Wenn nötig, würde er bis zwanzig nachlassen. Er hustete und schwenkte sein Kinn in Richtung der Männer. »Ja, ja«, sagte er. Er hatte nicht den ganzen Tag Zeit.

Er ließ sie ihr Gebot machen. Sie waren maßlos. Sie boten fünfundzwanzig für alle vier, fünfzehn auf die Hand und zehn in vierzig Tagen. Musa ging schneller auf ihr Angebot ein, als sie erwartet hatten. Fünfundzwanzig seien nicht genug, erklärte er. Fünfundzwanzig seien eine Beleidigung. Aber es sei vielleicht unrecht, ihnen

Wasser zu verweigern, nur um das Prinzip zu wahren. Soviel wollte er ihnen zugestehen. Doch selbst die Wildnis kennt Gepflogenheiten. Lippen und Stirn darf ein Reisender kostenlos benetzen. Also gut, er wollte sich mit fünfundzwanzig Silberlingen begnügen, aber sie mußten ihm die ganze Summe auf einmal bezahlen. Er wollte sie nicht in seiner Schuld wissen. Er war sogar bereit, ihrem höchst eigennützigen Wunsch nachzukommen und das Grab der Eselin leer zu lassen. Und die Vergeltung für seine Gefälligkeit? Die drei Männer konnten ihn zu seinem Zelt begleiten und ihm helfen, die Eselin in den Abgrund zu befördern.

»Seid meine Freunde«, sagte er. »Bleibt vierzig Tage hier bei mir. Trinkt Wasser, soviel ihr wollt. Betet, bis ihr Knie wie ein Kamel habt.« Er wollte ihnen ein guter Nachbar sein, sie mit dem täglichen Bedarf versorgen. Datteln und Oliven hatte er zu verkaufen. Feigenkuchen. Getrocknete Früchte. Ziegenmilch. Auch Ziegenfleisch, wenn sie seinen Preis zu zahlen bereit waren. Und es gab Korn, das sie – er hob das Kinn gegen seine Frau – mahlen und zu Brot verbacken konnte. Auch Decken und Schilfmatten hatte er zu vermieten. Lampen und Öl dazu. Kamelmist als Brennstoff. Alles, was ihnen das Leben hier leichter machte. Und das Beste an der Sache: Hier waren sie sicher. Solange Musa ihr Wirt war, würde niemand es wagen, sie zu belästigen oder aus ihrer Demut Vorteile zu ziehen. Sein Name war in den Bergen und weit darüber hinaus bekannt und geachtet. Hier waren alle seine Vettern, selbst die Skorpione.

Musa spuckte in die Hände und rief die drei männlichen Fastenden zu sich, um das Geschäft mit ihnen zum Abschluß zu bringen. »Nur eine Sache noch«, sagte er, »und dann soll es besiegelt sein.« Wenn die vierzig Tage vorbei waren, dann sollten sie ihm ihre Dankbarkeit beweisen, indem sie ihm halfen, seine Besitztümer und das Zelt hinunter zur Straße nach Jericho zu schaffen. Sie sollten für einen Tag seine Packesel sein. Im Gegenzug würde er ihnen den Wegezoll für die Reise durch sein Land erlassen. Das sollte kostenlos bleiben.

»Was sagt ihr? Ist das nicht mehr, als ihr erhoffen durftet?«

Musa war – wie immer – froh, Musa zu sein. Der Vormittag war unerwartet amüsant verlaufen und zufriedenstellend dazu, obwohl der Galiläer fehlte. Schon waren sein Gefolge und seine Kundschaft größer geworden. Sein Wohlstand wuchs. Seine Träume wurden wahr. Über den Annehmlichkeiten des Tages durfte er die Karawane und seine ungetreuen Onkel vergessen. Jeder, der ihm über den Weg lief, so schien es (bis auf den Badu, aber der würde in anderer Münze zahlen müssen), öffnete ihm seinen Geldbeutel und lud ihn ein, sich zu bedienen. Und warum? Um für Erde und Luft und Wasser zu zahlen, die doch Gott allein gehörten. Würden auf jedem Marktplatz solche Idioten herumlaufen wie diese drei, er müßte nur ein Loch graben und warten, bis die Leute ihm das Geld hineinwarfen. Und das alles, einen Tag nachdem das Fieber ihn dem Tod in die Arme hatte treiben wollen. Er war unbesiegbar.

Für den Rückweg zum Zelt borgte er sich von Shim den Wanderstab aus. Der Weg bergab fiel ihm kaum leichter als der Aufstieg. Seine Füße, durch den Wanst dem Blick verborgen, stiegen ins Bodenlose hinab. Musa mußte sich mit dem Wanderstab festen Grund ertasten und sein ganzes Gewicht auf den gewundenen Schaft verlagern, bevor er den nächsten Schritt zu setzen wagte. Das Fieber hatte ihn geschwächt. Er war ungeheuer langsam. Aber ein König des Marktes hat jedes Recht auf Mattigkeit, wenn die Preise ihn zu erdrücken drohen.

Zum Glück hatten seine fünf Gefährten es nicht eilig. Sie mußten vierzig Tage herumbringen. Das Intermezzo mit Musa war zumindest kurzweiliger als unablässiges Gebet. Aphas jedenfalls war froh, so langsam wie Musa sein zu dürfen, aber seine Schritte waren schwerelos. Er gab sich alle Mühe, Shims Belehrungen und Vorhaltungen Gehör zu schenken, beim Nennen der Ortsnamen wiedererkennend mit dem Kopf zu nicken, doch die wachsenden Schmerzen forderten seine ganze Aufmerksamkeit. Seine Knöchel fühlten sich zerbrechlich an wie ungebrannter Ton. Die verkrebste Leber peinigte ihn ohne Pause. Die Hitze war mörderisch. Auch wenn er sein Leben lang Steinmetz gewesen war, konnte keiner der Steine in seinem Weg ihn trösten. Ein Stück abseits und hinter den Männern ging Marta neben Miri; ihre Körper berührten sich, die Säume wippten im Gleichklang. Der Badu lief voraus und räumte den Weg. Aus freien Stücken. Die Steine und Felsbrocken schienen ihm Spaß zu machen; er lachte, wenn er sie auf die Seite rollte. Des Badu Schreie waren seltsam – kurz und ungeformt. Wäre ein Geier über ihnen gekreist und hätte Tod und Fett und Schwangerschaft gerochen, während sie ihre tausend Abdrücke im Lehm hinterließen und auf das Plateau mit dem Zelt hinaustraten, er hätte schwerlich erraten, welcher von ihnen sein Aas sein sollte.

Musa war erschöpft, als er das Zelt erreichte. Er ging hinein, um auszuruhen und stille Zwiesprache mit seinem Fläschchen Dattelgeist zu halten. Er betastete den

Stoff des Bettzeugs. Er ließ die Finger durch seine Wollstränge gleiten und stellte sich Marta vor, nackt und darauf wartend, in schmale Stoffstreifen gehüllt zu werden. Die Frauen saßen draußen im Schatten, die Beine gekreuzt. Sie tuschelten miteinander, doch es kümmerte Musa nicht, was Frauen sich zu sagen hatten. Er legte sich zurück in die Kissen und sah durch das offene Vorzelt, wie die Männer den Kadaver der Eselin umdrehten, sich die Nasen zuhielten, die Köpfe schüttelten wie Totengräber. Aphas schüttelte den Kopf, weil er bei dem Begräbnis nicht helfen wollte. Er war zu alt und müde und krank. Ein Jude, der einen toten Esel anfaßte, blieb bis zum Abend unrein, und wenn er sich dann wusch, mußte das Wasser sauberer sein als das Wasser in der Zisterne.

Die anderen beiden schüttelten die Köpfe, weil sie noch nie eine so grausam zugerichtete Kreatur gesehen hatten. Musa lächelte. Jetzt wußten sie, was für ein Mann er war, was für ein Wirt er sein konnte. Er sah, wie der Badu und der Blonde sich bückten, um das Gewicht der Eselin zu prüfen. Miri hatte recht gehabt. Der Kadaver war zu schwer für eine Frau allein, trotz des Verlustes an Blut und Augen und Eingeweiden. Aber diese beiden Männer waren kräftig und störten sich offenbar nicht an Gewicht und Gestank. Der Blonde, stellte Musa fest, war kräftiger, als er auf den ersten Blick erschien. Der Badu war nicht sehr kräftig gebaut, aber dafür sehnig. Rasch und energisch schafften sie Musa die Stute vom Hals. Sie faßten sie an den Beinen und zogen eine Spur aus Blut und Fliegen durch das Gestrüpp und über die flache steinlose Böschung, die zum Rand des Abgrunds führte. Die Eselin konnte er schon nicht mehr sehen, nur noch die kleiner werdenden Schultern und Köpfe der Männer.

Musa – vom Alkohol belebt – erwartete fast, daß eine fünfte Gestalt, die des Wasserdiebs, aus der Wildnis kommen würde, um den beiden zur Hand zu gehen. Die Luft roch nach der Gegenwart des Mannes. Würde er der Eselin Wasser auf das Gesicht träufeln, ihr mit den Daumen über die Lider streichen und zu ihr sagen: »Alsdann, werde gesund«? Oder würde er sich zu dem Hennaroten und dem Blonden gesellen, wenn sie die Hinterbeine des Tiers in die Höhe hoben und seinen Leib in den Abgrund kippten, wo er noch einen halben Augenblick lang in der Luft schwebte, bevor er in den düsteren Schatten der Felswand hinabstürzte? Shim stand aufgeregt rufend am Rand des steilen Abgrunds. »Flieg los, flieg los«, als wäre die Eselin eine Taube.

10

Ein schwächerer Mensch, dachte Jesus, als er den sterbenden Körper an diesem ersten Nachmittag im Zelt zurückließ, würde den Mut verlieren und umkehren, um den Wegzeichen zu den Höhlen oben in den Bergen zu folgen. Das war der leichtere Weg. Er hatte die Fußabdrücke der kleinen Gruppe von Reisenden gesehen, die vor ihm vom Kamelpfad abgewichen waren. Er hätte ihnen nachgehen, seine Fastenzeit in Gesellschaft verbringen können, hinter Klatschmohn versteckt in den Falten der Erde, nichts Schlimmeres vor sich als vierzig Tage Langeweile und Unbequemlichkeit. Aber Jesus wollte sich auf eine härtere Probe stellen. Wie das aussehen sollte, wußte er noch nicht recht. Er wußte nur, daß er einen steinigeren Pfad wählen mußte. Je steiniger, desto besser. Denn das, daran zweifelte er nicht, war Sinn und Zweck der Wüste. Er kannte die Schriften und die Geschichten der Propheten. Der Triumph über Beschwernisse war der Beweis für Heiligkeit.

Er hatte beschlossen, zu der kleinen, schlüssellochförmigen Höhle zu klettern, die er am Morgen entdeckt hatte, als er noch wagemutig und voller Tatendrang war.

Der Abstand, den er zwischen sich und seine Eltern gelegt hatte, erfüllte ihn mit Hochgefühl. Alles schien möglich. Er hatte den beschwerlichen, entmutigenden Anstieg über den Erdrutsch hinauf in die Berge noch nicht in Angriff genommen. Wenn er schon erschöpfter gewesen wäre, als er die Höhle in der überhängenden Felswand sah, vielleicht hätte er sein Trachten auf einen zugänglicheren Ort gerichtet. Aber so, gekräftigt von einem Hirtenfrühstück – Ziegenkäse und Brot – und ausgiebigem Schlaf in weichem Stroh, fiel es Jesus nicht schwer zu glauben, Gott habe seinen Blick auf die Höhle im Steilhang gelenkt, und das nicht ohne Grund. Gott wollte ihn auf die Probe stellen. Gott wartete bei der Höhle auf ihn. Wenn er nur den Abstieg bewältigte – nicht einmal als Junge war Jesus gerne auf Bäume, Felsen oder Dächer geklettert –, dann durfte er seine Fastenzeit in der Gesellschaft Gottes verbringen. Er durfte sich in den Falten von Gottes Gewand verstecken.

Dieser junge Mann war ein Kind von einfachem Gemüt gewesen, geliebt und liebevoll, ängstlich und gefügig, aufmerksam und stets bereit zu glauben, was man ihm erzählte, gewissenhaft in Gebet und Ritual. In keiner Weise bemerkenswert. Mit einer Ausnahme: Mit etwa dreizehn Jahren war er der einzige im Kreise seiner Kameraden, der in den religiösen Bräuchen und Gepflogenheiten mehr sah als nur lästige Pflicht. Der einzige Jüngling im ganzen Dorf, der mehr von Gott erwartete als Feiertage und Führung und Vorschriften. Er liebte seine Gebete wie ein Kind. Sie waren ihm Trost. Tröstlicher, so schien es, als Nahrung und Schlaf. Und das war gut so, denn seine Mutter fand, daß er zuwenig schlief für einen Jungen seines Alters. Und zuwenig aß.

Er träumte und nährte sich an seiner Frömmigkeit wie ein Priester. Nur daß seine Frömmigkeit ihn, anders als manchen Priester, nicht dick und zufrieden machte. Er war ruhelos und blaß, schmalschultrig wie eine Gans. Die Nachbarn nannten ihn Galli, kein ungewöhnlicher Spitzname für einen galiläischen Jungen mit starkem Akzent, aber wie geschaffen für Jesus. Er glich einer Gallwespe. Er konnte nicht stillsitzen.

Als Fünfzehnjähriger schoß Jesus plötzlich in die Höhe; er wurde lang und länger und betete noch mehr. »Sein Kopf ist im Himmel, bei den Engeln und den Tauben«, spotteten die anderen. »Nicht mehr lang, und er hebt ab.« Jesus hörte das nicht ungern. Er fühlte sich in der Tat wie im Himmel, denn er hatte eine Art des Betens entdeckt, die mehr als einfach nur trostreich war. Sie war aufwühlend und erregend. Wenn Jesus betete, kam er an einen Punkt, an dem die Worte zu ihm sprachen – an dem er nicht länger ihr Urheber, sondern ihr Objekt war. Manchmal sprachen die Gebete auf griechisch oder aramäisch zu ihm. Dann hörte er sich selber zu, versuchte sich die Weisheiten zu merken, die da aus seinem Mund kamen. Ob Moses so mit Gott gesprochen hatte? Aber in manchen Augenblicken, rätselhafteren, hitzigeren, glückseligeren Augenblicken, war es eine fremde Sprache, ein holpriger, speicheltreibender Dialekt, stolpernd und stockend und hell. Und manchmal, wenn man ihn lange genug diesen wilden Rhapsodien überließ, spürte er seinen Geist plötzlich weich und gleichzeitig fest werden. Er war ein Ei in siedendem Wasser, eine verschmelzende und sich teilende Dreieinigkeit von Dotter, Eiweiß und Schale. Solcherart wurde er von Gott verwandelt wie andere Jungen seines Alters von den Mädchen.

Seine Mutter und sein Vater ließen es nicht zu, daß er sich, sooft er wollte und nach Herzenslust, verwandeln ließ. Sie schüttelten ihn, wenn sie ihn in seine Gebete aufgelöst fanden, oder sie schickten einen seiner Brüder, damit der ihn auf andere Gedanken brachte. Gottesfürchtigkeit gut und schön; schließlich sollte ein aufrechter Jude aus ihm werden. Dafür waren sie unbedingt. Aber solch nimmermüde Frömmigkeit paßte besser zu Greisen als zu jungen Männern. Warum war er nicht mehr wie ihre anderen Söhne, die von den aufgebrachten Eltern jeden Morgen aus dem Bett geprügelt wurden? Jesus war unnormal; ein Junge, den man aus seinen Gebeten prügeln mußte. Seine Mutter hatte Angst, daß sie keine Frau für ihn finden würde; er setzte kein Fleisch an, nicht, solange er so oft und mit solch übertriebener Inbrunst betete.

Zu guter Letzt folgte sein Vater dem Rat des Priesters, eines einfühlsamen und aufgeschlossenen Mannes, der Verständnis für die Leidenschaften und den Hochmut der Jugend hatte und die Gesellschaft weniger frommer Jungen als Jesus bevorzugte. Im ständigen Murmeln von Gebeten sah er eine ähnlich schlechte Angewohnheit für einen jungen Burschen wie Pfeifen und Kichern. Er empfahl, Jesus die Frömmigkeit ganz einfach auszutreiben. »Er muß begreifen, daß es wichtigere Pflichten als das Beten gibt«, sagte er. »Gebt ihm mehr im Haus zu tun. Laßt ihn in der Tischlerei mitarbeiten. Macht ihn so müde, daß er nur noch schlafen will. Schüttet ihm Wasser über den Kopf, wenn er anfängt, sein Kauderwelsch zu beten. Scheut euch nicht, den Stock zu gebrauchen. Wenn ihm erst der Bart sprießt, wird der Spuk ohnehin vorbei sein. Alles nur eine Frage des Alters.«

Der Priester hatte recht. Als sich auf Jesu Oberlippe der erste Flaum zeigte, schienen die Gebete ihn verlassen zu haben. Mit den Pickeln verschwanden seine geheimen Sprachen. Endlich war er wie die Nachbarssöhne, nur etwas ängstlicher und ernsthafter, ein bißchen verloren fast. Wenigstens hob er nicht ab und stieß sich mit dem Kopf an Engeln. Er aß sogar, und schlief.

Doch allem Anschein zum Trotz hatte Jesus nichts von seiner Leidenschaft für Gott verloren. Er mußte ja die Lippen nicht bewegen, um zu beten. Er hatte ein Stadium erreicht, wo jeder Atemzug Gebet war, wo jeder Schritt, den er tat, jeder Laut, den er von sich gab, ein Vers für seinen Gott war, wo allen Dingen etwas Heiliges innewohnte: einem Kanten Brot, den stillen Winkeln des Hauses morgens beim Erwachen, den Schatten der Spinnweben auf den weißgekalkten Wänden, den Körnchen Sägemehl, die durch das Sonnenlicht des Fensters schwebten, den Mustern auf seinen Fingerkuppen. Gott war in allem, und alles war in Gott. In seines Vaters Werkstatt, beim Holzzuschneiden, beim Balkenzimmern, ersetzte der Rhythmus des Bogenbohrers, des Ziehmessers und des Hobels ihm das Gebet. Jeder Handgriff war eine Wiederholung, jede Wiederholung ein Wort. Bauholz und Geräte bekamen neue Bedeutungen. Astlöcher wurden zu Sünden. Krumm gewachsenes Holz war Teufelswerk und taugte nur fürs Feuer.

Ein- oder zweimal war er, versunken in Träumereien von Licht und Arbeit und Holz, dem Großen und Unbegreiflichen nahe gekommen. Zwischen dem Sägemehl und den Sternen am Leben zu sein, das überstieg allen Verstand – dieser eine Mensch zu sein, an diesem Ort und jetzt. Allein das Nachdenken über dieses Rätsel barg die Gefahr, sich zu weit vom sicheren Pfad zu entfernen, zu schwitzen und zu frieren in diesem leeren Raum ohne Türen und Wände, wo Kein-Ende und Kein-Anfang ihr unsichtbares Zwiegespräch führen. Wo es kein Echo gab, um ihn oder sonst jemanden zu trösten. Kein Licht und keine Finsternis. Nicht einmal die Zeit. Nur Gott – falls Gott sich zeigte – konnte dem allen einen Sinn geben. Glaube oder Verzweiflung, das war die Wahl, vor der man stand. Wähle zwischen Kein-Ende und Kein-Anfang. Wähle zwischen Gott und dem Pandämonium. Als Jesus wählte und auf Gott vertraute, verschwand das leere Zimmer. Er rückte sich das Holz, das Handwerkszeug und die Werkstatt wieder klar ins Blickfeld. Sein Geist wurde weich und fest, wie damals, als er fünfzehn war, nur düsterer. Eine Frage nahm in ihm Gestalt an, eine Frage an Gott. Eine Frage, die aus dem leeren Zimmer kam. Eine Frage, wie ein Kind sie stellen würde. Die Frage, die er mit in die Wüste nahm. Die Frage eines schlichten, schwachen Menschen – arglos in seiner Liebe zu Gott, ungestüm und angreifbar in seinen Überzeugungen. Siehst du das Sägemehl, den Staub, das Brot, die stillen, mit Spinnweben verhangenen Winkel, die von winzigen Linien durchzogenen Fingerkuppen? Zu welchem Zweck, und warum?

Kein Wunder, daß Jesus ein ungeschickter Zimmermann war. Seine Arche wäre nicht wasserdicht gewesen. Er war mit den Gedanken beim Großen, Unbegreiflichen und sah nicht, was vor ihm auf der Werkbank lag. Er schnitt sich viel zu oft, schlug sich auf die Hand. Gottes Muster auf seinen Fingerkuppen waren voller Narben. Aber er war glücklich über seine Wunden. Die Wunden waren Gebete, erhörte Gebete. Gebete, die bluteten.

Auch die Wildnis war groß und unbegreiflich. Nur ein Unschuldiger konnte auf den Gedanken kommen, sie barfuß zu bewältigen, und Wasserschlauch und Mantel zu Hause lassen. Aber Jesus wollte sich vierzig Tage lang Gottes Fürsorge anvertrauen – wie hätte er sich da eine Tasche mit Kleidern und Proviant als stille Reserve für Notzeiten packen können? Er redete sich ein, daß Gott in diesem Augenblick an seiner Seite war und ihm den Mut gab, die gewobenen Annehmlichkeiten im Zelt des sterbenden Händlers hinter sich zu lassen und sich im sinkenden Tageslicht zur Spitze der Felswand aufzumachen. Aber er hatte Mühe zu beten, so fern von zu Hause. Es war schwer, sich auf Gott zu konzentrieren, wenn die Füße schmerzten. Es fiel ihm leichter, sich seine Eltern vorzustellen, seine Brüder, die Nachbarn in Galiläa und den Priester. Er holte sie zu sich in die Wüste, damit sie ihn sich anschauen konnten. Zuerst würden sie über seine Torheit lachen. Ihr gottesfürchtiger, weltentrückter Junge, der sich scheute, ihnen in die Augen zu blicken, der sich hinter Schriften versteckte, aus denen kein Mensch schlau wurde, war einer Laune gefolgt und in die Berge gegangen. Ihr Galli machte sich lächerlich. Seht euch seine blutigen Füße an. Und die rissigen Lippen. Seht seinen frommen, liebeskranken Blick. Er schafft ja kaum den kleinen Anstieg bis zum Grat. Sie würden damit rechnen, daß er verzagte, daß er vor der Herausforderung des Erdrutsches zurückschrecken, den leichten Weg zu den Höhlen im Klatschmohn wählen, im Zelt des Händlers einschlafen würde. Aber wenn sie ihn standhalten sahen, würden sie staunen über seinen Mut und sagen: »Wir haben ihn doch nicht richtig gekannt.« Auch wenn Jesus es sich nicht eingestehen wollte – der Gedanke, seine Eltern zu beeindrucken, beflügelte ihn mehr als der Wunsch, seinem Gott zu gefallen.

Doch in diesen letzten Augenblicken seiner Reise, zwischen dem Zelt und der Höhle, war Jesus ein müder, enttäuschter Mann. Er fühlte sich nicht willkommen in der Wüste. Ihre Oberflächen waren rauh und farblos. Ihr Himmel viel zu weit, zu niedrig. Wie töricht war er gewesen, auf mehr Gastfreundschaft zu hoffen, darauf, daß der Weg selber sich von Steinen befreien, die Dornenranken beiseite schieben würde. Er hatte geglaubt, daß Gottes unvollendetes Land ihm einen Pfad bahnen würde. Daß die Wüste seine einfache Kleidung, seine feierlichen Absichten, seine Bescheidenheit anerkennen würde. Daß ihre Berge sich ebnen, die Steine weicher werden würden. Um seine nackten Füße zu schonen. Schließlich war das der Weg zu Gott – dorthin, wo Gott noch an seiner Schöpfung arbeitete. Hätte er da nicht himmlischer sein müssen, frischer geebnet, sicherer bei jedem Schritt? Hier sollte ein neues Galiläa entstehen. Die Winde sollten singen. Das Licht sollte flimmern, die Luft nach Opfern duften. Aber Gott hatte alle Dornensträucher und Steine an Ort und Stelle gelassen.

Zuletzt, auf dem Weg zum Rand der Felswand, wo Jesus sich einen Abstieg zu seinem Nachtquartier suchen mußte, begann das Strauchland, abgetragen von Überschwemmungen und dem jahrhundertelangen Wehen des Windes, sich zu neigen. Hier gab es keine Pflanzen. Der Boden war flach, bröcklig und gefährlich. Lose Steine in allen Größen waren ins Rollen gekommen und in die Geröllmulden der Talsohle gestürzt. Irgendwo entlang des Abgrunds fiel eben noch ein Stein herunter. Er rollte geräuschvoll die Böschung hinab und sprang in die schwerelose Stille seines Falls. Jeder ängstliche Mensch, der wie Jesus nur die Höhen Galiläas kannte, wäre vor diesem Abgrund verzagt, hätte gefürchtet, es könnte ihm wie diesem Stein ergehen. Deshalb hätte er sich nicht schämen müssen, niederzuknien und sich der brüchigen Felskante auf allen vieren zu nähern wie ein Schaf. Jesus aber schämte sich, und er fürchtete sich auch. Er fürchtete sich davor, unten im Geröll zu landen. Er fürchtete sich vor der Nacht, die vor ihm lag. Er fürchtete sich vor den vierzig Tagen Fastenzeit.

Dies hier war die letzte Gelegenheit für Jesus, umzukehren und zum Zelt zurückzugehen. Ein solch kurzfristiger Rückzug ließ sich unschwer rechtfertigen – die religiöse Pflicht gebot es ihm, einem Sterbenden beizustehen. Vielleicht sollte er sich doch besser für die leichter erreichbaren Höhlen in den Bergen entscheiden? Vielleicht war das von Beginn an Gottes Absicht gewesen. Aber Jesus war zu ängstlich, um aufzustehen und zu fliehen. Er kam sich vor wie Yehoch, der auf dem Tempeldach kauerte und nach Engeln und nach Stricken rief, weil er nicht wußte, ob er sich Gott anvertrauen sollte oder den Menschen. Der Optimist und Unschuldige, der am Morgen von der Hütte des Hirten aus aufgebrochen war, hatte sich in einen Pessimisten verwandelt. Den Tag über hatte Jesus sich eingeredet, daß die Schöpfung in diesen Bergen noch andauerte. Nirgends ein Baum, hatte er zu sich gesagt, und wie dürftig die Pflanzen und Gräser sind. Gott mußte noch mitten in der Arbeit sein. Dies war der Rand von Gottes unvollendetem Universum. Aber was, um alles in der Welt, sollte Gott an diesem trostlosen Abhang vollenden? Wo waren seine Spuren? Welche Arbeit gab es hier zu tun? Jeder Galiläer wußte, daß Pflanzenwuchs die Frucht von Gottes Vereinigung mit der Erde war. An diesen Hängen gab es keinen Pflanzenwuchs. Vielleicht gab es auch keinen Gott. Vielleicht war hier das Reich des Teufels. Die Steine waren Sünder. Und das Geröll da unten war die Hölle.

Jesus hielt sich mit bloßen Händen und Füßen fest. Er schämte sich. Seine Nachbarn und seine Familie sahen ihm zu. Sie waren seine Zeugen. »Aha«, sagten sie. »Jetzt ist er in die Knie gegangen. Seht, dort kriecht er.«

Ihm blieb keine Wahl. Er schob den Kopf über den Abgrund und hielt rechts und links nach einem Abstieg Ausschau, einem Hinweis auf Höhlen. Es war nicht mehr sehr hell, aber er hatte Glück. Zwar konnte er weder seine Höhle sehen noch irgendeine andere, aber er sah einen abschüssigen Felsen, ähnlich dem, der die Eingangsplattform zu seiner auserwählten Unterkunft gebildet hatte. Ein Ausguck für Adler und Engel, hatte er gesagt. Nur gab es hier weder Adler noch Engel. Es gab nur Raben und den herabstürzenden Schutt der Felswand.

Einer der Raben landete nahe bei Jesus, wandte ein dutzendmal den Kopf in der Hoffnung auf Eßbares und flog dann mit enttäuschtem Ruf davon. Tok-tok, tok-tok, tok-tok. Ein unverwechselbarer Laut. Er erinnerte mehr an einen Zimmermann als an einen Vogel. Jesus selber hatte ihn schon tausendmal hervorgebracht – ein Werkzeug, das auf Holz trifft. Doch er konnte darin beim besten Willen kein Zeichen erkennen, daß Gott ihn rief. Den ganzen Tag schon hatte er auf Zeichen gewartet. Einen Sonnenstrahl, der sich auf einen Felsen richtete. Einen brennenden Busch. Eine ferne Stimme vielleicht, die ihm zurief, wie er zu seiner Höhle kam. Eine weiße Taube, das ja. Auch das übermütige Lied einer Grasmücke konnte ihm Gottes Botschaft bringen. Aber ein Tok-tok-tok? Gott war gewiß beredter. Jesus mußte eine ganze Weile warten, sich wie ein Insekt an den Abhang klammernd, bis ihm ein besseres Zeichen gesandt wurde. Ein Storchenzug – aus Ägypten unterwegs nach Norden, zum See Genezareth vielleicht – schwebte am Himmel langsam vorüber. Frühlingsboten. Einer aus der Formation ließ sich ein Stück fallen und flog an den massiven, kahlen Felsen des Tals entlang. Einen Augenblick lang hob ein Sonnenstrahl seine weißen Flügel und seinen Rumpf aus dem Einerlei der Grau- und Brauntöne hervor. Dann schrumpfte er immer mehr, wurde zur Ente, zur Taube, zu einem schwindenden weißen Fleck, zum Körnchen Sägemehl im Sonnenlicht des Fensters. Sobald er ganz verschwunden war, nahm Jesus sich vor, wollte er sich auf den Weg machen.

Und so holte Jesus sich von einem Storch den Mut, auf Händen und Knien an der Felskante entlangzukriechen und nach einem Weg zu seiner Höhle zu suchen. Es war nicht schwer. Schon bald wurde der Boden rauher unter Füßen und Händen. Es hatte einen Steinschlag gegeben, die Kante war weggebrochen und abgerutscht wie eine geplatzte Brotkruste. Jesus begann herabzuklettern. Der Mergel war so weich, daß er zwischen den Fingern zerbröselte. Hier traf er endlich auf zählebige Zeugen für Gottes Schöpfung: Ein paar anspruchslose Pflanzen – Morgenstern, Ysop, Salzkraut – hatten in den Spalten und auf der windgeschützten Seite der Felsen Wurzeln geschlagen. Sie begleiteten die Kletterpartie mit ihrem Duft, hinterließen ihre zarten Segnungen auf seinen Händen, wann immer er nach ihnen griff. Ysop kannte er gut, ein Gewürzkraut für Eier und Fisch, doch jetzt war es der Geruch nach Schwindel und Angst. Als der Felssturz steiler wurde, rutschte Jesus auf dem Gesäß hinab, den Blick talwärts gerichtet. Der Boden war lose, aber fest genug für sein Gewicht. Er traute seinen Füßen nicht. Der Marsch hatte sie blutig gerissen, und jetzt setzte die rauhe Erde ihnen noch mehr zu. Er versuchte, soviel Gewicht wie möglich auf Hände und Oberschenkel zu verlagern, als er unterhalb der Böschung in den Steilhang einstieg. Er mußte sich beeilen. Es war schon fast dunkel. Die Felsen blickten nach Osten. Das Sonnenlicht endete jäh. Er kletterte auf der dunklen Seite der Welt, den Rücken fest an die Erde gepreßt.

Er erreichte sein Nachtquartier leichter als erwartet. Der Weg war steil, aber es gab ausreichend Halt für die Hände und Sockel für die Füße. Seine Angst vor Höhe und stürzenden Steinen machte ihn ausnahmsweise flink und behende. Sie trieb ihn vorwärts. Beinah gefiel ihm die Kletterei. Er war der Junge, der er nie gewesen war.

Der Eingang war größer, als er vermutet hatte. Die Höhle war tief. Nirgends ein Hinweis auf Leben, nicht einmal Vogelleim an den Felsen oder Sandfischnester. Keine schreienden Fledermäuse. Keine Engel auf Ausguck. Von der Felsenplattform am Höhleneingang rief er in das Tal hinab. Das Echo seines ängstlichen Grußes kam doppelt zurück. »Ist da jemand emand emand?« Da mußte er weinen, was sonst? Welchem jungen Mann, allein in einer solchen Wildnis, kämen nicht die Tränen beim Klang der eigenen Stimme, die ihn verspottet und bestärkt? Kein Echo konnte schlimmer sein. Er konnte kein Feuer und keine Lampe entzünden. Es gab weder Speise noch Trank, ihn zu trösten, aber er hatte ja gegessen, im Zelt des Händlers, in der Hütte des Hirten. Zwei Mahlzeiten an diesem Tag. Er wußte nicht recht, was er tun sollte. Ein Dankgebet sprechen? Den Eingang der Höhle mit Steinen schützen? Es war zu kalt, um draußen zu sitzen und die Sterne aufgehen zu sehen. Er hatte nicht einmal einen Mantel, um sich darin einzuwickeln. Also suchte er sich ein Loch mit wärmerer Luft, das nicht im Zug lag, und rollte sich in seinen dünnen Kleidern auf dem trockenen Lehmboden der Höhle zusammen. Die offene Hand, die noch nach Ysop duftete, nahm er als Kissen, seinen Leib schützte er mit den Ellenbogen und den Knien, als fürchtete er, von Dämonen getreten zu werden. Ob es hier Skorpione und Schlangen gab? Ob es Alpträume gab? Er machte die Augen zu. Er schloß seine Lider vor der Angst. Er vertraute auf Gott, wieder ein Optimist. Er durfte sich ausruhen. Ja, er durfte sich auf Gottes Fürsorge verlassen. Er war nicht mehr auf Reisen. Er schlief beinahe augenblicklich ein.

Der Schlaf ist Medizin. Als er am ersten seiner vierzig Fastentage erwachte, war sein Geist wiederhergestellt, und mit ihm seine Zuversicht. An diesem Tag stand ihm kein Marsch bevor. Er mußte nirgendwohin klettern. Er mußte sich nur die Steifheit aus den Gliedern schütteln, vor die Höhle treten und den Tag begrüßen. Die rosigen Epauletten aus Licht auf den Gipfeln von Moab, die Marta im selben Augenblick vom Eingang ihrer Höhle aus bewunderte, kamen Jesus himmlisch vor. Er saß im Schneidersitz auf seinem Engelsausguck. Er hörte das Brausen eines Windes, der über das Felsplateau und die

Berge fegte, aber nicht bis hinunter zu seiner Höhle kam. Gott hielt die Hand über ihn. Wenn draußen heller Tag war, wollte Jesus die Höhle erkunden, im Augenblick aber wartete er nur darauf, daß aus den Epauletten ein ganzer Mantel wurde, ein Mantel, der auch ihm die Schultern wärmen würde. Natürlich kroch die Zeit dahin. Er füllte sie mit Gebeten aus und stellte sich vor, daß seine Eltern ihn beten sahen. Diesmal konnten sie nicht kommen und ihn rütteln.

Jesus blieb nichts zu tun, als sein Leben zu vereinfachen. Buße, Meditation, Gebet. Das waren die Freuden der Einsamkeit. Davon nährten Propheten sich seit tausend Jahren. Und jetzt würden sie seine täglichen Gefährten sein. Er schaukelte mit jedem Wort des Gebets, legte seinen ganzen Körper hinein, sprach die Silben mit lauter Stimme, konzentrierte sich auf den Klang, damit nicht ein Teil von ihm sich in Nebensächlichem verlor oder sich der Angst, des Hungers und der Kälte erinnerte. Die Rhapsodien seiner Jugend schienen zu ihm zurückzukehren. Die Gebete gewannen Gewalt über ihn. Er schrie in das Tal hinaus, glücklich über den Lärm, den er machte. Den gewöhnlichen Worten kam der Klang abhanden. Die Konsonanten zerfielen. Mit allen Lauten, deren seine Lippen fähig waren, rief er Gott zu sich in die Höhle. Er rief ihn mit allen Stimmen, die in seiner Kehle wohnten. Er ließ die Zunge gegen den Gaumen schnalzen – Tok-tok-tok-tok-tok-tok.

Erst als er wohl an die hundert Gebete gesprochen hatte, fügte sich die Sonne und erwärmte ihn. Seine Gebete ließen die Sonne aufgehen. Seine Gebete unterdrückten den Hunger. Seine Gebete bemächtigten sich des Sonnenlichts über dem toten, silbernen Meer und härteten es. Verwandelten es in Schmuck. Das Wasser war massiv wie ein silberner Teller. Es hob sich aus dem fernen Tal in die dunstige Luft. Jesus mußte aus halbgeschlossenen Augen hinsehen, weil es so hell war. Je länger er hinsah, desto verwandelter fühlte er sich. Er hätte das alles als das natürliche Zusammenspiel von Wasser und Licht betrachten können. Aber Jesus hatte die weite Reise nicht gemacht, um Sonne, Himmel und Meer bei ihren gottlosen Alltagsverrichtungen zuzuschauen. Für ihn war jeder Wechsel des Lichts, jede Verfärbung, jeder Schatten eines Vogels ein Gottesbeweis. Ehe die vierzig Tage vorüber waren, mußte er sicher sein, daß ihm ein kurzer Blick in Gottes Königreich gewährt worden war. Der silberne Teller würde das Paradies sein. Und Gott würde nach ihm rufen, um ihm seine neuen Gebote zu übermitteln, so wie er den Juden in dieser Wildnis alle seine Gesetze übermittelt hatte. Was wohl die Eltern und Nachbarn sagen würden, wenn er zurückkam, um das Wort Gottes zu predigen? Dann würden sie ihn nicht mehr rütteln, ihm seine Brüder schicken, damit die ihn auf andere Gedanken brachten, ihm den Stock geben. Sie hätten ihr Wohlgefallen an ihm. Er durfte sich beglückwünschen, und er tat es. Er war schuhlos, heimatlos und hatte nichts zu essen. Er hatte auf nackter Erde geschlafen. Aber er war endlich aller Angst und Sorge ledig. »Bin ich nicht frei?« fragte er sich. »Und bin ich nicht gesegnet?«

Schließlich wurde es zu warm in der Sonne, und er bekam Durst. Er steckte sich einen Kiesel in den Mund. Er ging zurück in die Höhle und legte sich wieder schlafen, gleich hinter dem Eingang. Im Traum war er eine Stubenfliege und krabbelte an einer Brotkruste herunter. Sie brach ab. Er stürzte in die Tiefe, Brotkrumen zwischen den Beinen. Seine Flügel waren nutzlos. Er erwachte. Fliegen auf seinem Gesicht labten sich an dem Schleim in Nase, Augen und Mund. Tatsächlich war das Geräusch flügellosen Fallens zu hören. Draußen vor der Höhle stürzten Steine zu Tal. Ein Stück weiter die Felswand entlang war ein neuer Erdrutsch unterwegs. Gottes Schritte hinterließen ihre Spur auf Erden.

Als Jesus auf die Plattform trat, hatte die Erde sich beruhigt. In der Felswand war nichts zu erkennen, aber oben an der Kante hörte er Stimmen und Bewegung. Er wandte Moab den Rücken zu und blickte hinauf zum Gipfel des Felsens. Staub rieselte ihm auf Gesicht und Haare. Ein Stein traf seine Schulter. Endlich war sein Gefährte da – sein Hirte, sein Gott, sein Freund. Er mußte die Fastenzeit nicht allein durchstehen. Er wartete auf ein Gesicht. Zeigte sich dort schon eins? Er war nicht ganz sicher. Er meinte blondes Engelshaar und ein Gesicht von der Farbe einer Honigwabe zu sehen. Er meinte einen freudigen Ruf zu hören, ein spöttisches Echo auf seinen Traum: »Flieg los, flieg los …« Waren das die Worte? Erneuter Steinschlag, und dann eine Vision, für die er keine Erklärung hatte. Ihre Bedeutung blieb unklar und dunkel und furchterregend. Ein Esel schien aus heiterem Himmel auf ihn zugeflogen zu kommen. Rechts der Höhle stürzte er in den Abgrund. Er drehte sich. Er schlug gegen die Felswand, prallte hoch über dem Tal noch einmal auf. Dann stürzte er auf den silbernen Teller zu. Ein Opfer für den silbernen Teller. Seine Beine waren Flügel. Er schien kein Gewicht zu haben, keine Augen. Der Kopf baumelte lose wie Stoff, als hätten die Knochen am Hals weniger Substanz als die Luft.

11

Sobald Shim und der Badu begonnen hatten, den Kadaver der Eselin zum Abgrund zu ziehen, machten sich die Frauen – von den beiden zurückgebliebenen Männern durch die obligaten sieben Schritte getrennt – an die Arbeit. Sie durchsuchten die Lastkörbe im Zelt nach den Stützen und Bäumen, mit denen sie Miris Webstuhl zusammensetzen wollten. Die Einzelteile legten sie nach der Größe sortiert vor sich hin – die großen Bäume und Trennstäbe nach hinten, dann die Helfen und Litzen und, griffbereit ganz nach vorn, den Schlaghaken, die Webspulen, die Latzen und die Stifte.

Miri war froh, zur Abwechslung einmal andere Geräusche zu vernehmen als Musas Fistelstimme. Ihr Mann hockte in seinem Emporium aus Decken, eine Pyramide unterm Zeltdach; die Flasche mit dem Dattelgeist war halb geleert, die Waren hatte er vor sich auf dem Teppich ausgelegt, sein Bauch lag in Schichten auf den Schenkeln wie Teig, der sich in Teig ergießt. Seine Zeit würde kommen. Er wußte, wenn ihr Fastentag vorüber war, würden seine Mieter der Verlockung von Miris Feigenkuchen und getrockneten Früchten, von Pökelfleisch und Kräuterkäse kaum widerstehen können. Fasten macht hungrig. Der Alte, Aphas, würde als erster herbeigelockt werden, schätzte er. Alte Männer, die dem Tode nahe sind, haben niemanden mehr, dem sie etwas gönnen, außer sich selber. Und war Aphas erst schwach geworden, würden die anderen drei – und vielleicht auch der fehlende fünfte – ganz von allein kommen. Sie mußten begreifen, daß sie sich an der freien Kost des Strauchlands nicht einfach bedienen durften. Er mußte sie daran erinnern, daß es sein Land war. Die Vögel und die Wurzeln gehörten ihm. Entweder sie kauften ihre Nahrung bei ihm, oder sie verzichteten, bis ihre vierzig Tage um waren. Sie mußten seinen Preis zahlen. Ihm gehörte das Wasser, und ihm gehörte der Himmel. Nicht einen Schluck, auch nicht das kleinste Schlückchen, gab es hier umsonst. Er lachte leise über seine eigene Dreistigkeit.

Das waren Musas vierzig Tage. Er würde nicht fasten und nicht beten. Er würde sich ausruhen. Sein Weib würde melken und backen und kochen; er würde die Waren auslegen, seine Mieter würden jeden Tag aus ihren Höhlen herunterkommen, um sich zu versorgen, und er würde seine Schnäpse und seinen Wein trinken und von zukünftigen Karawanen träumen. Dieser Zwangsaufenthalt in den Bergen ließ sich unerwartet gut an. Sein Pech hatte sich fast schon in Glück verwandelt. Er hatte seine Gesundheit wieder. Er hatte Mieteinkünfte. Er hatte einen bescheidenen Handel. Er hatte ein paar Träger für die Reise hinunter nach Jericho. Und wenn er sich in Geduld übte, hatte er bald auch die Frau, Marta, zu seinem Vergnügen. Bis dahin stand ihm die magere zweite Wahl zur Verfügung, die keinerlei Geduld erforderte. Noch in dieser Nacht würde er Miri bei den

Armen packen und sich ihre knochigen kleinen Schenkel gegen den Schoß pressen. Er würde die Augen schließen, sich am Stoff ihrer Kleider reiben und sie halblaut Marta nennen.

Miri war verängstigt wie ein Kaninchen. Am liebsten hätte sie sich unsichtbar gemacht. Sie konnte förmlich riechen, in welch unberechenbarer Stimmung Musa war. Der Dattelgeist hatte ihn belebt. In seinen Adern pulsierten Blut und Schnaps und Übermut. Jetzt war er ausgelassen und zugänglich, aber das konnte sich ändern. Bislang hatte der Dattelgeist nur Herz und Mund erreicht, aber er würde ihm schon noch in den Schwanz und in die Fäuste fahren, und dann wurde es gefährlich. Wenn die Eselin erst fortgeschafft und die Besucher in ihre Höhlen zurückgekehrt waren, ging sie ihm besser aus dem Weg, wenn sie nicht wollte, daß er ihr mit Fäusten und Mundwerk zusetzte oder sie dazu zwang, ihn mit einem Wollknäuel zu befriedigen oder vor ihm auf die Knie zu gehen.

Miri versteckte sich hinter Marta, der Frau aus Sawiya, und machte sich am Webstuhl zu schaffen. Ihr Gesicht war eine Maske, ruhig und ausdruckslos wie Lehm. Martas Gesicht dagegen war offen und schutzlos wie das eines Mädchens. Sie schien sich vor Musas Blick nicht zu fürchten. Sie berührte Miri an Armen und Händen und am Rücken; sie war ihre Schwester für diesen Tag. Sie lächelte still – und lachte sogar einmal laut – über Musas vom Dattelgeist beseelten Monolog, mit dem er Aphas traktierte. Sie sah es dem Alten an, daß er lieber geschlafen hätte. Statt dessen mußte er sich die endlosen, einschläfernden Geschichten ihres Wirtes über Profite anhören, über günstige Angebote, das Kaufen-Reisen-

und-Verkaufen eines Händlerlebens, die Mysterien des Geschäftemachens. Hier hatten sie einen Mann vor sich, der mehr von der Welt gesehen hatte – das Land, in dem es keine Zwischenhändler gab und alles billig war, den Berg hinter den Bergen, das Dorf jenseits von allen Dörfern, den Himmel hinter den Himmeln, wo das Blau silbern war und die Luft schwerer als Rauch. Dort (so Musas Geschichten an diesem Tag) hatte er Wüsten gesehen, gegen die das Strauchland ein Paradies war, wo er sich statt von Fleisch von Kamelleder hatte nähren müssen, statt von Wasser vom Dunst der Luftspiegelungen, der Verheißung wohlfeiler Ware.

»Nichts, was du gesehen hast, kann sich mit dem messen, was ich gesehen habe«, sagte er zu Aphas. Und dabei sah er Marta an. Er durfte nicht verpassen, wenn sie sich über den Webstuhl beugte. Wie würde der Stoff ihrer Kleider sich über Rücken und Schenkel spannen? Wie würde ihr Hintern sich straffen?

Wenn Musa aus nichts als Geschichten bestünde, dachte Miri, dann hätte man ihn für einen erträglichen Mann halten können – denn bei der ersten Begegnung machte er Eindruck. Da waren sich alle einig. Wenn er vom Schnaps in Schwung gebracht, aber noch bei guter Laune war und Geschichten von den Marktplätzen dieser Welt zum besten gab, von Kürbissen und Henna, Elfenbein und Olivenöl, von Korn und Chalzedon, das er erstanden und wieder verkauft hatte, von Karfunkel, den er für graues Ambra, Gold, das er für Sklaven, Schlangensteinen, die er für Straußenfedern eingetauscht hatte, wenn er erzählte, wie er Honig in Salz und Salz in Silber verwandelte, dann, ja, dann zog er einen in seinen Bann. »Wie eine Schlange«, wenn man Miri fragte.

Auch sie hatte er einmal in seinen Bann gezogen. Eine kurze, bittere Erinnerung. Vor nicht einmal einem Jahr hatte sie Musa im Lager ihres Vaters kennengelernt. Er hatte sie zum Lachen gebracht. Mit seinem Aussehen. Seiner Art zu reden. Seinen Geschichten. Seiner Selbstgefälligkeit. Wenn sie ihn heiratete, hatte er ihr versprochen, dann wollte er mit ihr in die entlegensten Winkel dieser Welt reisen. Er würde mit ihr in Täler reisen, wo es so viele Fliegen gab, daß die Kühe dort zwei Schwänze hatten. Er würde ihr ein Land zeigen, wo die Häuptlinge Edelsteine hatten, so groß, daß die Reisenden ihre Pferde daran festbinden konnten. Er würde sie in Dörfer bringen, wo die Frauen mit Pech bestrichene Federn in den Dorfteich tauchten, um Gold zu schöpfen. Wo sie sich das Gold wie Honig auf ihr Brot schmierten.

Wie golden und süß seine Stimme in jener Nacht geklungen hatte.

Und jetzt war seine Stimme wie Pech für sie. Die Edelsteine, die Teiche voller Gold, die Kühe mit den zwei Schwänzen hatte sie nie zu sehen bekommen. Sie hatte die Fliegen zu sehen bekommen. Die windgepeitschten Kamelpfade, die staubigen Lager, die eintönigen Marktflecken. Sie hatte die Finger und die Faust ihres Mannes zu spüren bekommen. Was außer seinen Geschichten sollte sie noch in seinen Bann ziehen? Wie leicht könnte sie sich ein wenig Stille, ein wenig Witwenschaft verschaffen, durch einen einzigen Schlag mit dem Webklöppel. Musas Kopf war rund und rot und flaumig wie ein Granatapfel. Und genauso leicht würde er auch platzen. Der Mann steckte voller Kerne und Pisse. Ihr und Marta wäre es ein leichtes, die Leiche zum Abgrund zu schleifen und in die Tiefe zu stoßen, damit er seiner kleinen Eselin unten im Tal Gesellschaft leisten konnte. Zwei Esel, ja. Beide lahm. Und beide tot.

Wie gut, daß es den Webstuhl gab, über den sie nachdenken konnte. Miri gehörte zu der Sorte Frauen, die nur dann gelassen bleiben, wenn ihre Hände beschäftigt sind. Dann ertrug sie die Hitze, die schmerzenden Schenkel, das sinnlose Geschwätz der Ziegen und sogar ihren Mann. Sie konnte nicht einfach nur untätig sein wie Musa, die Hände in den Schoß legen und reden, trinken, sich Reichtümer, Luxus und Lügen erträumen. Und wenn es gar nichts anderes zu tun gab, dann würde sie sich lieber kratzen oder an ihren gesprungenen Nägeln kauen, als die Hände still zu halten. Warum lange über das Unglück einer Ehe nachgrübeln, gegen die selbst das Fieber machtlos war?

Aber für Miri gab es immer etwas anderes zu tun. Ihr Leben, das waren tanzende Knöchel, rastlose Hände: Brot backen, Käse aussieben, Ziegen und Männer versorgen, tausend Dinge erledigen und noch mal tausend dazu ... Und dazu mußte sie noch die Zeit finden, die hölzernen Amulette zu schnitzen, die Musa zu phantastischen Preisen als wohlfeile Arbeiten heiliger Männer verkaufte. Jetzt, wo sie eine Weile Ruhe hatte vor Karawanen und Marktplätzen und ihr Mann gut gelaunt und redselig vom Schnaps war, wollte sie die Gelegenheit ergreifen und an etwas arbeiten, das nur für sie war, etwas, das nicht einmal Musa zu verkaufen wagte. Sie würde den Webstuhl an einem kühlen Platz aufstellen. Sie würde Musa um etwas Wolle aus seinen Vorräten bitten, um sich eine Geburtsmatte für die Niederkunft zu weben und zu sticken. Ihr blieben fast vierzig Tage Zeit, um eine Matte zu weben, die einer Königin zur Ehre gereichte.

Marta, ihre Schwester für den Tag, war ihr beim Aufbau des Webstuhls keine Hilfe. Sie hatte ihr Lebtag noch keinen Webstuhl angefaßt. In Sawiya waren die Webstühle fest in Werkstätten aufgestellt, und es gab Weberfamilien, die alles lieferten, von der Geburtsmatte bis zum Leichentuch. Aber Marta tat gerne, was Miri ihr auftrug, schaffte das Holz heran, legte die Teile ab. Es war nachbarschaftliche Pflicht, einer schwangeren Freundin zu helfen. Sie wußte von Frauen, die hatten Fehlgeburten gehabt, weil schlechte Nachbarn ihnen schwerste Lasten nicht abgenommen hatten. Und wenn sich Marta auch nicht mit Webstühlen auskannte, so konnte sie doch die Wolle auswählen. Sie hatte ein Auge für Farben. Eine Geburtsmatte mußte natürlich weiß sein. Aber mit weißer Wolle reist es sich nicht gut. Sie zieht Fliegen und Schmutz an, wie Musa eines Tages zu seinem Leidwesen hatte erkennen müssen. Er hatte eine Partie feingewobener Baumwollstoffe erstanden, die er als Leichentücher verkaufen wollte (»Mondweiß«, sagte er, »gesponnen unter nächtlichem Himmel«) und auf der langen Reise von Meer zu Meer zu den Frühlingsbasaren zu lange in den Kameltaschen gelassen hatte. Er hatte das Tuch für einen Griechen ausgerollt, der die Bestattung seines Sohnes vorbereiten mußte. Der Mond hatte Streifen bekommen, gelb mit schimmligem Grün. Der Urin in der Bleichlauge war auf dem Rücken des Kamels aktiv geworden. »Zuerst ist uns der Gestank entgegengekommen, dann eine Wolke von Motten«, erzählte Musa. »Und dann hat der Grieche das Weite gesucht.« Seitdem kaufte und verkaufte Musa nur noch dunklere Wolle mit gut fixierten Pigmenten und Stoffe, die ein bißchen Staub vertrugen und nicht so leicht ausbleichten.

Musa verwöhnte seine beiden Frauen. Er ließ sie seine Wollvorräte aus den dunklen Ecken des Zeltes ziehen und setzte sein süßestes Lächeln auf, während sie das Garn sortierten. Stoff und Fleisch – das war ein Zusammenspiel, an dem Musa seine Freude hatte. Er mochte es, wenn seine Frau die Kleider hob und sich rittlings auf ihn setzte, den Blick mal auf seine enorme Brust, mal auf die Zehenspitzen gerichtet. Er mochte es, wenn ihre Kleider ihm auf die nackten Schenkel und die Brust fielen. Er fand Stoffe sinnlicher als Haut. Nicht umsonst war er Händler.

Marta schüttelte den Kopf und schob alle die braunen und rostroten Garne beiseite, denen Miri den Vorzug zu geben schien. Wenn eine Geburtsmatte schon nicht weiß sein konnte, dann sollte sie wenigstens etwas hermachen. Sie nahm Musas Musterrolle und ließ die bunten Fäden herunterfallen. Sie zeigte sie der Sonne, aber das Licht verwandelte sie nicht. Nur Römer trugen solche Farben. Nichts Passendes für eine Kindsgeburt dabei.

»Nehmt diese hier«, sagte Musa, der nun, da Aphas eingeschlafen war, zu jedem Muster, das die Frauen prüften und verwarfen, auf das lebhafteste seine Anmerkungen machte – ungewöhnlich für einen Mann, aber er wollte verhindern, daß sie brauchbare Wolle für Miris Matte vergeudeten. Er zog zwei halbversteckte Stränge mit Wollresten aus dem Haufen und legte sie auf seinem Schoß aus – leuchtendes Dotterrot und ein Purpurrot, das ihm für Huren wie gemacht schien. Er hatte die Fäden ein Stück abgespult und ließ sie über den Handrücken laufen, damit die Frauen sie betrachten konnten. Sie waren jetzt seine Kundschaft.

»Gute Wolle«, sagte er. »Die bunteste am Markt. Buntere findet ihr nicht. Kleidsamere auch nicht.« Er stellte sich Marta vor, auf einer purpur- und orangeroten Matte liegend wie eine Kaiserin – und er selbst war der Kaiser. Er sah zu spät, wie schlecht die Wolle gesponnen war. Er versuchte, die gerissenen Fäden zu verstecken, aber zu viele Enden fielen heraus wie lose Haarsträhnen. »Gute Wolle«, wiederholte er. »Ein paar Fäden sind gerissen, aber wenn ihr die Enden verknotet, könnt ihr sie einweben. Ihr bekommt sie umsonst. Da müßt ihr nicht lange um einen besseren Preis feilschen. Greift zu.« Er wischte mit den purpurroten Fäden über Aphas' schlafenden Kopf. »Sonst zückt der alte Knabe hier noch seine Börse und nimmt das Schnäppchen mit nach Hause.«

Zuerst lachten die Frauen. Musa hatte sie überrascht. Machte er sich über sie lustig? Sie sahen, wie dürftig die Wolle war. Und die Farben paßten so schlecht zueinander, daß es beinahe komisch aussah. Orangerot und Purpur vertrugen sich nicht – ein blumiger Onkel und seine grell herausgeputzte Nichte. Die Frauen runzelten die Stirn, kratzten sich am Kinn und stellten sich die fertige Matte vor. Nicht gut genug. Sie schüttelten den Kopf.

»Und was hätten die Damen gerne gratis von mir? Goldfaden?« fragte Musa mit drohender Stimme und blickte Miri aus schmalen Augen an. »Und daß du mir nicht noch mal den Kopf schüttelst. Eine Frau schüttelt nicht den Kopf.« Er schüttelte dafür die Wolle. »Diese hier oder keine. Dann gibt's eben keine Matte.« Er schloß die Augen und wischte sich mit der Wolle den Schweiß vom Gesicht. Seine Frau hatte ihn bloßgestelt. Vor Martas Augen. Das sollte sie ihm bezahlen. Der Weingeist sickerte aus seinem Herzen. Dafür sollte sie Prügel bekommen.

»Dann komm auf Stroh nieder«, sagte er. Er klappte ein Auge halb auf wie eine Eidechse, um zu sehen, welche Wirkung seine Entschiedenheit hatte. Seiner Frau war natürlich nichts anzusehen. Aber Marta wirkte peinlich berührt. Vielleicht war es klug – um Martas willen –, sich großmütiger zu zeigen. »Miri will das Kind nicht auf Stroh gebären«, sagte er zu Marta. »Sprich du mit ihr. Sie kann sehr störrisch sein.« Er hielt die Wollreste hoch, wieder ganz Händler und Gaukler. Er würde ihre Kundschaft schon bekommen.

»Nehmt, nehmt«, rief Musa und tat ungeduldig. Er warf Marta die Wolle vor die Füße, damit sie sich bücken mußte, um sie aufzuheben. Jetzt klappte die Eidechse auch das zweite Auge auf. Und leckte sich die Lippen. Wenn Miri eine magere Ziege war, dachte er, dann war Marta eine Stute. »Diese Farben bringen Glück«, sagte er, als wären sie auf dem Basar. »Du wirst einen Jungen haben. Zwei Jungen, Miri. So kräftig wie Stiere. Zwei kleine Götter. Einen orangeroten und einen purpurroten Gott.«

Eine Glücksmatte, die Söhne versprach? Marta schob die Wolle zusammen. Sie hielt die Fäden nebeneinander. Vielleicht bissen Orange und Purpur sich gar nicht mal so sehr? Es waren die fruchtbaren Farben der Dunkelheit und des Tages, der Nachthimmel zur Erntezeit, die reifen äußeren Blätter des Mais. Sie lächelte Miri zu. Vielleicht brachte es ihnen beiden Glück, wenn sie Miri beim Weben half. Miri zuckte die Achseln und nahm die Wolle. Ihr Mann hatte sich für Orangerot und Purpur entschieden. Basta. Kein Wort mehr. Sinnlos, um besseres Garn zu feilschen oder gar um Wolle in den irdenen Farben, die sie so viel lieber mochte. Sie würde ihr Kind auf einer Matte gebären, wie Parfümhändler sie haben, um ihre Waren darauf auszulegen.

»Die orangefarbene. Seht ihr? Eine gute Wahl.« Musa gratulierte den Frauen und sich selber zu ihrem guten Geschmack. »Das ist die allerbeste. Sie kommt aus den Sümpfen. Von jenseits der Sümpfe. Hundert Tage mit dem Kamel und hundert Tage mit dem Boot. Und dann zu Fuß weiter, bis zu den Knien im Unkraut. Sie holen sich die Farbe aus den Pflanzen. Alles dort ist orangefarben. Der Himmel. Die Blätter. Die Augen der Menschen … Die Menschen tragen alle Mäntel aus orangeroter Wolle und verschwinden vor dem Land. Sind unsichtbar. Und der Purpur? Der ist tyrisch. Die Weber gewinnen ihn aus Fischen. Aus Fischen oder Schnecken. Sie wollen es nicht verraten.«

Er erzählte, daß er jedes Jahr nach Tyrus reiste, um zu kaufen und zu verkaufen. »Dort haben sie nur purpurrote Wolle«, sagte er. »Die Frauen können den ständigen Gestank nach Fischen oder Schnecken schon nicht mehr ertragen. Und wenn sie dann meine orangerote Wolle gesehen und sich unter die Nase gehalten haben, holen sie flugs ihre Männer oder ihre Väter herbei. Es macht nichts, Miri, daß die Wolle fadenscheinig ist. Wen kümmert ein gerissener Faden, wenn nur die Farben frisch und kräftig sind?« In Tyrus, erklärte Musa, verschwanden die Frauen nicht, wenn sie orangefarbene Mäntel trugen. Sie stachen so grell hervor wie Schmetterlinge. Genau wie die Frauen im Süden, die nach seiner Rückkehr aus Tyrus seinen Vorrat an purpurroter Wolle kauften und endlich zu sehen waren vor den orangefarbenen Blättern und dem Himmel.

»Manchmal scheint es mir fast, als würde ich nur mit

Farben handeln und nicht mit Wolle«, sagte er, um dem Geschäftsabschluß eine magische, überirdische Note zu geben. »Als wäre ich einer, der Töne statt Trommeln und Flöten verkauft. Ich handle mit Düften statt mit Speisen. Wach auf, alter Mann. Hier gibt es etwas zu staunen.« Er warf Aphas die leere Flasche in den Schoß. »Stell dir das vor, alter Mann, eine Karawane, bepackt mit Farben, Musik und Düften. Federleichte Fracht. Sieh, wie geschwind die Kamele laufen. So kann ein Mann ein Vermögen verdienen. Frag sie. Sie wird's erleben.« Er deutete auf Miri. Was meinte er damit: »Sie wird's erleben«? Würde Miri ihren Mann ein Vermögen verdienen sehen? Oder mit ihm in den Süden reisen, hundert Tage und hundert Tage und dann zu Fuß, das Neugeborene vor den Leib geschnallt – während aus den Tragkörben seiner Kamele Klänge und Farben auf den Pfad troffen, Düfte im knietiefen Wasser der Sümpfe versickerten?

12

»Erledigt. Die Eselin ist weg«, sagte Shim, als er und der Badu sich wieder zu den anderen gesellten, die zwischen den Wollsträngen im Schatten des Vorzelts saßen. Und dann: »Da unten war jemand. Ein Junge, glaube ich.« Er wischte sich den Schweiß von der Stirn. Er leckte sich mit der Zunge über die Lippen. Er blies die Backen auf und pustete Luft heraus. Alle sollten sehen, wie müde und durstig er war. Falls Musa ihm den Wasserschlauch reichte, wie es die Gastfreundschaft gebot, würde er standhaft den Kopf schütteln, dieser stattliche Mann von Prinzipien und moralischer Stärke. Er würde abwehrend die Hände heben, als wäre der bloße Anblick von Wasser in einem Schlauch eine Beleidigung für ihn. Er würde ausspucken, um zu zeigen, daß er nicht einmal Speichel schluckte, um den Durst zu lindern. Das war seine Gelegenheit, Respekt und Bewunderung zu ernten – als kleine Entschädigung für den Mietzins und den Wasserzoll, die der Grundbesitzer von ihm einkassiert hatte. Sie würden merken, daß er über jede Versuchung erhaben war. Er würde fasten, bis die Sonne untergegangen war. Ohne dabei zu mogeln, wie es die anderen offenbar getan hatten. Er sah das Angebot an Speise und Trank zu Musas Füßen, die leere Flasche in Aphas' Schoß, und empfand Verachtung für seine Höhlengefährten.

Shim bekam keine Gelegenheit zu spucken. Mit einem Fingerschnippen brachte Musa die Frauen zum Schweigen. Ungeduldig winkte er den Blonden zu sich. Er wollte genau hören, was der Mann zu berichten hatte – aber nicht, weil es ihn gekümmert hätte, daß Shim müde und durstig war und über jede Versuchung erhaben, daß die Eselin fortgeschafft war oder daß der Badu, der schwankte wie ein Eremit in Trance, die Strähnen seines Haars so fest gezwirbelt hatte, daß die Kopfhaut voller Blut – und voller Fliegen war.

»Welcher Junge? Was für ein Junge?« fragte er. »Was soll das heißen, da war jemand? Sag, wo er ist.«

»Unterhalb der Kante«, sagte Shim. Er deutete vage auf seine Zehen. »Ein gutes Stück zu klettern …«

»Was hat er gesagt? War das der fünfte, der hinter euch hermarschiert ist? War es ein Jude? Der Mann, den ich gesehen hab, war einfach nur ein Dörfler. Ist es der? Er hat galiläischen Dialekt gesprochen«, sagte Musa.

Shim zuckte die Achseln. Was ging es ihn an, wer das war? »Schwere Arbeit«, sagte er. »Tiere wiegen doppelt soviel, wenn sie tot sind. Meine Kehle ist trocken …« Der Badu fiel ihm ein. »Und seine auch.«

»Ein dünner Mann. War der Mann dünn?«

Shim zuckte erneut die Achseln. »Jedenfalls nicht …« Er hielt inne. Er wollte nicht zu Musa sagen: »Jedenfalls nicht dick. Nicht so dick wie du.« Statt dessen sagte er: »Nicht kräftig. Wir haben nicht mit ihm gesprochen. Wir haben nur die Eselin hinuntergeworfen. Wie es ausgemacht war. Sie ist ...« Wieder eine Geste mit der Hand. »Sie hat ihn nur um Haaresbreite verfehlt. Aber so etwas macht durstig.«

»Los, beschreib ihn mir. Was meinst du, was er für ein Mensch ist?«

Shim breitete die Arme aus und lachte. Woher sollte er das wissen? Sein Wirt war ein lästiger Zeitgenosse, der nichts anderes im Kopf zu haben schien, als aus jeder Kreatur auf seinem Land Mietzins und Profit herauszupressen. Wie kam er dazu, mit einem solchen Blutsauger gemeinsame Sache zu machen? »Ein armer Schlucker, wenn du mich fragst. Mit ihm vertust du deine Zeit ...« Er streckte die leeren Handflächen aus. Er schüttelte den Kopf. »Der macht dich nicht reich.« Wenigstens war Musa einen Moment lang still. Der Mund stand offen, er machte große Augen. Jetzt konnte Shim seinen Spruch aufsagen. Er trat drei Schritte ins Zelt hinein und blieb dann stehen, so daß er leise und mit Würde sprechen konnte und doch von allen zu hören war. »Und laß dir nicht einfallen, mir deinen Wasserschlauch anzubieten«, sagte er. »Das Gebot des Fastens verlangt von mir, daß ich jede Speise und jeden Trank zurückweise, solange noch Licht am Himmel ist. Andere mögen es nicht so genau damit nehmen. Einem alten Mann mag man den Verstoß nachsehen. Und die Frauen sind dem Geist von Natur aus nicht so ergeben wie die Männer. Sie sind falsche Schätze, heißt es in den Schriften. Und wer wollte sie für ihre Beschränktheit tadeln? Für mich jedoch sind Entbehrung und Erleuchtung Zwillinge. Den Gott in unserem wahren Selbst finden wir nur durch Leiden. Wir suchen die Einsamkeit der Wüste, weil wir uns dort besser hören können ...«

Vielleicht war dies der rechte Augenblick, um auszuspucken und ihnen dann eine Moralpredigt über die hohe Schule des Fastens zu halten. Er schob den Schleim im Mund hin und her, hielt Ausschau nach einem freien Flecken Erde, doch wieder bekam er keine Gelegenheit zu spucken. Mit erstaunlicher Flinkheit hatte Musa sich nach vorne fallen lassen und hielt diesen stattlichen Mann von Prinzipien und moralischer Stärke am Knöchel nieder, drückte ihm die Fingernägel in die Fersengruben. »Wie schmeckt dir der Schmerz? Ist Gott schon da?« Mit der anderen Hand zog er Shim den kleinen Zeh aus der Sandale, bog ihn aus der Reihe der anderen vier und knickte ihn ab wie den Knochen aus einem gebratenen Hühnerbein.

»Sag nichts«, sagte er, dabei hatte Shim nur Luft für ein klägliches Winseln. »Halt den Mund. Tu, was ich dir sage. Geh noch mal hin und bring ihn her, den fünften.«

»Er ... könnte vielleicht nicht ...«

»Geh und bring ihn her.« Zur Warnung riß er noch einmal an dem kleinen Zeh, dann ließ er Shims Fuß los. »Hat das gutgetan? Ist es das Leiden, nach dem du dich sehnst?«

Shim wich ein Stück zurück. Der Schmerz hielt an. Sein Zeh war rot und stand merkwürdig ab.

»Beeil dich«, sagte Musa.

Shims Knöchel wollte sein Gewicht nicht tragen. Er stand, so gut es ging, auf einem Bein. »Er wird längst weg sein«, sagte er schließlich. Er merkte nicht, daß seine Stimme zitterte. »Es war ein Hirte. Er hat dort Eier gesucht. Oder ein verirrtes Tier.«

»Geh hin und schau nach.«

Shim hätte sagen können: Geh doch selber hin und

schau nach. Aber er wollte sich keine weiteren Schmerzen einhandeln, nicht noch einen ausgerenkten Zeh riskieren. Er mußte ruhig und besonnen bleiben. »Schmerz und Erleuchtung sind Zwillinge«, sagte er statt dessen. Und dann: »Schick sie, deine Frau. Oder schick ihn.« Der Badu kauerte noch immer vor dem Zelt. »Schick jemanden, der besser zu Fuß ist.« Er kehrte seinem Wirt den Rücken zu. Er war ein heiliger Mann. Er würde auf der Stelle in seine Höhle zurückgehen – falls Knöchel und Zehen der Belastung standhielten – und sich wieder dem erhabenen Geschäft des Fastens widmen.

Musa wünschte, er hätte sein Pistill zur Hand. Um dem Blonden zu zeigen, wie er ihm Hände und Knie zurichten konnte. Dann wäre Schluß mit Beten. Musa ließ sich nicht gerne widersprechen. Männer waren wie Esel, sie hatten ein langes Gedächtnis. Wenn er es diesem Shim einmal erlaubte, ihm die Stirn zu bieten, dann würde der Kerl jedesmal Widerworte finden. Wäre die Karawane nicht weitergezogen, hätte Musa seine Vettern in Rufweite, wäre das alles ein Kinderspiel. Er müßte nur in die Hände klatschen, und fünf Vettern wären zur Stelle, um dem Blonden beizubringen, wie man sich als Mieter zu benehmen hat. Aber es waren keine Vettern da. Seine Frau war seine einzige Verbündete, und sie konnte dem Blonden schwerlich mit einem Stein die Finger brechen, wie er es verdient hätte. Seine Rache mußte warten. Musa wollte zum Schein einlenken. Sich diplomatisch geben – wenn er auf diese Weise den Galiläer noch einmal zu Gesicht bekommen konnte.

Er winkte Miri zu sich. »Auf, auf«, sagte er. Sie umfaßte seine Handgelenke und zog. Sein Atem, schwer vom Dattelschnaps, schlug ihr ins Gesicht.

Wenn er saß oder stand, war Musa ein eindrucksvoller Mann, aber alles dazwischen wirkte bei ihm lächerlich und hilflos wie bei einem Kamel. Miri hatte ihn erst halb hochgezogen; die Knie waren eingeknickt, die Beine gespreizt, die Hinterbacken hingen kaum eine Handbreit über der Matte. So mußte sie ihn oft halten, wenn er – betrunken oder auch nur faul – von ihr verlangte, daß sie ihm hinter dem Zelt beim Verrichten der Notdurft half. Hätte sie ihn bei solcher Gelegenheit losgelassen, wäre ihr Mann in seinen eigenen Dreck geplumpst. Ein faszinierender Gedanke. Sie hatte oft loslassen wollen. Sie hatte es nie getan. Sie tat es auch jetzt nicht, obgleich die Versuchung groß war. Ihr Groll gegen ihn saß tief. Sie hielt ihn fest, während er den Kopf und die Schultern nach vorne warf, das Gewicht vom Hintern auf die Knie verlagerte, und zog dann erneut. Nun endlich stand Musa auf seinen Füßen, und er war langsam und gefährlich.

Shim war bereits hundert Schritte vom Zelt entfernt; er beeilte sich, hinkte nur, wenn er daran dachte. Sein Zeh und sein Knöchel hatten überlebt. Er hatte es mit der Angst bekommen, gleichzeitig war er freudig erregt. Deshalb also war er tagelang zu diesen öden, traurigen Bergen unterwegs gewesen, dachte er. Musa war ihm gesandt, seine innere Stärke zu erproben. Musa war seine Prüfung. Bislang hatte er seine Würde gewahrt, dachte er, und war dafür bewundert worden, von dem alten Mann und der jüdischen Frau zumindest. Doch von nun an mußte er vorsichtig und wachsam sein. Musa würde ihm ein unerbittlicher Feind sein. Der war imstande, sich nachts an die Höhlen heranzuschleichen, um seine Mieter auszuräuchern, ihnen die Wasserrechte zu nehmen oder Schlimmeres. Einem wie ihm entkam man nicht so leicht. Und so blieb er denn stehen und kehrte um, als die ölige Stimme des dicken Mannes ihn quer über das Strauchland zu sich rief. Ihm wurde ein wenig übel, um die Wahrheit zu sagen, als er Musa dort stehen sah in seiner ganzen Pracht, einen Arm hinterm Rücken versteckt, alle Falten und Schichten von Fleisch und Fett unter dem schweren Stoff der Tunika geglättet und zu monumentaler Größe ausgebreitet. Welcher Zauber war da am Werk? Es hätte ihn nicht im mindesten gewundert, wenn der Dicke durch das Gestrüpp auf ihn zugesprungen gekommen wäre, über Felsbrocken setzend wie ein junger Hirsch, Purzelbäume schlagend, flink und leicht wie Steppenhexe. Um wieder nach seinen Knöcheln zu greifen und ihm die Zehen umzubiegen, einen nach dem anderen.

Shim zitterten die Hände. Und die Zehen. Er war wie gelähmt. Er stand zwischen den Ziegen und hielt die Hand ans Ohr, um zu verstehen, was Musa sagte.

»Na, was hast du vergessen?« rief der große Mann. Zumindest klang kein Zorn aus seiner Stimme.

Shim war um gute Antwort verlegen. Hatte er versäumt, die Erlaubnis zum Aufbruch einzuholen? Er würde sich nicht entschuldigen. Hatte er gegen eine Anstandsregel verstoßen? Er zerbrach sich den Kopf. Er hing wie ein Fisch an der Angel. Er tat ein, zwei Schritte auf das Zelt zu. Dann zehn, dann zwanzig weitere. Reden konnten sie ja wenigstens.

»Das hier hast du vergessen«, sagte Musa, als Shim schon halb zurück war. »Komm. Sieh her.« Er holte die versteckte Hand hervor. Sie hielt Shims gewundenen Wanderstab, seinen Talisman, den Frieden seiner Seele, seinen einzigen Weggefährten. Das Zeichen seiner Heiligkeit. Er hatte ihn vergessen.

Shim fühlte sich nicht sicher und nicht wohl ohne seinen Stab. Es war weder griechisch noch logisch, aber er liebte das gedrehte Holz, jede Windung war ein Abschnitt seines Lebens, so sehr ein Teil von ihm wie eine Locke aus seinem Haar. Und wie gestohlenes Haar oder Fingernägel konnte er gegen ihn verwendet werden, ihm Schmerzen und Alpträume bereiten, wenn er – wie jetzt – in falsche Hände fiel. Er mußte ihn sich zurückholen. Sollte er langsamer gehen, um Gelassenheit zu demonstrieren? Oder sorglosen Schrittes vorwärts stürmen, um unerschrocken zu erscheinen? Er stürmte vorwärts, rannte fast zum Zelt zurück. Musa hielt seinen Wanderstab in beiden Fäusten – um ihn auszuhändigen oder um damit zuzuschlagen. Shim sah die tote Eselin vor sich. Jetzt verstand er ihre Wunden, das Blut, die gebrochenen Knochen. Die Eselin war sein kleiner Zeh.

»Geh und hol den kleinen Galli. Tu's für mich«, sagte Musa, als Shim wieder im Zelt stand, etwas außerhalb seiner Reichweite. Musas Stimme klang sanft und friedfertig. Der Händler sah sich gezwungen, vom Preis ein wenig nachzulassen. »Oder leih mir deinen Stab für eine Weile und führ mich zu der Stelle, von wo aus du ihn gesehen hast ... Du hast doch nicht etwa Angst vor dem Abgrund? Du hast hoffentlich keine Angst abzustürzen?« Musa streckte den Arm und führte den Stab sacht, seltsam sacht an Shims Bein. Shim schüttelte weder den Kopf, noch antwortete er.

»Miri«, fuhr Musa fort, »bring Honigwaser für meinen Vetter. Und ein paar Datteln. Leg Kissen auf den Boden.« Miri sah Shim an und schüttelte warnend den Kopf. Er wäre ein Narr, wenn er sich Musa näherte. Sie hätte nicht sagen können, ob ihr Mann ihn totschlagen oder ihn nur zum Trottel machen wollte.

»Es ist meine Fastenzeit«, sagte Shim und blieb stehen. Miri nickte ihm zu, lächelte. »Ich esse nichts, solang der Tag noch Licht hat. Ich trinke nichts. Ich ruhe mich nicht in deinen Kissen aus. Da gibt es kein Wenn und kein Aber, und war es auch noch so anstrengend, deine Eselin fortzuschaffen.« Das war seine Gelegenheit. Jetzt endlich spuckte er in den Sand. »Nicht einmal meinen Speichel darf ich schlucken. Er könnte meinen Durst löschen.«

»Darfst du wenigstens Worte schlucken?« fragte Musa. »Dann schluck herunter, was du heute gesagt hast, und probier's noch einmal. Fang von vorn an. Tu, was ich sage. Begleite mich. Zeige mir, wo er ist. Wenn er der Mann ist, für den ich ihn halte, dann fehlte nicht viel, und ihr hättet einen Engel gesehen. Du täuschst dich. Das war nicht nur irgendeiner, der nach Schafen oder Eiern gesucht hat. Ein namenloser Hirte. Er ist ein Heiler, seine Herde sind die Menschen. Seine Eier sind ...« Zu Eiern fiel ihm nichts Passendes ein. »Er hat etwas Heiliges. Wenn es derselbe Mann ist. Er war es, der mir das Leben gerettet hat.«

Musa gefiel dieser Schlußeffekt: »... der mir das Leben gerettet hat«. Ein nützlicher Köder, den er nicht zum erstenmal auswarf. »Dieser Edelstein ist nicht makellos, das ist wahr«, hatte er vor ein paar Wochen zu einem Kunden gesagt – und das Geschäft gemacht. »Aber er besitzt heilende Kräfte. Dies ist der Stein, der mir das Leben gerettet hat.«

Musa mußte jetzt nichts weiter zu Shim sagen, er

mußte ihn nicht einmal ansehen. Er konnte ihn vergessen. Das war auch so ein Händlertrick. Richte deine Bemerkungen an die Menge. Ignoriere den Käufer. Soll der es mit sich allein ausmachen. Und Musa hatte ja eine kleine Gruppe aufmerksamer Zuhörer. Seine Frau, natürlich, die verpflichtet war, ihm zuzuhören, die Frau Marta, den alten Mann. Alle hatten sie Angst vor dem Tod, alle fürchteten sie Alter und Krankheit. Deshalb hörte jeder gern von Heilern reden. Auch der Badu – der weder zu schaukeln aufhörte noch sein armes Haar in Frieden ließ – hörte Musa zu. Selbst wenn er kein Wort verstand, so erkannte er doch den Tonfall des Erzählers.

Musa ließ sich mit Miris Hilfe wieder auf seinem Lager nieder. Er fuhr sich mit den Händen übers Gesicht und legte sie dann in den Schoß. Womit sollte er anfangen? Schwierige Frage. Er mußte nur die Wahrheit sagen. Nur die Wahrheit sagen und den Mann wiedersehen. Er brannte darauf, den Mann wiederzusehen. Er würde sogar dafür zahlen, den Mann wiederzusehen. Musa erkannte sich selbst nicht wieder. War er verliebt in diese Hände, die brüchige Stimme? War er verrückt geworden? Oder hatte er einfach zuviel getrunken?

»Vor zwei Tagen«, sagte er, »hatte ich das Fieber. Ich war so gut wie tot. Heiß, kalt und naß. Meine Zunge war schwarz. Fragt sie. Sie hat die ganze Nacht für mich gesungen. Sie hat eine Stimme wie eine Ziege. Mit so einer Stimme treibt man den Teufel aus und scheucht die Vögel vom Himmel. Aber nicht einmal damit ließ das Fieber sich herauslocken. Miri, sag ihnen, daß es so war.« Er wartete, bis seine Frau mit dem Kopf genickt hatte. »Was blieb ihr zu tun? Außer beten? Sie trauerte bereits um ihren Gatten. Sie hat sonst keinen, der sich um sie kümmert. Ich war nur noch ein Stück Fleisch, das bald schweigsam und still sein würde wie ein Stein. Ich erinnere mich an nichts, bis auf das Tor des Todes.«

Wo es Marktplätze gab, da gab es auch Prediger. Musa kannte die Wendungen und den Tonfall, mit denen er seinen Worten einen Hauch von Heiligkeit verleihen konnte: »Sie ging Kräuter suchen, um mir einen Wickel für den Kopf zu machen. Und während sie fort war, kam ein Fremder zu mir ins Zelt. Er war mein Licht und mein Heil. Er kam von nirgendwoher. Und er war hier, gleich neben meinem Bett, dann weiter weg, ganz fort, dann wieder hier. Die Luft war Fleisch. Und dennoch hab ich sein Gesicht gesehen. Und seine Stimme gehört. Eine galiläische Stimme. Er hat mir seinen Namen genannt. Er will mir nicht mehr einfallen. Er hat mir sein heiliges Wasser auf den Kopf geträufelt. Er hat seine heiligen Hände auf mein Gesicht gelegt. Er hat Zwiesprache mit dem Fieber in meinem Leib gehalten. Er hat gesagt: Dieser Mann wird von Gott geliebt. Dieser Mann wird von jedermanns Gott geliebt. Dieser Mann ist Ware, die nicht angerührt werden darf. Ich lasse nicht zu, daß du diesen Mann von uns nimmst. Er hat mir die Hände auf die Brust gelegt. Hitze und Kälte sind von mir gewichen. Er hat den Teufel aus mir herausgepflückt, so leicht, wie ihr oder ich den Kern aus der Olive. Er hat den Tod zwischen die Fingerspitzen genommen. Und ihn dann auf den Boden geschnipst, einfach so... wie einen Olivenkern ...«

Musa hustete, um Zeit zu gewinnen. Er wußte nicht recht, warum Olivenkerne und der Tod ein und dasselbe sein sollten. Er setzte neu an: »... ich wußte, ich werde leben, bis ich weiße Haare habe, denn … Ihr müßt nicht auf mein Wort allein vertrauen. Fragt sie. Kommt in zwanzig Jahren wieder. Hierher an diesen Ort. Ihr werdet mich mit weißen Haaren sehen. Verstehst du mich jetzt?« Nun erst sah er Shim an. »Der Mann, den du gesehen hast, der Junge, er hat mir das Leben wiedergegeben … Der kleine Galli hat den Tod vertrieben.« Wieder zeigte er auf seine Frau. »Frag sie. Sie hat einen Sterbenden verlassen, und als sie zurückkam, war ein Wunder geschehen … Verstehst du?« Er schlug sich auf die Brust. Er kniff in das Fleisch seiner Backe, um zu zeigen, wie weich und groß er war. »Ich bin wieder heil.«

Alles lief nach Musas Wunsch. Er hatte seinen Willen, er hatte Gesellschaft, er hatte den Wanderstab des Blonden.

»Dann gehen wir eben zu deinem heiligen Mann«, sagte Shim, ausnahmsweise froh darüber, nicht länger im Zentrum der Aufmerksamkeit zu stehen. »Kommt, kommt.« Er rief seine Mitfastenden an seine Seite. Je mehr sie waren, desto sicherer konnte er sich fühlen. Sie ließen sich nicht zweimal bitten. Marta durfte sich die Gelegenheit weiterer Wunder nicht entgehen lassen. Aphas fand die Kraft, aufzustehen und sich der Pilgergruppe anzuschließen. Ein Heiler war seine letzte Hoffnung. Der Badu folgte ihnen wie ein Hund, stets froh über einen kleinen Ausflug. Ob jemand ihm die Dämonen austreiben konnte? Zur Mittagszeit, wenn nur Verrückte ihr Zelt verlassen, machten sie sich auf den Weg zum Abgrund, um den Galiläer zu suchen, falls er es war. Vielleicht war er der Grund ihres Fastens. Die Erhörung ihrer Gebete. Wie Musa würden sie wieder heil werden.

Miri und die Ziegen ließen sie zurück. Die brauchten

keine Wunder. Miri war bereits durch ein Wunder entwitwet. Miri wollte dem Heiler lieber nicht gegenübertreten. Sie würde ihm nur ins Gesicht schlagen wollen. Sie würde wollen, daß wenigstens des Teufels schwefliger Atem sie wieder aus Musas Mund anwehte. Sie würde die Tage zurückdrehen wollen wie eine Rolle Pergament, zurück zu der Zeit, als Musa mit rußiger Zunge auf seinem Bett gelegen und Fanfaren des Schmerzes hervorgestoßen hatte. Aber Miri glaubte ohnehin nicht an Musas Heiler. Er war für sie so wirklich wie Kühe mit zwei Schwänzen.

Sie sah die fünf Pilger über das abschüssige Geröllfeld davonziehen, allen voran ihr Mann mit seinem wackligen, watschelnden Schritt. Sie hätte weinen können. Sie hätte Musas Messer nehmen und sich ins Fleisch schneiden können wie eine Witwe. Statt dessen wandte sie sich wieder den Wickeln sich beißender Wolle und der kleinen Welt ihres Webstuhls zu.

13

Miri wob am liebsten im Tageslicht vor dem Zelt. Die Meister, die in der Stadt arbeiteten, pflegten zu sagen, daß Weber, die ihren Webstuhl in offenes Gelände stellen, zuerst die Kette und den Schuß der Landschaft finden müssen, die Schattenlinien, die Spuren, die geistigen Pfade. Das Weben und die Landschaft mußten einander ergänzen, sonst ging der Stoff aus der Form. Der Wind, das Wasser und das Garn, die Linien des Gerölls, die Formen der Felsen, die gemusterten Streifen der Wolle mußten miteinander im Einklang sein, damit ein echtes Tuch draus wurde. Der Weber sollte es wie der Pflüger machen. Es reicht nicht aus, sein Garn zu kennen. Man muß auch das Land kennen, sagten sie.

Doch Miri mochte einfach das Licht im Freien. Sie mochte die Abgeschiedenheit. Vor allem aber mochte sie den Augenblick ganz früh am Morgen, wenn ein Stück Stoff in Arbeit war und sie nach draußen gehen konnte, barfuß, um das neue Gewebe auf dem Webstuhl in Augenschein zu nehmen – wenn alles noch schlief, der Himmel noch blaß und unfertig war und die Kettfäden von Kälte und Feuchtigkeit gestrafft. Dann las sie all die kleinen Schnecken ab, die hinaufgekrochen waren, vom Fett der Wolle angelockt. Sie zupfte an dem frisch gewobenen Stoff, um Staub oder Tau abzuschütteln. War die Bindung im Lot und straff gespannt, dann wurde der Webstuhl zur Harfe. Der Stoff summte ihr einen einzigen Ton vor. Sie konnte es kaum erwarten, zu hören, welchen Ton die Geburtsmatte singen würde. Zuerst aber mußte sie einen Platz finden, um den Webstuhl anzupflocken.

Miri hätte es ein Stück vom Zelt entfernt gefallen, wo sie ungestört wäre, außer Reich- und Rufweite für Musa. Sie hatte bereits eine flache Stelle ohne allzuviel Geröll im Auge, im Windschatten des Zeltes. Ein sicherer, bequemer Ort, sie mußte ihn nur von Steinen und Gestrüpp befreien. Was kümmerten sie Kette und Schuß der Landschaft? Sie war weit genug herumgekommen, um zu wissen, daß sie in diesem wilden Wüstenland kein einheitliches Muster finden würde. Kein Gewebe konnte diesem zähen Wind, diesen wilden Linien von Licht und Gestein entsprechen, und nur jemand aus der Stadt konnte so etwas für möglich halten. Sie wollte sich von sachlicheren Gründen leiten lassen und den Webstuhl dorthin setzen, wo die Erde fest genug für Pflöcke war und das Sonnenlicht von links hereinfiel, so daß der arbeitende Arm keinen Schatten auf den Stoff warf. Ihr war das Garn wichtiger als das Land. Und doch, soviel mußte sie den Meistern zugestehen – ein Gewebe, das unter freiem Himmel gefertigt war, das sich, gesättigt von Sonnenlicht, nachts unter den Sternen in feuchter Luft dehnen konnte, war nicht zu übertreffen. Es hielt bei weitem länger als jede Werkstattbindung, die nicht von der Sonne gefestigt, von Wind und Tau geprüft worden war. Eine Werkstattbindung glich einem verhätschelten Kind, das man den ganzen Tag ins Haus sperrt. Sobald sie Regen oder Hitze oder Kälte ausgesetzt war, wurde sie schlaff und franste aus.

Aber als Miri sich der auserwählten Stelle näherte, die beiden Stützen in der Hand, wurde ihr klar, daß sie den Webstuhl nicht so weit vom Zelt entfernt in die Erde pflocken konnte, wie sie es gern getan hätte. Der Platz war ideal, bis auf einen Nachteil: Sechs Ziegen liefen dort herum. Die fünf weiblichen waren nicht angebunden. Und kein Ziegenhirt hinderte sie am Streunen. Es gab keine Hunde. Oder andere Ehefrauen. Miri durfte ihre Geburtsmatte nicht unbewacht lassen. In der Nacht würden die Ziegen sich mit den Schnecken zusammen an dem Gewebe gütlich tun. Ziegen lieben Stoffe. Sie lieben den Geschmack und auch die Farben. Mit größtem Appetit verspeisen sie Mäntel und Decken. Sie würden einem schlafenden Hirten die Kleider vom Leib fressen, wenn man sie ließe. Und dem Teufel den Hut vom Kopf.

Zuerst dachte sie daran, die weiblichen Ziegen neben dem Bock anzupflocken. Doch sie war schwanger. Es war heiß. Die Ziegen standen weit über das Strauchland verteilt, auf der Suche nach Nahrung. Ziegen jagen war Jungenarbeit. Und außerdem – wenn man Ziegen auf staubiger Strauchsteppe wie dieser hier anpflockt, finden sie nichts zu fressen, und hungrige Ziegen geben keine gute Milch. Ihr blieb keine Wahl. Sie mußte den Webstuhl im Zelt aufspannen und Musas Gesellschaft ertragen.

Sie war es nicht gewohnt, den Webstuhl unterm Zeltdach aufzubauen. Sie kannte die Rituale und Regularien nicht. Ein Webstuhl, in einem Zelt zusammengesetzt, mußte dem Eingang gegenüber stehen, hatte sie sagen hören; das Vorzelt durfte nicht herunterfallen, solange die

Weber bei der Arbeit waren. Man mußte den Stoff wegwerfen, halbfertig, wenn das Vordach versehentlich geschlossen wurde. Man mußte Gebete sprechen, bevor man die Kette anscherte, und andere Gebete, wenn das fertige Tuch herausgeschnitten wurde. Leider stand Musas Bett dem Eingang gegenüber. Sie wollte nicht in seiner Nähe weben.

Also löste Miri die Befestigung der Seitenwand des Zeltes zwischen Vorder- und Hinterbaum. Sie rollte die Bahn aus Ziegenhaar auf das Dach hinauf und befestigte sie mit Lederschnüren und Steinen. Sie hatte sich eine Lücke geschaffen, drei Schritte breit, die sich in der Nacht leicht gegen Wind und Ziegen schließen ließ. So verschaffte sie sich Zutritt zum dunklen Teil des Zeltes, hinter dem Vorhang, den sie selber vor ein paar Monaten gewoben hatte. Hier schlief sie, wenn Musa nicht nach ihr verlangte, und hier lagerten die Vorräte. Es roch nach dem Schimmel auf dem Mehl und auf den Fellen. Sie räumte eine Stelle frei, zwei Schritte breit, vier Schritte lang. Eine große Geburtsmatte. Dann holte sie die Teile des Webstuhls, die sie und Marta – zu hoffnungsvoll – neben dem Eingang gestapelt hatten.

Der Webstuhl hatte Miris Mutter gehört. Miri hatte ihn schon so oft unter freiem Himmel aufgestellt und so viele Bahnen Stoff auf ihm gewoben, in so vielen Karawanenlagern – Zeltwände aus Ziegenhaar, Leichentücher und Mäntel, Kopftücher und Schleier, Matten und Teppiche, wollene Kamelbänder, Vorhänge, Reisetaschen –, daß ihr das Weben zur zweiten Natur geworden war. Dort im Zelt lag der kleine Teppich, den sie aus grauer und roter Wolle gewoben hatte, in den sorglosen Tagen, bevor ihre Mutter starb und sie dem Vater zur Last wurde. Dazu die Packtaschen aus Ziegenwolle, die Mehlsäcke aus ungefärbter Baumwolle. Und da hing der blaugrüne Vorhang aus gezwirntem Garn, den sie begonnen hatte, als sie in den Bergen über dem Meer lagerten und ihr Vater bekanntgab, daß er Miri dem ersten Mann geben würde, der sie haben wollte. Musas Karawane hatte dort Rast gemacht, und für ein verziertes Schwert und einen mit Schaffell gefütterten Wintermantel war sie verschachert worden. »Den Webstuhl kannst du mitnehmen«, hatte ihr Vater gesagt. Dort lag das schwarze Baumwollkleid, das sie für den Hochzeitstag gewoben hatte, mit seinen Stickereien in Rot und Blau, dem Gürtel aus geflochtener Wolle, den vielen aufgenähten Kaurischneckenhäuschen. Die Baumwolle und die Wolle hatte sie selber gesponnen. Ihre Lebensgeschichte war aus Garn gewoben. Nun also kam noch eine Geburtsmatte in Orangerot und Purpur hinzu.

Sie machte sich an die Arbeit. Sie verknotete die gerissenen orangeroten Wollfäden zu einer langen Schnur und wickelte sie stramm um die beiden Kettstäbe. Sie befestigte die Stäbe, schwanger mit orangeroter Wolle, am Brust- und am Kettbaum. Sie pflockte den einen Baum in den Boden, wobei ein Stein ihr als Hammer diente. Den anderen zog sie so weit als möglich von ihm fort, um die Wolle gleichmäßig zu spannen, bevor sie auch ihn in den Boden pflockte. Dann trug sie Steine ins Zelt und schichtete sie um die Pflöcke herum, damit sie nicht nachgeben konnten. Sie schob die Latzen, die Helfe, den Litzenstab an ihren Platz, öffnete die Kettfäden und prüfte die Wolle auf Festigkeit. Sie zog an jedem Faden, suchte die losen heraus, die sich im Gewebe kräuseln würden, wenn man sie nicht ordentlich streckte, bevor der Schußfaden an die Arbeit ging. Die orangefarbene Wolle wirkte ungewickelt nicht ganz so grell wie im Sonnenlicht. Vielleicht hatte ihr Mann gut daran getan, so heitere Farben zu wählen.

Die Öffnung in der Seitenwand des Zeltes bot ihr den freien Blick auf das zum Abgrund hin abschüssige Strauchland und die fernen purpurnen Berge, nicht ganz so purpurn wie die Wolle. Irgendwo da unten und außer Sicht jagten Musa und seine Mieter ihren Wundern nach. Welch eines Selbstbetrugs machten sie sich schuldig? Würde der galiläische Junge, dieses göttliche Wesen, das sich auf so unvergeßliche Weise in ihr Zelt geschlichen hatte, den alten Mann vom Krebs befreien, dem störrischen Schoß der Frau Fruchtbarkeit schenken, Shims Herz so edel machen wie sein Gesicht, den Kopf des Badu vom Wahnsinn der Geister befreien, die sich dort eingenistet hatten – würde er Gott hinunter in den Abgrund holen, damit er Musa verwandelte und auf seine wahre Größe zurechtstutzte?

Miri legte die Hände um ihren Bauch. Sie wußte, daß das Leben durch Gebete und Wunder nicht erträglicher wurde. Im Gegenteil. Sollten sie doch gehen und ihre Zeit vertun. Was kümmerte es Miri? Wenn die Suche sie nur weit genug fort führte, damit sie sich hier den ganzen Tag, das ganze Jahr lang in aller Ruhe zwischen wollenen Fäden verlieren konnte. Sie saß im Schneidersitz vor ihrem Webstuhl. Sie strich mit den Fingerspitzen über die Bäume, wie ihre Mutter es getan hatte und wie es einmal ihre Tochter tun würde. Sie zog am Kettfaden. Sie schlug ihn an wie eine Harfe. Noch erklangen keine orangeroten Töne. Ihre neue Matte konnte noch nicht singen.

14

Jesus hatte niemanden erwartet. Sicher, Gott würde in seiner Nähe sein. Unsichtbar, vielleicht nicht nachweisbar, zu zurückhaltend, um sich einzumischen. Aber bereit, für ihn zu sorgen. Wenn nötig, würde Gott ihm zeigen, wie man Steine in Brot verwandelte und sein Wasser aus den Wolken gewann. Alles ist möglich für den, der glaubt. Und am Ende der Fastenzeit würde Gott seinen Glauben so gefestigt haben, daß er, statt mühsam nach oben zu klettern, einfach in die Tiefe springen konnte, wenn ihm danach war. Er müßte keine Angst mehr vor dem Tod haben. Die Engel würden aus ihren Wolkenhorsten geflogen kommen und ihn auf Händen zurück nach Galiläa tragen. Sie würden es nicht zulassen, daß sein Fuß auch nur gegen einen Stein stieß.

Was die Engel anging, war sich Jesus seines Glaubens sicher. Auf sie vertraute er. Sie waren für ihn so wirklich wie Vögel. Er war kein strenger Sadduzäer. Der anderen, gewichtigeren, flügellosen Themen des Tages war er sich jedoch längst nicht so gewiß. Er hatte mit gekreuzten Beinen im Hof des Tempels gesessen und sich alle Mühe gegeben, den Streitgesprächen der älteren Männer zu folgen, aber er hatte kein Vergnügen am Debattieren finden können. Es fiel ihm gar zu leicht, jedem Gedanken zuzustimmen, den man ihm mit Nachdruck nahebrachte.

Natürlich mußte sich ein Jude an Moses Gebote halten. Das leuchtete ihm ein. Er nickte, klopfte mit den Knöcheln auf den Boden, ein junger Mann, verständig für sein Alter. Aber mußte ein aufrechter Jude alles mißbilligen, was nicht in diesen Geboten stand – die Unsterblichkeit der Seele zum Beispiel, oder die freudige Aussicht auf einen Messias –, aus Angst, für falsch befunden und von Gott verlassen zu werden? Dazu konnte er nicht aus vollem Herzen nicken und klopfen, denn wie jeder junge Anhänger Gottes hegte er selber Hoffnungen auf die Unsterblichkeit und betete darum, einen Messias mit eigenen Augen zu sehen. Er betete darum, daß ein Erlöser auf die Erde käme, um Gott greifbar zu machen, um im Auftrag Gottes in den Konflikten dieser Welt zu vermitteln. Aber würde ein Messias die Römer vertreiben oder sie unbehelligt lassen? Auch hierzu hatte Jesus mehr als eine Meinung. Zwar gefielen ihm die Steuern und Abgaben und Zehnten nicht, die Rom den Galiläern auferlegte, um damit ihre großen Marmorbauten, ihre Aquädukte und die unvermeidlichen Straßen zu finanzieren, aber mußte er deshalb die verschüchterten, rosahäutigen Jünglinge hassen, die hier als Legionäre dienten? Sie taten ihm leid. Sie waren nicht beschnitten. Sie waren keine Juden. Sie hatten keinen Bund mit Gott. Sie hatten keinen Platz im Paradies.

Jesus hatte ein simples, bäuerliches, alles andere als gelehrtes Bild von Gott. Er glaubte, daß er ein Neffe seines Gottes sei, eines Gottes, der vor vielen Jahren von allen Stämmen dieser Welt sich den Stamm der Juden – nicht den der Römer, wohlgemerkt – zu seinem Volk erwählt hatte. Er hatte sie aus der Gefangenschaft befreit und in das gelobte Land nach Galiläa geführt. Wenn Gott wollte, daß die Römer sich mitsamt ihren Steuern auf den Weg machten und auf ihren Straßen in die Stadt ihrer Geburt zurückkehrten, dann würde er ganz von allein dafür sorgen. Die nötige Kraft hatte er, denn er war robust und muskulös. Er war nicht von weiblichem Wesen. Ein Maschinist wie Gott, der das große Räderwerk der Sterne und Planeten auf ihrer Reise durch die Luft in Gang halten konnte, hätte leichtes Spiel mit Römern, wenn er sie vertreiben wollte. Die Tatsache, daß er sie nicht vertreiben wollte, war Beweis genug, daß Gott sich nicht um die Dinge des Leibes kümmerte. Sein Reich waren die Gedanken und die Seele, der Geist und nicht das Fleisch, das kommende Zeitalter, nicht das Tag für Tag. Es würde eine Schlacht geben, wenn die Zeit gekommen war, eine erbitterte, göttliche Schlacht, nicht gegen die Römer, sondern gegen die Legionen des Bösen. Alle Teufel würden auf der Strecke bleiben, alle Sünden besiegt werden. Und dann würde Gott seine Familie auf seinem Acker versammeln. Gott würde sie trennen, den einen vom anderen, wie ein Hirte seine Schafe von den Böcken trennt. Und dann würden Wasser in der Wüste hervorbrechen und Ströme im dürren Lande, und wo es zuvor trocken gewesen war, würden Teiche stehen, und wo es dürr gewesen war, würden Brunnenquellen sein. Wo zuvor die Schakale gelegen hatten, würde Gras und Rohr und Schilf stehen. So verhießen es die Schriften.

Jesus hatte in seiner Höhle gesessen, auf die giftigen

Dünste hinausgeblickt, die aus dem Meer aufstiegen, und darauf gewartet, daß ihm in seiner Einsamkeit eine Vision von Gottes moosbewachsenem Paradies erschiene. Er hatte nicht damit gerechnet, von Besuchern gestört zu werden. Aber zuerst – er hatte kaum den ersten Tag seiner Fastenzeit durchgestanden – hatte der stürzende Esel ihn behelligt, als nächstes die Gesichter auf dem Grat und jetzt die Versammlung der fünf. Er blieb regungslos sitzen, zu verschreckt, um sich in Gebete zu flüchten, und behielt die scheue Delegation im Auge, die da oben Leib und Leben riskierte, um ein Stück weiter die Felswand entlang auf einen bröckligen Vorsprung zu gelangen. Er sah, wie der blonde Mann – nun kein Engel mehr – seinen vier fremden Gefährten den steinigen Ausguck und den Eingang zu seiner Höhle zeigte. Er zog sich weiter ins Dunkel zurück und spähte hinaus wie eine Katze. Sie hatten wohl einen Schatten gesehen oder einen losgetretenen Stein kullern hören, denn sie verharrten, stehend oder kauernd, auf dem abschüssigen Gelände und blickten hinüber zu dem dunklen Schlüsselloch, in dem er sich verbarg, als hätten sie nichts Besseres zu tun, als auf ihn zu warten. Er konnte ihre Worte nicht verstehen, aber er vernahm die Stimmen. Sie klangen dünn und klagend wie das Meckern von Lämmern. Ein Gedanke, der ihn ein wenig aufheiterte. Er war eine Katze. Und sie waren Lämmer.

Wären sie fünf Hirtenjungen, fünf Kameltreiber, fünf Legionäre oder sich sonst in irgendeiner Weise ähnlich gewesen, dann wäre ihre Gegenwart ihm womöglich weniger unheimlich erschienen. Aber diese fünf waren wie die Tiere in Noahs Arche, unverhoffte, verstörende Gefährten.

Noch ein zweites Gesicht war Jesus von dem Eselssturz her vage bekannt, eine schelmenhafte, zappelige Gestalt, braun wie eine Bienenwabe und mit rötlich-schwarzem Haar. Dann war da ein alter Mann, gebeugt und zaghaft, mit Beinen so dürr wie Zweige. Und eine Frau, die ein wenig abseits von den Männern hockte.

Und noch einen Mann erkannte er wieder. Den Dicken aus dem Zelt, dessen Datteln und Wasser er genommen hatte, den Halbtoten, den er gestern erst allein zurückgelassen hatte. Er hatte nicht mehr für ihn getan, als ihm geborgtes Wasser auf Lider und Lippen zu tupfen. Ein Tröpfchen nur. Er hatte den Mann dem Tod überlassen, ohne einen Gefährten an seiner Seite. Aber Jesus wurde nicht von Schuld geplagt. Er hatte Angst. Er erinnerte sich der schwarzen Zunge, des fiebrig rasenden Herzens. Des schwefligen Teufelshauchs in seinem Atem. Und doch stand er hier, erholt, gewaltig, dem Grab entronnen, jeglicher Wahrscheinlichkeit zum Trotz. In der einen Hand hielt er einen Stock oder Wanderstab, was einen ängstlichen Mann wie Jesus, allein, unerfahren und fern von zu Hause, Schlimmes ahnen ließ. Es war ein Stock aus verbogenem Holz, der weggeworfen oder verbrannt gehörte. Er war so mitgenommen von Hitze und langer Wanderschaft, daß er sich in Spiralen wand wie der Stock des Teufels, den er aus Geschichten kannte, Geschichten, die älter waren als die Schriften. Ein Stock, der Büsche in Brand setzen, Fels spalten, zur Schlange werden, Wein mit einer einzigen Berührung in Wasser und heiliges Brot zurück zu Stein verwandeln, Brüder entzweien und Mütter dazu bringen konnte, ihre Söhne aus dem Haus zu jagen. Er konnte auch in eine Höhle fliegen, um den in der Ecke kauernden Bewohner zu verprügeln. Ein übermütiger Stock, mit dem der Teufel brave Juden von Gott wegtrieb.

Der Mann legte den gewundenen Stab beiseite und schloß die Hände um den Mund. »Komm heraus. Sprich mit uns«, rief er in atemlosen Stößen. Eine Stimme wie das Echo einer Stimme, die Stimme eines Sterbenden, leise, matt und blaß. »Komm heraus, Galli. Zeig uns. Dein Gesicht.« Galli? Der Dicke kannte ihn, er kannte den Spitznamen, bei dem die Nachbarn in Galiläa ihn riefen. Er wußte, woher er kam. »Galli. Galli. Ich bin. Der von gestern.« Ein beklemmender Satz. »Du hast das Fieber herausgetrieben. Ein Wunder. Komm heraus und. Zeig dich …«

Jesus wußte, daß man Engel und Teufel äußerlich nicht unterscheiden konnte. Schön war nicht gleich tugendhaft. Es war keine Sünde, dick zu sein. Er aber kannte den Unterschied. Wenn man einem Engel begegnete, blieb die Seele ruhig. Teufel dagegen verstörten das Gemüt. Dies also war ein Teufel, in diese Einöde geschickt, mit Tod und Fieber als Verbündeten und vier verrückten, verlorenen Seelen als Helfern, um Gott herauszufordern. Jesus würde nicht aus seiner Höhle kommen, egal, was sie sagten, egal, wie sie ihn verleumdeten, egal, was sie ihm versprachen. Sie waren gekommen, ihn mit ihren dünnen Schreien aus seiner Felswand zu locken.

15

In der Nacht kamen Schnecken und hinterließen silberne Landkarten auf Martas Beinen, und als sie erwachte, mußte sie sich die Höhlenläuse aus den Kleidern schütteln. Sie fühlte sich, als sei ein Käfer ihr im Schlaf über das Gesicht gekrabbelt und hätte seine sandigen Eier auf ihren Wimpern abgelegt. Fliegen summten ihr um den Kopf. Sie schien im Schlaf etwas verschluckt zu haben. Etwas, das Schuppen und bitteren Schleim auf ihren Lippen hinterlassen hatte. Ihre Kehle war wund davon. Es hatte sich in ihrem Bauch eingenistet und stach ihr bei jeder Bewegung in den Magen. Ein Sandbandfisch etwa, oder eine schwere Schlange? Der grimmige Geist des Federviehs, dem sie den Hals gebrochen hatte? Die Höhle hatte sie schmutzig, ängstlich und krank gemacht.

Mehrmals am Tag und in der Nacht mußte sie zu den Felsbrocken am Ende des Tals gehen, um sich zu übergeben und den Darm zu entleeren. Zwischen den Steinen war man nicht allein. Sie hatte stets ein Publikum von Eidechsen, Vögeln und Fliegen, und sie stellte sich vor, daß auch Leoparden und Schlangen ihr zusahen. Ihr

Mann, Thaniel, und all die alten Männer aus Sawiya versammelten sich um sie, als Schatten getarnt. »Sie bringt Kot zur Welt«, sagte er. »Besseres bringt sie nicht zustande.« Einmal, lange nach Mitternacht, als sie dahockte, die Kleider um die Hüften gerafft, ihr Darm heiß und rebellisch, ertappte sie der Badu. Über ihre kauernde Gestalt hinweg war er von einem Felsen zum anderen gesprungen. Sein nackter Fuß stieß ihr beinahe gegen den Kopf, und beide schrien sie auf vor Schreck. Seit zehn Jahren, seit ihrer Hochzeit mit Thaniel, war es erst das zweite Mal, daß sie geschrien hatte. Das erste Mal lag gerade zwei Tage zurück, als die Vögel aus dem Grab geflogen und ihr ins Gesicht und vor die Brust geflattert waren. Wenn in Sawiya jemand so laut schrie, dann bildete sich, noch ehe das Echo verklungen war, ein Menschenauflauf. Aber hier war sie in der Wüste und außer Hörweite der Höhlen. Niemand kam.

Zuerst fürchtete sie, sie hätte sich Musas Fieber geholt oder sei von etwas Giftigem gebissen worden. In diesem kargen, rücksichtslosen Land war alles möglich. Gerade deshalb wollte sie ihre Fastenzeit durchhalten, trotz Krankheit und Schmutz. Sie würde nicht zurück nach Sawiya fliehen, wie der gesunde Menschenverstand und ihr Magen es von ihr forderten. Wenn alles möglich war, dann würde es auch geschehen. Auch das Gute, nicht nur das Schlechte. Sie war eine erfahrene Optimistin, und das Fasten bestärkte sie darin. Die Mystiker der Wüste, die sie aus den Schriften kannte, bereiteten Gott den Weg, indem sie ihre Mägen und ihre Köpfe leerten, bis sie in Trance fielen. Wie Moses. Wenn sie sich also ständig wie im Taumel fühlte, ein wenig delirös, in verzückter Panik, dann war das gut so. Selbst Krankheit ließ sich als Vorzeichen für eine günstige Wendung ihres Schicksals werten. Schließlich hatte die Krankheit den Galiläer an Musas Lager geführt. Ob sie ihn auch in Martas Höhle führte? Würde er an ihrer Seite niederknien, wie Musa es beschrieben hatte, seine Hand auf ihren Leib legen und sagen: »Werde bald wieder ganz«? Konnte er sie durch ein Wunder für schwanger erklären?

Sie hatte von Frauen gehört – unverheirateten Frauen, Witwen, Großmüttern, Ehefrauen, deren Männer auf Reisen waren –, die unbefleckt vom Manne ein Kind empfangen hatten. Engelkinder nannte man sie. Eine durchschaubare, abwegige Auslegung der Wahrheit, wie sie fand. Und doch war es eine tröstliche Vorstellung, daß zumindest in Geschichten eine Frau empfangen konnte, ohne einen Ehemann zwischen ihre Knie lassen zu müssen, daß Leben auch auf keusche Weise entstehen konnte.

Nun da der galiläische Heiler so nah war, erschien ihr das alles möglich. Sein Beinahe-Anblick, sein zaghafter Beinahe-Schatten in der Felswand hatten sie zumindest mit Hoffnung geschwängert. Als Musa fertig war mit seinem »Na los, Galli, zeig dich«, war ihr die nachmittägliche Tempelstille zwischen den Felsgewölben des Tals wie eingefangen und verdichtet vorgekommen. Sie hatte den Gesprächen der Mücken gelauscht, den trockenen Bemerkungen der bröckelnden Erde. Sie hatte gemeint, die nackten Felsen um die Höhle des Heilers atmen, summen, ja sogar beten zu hören. Sie hatte so lange in die schamhafte Schwärze der Schlüssellochhöhle gestarrt, daß ihr zwischen den Trugbildern, die sie dort sah, Gespenster ihrer selbst erschienen waren, mit Engelkindern an der Brust und auf dem Schoß. Alles Mädchen.

Keine Erben für Thaniel, und keine Scheidung! Wie eine Samenschote kurz vor dem Bersten hatte sie sich gefühlt. Nur ein wenig Sonne oder Wind oder Zeit, und sie würde aufplatzen.

Und so gab sich Marta der schönen Vorstellung hin, daß die Schwangerschaft sie krank machte. Die Symptome waren dieselben: Magenkrämpfe, Durchfall und Übelkeit. Der Nebel im Kopf. Die Schmerzen in Rücken und Schenkeln. Ihr Gesicht war gerötet. Sie bildete sich sogar ein, daß ihre Brustwarzen schmerzten und größer und dunkler geworden waren. Selbst wenn sie nicht durch ein Wunder geschwängert war – oder noch nicht geschwängert –, so waren diese Schmerzen vielleicht kleine Wunder, bewirkt durch jene Veränderung in ihrem Unterleib, derentwegen sie in die Berge gekommen war, für die sie betete und fastete. Vielleicht war ihr Magen verstimmt von all den unfruchtbaren Säuren, die von den Säften des Lebens ausgetrieben wurden. Durchfall und Erbrechen würden sie von den Giften der Vergangenheit reinigen. All das Unglück ihres Lebens lief aus ihr heraus wie faules Wasser, das aus einem Schlauch quoll. Sie würde gesüßt und erneuert werden. Wenn alles möglich war, dann würde es auch geschehen.

Natürlich gab es einen Teil in ihr, der ihr keine Ruhe ließ, der die andere, gottlose, bedrückende Möglichkeit erkannte und fürchtete, jene düstere Schrift, von der es hieß, Priester hätten sie dem Teufel gestohlen und in einem verschlossenen Gewölbe verwahrt. Eine Prophezeiung, die besagte, daß niemand ihre Gebete erhören würde, nicht in vierzig Tagen, nicht in vierzig Jahren. Daß es weder Wunder noch Engelkinder gab und keinen Lohn für ein untadeliges Leben. Daß es nur Zeit und Gerede und das Sichabfinden gab und das grobgewebte Leichentuch der ewigen Erde. Daß ihr Gesicht gerötet war, nicht weil die federleichte Hand eines flüchtig erblickten Heilers es berührt hätte, sondern weil es dem harten, unerbittlichen Wüstenwind ausgesetzt war. Der Rücken tat ihr weh, weil sie auf feuchtem Boden schlief und im kalten Luftzug. An ihrem kranken Magen war das Wasser der Zisterne schuld. Oder etwas so wenig Engelhaftes wie das Federvieh, das sie gefangen und – nicht einmal richtig gar – mit den anderen bei ihrem ersten gemeinsamen Mahl verspeist hatte.

Aber Marta war nicht geneigt, sich das Leben als gottlos und steinig vorzustellen. Die Tür zu dem Gewölbe würde verschlossen bleiben, zumindest noch für vierzig Tage. Sie war nicht ruhig, wie sie es erwartet hatte, besänftigt durch Gebete und das Fasten und die Einsamkeit. Ihre Stimmung schlug immer wieder um. In einem Augenblick Angst vor Tieren und Dunkelheit. Im nächsten ein taumelnder Glaube an Gott. Verzweiflung darüber, daß sie krank und unrein war und in einer Höhle hausen mußte, dann jähe Verzückung bei der Aussicht auf ein verändertes Leben. Sie schien jede Herrschaft über Bauch und Herz und Gehirn verloren zu haben. Sie zitterte und weinte, sie lachte laut auf, sie murmelte vor sich hin, sie schlief kaum noch und war doch besessen von Hoffnung, so wahnsinnig und lächerlich, so süß und so hilflos wie eine Melone, in der sich ein Bienenschwarm eingenistet hat. Du wirst allein sein, hatten sie beim Aufbruch in Sawiya ihre Schwester und die Nachbarsfrauen gewarnt, die um ihre Sicherheit und ihre Gesundheit besorgt waren. Du wirst von Regenwasser und von Blättern leben, falls es dort Blätter gibt. Du wirst dich dort oben selber verlieren. Du wirst schmoren. Aber niemand hatte ihr vorhergesagt, daß sie auf ihrer Reise in die Berge auf eine göttliche Ordnung treffen würde. Niemand hatte von Wegzeichen in der Felswand gesprochen, die sie und die Männer schnell und sicher zu den Höhlen führten. Niemand hatte ihr versprochen, daß eine fertig ausgehobene Zisterne auf sie warten würde. Oder daß ihr ein Abendmahl in die Hände flattern würde. Oder daß der Wirt Musa ihr – Mietzins hin, Gebühren her – vom Himmel gesandt würde, um sie mit ordentlicher Nahrung zu versorgen und vor Dieben und Wölfen zu schützen. Niemand hatte ihr prophezeit, daß sie eine Freundin finden würde, die schwangere Frau mit dem Webstuhl, deren Hand sie gehalten, deren Bauch sie berührt hatte, deren Kind sie sich als ihr eigenes vorzustellen vermochte.

Eine Prophezeiung jedoch hatte Marta in Sawiya mindestens zweimal am Tag gehört, jedesmal, wenn sie den Introitus zu den Gebeten rezitiert hatte. Sie hatte ihn immer so gesprochen, als ginge es dabei um Welten, die zehntausend Tagereisen entfernt lagen. Aber hier, dem Himmel so nah in diesen Bergen, erschien es ihr, je öfter sie im Geist die Verse wiederholte, als sei die Prophezeiung ganz für sie allein bestimmt. Ein Gewand, eigens für sie geschneidert. Es waren ihre Tränen, von denen die Rede war, ihre Unfruchtbarkeit, ihre Fastenzeit, ihre Einöden. Die kargen Berge jenseits von Jerusalem, so stand es geschrieben, würden der Welt einen heiligen König von Davids Samen schicken. Er würde die Kranken heilen. Er würde denen Trost bringen, die gebrochenen Herzens waren. Er würde die brachen

Äcker bebauen. Er würde Fruchtbarkeit auf Erden verbreiten.

Nun da Marta zu dem Schluß gelangt war, daß ihre Fastenzeit einer heiligen Ordnung gehorchte, öffnete sie sich der Erwartung, daß Gottes eigene Worte sich erfüllen würden. Wenn alles möglich war, dann würde es auch geschehen. So lautete ihr neuer Glaubensartikel. Was erst in zehntausend Tagen vorgesehen war, würde sich sofort ereignen. Und so hatte sie Musas Erzählung gelauscht – wie er von dem Mann, den er Galli nannte, geheilt worden war – und augenblicklich gewußt, was das zu bedeuten hatte. Diese fünfte Gestalt, die ihnen seit Jericho auf den Fersen gewesen war, dieser Schatten in der Felswand, der Mann, der, wenn Musa nur halbwegs die Wahrheit sprach, Fieber, Teufel und Tod austreiben konnte, war von Gott gesandt, um die Welt zu retten. Er war nicht in die Wüste gekommen und zu seiner Höhle geklettert, um sich der Steine und der Ameisen anzunehmen. Er war gekommen, so verhieß es Martas Traum, um sich ihrer anzunehmen. Ihre Begegnung war schicksalhafte Fügung. Im Lauf der vierzig Tage würde er anschwellen, bis er der heilige König war. Er würde seinen Arm in ihre Höhle strecken, und sie würde geborgen sein in seiner riesigen Hand. »Werde gesund ...« Er würde auf ihren brachen Äckern sein Königreich errichten.

Das waren ihre Wachträume. Aber es gab andere, beängstigendere, in denen sich weniger göttliche Prophezeiungen erfüllten. Ihre Nachbarn beunruhigten sie. Nicht nur der hüpfende Badu oder der sterbende Aphas. Die konnte sie mit ihrer Hilfe, ihrem Verständnis nicht erreichen. Und sie war froh darüber. Aber auch Shim. Sie träumte fast jede Nacht von ihm, vielleicht weil ihr kalt und unbehaglich war und sie kaum einmal fest schlief. Manchmal träumte sie, er sei einer der Männer, die ihr in Sawiya auf dem Weg zum Brunnen nachblickten, der einzige, der ihr gefiel. Manchmal vermischte er sich mit Musa und dem Galiläer; das Zelt war eine Höhle, der Dicke dünn, ihre Fastenzeit geriet zum Festschmaus aus rohem Fleisch, und alle drei Männer sprangen über sie hinweg, während sie zwischen den Felsen kauerte. Sie waren eine Dreieinigkeit, lautlos und elegant wie Hirsche.

In der zweiten Nacht ihrer Fastenzeit jedoch, nachdem sie hinabgestiegen waren, um den Heiler zu suchen, und dann im Dunkeln zu ihrem hoch gelegenen Tal zurückgekehrt waren, mit Martas erdrosseltem Huhn das Fasten gebrochen und gefeiert hatten, hatte sie einen Traum von Shim geträumt, der nach dem Erwachen nicht verblassen wollte. Auf einem Luftzug war er in ihre Höhle gekommen. Sein Körper war hart wie Holz. Seine Arme waren Schlangen. Er war es, der anschwoll und sie in seine Hände schloß und sagte: Werde gesund. Sein Samen war aus Insekten, die ihr am Bein hinaufkrabbelten. Selbst im Schlaf war ihr bewußt, daß sie ein so verrücktes Paar waren wie die orangerote und die purpurne Wolle in Miris Matte. Aber Marta rüttelte sich nicht wach, ließ ihn nicht los. Sie ließ ihr Haar und seines, das schwarze und das blonde, sich verflechten zu einem Strang, der sich über den feuchten Höhlenboden spannte – einfädig, zweifädig, ein Zopf, ein Knoten, den keiner lösen oder zerschneiden konnte. Sie würde so nach Sawiya zurückkehren müssen, Shim in ihr Haar geflochten, zum Beweis ihrer Träume.

Marta wußte, daß solche Träume kaum mehr als Motten waren. Sie flogen bei Nacht. Sie zeigten ihre Farben im Dunkeln und klappten beim schmalsten Streifen Tageslicht die Flügel ein und verschwanden. Sie aber erwartete den Segen Gottes und fürchtete, ihre Sünden könnten sichtbar werden. Sie fragte sich, ob solche beschämenden Träume nicht auch bei Tageslicht zu sehen waren. Seht ihren Gang, seht, wie sie rot wird, seht, wie groß ihre Brustwarzen geworden sind. Hing da nicht ein blondes Haar an ihrem Kleid? Ob man es in ihren Augen lesen konnte, daß sie ihre Träume mit Shim verbracht hatte, wie still und schön er für sie gewesen war, wie fruchtbar sie für ihn? In anderen Nächten träumte sie, der Galli sei zu ihr gekommen, sein Wunder zu verrichten, fand aber Shim in ihrer Höhle und ging wieder fort.

So fiel es Marta schwer, den Männern gegenüberzutreten. Sie wußte, daß es klug und weit weniger beschämend wäre, den Tag über in der Höhle auszuruhen, geschützt vor Sonne und Wind und dem verletzenden Urteil ihrer Nachbarn. Eine Frau sollte weder zu hören noch zu sehen sein, wenn sie krank und wankelmütig war. Doch Marta war zu ruhelos, um stillzusitzen, zu erregt von den bescheidenen Freiheiten der Wildnis, um sich im Dunkeln zu verkriechen. Und den Nachbarn konnte sie ohnehin nicht ganz aus dem Wege gehen. Sie erwachten alle vor Tagesanbruch und trafen sich an der Zisterne, um zu beten – auch wenn eine Frau natürlich nicht betend zwischen Männern stehen durfte, selbst eine, die nicht krank und wankelmütig war oder befleckt von ihren Träumen. Marta mußte etwas abseits stehen, hinter ihren Rücken, und sie war froh darüber. Wenn sie nicht pünktlich zu den allmorgendlichen Hosiannas zum Preise des Wassers und des Lichts erschien, riefen Shim oder Aphas ihren Namen, oder sie ließen den Badu

Steine auf die Büsche vor ihrer Höhle werfen. Sie benahmen sich wie gute Nachbarn. »Komm heraus und trink«, sagten sie. »Es ist schon fast hell.« Und so band sie sich das Tuch fest um den Kopf, um sich unsichtbar zu machen und zu ihnen an das Grab zu treten. Selbst wenn Aphas sie bat, hinunter zum Wasser zu langen, um ihm die Kappe zu füllen, sprach sie nicht mehr als unvermeidliche Höflichkeiten und hielt ihr Gesicht versteckt. Sie klappte die Flügel zusammen, versteckte die mottigen Farben der Nacht, daß sie nichts ahnten von ihren Leidenschaften.

Niemand schenkte Marta große Beachtung, um die Wahrheit zu sagen. Die Männer dachten nur an sich selber. Der Badu grinste sie an, und sein Ausdruck erschien ihr kindisch und lüstern zugleich – aber er grinste auch die Felsen an, und weshalb sollten Felsen wegen eines Grinsens nervös werden? Der alte Mann keuchte und hinkte, als wäre seine Krankheit nur wirklich, wenn er sie ihnen vorführte. Und Shim hatte Höheres im Sinn, als nächtens auf einem Luftzug in Martas Höhle geweht zu kommen. Er hatte die Gewohnheit, sich beim ersten Tageslicht auf dem größten Felsbrocken auf dem abschüssigen Grund unterhalb der Höhlen niederzulassen und zu meditieren, das Kinn zu hoch, der Rücken zu aufrecht, Augen und Zunge kaum zu sehen. Er sprach nicht, wenn er angesprochen wurde. Er ließ die Fliegen auf seinen Augen und Lippen herumkrabbeln. Die Eidechsen durften ihm über die Hände huschen. Er machte es sich zur Aufgabe, stillzuhalten. Bei Tag erkannte Marta den Mann kaum wieder. Das Licht war grausam zu ihm. Wie wenig er sie jetzt erregte. Mit dem wollte sie ihr Haar nicht verflechten. Im Traum war er ein besserer Mann.

Sie wußte, warum Shim so stolz und unzugänglich war. Ihr Wirt hatte ihn am ersten Tag gedemütigt. Er hätte Shim fast den kleinen Zeh abgerissen. Sie hatte gesehen, wie er zitternd vor Scham zum Zelt zurückgehumpelt war. Musa hatte den gewundenen Stab hinter seinem Rücken verborgen. Er sah aus, als wollte er Shim damit niederschlagen, und als er ihn dann doch nicht schlug, sondern mit Worten zu gewinnen suchte, schien Shims Erniedrigung grenzenlos. Selbst sein Zorn hatte schwach und komisch gewirkt.

Also mußte Shim ihren Wirt verachten. Das war nur folgerichtig. Was Marta nicht verstand und was weder sie noch Aphas hören wollten, waren Shims abschätzige Äußerungen über den Heiler. Ihres Wissens hatte er mit dem Mann, dem Jungen, noch nicht ein Wort gewechselt. Er hatte nur einen kurzen Blick auf ihn geworfen, vom Rand des Abgrunds. Und doch ließ Shim keine Gelegenheit aus, sich über Galli (bei diesem Namen nannten ihn jetzt alle) und jeden, der seine Partei ergriff, lustig zu machen.

»Welcher Heilige würde schon ein Wunder auf einen Mann wie Musa vergeuden?« fragte er Aphas eines Morgens bei der Zisterne, nachdem der alte Mann in seinem Gebet einen Vers für Galli deklamiert hatte. Aphas schüttelte nur den Kopf und zuckte die Achseln. Es war noch zu früh, die Schmerzen der Nacht noch zu stark, um sich mit den Weisheiten der Griechen herumzuschlagen. Selbst das Achselzucken tat weh; der Schmerz raste ihm durch die Venen wie das Flämmchen entlang der ölgetränkten Lunte.

»Sag schon.« Shim ließ nicht locker. »Meinst du nicht auch?« Das war keine glaubwürdige Geschichte, die ihnen ihr Wirt über seine Rettung vor dem Fieber erzählt hatte, fand Shim. Ein Mann wie Musa sagte nur die Wahrheit, wenn ein Preis darauf ausgesetzt war. Die Eselin, die sie fortgezogen und in den Abgrund geworfen hatten, war ehrlicher als Musa und heiliger als der Galli. Vielleicht, so scherzte Shim, war die Eselin zu Musa ins Zelt gekommen und hatte etwas von ihrem heiligen Wasser über seinem Kopf abgelassen und ihm dann die heiligen Hufe ins Gesicht gedrückt und ihm den Teufel zwischen den Zähnen herausgezupft. »Was hältst du davon?«

Wieder zuckte Aphas mit den Achseln. Dann sagte er: »Ein Rätsel bleibt aber doch ...«

»Wo ist da das Rätsel?« fragte Shim, an kein anderes Urteil als an sein eigenes gewöhnt. »Vielleicht war es ein Tier. Oder unser Wirt hat einen seiner Vettern in die Höhle gesteckt, um euch alle zum Narren zu halten.«

Nein, Aphas ließ sich in seinem neuen Glauben nicht erschüttern. Er war sicher, eine Gestalt gesehen zu haben, ziemlich groß und beinahe lautlos, als schwebte sie über dem Boden. Sie mußte an der Felswand herabgeschwebt sein, um zu der Höhle zu gelangen, denn so wie es für ihn aussah, war der Eingang für einen normalen Menschen nicht zu erreichen. Er war nicht einmal für eine Ziege zu erreichen.

»Ich habe gespürt, wie ...«, sagte er, aber er beendete den Satz nicht. Er scheute sich, das Wort Erleuchtung noch einmal zu gebrauchen. Er hatte es schon einmal gebraucht, nur um sich von Shim dafür verspotten zu lassen: Erleuchtung kommt dem Unwissenden. »Ich habe ...«

»Du hast Zweifel, ob du überhaupt einen Mann gesehen hast«, sagte Shim, der Gefallen an der Sache fand. Aphas war kein Gelehrter, und außer ihm hatte er als Publikum nur die errötende Frau und den verrückten Badu, der gar nicht zuzuhören schien, aber es gab ihm wenigstens Gelegenheit, ein paar Weisheiten zum besten zu geben: »Ein schwebender Umriß ist noch lange kein Mann. Wenn dem so wäre, dann wäre dieses kleine Tal so bevölkert wie ein Basar, schau dich doch um. Sonne und Wind bringen Felsen und Sträucher zum Schweben und Zittern. Dahinter steckt kein Rätsel.«

»Sie hat es auch gesehen«, prostestierte Aphas.

»Unsere Nachbarin, ja. Die Beinahe-Schatten und die summenden Felsen, die sie gesehen und gehört haben will, sind kein Beweis für etwas Übernatürliches.« Er deutete nicht auf Marta, nannte nicht einmal ihren Namen. »Und wer sonst noch? Unser sauberer Wirt? Auf seine Erzählung darfst du dich nicht berufen, und wenn er sie selber für wahr hält. Im besten Fall war es eine Fieberphantasie. Heiße Träume und heiße Luft. Wem wären noch nicht im Fieber Gestalten erschienen? Doch warum dem Fieber die Schuld geben, wo er doch so offensichtlich ein Trinker ist? Was bleibt also? Das Wort des Badu? Verlassen wir uns auf sein Wort.« Shim lachte. Nicht ein einziges Wort konnte der Badu spechen. »Wessen Zeugnis sollen wir nun glauben, daß dort überhaupt jemand ist?«

»Deinem eigenen Zeugnis.« Aphas schrie beinahe. Hatte Shim denn schon vergessen, was er zu Musa gesagt hatte? »Du hast ihn doch von oben gesehen. Da ist einer, hast du gesagt. Du hättest ihm beinah die Eselin ... das hast du doch ... ?«

»Stimmt. Die Eselin hätte ihn fast am Kopf getroffen«,

sagte Shim. »Er hat mich angesehen. Ich habe ihn angesehen. Siehst du, ich habe hier das letzte Wort. Du bist meiner Logik auf den Leim gegangen. Ich bin hier der einzige, dessen Wort mehr Substanz hat als ein Umriß, ein Schatten oder ein Traum. Ist das nicht seltsam? Was soll man davon halten? Ihr drei, die ihr ihn nur halb gesehen habt, seid überzeugt davon, daß er ein Heiler und ein Heiliger ist. Ich dagegen, der ich ihm in die Augen geblickt habe, der ich seine Nase, sein Kinn, seine Ohren beschreiben kann, kann euch sagen, daß er es nicht ist. Es scheint, ich muß bei meinen Worten bleiben. Der Mann ist ein Junge, bestenfalls, der dort nach Eiern oder Schafen sucht ... Was soll daran heilig sein? Und wo steckt das Rätsel?«

»Kein gewöhnlicher Junge könnte so eine steile Felswand hinabklettern. Das ist gefährlich. Sie ist fast senkrecht«, beharrte Aphas, von Shims Argumentation besiegt, aber auch verärgert und den Tränen nahe. Zu Hause hatte er drei Söhne, in Shims Alter und noch älter. Man hatte ihnen beigebracht, auf ihre Eltern zu hören, jedem Priester und jedem heiligen Mann mit Respekt zu begegnen. Sie wußten, daß man einem Sterbenden, einem schmerzgeplagten Mann nicht widersprach. Er wandte sich von Shim ab. Er wollte kein Wort mehr hören. Wie Marta hatte er geträumt, der Arm des Heilers habe sich in seine Höhle gestreckt. Wer außer ihm konnte sein Leben noch retten? Er spreizte die Finger über seiner Seite, verzweifelt über das unerbittliche Stechen. Er hätte sich die Finger in die Ohren stecken sollen.

»Ein gewöhnlicher Junge wagt schon mal etwas, um an ein paar Eier zu kommen«, sagte Shim. »Und klettern können sie alle. Die Dummen gehen die größten Risiken ein. Wir haben es mit einem sehr dummen Jungen zu tun.«

Marta hustete. Sie rümpfte die Nase. Sie bewegte ungeduldig die Beine. Die Bienen in ihrem Melonenkopf flogen wütend auf. Sie war erstaunt, daß Shim so grobe Töne anschlug, als machte es ihm etwas aus, daß sie – und offensichtlich auch Aphas – an Heiler und an Wunder glauben wollten. Was sollte das Fasten und das Beten fern der Heimat sonst für einen Sinn haben, wenn nicht den, einen heiligen Zaubermeister dazu zu bewegen, das Mahlwerk der Welt durch seine Magie und seine Wunderkraft ein bißchen melodischer klingen zu lassen. Shims Gott konnte offenbar keine größeren Kunststücke vollbringen, als Milch in Käse zu verwandeln und auf Brot Schimmel wachsen zu lassen. Aphas' und Martas Gott dagegen war ein Gott, der die Meere teilte, um sein Volk aus der Sklaverei zu führen, der Verderbtheit mit Sintfluten bestrafte, der aus Felsen Wasser fließen ließ und nur ein Liedchen pfeifen mußte, um Türme und Bastionen zum Einsturz zu bringen. Ein Gott, der sich im Wunderwirken zeigte.

Gerne hätte sie es mit Shim gemacht wie die Witwen der hingemetzelten Makkabäer mit den falschen Propheten und ihm das Maul mit Lehm gestopft. Dann müßte er ihr zuhören. Dann dürfte sie ihrem Zorn endlich einmal auf unzulässige Weise Luft machen, als Frau einen Mann anschreien. Wie gerne würde sie noch einmal einen Schrei ausstoßen. Sie waren in der Wildnis. Keiner würde ihm zu Hilfe kommen. Sie würde ihm sagen, daß sie seine Gedanken lesen konnte. Daß er so klar wie Wasser war. Daß sie dem Topf bis auf seinen Grund schauen konnte. Der Hohn, den er über Galli ausschüttete, war nichts weiter als feige Rache an Musa. Marta ließ sich nicht für dumm verkaufen. Sie war nicht weit gereist, sie konnte nicht lesen, aber hinters Licht führen konnte er sie nicht. Sie sah sogar, was sich unter dem Boden des Topfes verbarg. Sie sah den tieferen Grund seines Spottes und wußte, daß Shim eifersüchtig auf den Galiläer war.

Shim war erfahren im Pilgern zu heiligen Stätten, er hatte es ihnen oft genug auf die Nase gebunden. Er prahlte damit, Griechisch lesen, sich auf Aramäisch, Siddilisch und Lateinisch unterhalten, die Zukunft vorhersagen, komponieren und seine eigenen Lieder mit einer Stimme von betörendem Gleichmaß singen zu können. Er konnte sündlos und reglos wie eine Pyramide dasitzen, besessen von einem halben Dutzend Götter, und sich mit den Felsen in Nüchternheit messen. Er war Ehrerbietung gewohnt, sagte er, und er war Bittsteller gewohnt, die seinen Rat und seine Weisheit suchten. Einfacherere Pilger, als er einer war – und zu solchen zählte er auch Marta, Musa und Aphas –, behandelten ihn bei religiösen Versammlungen allerorten wie den Frömmsten und Heiligsten von ihnen. Sie erkoren ihn aus. Sie knieten vor ihm nieder, um sein Gewand zu berühren. Sie gaben ihm Almosen und Unterkunft für die Nacht. Warum sollte er solches nicht auch in der Wüste erwarten dürfen? Sein Wirt und die Fastenden sollten zu ihm kommen, sich in gemessenem Abstand vor *seiner* Höhle aufstellen. Sie sollten beten, daß er ihnen die Dämonen und das Fieber austrieb. Jeden Tag in der Hoffnung beginnen, daß sein mächtiger Schatten auf sie fallen möge. Statt dessen wurde er im besten Falle mißachtet, zum Narren gemacht, oder mußte sich herumstreiten mit einem, der – wie Aphas – seinen Horizont nicht durch Reisen erweitert hatte, oder einem, der – wie Musa – seinen Geist nicht durch Studien geschult hatte. Anstelle von Respekt und Almosen hatte er einen ausgerenkten Zeh. Und all die einfachen Pilger hier in der Wildnis suchten Hilfe und Erleuchtung bei einem sanften Jüngling, der es für Weisheit zu halten schien, sich in seine Höhle zu kauern und eine Wange ins Licht zu halten.

»Oder wir haben ihm Angst eingejagt«, sagte er, um dem Gespräch mit Aphas ein Ende zu setzen. »Das ist das Maß seiner Heiligkeit. Er ist hinabgeklettert. Hat sich in seiner Höhle versteckt, und jetzt sitzt er fest. Kommt nicht wieder herauf. Er schämt sich, sein Gesicht zu zeigen. Er schlürft die Eier wilder Vögel aus und betet um Regen. Vielleicht sollten wir ein Seil holen und ihn retten.« Und damit schloß er die Augen und ließ sich zum Meditieren nieder, die Finger auf dem Felsen gespreizt, und nur das Zucken eines Augenlids verriet – wie bei einer Eidechse in praller Sonne –, daß er am Leben war.

16

Seinem galiläischen Sohn hatte Gott keine fertig ausgehobene Zisterne zur Verfügung gestellt, aus der er sich Wasser holen konnte. Vor Jesu Höhle gab es keine Felsmulden, in denen sich der Tau sammelte. Kein Salzgestrüpp, an dem er sich die Fingernägel aufreißen konnte, wenn er nach den feuchten Wurzeln grub. Keine Kaktussträucher mit wächserner Haut, keine Tamarisken mit hohlen, schwammigen Ästen. Und sollten ein paar Frühlingspflanzen eitel genug gewesen sein, den nackten und ausgewaschenen Felsen zu trotzen, dann waren sie jetzt längst verblüht, hatten Samen gebildet und sich in ihre unterirdischen Zwiebeln zurückgezogen. Jesus durchsuchte seine verdunkelte Zelle, aber er fand dort keine Käfer, deren breigefüllte Rucksäcke, mit der Zunge am Gaumen zerdrückt, seiner Kehle kurze Freuden süßer Feuchtigkeit schenken konnten. Es gab keine nistenden Vögel, keine Fledermäuse, nicht einmal Ameisen zu essen. Und keinen Regen. Jesus dankte seinem Herrn. Er hatte einen Ort gefunden, an dem sich Sünde und Völlerei widerstehen ließ, an dem er nach Herzenslust beidem entsagen konnte. Gott in seiner Freigebigkeit hatte alle irdische Nahrung entfernt und die Höhle von jeglicher Versuchung gereinigt. Nun mußte Jesus nur noch seine Quälgeister auf dem Felsvorsprung besiegen – und natürlich die Zeit.

Über der Höhle wuchs auf einem Saum von Mergel ein einzelner silberner Strauch, der kaum Blätter trug. Er breitete sein Skelett über einen Felsen, als wollte er das Quarz aus ihm heraussaugen. Er trank die Farbe aus dem Stein. Jesus sprang hoch, um das unterste Blatt zu fassen, eine seltsam pubertäre Handlung, aber aus Männern werden Buben, wenn ihnen langweilig ist. Er war erstaunt und erfreut darüber, welche Anstrengung der Sprung ihn kostete, wie müde und steif er sich fühlte. Er war also schon geschwächt vom Fasten und Gott daher ein Stück näher. Er berührte das Blatt nur mit den Fingerspitzen, aber es brach vom Stengel und fiel ihm ins Haar, so trocken und schwer wie Ofenschlacke. Er wollte es sich nicht in den Mund stecken. Er wollte sich während seiner vierzig Tage überhaupt nichts in den Mund stecken. Nicht einmal in der Nacht wollte er sein Fasten brechen, es sei denn auf ein Zeichen seines Gottes, mit einem Mahl, von Engeln neben seinen Häupten abgestellt, während er schlief (so wie Gott dem Elias während der vierzig Tage seines Fastens ein Stück Brot, auf heißem Stein geröstet, und einen Krug Wasser bereitgestellt hatte). Doch wenn er sich das Blatt auch nicht auf die Zunge legen mochte, so wollte er doch wissen, welche Nahrung die Felswand für ihn bereithielt. Die feuchten Blätter eines Akazienstrauchs, wie sie im Strauchland um das Zelt wuchsen, konnte man an den Lippen reiben oder das Süße aus ihnen herauslutschen. Ein Zweig der Mentzelie, zwischen Unterlippe und Zähne gesteckt, schmeckte einen Tag lang nach Pfirsich. Aber dies hier war nur ein vertrockneter Dornenstrauch. Jesus knickte das silberne Blatt. Es zerfiel wie Asche. Saftlos.

Inzwischen hatte auch er keinen Saft mehr. Er hatte zwei- oder dreimal uriniert an diesem ersten Abend, nachdem er in den Abgrund geklettert war und sein Domizil bezogen hatte, und das war normal. Er hatte schon immer eine nervöse Blase gehabt, sein Wasser mitten in der Nacht abschlagen müssen oder wenn der Priester schon begonnen hatte, aus den Gesetzesrollen zu lesen und keiner guten Gewissens den Tempel mehr verlassen durfte. Er hatte gelernt, aus der Not eine Tugend zu machen: Seine Blase war ein Gottesbote, ein Zeichen seiner Schlechtigkeit. Ausfluß dieser Art, das wußte er von den Älteren, zeigte an, daß ein Mensch von Geistern oder unreinen Gedanken besessen war. Niesen, Erbrechen, ein Mund voller Speichel, Durchfall, übermäßiges Wasserlassen – alles Zeichen dafür, daß Böses in einem wohnte. Zuerst sollte man ihm standhalten und es dann austreiben. Er sagte sich, daß seine Blase ihn in der Nacht nicht ohne Grund weckte – es war eine Gelegenheit, noch persönlichere Gebete zu sprechen, Sprachen zu üben, den Druck, die Schuld bis zum Morgengrauen still zu ertragen, aus Angst, die Eltern zu wecken, die Hühner aufzuscheuchen, wenn er zum Wasserlassen nach draußen ging. Auf ähnliche Weise plagte die Blase ihn im Tempel, wenn er mit gekreuzten Beinen vor der Schriftrolle saß, so daß er – wie kein anderer der Gottesdienstbesucher – die Möglichkeit hatte, zur Ehre seines Gottes mit seinem unvollkommenen Körper zu ringen.

Teils war es darum ein Vergnügen, teils Nachgiebigkeit ohne jegliche Ehre, die Blase nach Belieben entleeren zu dürfen. Nachdem er sich in der Felswand eingerichtet hatte, durfte er seiner Regung auf der Stelle nachgeben und sich so weit, wie er es wagen konnte, am Abgrund entlangdrücken, um sein Wasser dort zu lassen, wo er seine Höhle nicht damit verschmutzte, aber ohne Rücksicht auf Eltern, Tempel, Hühner. Solch freier Umgang mit Intimem war in Galiläa nicht möglich gewesen.

Ein Mensch also, der es sich angelegen sein ließ, in den einfachsten Verrichtungen tiefste Bedeutungen zu vermuten. Ohne solche Menschen, die bereit sind, den kleinen Anlaß verantwortlich für große Wirkungen zu machen, noch in der alltäglichsten Begebenheit die Lektion zu erkennen, gäbe es keinen Gott. Und so entging ihm keinesfalls, daß der Urin des ersten Tages ein Produkt des gestohlenen Wassers aus dem Schlauch des Händlers war, den er ohne zu fragen vom Vordach des Zeltes genommen hatte. Es war nur ein Schluck gewesen, ein winziges Schlückchen, und seitdem hatte Jesus nichts getrunken. Aber sollte er sich einer Sünde, eines Mangels an Nächstenliebe schuldig gemacht haben, würde der Makel sich zeigen. In Form einer Trübung. Die ersten Wasser jedoch waren reichlich geflossen, geruchlos, klar und frei von Schuld. Doch am Ende seines zweiten Fastentags war sein Urin bereits dunkelbraun wie Pechwasser. Zu dick und in trüben Blasen versickerte er im Boden. Selbst Jesus, dessen Geruchssinn sich von der Reise noch nicht erholt hatte, erkannte den schwefligen Eiergeruch. Das war der Urin des Teufels; Jesu Blase war zum Schlachtfeld geworden. Der Fleck gewässerten Staubs trocknete innerhalb von Augenblicken. Er scharrte mit der Ferse darin. Er war von sich selber verunreinigt, aber bis zur nächsten rituellen Reinigung würden Wochen vergehen.

Am dritten Tag seiner Fastenzeit mußte er ein dutzendmal an der Felswand entlanggehen. Er stand da und wartete vergebens, den Rücken der Sonne zugewandt; dann versuchte er es noch einmal mit dem Blick zum Meer, aber er war völlig leer. Er mühte sich ab, bis es brannte und stach. Er preßte die Fingerspitzen auf seine Blase. Der Drang, Wasser zu lassen, wurde nicht geringer, aber alle Anstrengungen brachten nichts weiter hervor als einen schwachen Hauch von Schwefel in der Luft. Er konnte den Boden nicht naß machen. Sein Körper war ein leerer Schlauch.

Es war eine Lektion, die er nicht vergessen würde: Wasser ist kostbarer als Gold. Er suchte nach der wohlformulierten Sentenz. In diesem Stil wollte er predigen, wenn er nach Galiläa zurückkehrte. Einen Moment lang sah er sich am Markttag vor dem Tempeltor, hoch auf einem Wagen, mit Sinnsprüchen für das Volk. Lieber ein leerer Geldbeutel als ein leerer Topf, würde er sagen, und seine Nachbarn in der Menge würden die Hand an den Mund legen und flüstern: Seht nur, es ist Galli. Hört ihn euch an. Wir haben ihn wohl doch nicht richtig gekannt. Im Augenblick jedoch sorgte er sich um seinen eigenen leeren Topf. Vielleicht war er anmaßend und hemmungslos gewesen. Fast wünschte er sich, das Wasser, das er am ersten Tag so leichtfertig gelassen hatte, aufgespart zu haben. Um damit den Durst zu löschen, falls es gar nicht mehr anders ging. Mochte Gott ihn davor bewahren, daß es jemals soweit kam. Er hatte Geschichten von Badus gehört, die während einer Dürre ihren eigenen und den ätzenden Urin ihrer Kamele getrunken und sich nichts dabei gedacht hatten, aber Badus waren der Erde verbunden wie die Tiere. Auch das Wasser, das sie Tag für Tag aus ihren Brunnen tranken, war blasig, und ohnedies teilten sie es mit den Geschöpfen der Wüste. Die Badus hatten keinen Gott, dem sie gefallen, keine Rituale, die sie befolgen mußten. Sie mußten keinen Makel von sich waschen. Die Juden aber gehorchten den Gesetzen, die Moses vom Berg zu ihnen heruntergetragen hatte; für sie waren die Reinlichkeit des Körpers und des Geistes Pflastersteine auf der Straße zu Gott. Diejenigen, die das Gesetz übertraten, sagte Jesaja, würden verzehrt.

Jesus war fest entschlossen, sich nicht so schnell verzehren zu lassen. Er schüttelte den Kopf und stampfte mit den Füßen und schlug sich mit den Fäusten gegen die Schultern, bis alle Gedanken an Wasser vertrieben waren. Er würde es nicht zulassen, daß Hunger und Durst ihn in die Falle lockten. Der Geist mußte stärker sein als das Fleisch. Ich bin nicht hungrig, redete er sich ein. Das ist kein Durst. Die Trockenheit, die Schmerzen im Bauch sind eine Täuschung. Ich will nichts essen. Die Nahrung der Heimat fehlt mir, nicht Brot oder Wasser. Die Nahrung Gottes ist es, die ich suche, nicht Wein oder Fleisch.

Das redete er sich ein, doch tief im Herzen und mitten in der Nacht war er nicht ganz so sicher. Ihn plagten Wünsche, die Tage zurückzudrehen, zurück zur Hütte des Schäfers, wo er seinen Mantel gelassen hatte, zur Zimmerei seines Vaters, wo er den Beitel in der Hand hielt, zurück zu der Zeit, als er klein und unscheinbar war und Gebete tröstlicher waren als Nahrung oder Schlaf. Hier in der Wildnis waren seine Gebete launisch;

manchmal verlieh ein einziger Vers ihm Kraft, aber immer häufiger schöpfte er keinen Mut mehr aus seinen Gebeten. Die Höhle verschluckte sie. Der Abgrund ließ sie belanglos erscheinen. Die Dunkelheit murmelte pausenlos mit sich selber, ohne ihm ihr Ohr zu leihen. In solchen Augenblicken ließ er von seinen Gebeten ab und verlegte sich darauf, eine Strategie zu finden, wie er die vierzig Tage als Einsiedler überleben konnte.

Zuerst stellte er sich die Aufgabe, die Achim der Psalmist die »Lektion des Nicht« genannt hatte: nichts von der Welt zu wollen. Suche Wachheit statt Schlaf, hatte der Psalmist gesagt, und Schmerz statt Behaglichkeit. Bietet man dir Aprikosen oder einen Gallapfel an, dann steck die Finger in die bittere Schale. Und sehne dich nur nach dem Frieden, den man im Elend findet, nicht nach dem Frieden, der aus der Liebe kommt. Auch in Galiläa gab es Eremiten, die nach Achims Weisung lebten: Sie stopften sich Asche in den Mund, sie gestatteten sich nicht, sich niederzusetzen, nicht einmal in der Nacht, sie brachen sich die Knöchel mit Steinen, sie zogen ihre Kleider aus und gingen umher wie die Tiere. Jesus hatte solche Männer mit eigenen Augen gesehen. Sie zuckten nicht mit der Wimper, wenn Dorfbewohner sie mit Steinen bewarfen.

Also beschloß Jesus, ein Achimit zu werden. Er mußte im Elend seinen Frieden suchen. Er fand ein jungenhaftes Vergnügen in der Aussicht auf das Leiden. Ihm blieb keine Wahl, als sich die Unbequemlichkeit zur Freundin zu nehmen. Die Wüste hatte ihm ihre dürftige Gastfreundschaft, wenig Schlaf und keinerlei Liebe angeboten, aber sie stellte ihm bereitwillig alles Leiden zur Verfügung, das er sich auf ihren Pfaden nur wünschen konnte, sie zeigte ihm Qualen in jeglicher Form. Er brachte es nicht über sich, seine Hände zu zertrümmern – noch nicht. Sein Fasten wollte er nicht brechen, nicht einmal mit Asche oder Staub. Aber wenigstens nackt wie ein Tier konnte er sein. Er sagte sich, daß auch die Engel nackt waren. Er trug kaum Kleider am Leib, und auch die nur aus Schicklichkeit, aber diese wenigen – die Tunika und das Lendentuch, die vorgeschriebene Unterbekleidung der Juden – zog er aus, trug sie zum Rand seiner Felsenkanzel und ließ sie frei wie Tauben, die Opfergabe der Armen, damit sie hinunter zum Grunde des Tals schweben konnten, wo Musas Eselin ohne ein Leichentuch lag. Achims Worte kamen ihm wieder in den Sinn: Kommt jetzt zu mir und kommt in tausend Tagen, denn ich bin nackt, ich bin euer, und alles, was ich besaß, habe ich dem Wind gegeben.

Jesus – nackt auf dem Felsvorsprung, die Kleider unwiederbringlich verloren – kam sich töricht und siegreich zugleich vor, und ein wenig erregte ihn seine eigene Nacktheit sogar. Was würden seine Eltern sagen? Was würden seine Nachbarn von ihm halten? Jetzt seht euch ihren Galli an. Er war zu Fleisch geworden, wo er doch damit gerechnet und geprahlt hatte, daß das Fasten ihm sein Fleisch untertan machen und seinen Geist in Gold kleiden würde. Aber Jesus empfand keine wirkliche Scham. Niemand sah ihn. Luft und Sonne waren angenehm auf der Haut. Er war wieder Kind und hatte den Garten Eden betreten.

Schon bald heizte sein Körper sich zu sehr auf für einen längeren Aufenthalt im Garten Eden, und der Kopfschmerz überfiel ihn das erste von vielen Malen. Er zog sich in die Höhle zurück, wo das geborgte Licht und die Temperatur zuträglicher waren, bei Tag jedenfalls. Er lehnte sich gegen die Höhlenwand – der vollkommene Achimit –, bis der Arm ihm taub wurde, dann kauerte er sich auf die Fersen. Hockte sich hin, setzte sich nicht. Es war ein Kompromiß. Er murmelte sich Mut zu, schaukelte bei jedem Wort, obwohl die aufgerissenen Füße ihn schmerzten. Krämpfe und Taubheit in den Beinen ertrug er wie einen Segen. Doch nach einem Tag gab er es auf, Achim zu sein, zu spät, denn seine Kleider waren dahin. Die Dunkelheit untergrub seine Lust auf Elend; er hatte den Punkt seiner Fastenzeit erreicht, an dem er schwach wurde.

Er richtete es sich jetzt ein wenig behaglicher ein und tat, was er konnte, um alle Gedanken an Achim aus seinem Kopf zu vertreiben, auch wenn die Lieder des Psalmisten von pochender Beharrlichkeit waren. Er legte sich eine zweite Strategie zu, um die Fastenzeit zu bestehen, den Durst zu besiegen. Sie war weniger streng und bescheidener als die Lektion des Nicht. Die Beschwernis machte er nun doch nicht zu seiner Sache. Das wäre eitel. Statt dessen wollte er ein ruhendes Kamel sein, ziellos und ohne Gedanken, ohne Erinnerungen oder Hoffnungen, die ihm das Leben schwermachten. Jeder galiläische Junge, der jemals am Abend vors Haus gelaufen war, um der Ankunft der Karawane beizuwohnen, wußte, daß ein Kamel mit vollbeladenen Lastkörben zehn bis zwölf Tage ohne Wasser auskam, bevor sein Höcker sich auf die Seite legte. Ein ruhendes Kamel ohne Last hielt es zwanzig Tage im Lager aus ohne etwas anderes im Maul als Zunge und Zähne und war dann immer noch kräftig genug, der Herde zu folgen. Ein gemästetes Kamel, das die Sonne mied und auf dem

Hinterteil sitzen blieb, überlebte vierzig Tage ohne Wasser. Und hätte dann, wie Moses, gerade noch die Kraft, eine steinerne Tafel vom Gipfel des Berges hinunter zum Wasserloch zu tragen, wo es sich laben konnte. War nicht ein Mann ein herrlicheres, kraftvolleres Geschöpf als ein Kamel? Sollte ein Mann nicht vierzig Tage ohne Wasser überstehen können wie ein Tier, ohne dabei zu denken? Jesus nickte sich selber zu. Er wollte ein ruhendes Kamel sein, jawohl, und nirgends hingehen. Er würde auf seinem Hinterteil sitzen bleiben. Sich nicht der Sonne und der Hitze ausliefern. Er würde den Abgrund nicht weiter erforschen oder sich auch nur auf seinen Felsen setzen, um sich am Ausblick auf Moab und das Meer zu erfreuen. Bei Tag würde er im schattigen Hof seiner Höhle bleiben, sich die kühlste Ecke suchen, und von der blühenden sonnenbeschienenen, mondbeschienenen Welt da draußen nichts weiter verlangen, als daß sie ihn vor Erinnerungen und Hoffnung bewahrte.

Es währte nicht lang. Bald hatte Jesus eine andere Strategie. Ich bin wie der vertrocknete Dornenstrauch, sagte er sich zuweilen. Ich brauche keinen Saft. Ich breite mein Skelett über den Felsen und schlage meine Wurzeln in den Mergel. Manchmal war er Kamel und Dornenstrauch in einem.

Dann, besonders nachts, wenn er fror und es ihn nach dem Klang einer Stimme verlangte, kehrte Jesus zu seinen Gebeten zurück. Alte Freunde. Er zwang sich ihnen gegenüber zu mehr Disziplin. Und waren seine Freunde auch noch so launisch. Er war nicht launisch, und Gott war es auch nicht. Er betete laut, ohne die Angst, der Familie mit seiner Inbrunst zu nahe zu treten. Und wer konnte ihm beim Beten schon das Wasser reichen? Aber niemand – kein Priester, kein Heiliger, kein Prophet aus den Bergen – vermag die zahllosen Augenblicke eines Tages allein mit inbrünstigem Gebet zu füllen. Immer wieder kam es vor, daß die ständigen Wiederholungen ihm den Kopf auf die Brust sinken ließen, so daß er nach ein paar Augenblicken Schlaf mit einem Ruck erwachte. Und manchmal konnte er sich auch einfach nicht konzentrieren. Sein Gottesdienst wurde pflichtschuldiger, weniger impulsiv. Seine Gebete verloren an Gewicht, wie die Asche im Feuer, und schwebten ihm davon. Manchmal hielt er mitten im Vers inne und ertappte sich dabei, daß er mehr auf den Schmutz unter den Fingernägeln oder eine alte, bei der Arbeit mit dem Holz davongetragene Narbe auf dem Handrücken geachtet hatte als auf die heiligen Worte. Manchmal wurde aus einem Gebet auch ein dunkel erinnertes Gespräch. Er rief Gott um Antwort an, und doch hörte er nur Stimmen aus Galiläa – die eines Vetters, eines Nachbarn, der seine Frau zurechtwies, eines Händlers, der seine Ware anpries.

Mehr als alles andere aber setzte ihm die Stille in der Höhle zu, die tiefe Nacht hinter dem Eingang, die Gleichgültigkeit der Wüste. Vielleicht war die Stille ja nur eine Prüfung. Wie auch der Hunger eine Prüfung war. Und die Langeweile, die Angst. Statt zu beten, versuchte er, sich auf andere Art in Gott zu versenken; er zählte alle Propheten auf, die er kannte, alle heiligen Bücher, alle Gesetze. Er wiederholte sämtliche Abzählreime seiner Kindheit, jedes Fingerglied wurde zu einem Attribut Gottes, des Weisen, Gnadenreichen, Großmütigen, des Feindes der Sünde … Er fing an, Muster und heilige Zeichen auf die Felsen und den Boden zu kratzen und sie Tag für Tag abzugehen, um ihre Umrisse mit den

Fingern nachzuzeichnen, so daß die staubigen Wanderungen seiner Fingerspitzen zu wortlosen Gebeten wurden. Und das war tröstlich. Er vertrieb sich die Zeit damit, alle Worte, die er kannte, in die Felsen zu ritzen.

Zu Hause hatte er sich beigebracht, ein paar Worte in griechischer Schrift zu erkennen, mehr Worte als irgend jemand sonst in seiner Familie. Er konnte seinen eigenen Namen lesen und schreiben, und den Namen Gottes. Er konnte in groben Zügen die Inschrift auf dem heimischen Tempel übersetzen, die jedem Nichtjuden, der sich in das Innere des Tempels verlief, den Tod verhieß. Er wußte, was TI.CAES.DIVI. bedeutete, das lateinische Kürzel auf den Tributmünzen. Es wies Tiberius als Kaiser und Gott aus. Eine Gotteslästerung, hatte der Priester gesagt. Der Priester hegte nicht viel Sympathie für Rom, auch wenn er bei der Kollekte den gotteslästerlichen Silberlingen eindeutig den Vorzug vor Kupfermünzen gab.

Jesus kannte auch die aramäischen Schriftzeichen für etwa ein Dutzend Wörter. Ihm gefiel ihre hölzerne Viereckigkeit. Sie waren kürzer, weniger verwinkelt als die griechischen oder lateinischen und ohne Vokale. Die Linien waren einfacher, heiterer, taten ihr möglichstes, sich in natürlichen Formen zu krümmen. Heilige Zimmerleute, nicht Steinmetze hatten sie ersonnen. An den Ecken waren sie sanft gerundet; das Werk von Hobeln.

Während der Jahre in der Tempelschule, wo er als Junge die Schriftrollen halten, dem zeigenden Finger des Priesters das Pergament ebnen mußte, hatte Jesus gelernt, einigen dieser aramäischen Formen Laute zuzuordnen – dem kleinen Kandelaber des Buchstaben *sha*, dem Blitzschlag des *enn*, der fallenden Pflugschar des *kaoh*. Besonders mochte er die Stellen auf dem Pergament, an denen die Schreiber gewechselt hatten. Da übergab einer, dessen feine Faserzeichen sich akkurat einen Weg über die Seite gestickt hatten, an den Verspielten, weniger Reinlichen, der seine schmutzigen Spatzen ihre wellenförmigen Trippelspuren über das Papier machen ließ. Dann kam der Schreiber, dessen Schrift immer nach hinten kippte, als seien die Bedeutungen der Worte zu flink für die Lettern, die jeden Augenblick auf den Rücken zu fallen drohten.

Welch glücklicher Ignorant war Jesus, der nur ein Dutzend unter vielen tausend Worten kannte. Er wollte gar nicht so flüssig lesen können wie die Gelehrten, denn dann hätte er die Bedeutung vom Klang, die Musik von der Form trennen müssen. Hätte er lesen können wie sein Priester, indem er einfach nur den Zeigefinger unter der Schrift entlangführte und jedes berührte Wort aussprach, als gehörte es nicht zu einem Vers, sondern zu einer endlosen Folge von auswendig zu lernenden Zeichen, so wäre aus der Schrift bald eine Reihe von kleinen Erledigungen, eine Liste geworden. Und es gäbe kein Geheimnis. Aber in seinem Unwissen konnte er beides tun, den Worten des Vorlesenden lauschen und die stumme Beredsamkeit der Linien bestaunen, nicht nur auf die Schrift achten, sondern auch auf die Zwischenräume. Denn in den Zwischenräumen wohnte Gott, davon war er überzeugt. Gott reichte bis an den äußersten Seitenrand.

Das einzige, was ihm jetzt, da am Eingang zu seiner Höhle alles Licht des Tages verloschen war, fehlte, war die Stimme seines Priesters. Eine Schriftrolle war da, direkt über ihm. Wenn er hinauf in den Himmel blickte, sah er dort die gleichen Zwischenräume, die gleichen Linien, denen er damals im Tempel gefolgt war, in silbernen Versen über das grenzenlose Pergament der Nacht gebreitet, den kleinen Kandelaber, den Blitz, die fallende Pflugschar, die behutsamen, wellenförmigen, kippenden Konstellationen, die hier das Werk eines einzigen Schreibers waren. Wie das Pergament war auch der Himmel auf Aramäisch beschrieben.

So machte sich Jesus mit größter Sorgfalt an seine Liste von Wörtern. Es war eine heilige Handlung, und dazu eine, die ihm die Weite der Schriften und des Himmels in seine Höhle brachte. Er schnitt die drei rechteckigen aramäischen Buchstaben, die für den Namen Gottes standen, in die weichen Wände aus Lehm und kratzte sie in den härteren Stein am Eingang. Er machte aus seiner Höhle einen Tempel. Er weihte alle Oberflächen. Er schrieb auch seinen eigenen Namen, aber niedriger und kleiner als Gottes Namen. Die abgekürzten Titel des Cäsaren – TI.CAES.DIVI – kratzte er nicht ein, aber er versuchte, auf griechisch die Warnung an alle Nichtjuden wiederzugeben, daß sie ihr Leben riskierten, wenn sie sich zu nahe heranwagten. Er schrieb es dorthin, wo es für keinen Näherkommenden zu übersehen wäre, in die verwitterte Erde am Eingang der Höhle. Er hoffte, daß *jeder* es lesen konnte. Nach sieben der zwanzig Worte stockte er. Die Zeichen verschwammen. Er hatte sie allesamt auswendig gekannt, aber jetzt ließ sein Gedächtnis ihn im Stich wie seine Blase. Es war ein leerer Schlauch. Er schloß seine Warnung an alle Nichtjuden mit den aramäischen Buchstaben *enn* und *sha* und *kaoh*. Das Wort ergab keinen Sinn, aber Jesus fand die

Formen tröstlich. Der Blitz entzündete die Kerzen, schlug in den Pflug ein.

Nachdem er das Wort für Gott oft genug geschrieben hatte, auf jeden Stein, jede flache Lehmfläche, die den Buchstaben ausreichend Platz bot, suchte er sich etwas Einfacheres, um seinen Geist zu beschäftigen. Er nahm seinen spitzen Schreibstein zur Hand, kratzte einen Korb aus drei Kreisen in den sonnengetrockneten Boden gleich beim Eingang und teilte die Kreise mit Kreuzen in Viertel. Das ergab ein grobes Gitter, auf dem man Mühle spielen konnte. So hatten sich die faulen Jungen im Tempel vor dem Unterricht gedrückt, sich in Mispelbäumen versteckt und Mühle gespielt, mit gedörrten Trauben als Siegespreisen und frevelhaften Mutproben für die Verlierer: Ringelnattern in die Kammer des Priesters schmuggeln, Walnüsse vom Tempelbaum stehlen, an des Priesters Tür klopfen und davonlaufen ... Und die alten Männer schlugen so die Zeit tot, bis die Zeit sie totschlug; mit gebeugten Rücken saßen sie im Schatten über einem Mühlebrett und warteten darauf, daß ihre Töchter ihnen etwas zu essen brachten oder der Mond sie nach Hause schickte. Jesus suchte sich Kiesel, die ihm als Spielsteine dienten – sechs schwarze oder braune und sechs weiße oder graue –, und verbrachte den Tag damit, so gut es ging gegen sich selber zu spielen, all die Sackgassen und Hinterhalte rund um das Spielbrett auszuprobieren. Er war als Junge nie besonders gut im Mühlespiel gewesen. Er hatte nicht genug geübt. Er hatte statt dessen gebetet. Er sah keinen rechten Sinn in Spielen.

Jetzt konnte er nach Herzenslust üben. Er konnte sich daran erfreuen, wie die kleinen Steine sich mißtrauisch umkreisten, wie sie sich zu den Kreuzwegen des Brettes drängelten und dabei alles taten, um den äußeren Ring zu vermeiden und möglichst weit innen zu bleiben. Auch daraus ließ sich eine Predigt machen, dachte er. Am Markttag vor dem Tempel, hoch auf dem Wagen. Das Mühlespiel als Sinnbild für die Welt; Gott als der innere Kreis und die Steine als Pilger auf der Suche nach der Mitte des Kreuzes. Es war ein heiliges Spiel.

Und so gelang es ihm, sich von den schlimmen Zeiten abzulenken, wenn er seine Gebete vernachlässigte, wenn ihn beim ständigen Wiederholen der Schriften der Mut verließ. Er forderte sich einfach zu einer Partie Mühle heraus und spielte beide Rollen, die des Gewinners und des Verlierers. Tatsächlich schien es ihm, als sei das Spiel selbst eine Art Gebet, mit nur einem Bittsteller und niemandem, der ihn erhören konnte, außer ihm selber. Der Apostel des Mühlespiels, allein in seiner Quarantäne, durfte sich nicht in Gottes Gegenwart wähnen. Sowenig wie der Betende. Beide mußten beide Rollen spielen und sich als Gegner gegenübertreten und alle Züge selber machen und zu gleichen Teilen gewinnen und verlieren. Gott würde sich nicht zeigen. Er würde nicht mit gekreuzten Beinen auf der anderen Seite des Brettes sitzen und auf jeden von Jesu Zügen mit seiner eigenen Kriegslist antworten, nicht den Atem anhalten, wenn er sich im Nachteil glaubte, nicht frohlocken, wenn er Jesus in der Falle hatte, weder Trost noch Hoffnung noch Strafen zumessen, wenn er den letzten Stein in das Kreuz gesetzt hatte. Er würde nicht wie ein Hund angelaufen kommen, wenn Jesus betete.

Es half nicht, zu wissen, daß der Gewinner auch der Verlierer war. Jesus fand keinen Schlaf, auch wenn er weniger hart gegen sich selber war und sich gestattete, nackt und entleert auf dem Boden zu liegen, geschützt vor dem Wind, die Schulter als Kopfkissen. Seine Haut wurde kalt wie Lehm. Wo waren das Kamel und der Dornenstrauch? Er rollte sich zu einer Kugel zusammen, die Knie ans Kinn gezogen, die Hände um die Schienbeine geschlossen, der Rücken höckerig wie ein Karnickeldarm. Es war der vierte Tag seiner Fastenzeit, und er war schwach.

17

Marta sehnte sich nach weiblicher Gesellschaft. Aphas und Shim konnten Holz suchen und nachts das Feuer unterhalten. Der Badu konnte Vogelfallen bauen – sein einziges Talent, wie es schien. Aber es gab Aufgaben, die sie als Frauensache ansahen. So machten sie keinerlei Anstalten, sich ihre Nahrungsmittel von Musa zu holen oder sie zuzubereiten. Das überließen sie Marta. Nachdem ihr Magen sich beruhigt hatte, war sie froh über jeden Vorwand, den Höhlen zu entfliehen. Gewiß, sie mußte beten, aber ihre Gebete nahmen nicht viel Zeit in Anspruch. Sie war eine schwankende Gottesanbeterin. Ihre Liturgien fielen kurz und zaghaft aus. Seitdem sie sich stark genug fühlte, das sichere Nest ihrer Höhle zu verlassen, eilte sie jeden Morgen das Tal entlang zum Zelt, um mit Musa um Brot, Datteln oder Quark zu feilschen. Sie mietete sich eine Schlafmatte aus Schilf von ihm, die sich auf einem Bett aus Sand weicher machen ließ. Er wollte ihr die Hälfte des Mietpreises erstatten, wenn sie ihm die Matte am Ende der Fastenzeit unbeschädigt zurückbrachte. Manchmal kaufte sie auch ein wenig steif geschlagene Ziegenmilch in einem Beutel und einen von Miris süßen Kuchen. Den sie heimlich im Dunkeln aß, ohne ihn zu teilen.

»Ich fühle mich für dich verantwortlich«, sagte Musa eines Morgens, als sie am Fußende seines Bettes stand, um ihm ihren Respekt und ihr Geld entgegenzubringen. »Ein Wirt und seine Mieter sind wie Vettern. Wie Brüder und Schwestern. Und du machst mir Sorgen. Sieh dich an. Du verlierst an Gewicht«, sagte er. »So geht das nicht. Wir müssen dich stramm und kräftig erhalten. Sonst wirst du wie sie. Meine Frau ist ein Stock.« Er wandte das Gesicht zu dem Vorhang und dem klappernden Webstuhl dahinter und rief seiner Frau zu: »Gib ihr zu essen, Miri. Sie ist mein Gast. Sie soll für heute meine Schwester sein.«

»Ich darf nicht essen«, sagte Marta. »Nicht jetzt.«

»Braucht ja keiner zu wissen«, sagte er. Er war nicht erfreut. Am liebsten hätte er sie zu Boden gerissen und zum Essen gezwungen. Er wollte ihr das Maul mit Brot stopfen, nicht mit Lehm, und die Krümel mit seiner Zunge abtupfen. Er drehte sich von ihr weg, ließ sich in die Kissen zurückfallen. Eine Beleidigung für einen Gast. »Du mußt nicht unsere Schwester sein. Ganz wie du willst. Werde dünn.«

Allein beim Gedanken an Marta – ob dünn oder drall – wurde ihm der Mund trocken. Die fleischige Schnecke aus Sauerteig, die zusammengerollt zwischen seinen Schenkeln lag, ging auf, buk, bildete eine Kruste. Geduld, Geduld – er hatte vierzig Tage Zeit, sie sich zu holen. Sie war allein. Wer oder was sollte ihn daran hindern, eines Nachts zu ihr in die Höhle zu schleichen? Seine Pläne für Marta beschäftigten ihn eine Weile. Doch vor allem verlangte es ihn danach, wieder auf dem

Marktplatz zu stehen, umringt von Menschen. Wenn doch ein Händeklatschen ausgereicht hätte, ihn an einen anderen Ort zu versetzen. Er wäre lieber heute als morgen aufgebrochen, aber solange die drei Schwachköpfe in ihren Höhlen nicht bereit waren, seine Taschen und das Zelt auf ihre Schultern zu laden und ihn hinunter ins Flußtal zu bringen, gab es kein Entkommen aus dieser Wildnis. Er war der Wächter über anderer Leute Fastenzeit. Und ihr Gefangener genausogut.

Er zerstreute sich mit dem Gedanken, Miri in Jericho zurückzulassen oder, besser noch, sie gegen Marta auszutauschen. Was würde er tun, wenn er erst im Norden wäre, außer nach seinen Onkeln und Vettern Ausschau zu halten? Sie würden ihm die gestohlene Ware widerstandslos ersetzen – sie würden ihn für einen Geist halten –, doch bis er sie aufgespürt hatte, konnten Jahre vergehen. Wovon sollte er bis dahin leben, was sollte er kaufen und verkaufen? Die Frage stellte er sich wohl tausendmal, und jedesmal drängte sich das Gesicht des Galiläers in seine Gedanken. »Werde gesund«, hatte er gesagt und das Fieber ausgetrieben.

Ja, Geduld hieß jetzt das Zauberwort. Alles würde sich zum Guten wenden, wenn Musa nur warten konnte, bis er den Heiler wiedergefunden und ein zweites Mal in sein Zelt gelockt hatte. In seinen Träumen und im Rausch lockte er den Galli aus seiner Höhle und überredete ihn dazu, ihm anstelle eines Mietzinses die Kunst des Heilens beizubringen. Er lernte, die Satteltaschen mit Gebeten und Beschwörungen zu füllen, Wurzeln auszugraben, Blätter zu pflücken. Und dann reiste er in die entlegensten Winkel dieser Welt und verkaufte Gesundheit und langes Leben. Die Leute hielten ihn für einen heiligen Mann und leerten ihre Geldbeutel in seinen Schoß. Im Gegenzug trieb er Fieber aus, verwandelte Wasser in Wein. Seine galiläischen Tricks machten unfruchtbare Frauen fruchtbar, die Lahmen tanzten ihm etwas vor. Endlich wurde er um seiner selbst willen geachtet.

Und auch neue, unheilige Wunder dachte er sich aus. So verstand er sich zum Beispiel auf die Kunst, den Frauen durch die Kleider zu schauen, so daß er sie nackt sehen konnte, wenn sie sich vor seinem Marktstand anstellten. Er übte diese neue Fertigkeit an Marta. Er ließ sie Arbeiten nah an seinem Bett verrichten, damit er sehen konnte, wie sie sich bückte oder die Arme hob, wie der Stoff über ihre Haut glitt, damit er sich an ihrem Duft erfreuen konnte. Sie mußte sich am Fußende seines Bettes aufstellen, während er sich etwas überlegte.

Die meiste Zeit aber waren Marta und Miri hinter ihrem Vorhang mit sich und den Ziegen allein. Zuerst sprachen sie kaum ein Wort. Was hätten sie auch sagen sollen? Man mußte nur im Pergament ihrer Haut lesen, um zu wissen, daß diese beiden Frauen außer dem Alter wenig gemein hatten. Martas Gesicht war kaum gezeichnet, bis auf ein paar Falten um den Mund und zwei mandelförmige Hochzeitsnarben auf den Wangen. Miris Gesicht dagegen war ein leerer Wasserschlauch – tiefe Furchen um die Augen, weil sie auf langen Märschen zu lange und zu oft in die Sonne geblinzelt hatte, rauhe Haut auf Stirn und Nase, aufgesprungene Lippen, Narben.

Als Marta den Vorhang zum ersten Mal zurückgeschlagen hatte, war Miris Gesicht zerschunden gewesen, ihr Lächeln verzerrt von einer Schwellung am Mund, eine Augenbraue bläulichgrün und geschwollen. Sie hatte ausgesehen wie eine Bettlerin. Die alten Männer von Sawiya, Thaniel vorneweg, hätten sie aus der Stadt gejagt. Und doch hatte diese kleine Frau etwas Unbeschwertes, Unverwüstliches, dem Marta sich nicht entziehen konnte. Sie mußte die Hand ausstrecken und die Wunden berühren, als sei sie selber eine Heilerin. Die beiden umarmten sich und hielten einander an den Händen wie Schwestern. Es tat nichts, daß sie zuerst nicht redeten, denn Frauen finden immer eine wortlose Nähe, die ihnen über die Zeit hilft.

Marta ordnete sich Miri unter. Setzte sich, wenn sie sich setzte. Sah ihr bei der Arbeit zu. Lächelte, wenn Miri sie ansah. Reichte ihr die gewickelte Wolle. Sie hielt die Zicken bei den Ohrbüscheln fest, wenn sie gemolken wurden. Sie half, die geronnene Milch zu schütteln und abzuschöpfen. Sie blies im Wechsel mit Miri in das Ziegenleder, um aus Joghurt Butter zu machen, ging im Strauchland Kräuter sammeln. Sie lernte es, ungesäuerten Teig auf die heißen Steine am Feuer zu schlagen, um Fladen daraus zu machen, die in Minuten gebacken waren. Sie lernte, die Stifte an Miris Webstuhl zu prüfen und zu sperren und gerissene Garnenden mit winzigsten Knoten zu verbinden. Sie war wie ein Kind in der Werkstatt einer Tante, ungeschickt, willig, langsam, vertieft, die Zunge zwischen den Zähnen, auf Lob aus und nicht gram, wenn man sie nicht beachtete. Doch schon bald machte die Zweisamkeit des Webens, des Seite-an-Seite-Sitzens auf dem gewobenen Stoff, während die Matte immer länger wurde, die gemeinsame Anstrengung, die es kostete, den Webstuhl auf Spannung zu halten, die beiden Frauen zu Schwestern. Ein murmelndes Gespräch entspann sich.

Hände und Schultern berührten sich. Ihre Knie stießen auf der Wolle gegeneinander. Sie redeten über das Leben, über die Ehe, und Marta weinte – aus Mitleid mit sich selber und mit Miri – an dem Tag, als Miri sie fragte, wie viele Kinder sie zu Hause habe. Nicht eines.

Beim Waschen teilten sie sich die Wasserschüssel. Hinter dem Vorhang ließ Marta alle Kleider auf die Hüften fallen und zog die Leibwäsche aus, während Miri ihr ein nasses Tuch zum Abreiben und eine Lavendelblüte brachte, um das Wasser süß zu machen. Dann entblößte sich auch Miri, wenngleich weniger majestätisch, und wusch sich. Marta durfte ihr die Hand auf den Bauch legen, um die stoßenden Füße und den Herzschlag zu fühlen. Einmal hörten sie den Vorhang fallen. Er schaukelte noch, als sie sich wieder ankleideten. Sie wußten, daß Musa ihnen heimlich zugesehen hatte. Und trotzdem lachten sie. Es waren die erfülltesten vierzig Tage, die sie je erlebt hatten.

Am späten Nachmittag kamen die Männer und machten Musa für den täglichen Spaziergang fertig. Während Miri hinter dem Zelt ihren Teig knetete, zogen sie über das abschüssige Strauchland, um nach dem Galli Ausschau zu halten. Ein Pfad war ausgetreten, wo es zuvor keinen gegeben hatte, zwischen den Höhlen, dem Zelt und dem Abgrund. Musa mit dem gewundenen Stab. Aphas mit einem knorrigen Stock, den er aus einem Akazienstrauch geschnitten hatte. Dann, in sicherem Abstand, Shim, in seine Meditationen versunken oder dahinter verschanzt. Der Badu bald voraus, bald hinterdrein, mit hängenden Schultern wie ein Hirtenhund. Und als letzte Marta.

Auch diesmal regte sich nichts in der Höhle. Kein Heiler winkte ihnen zu. Kein Galiläer rief nach einem Bissen zu essen. Nur Schemen und Schatten. Und zitternde Felsen.

Aphas fiel das Atmen schwer, so enttäuscht war er. Er fühlte einen Druck auf der Lunge. »Ich bin kein sehr frommer Mann«, sagte er, als es schon Zeit zum Aufbruch wurde. »Wenn ich öfter gebetet und gebadet und mich mehr an die Gebote des Sabbats gehalten hätte, wer weiß, vielleicht wär ich dann nicht krank geworden. Vielleicht wäre mir das hier erspart geblieben.« Er berührte seine vorgewölbte Leber und schnappte ein paarmal nach Luft. Der ständige Schmerz zehrte an ihm. Er trieb ihm fast die Tränen in die Augen. »Aber ich spüre ganz deutlich etwas, wenn ich hier bin. Die Luft ist … süß … Irgend jemand ist da.«

Aphas konnte die Tränen nicht mehr zurückhalten. Seine Krankheit und seine vermeintliche Beredsamkeit waren mehr, als er ertragen konnte. Die Tränen erstickten ihm die Stimme. Er rief sich Musas Worte ins Gedächtnis; wie Shims sehr dummer Junge seine heiligen Hände auf Musas Gesicht gelegt und gesagt hatte: Ich lasse nicht zu, daß du diesen Mann von uns nimmst. Wie er aus Musa das Fieber herausgeholt hatte; genau wie er aus Aphas den Krebs herauspflücken und auf den Boden schnipsen konnte, so mühelos wie den Kern aus der Olive. Solche Worte waren mächtiger noch als die Schrift. »Jemand hat sich da unten bewegt«, sagte er schließlich. »Verzeiht mir meine Tränen.«

»Schon möglich. Ein Hirte eben …«, sagte Shim.

»Warum kein heiliger Mann?«

Davon wollte Shim nichts wissen. Er sprach aus eigener Erfahrung. Er hatte schon so manchen heiligen Mönch gesehen, erklärte er ihnen. Er hatte mit ihnen zusammengesessen, in den Tempeln des Nordens, in Griechenland, in anderen Höhlen. Einmal hatte er sogar einen Propheten gesehen. Er war mit Männern zusammengewesen, die ihre Schriften auswendig kannten, und anderen, die in den Sternen die Zukunft der Welt lesen konnten. Alle hatten sie alt und weise ausgesehen, so trocken und silbern wie verwitterte Stämme. Erleuchtung brauchte ihre Zeit. Ihre Bärte waren lang und grau gewesen, ihre Haut runzelig wie Pergament. Ein Licht umgab sie, kein Feuerschein, sondern ein kaltes, frommes Leuchten, das aus der Haut kam wie die Phosphoreszenz eines Fisches. Ein solches Licht war das Zeichen der Heiligkeit, und ein solches Licht, sagten die Leute, hatte heilende Kräfte. Er selber hoffte, sich ein solches Licht zu verdienen. Es war nicht leicht zu erwerben, man mußte lange Jahre danach suchen, fern aller Annehmlichkeiten und Zerstreuungen dieser Welt. Es wurde einem nicht nach vierzig Tagen verliehen. Es wurde nicht vergeudet (an einen wie Musa). Und auch nicht an Hirtenjungen. »Es klettert nicht in Felswände, um nach Eiern zu suchen«, sagte er. »Schemen und Schatten, sagtest du, als du in der Höhle etwas zu erkennen glaubtest. Aber ein Licht hast du wohl nicht bemerkt.« Er schloß die Augen. Er konzentrierte sich auf das Licht. »Gib die Hoffnung nicht auf.« Er meinte damit, Aphas sollte darauf hoffen, daß Shim bald zu leuchten anfangen würde.

»Natürlich hoffe ich«, sagte Aphas. »Was bleibt mir denn anderes als die Hoffnung? Wir sollten beten. So laut wir können. Dann wird er kommen. Wenn er ein heiliger Mann ist, wird er kommen, um mit uns zu beten.«

Es war nicht leicht, auf dem unebenen, abschüssigen Grund zum Gebet niederzuknien. Marta fand, daß sie dem Alten helfen sollte, aber sogleich verlangte auch Musa nach ihrer Hilfe. Sie mußte ihn an den Handgelenken fassen, ihn festhalten, bis er sich niedergelassen hatte, und ihn dann nach vorn auf die Knie ziehen. Er hielt ihre Hände zu lange fest. Seine Nasenflügel bebten, als sie ihm nahe kam, als wäre sie ein Leckerbissen. Sie wiegten sich im Gebet, bis kaum noch Licht am Himmel war. Sie baten um Heilung, Glück, ein neues Leben. Aber noch immer kein Zeichen von Galli.

»Der hat sich aus dem Staub gemacht«, sagte Shim. »Ich hab's euch ja gesagt.« Aber davon wollten Marta und Aphas nichts wissen. Musa stieß Shim mit dem geborgten Wanderstab in den Rücken, als Warnung, daß er den Mund halten sollte. Der Stab hinterließ eine verknitterte Stelle auf Shims Gewand. Sie warteten auf ein Zittern im Dunkel der Höhle. Sie hörten seltsame Laute, ein schwacher Hoffnungsschimmer. Und waren nicht auf dem Felsvorsprung vor dem schlüssellochförmigen Höhleneingang Veränderungen zu erkennen, eine Art Schriftzug? Ein paar Steine waren seit ihrem letzten Besuch verschoben worden. Vielleicht von Vögeln. Vielleicht von jemandem, der auf dem Felsen gesessen hatte.

»Er ist da«, sagte Musa, beinahe seine ersten Worte, seit sie das Zelt verlassen hatten. »Ich bin mir ganz sicher. Und wir müssen ihn herauslocken. Das schaffen wir nicht mit hundert Gebeten. Gebete hat er selber genug. Daran fehlt es ihm nicht. Aber er braucht zu essen und zu trinken, sonst stirbt er.« Bei ihrem nächsten Besuch, sagte er, müßten sie Datteln und Brot und einen vollen Wasserschlauch mitbringen. »Den binden wir an einen

Strick und lassen ihn hinunter. Dafür wird er uns sein Gesicht zeigen. Wenn er ein Mann ist.«

Die Pilger halfen sich gegenseitig auf und warfen einen letzten Blick in die Tiefe, standen da wie Trauernde an einem Grab, während ihre Schatten ins Leere kippten. Nichts regte sich in der Felswand. Es war niemand zu sehen, außer ihnen selber. Dann nicht einmal mehr sie selber, weil das Licht sie verließ. Sie mußten Böschungen hinaufkrabbeln, die weder Kontur noch Farbe hatten, über Geröll, das noch auf seinen Mond wartete. Anderenorts verflochten sich derweil bei Kerzenschein die purpurne und die orangerote Wolle.

18

Jesus wollte glauben, daß eine Taube in den Dornenstrauch über seiner Höhle geflattert war. Endlich standesgemäße Gesellschaft, ein Bote aus Noahs Arche. Graue Federn, rote Erde, schwarzes Holz. Mit Tauben stand er auf gutem Fuß. Sie nisteten unter den Dachbalken von seines Vaters Werkstatt. Sie nährten sich von Gartenabfällen und Hühnerfutter. Er kannte ihre Geräusche, besonders die panisch flatternden Flügel, wenn die Katze sie in die Enge getrieben hatte oder sie hilflos in den Netzen hingen, die Bohnen und Pfefferschoten schützen sollten. Dann war er der erste, der hinauslief, um sie zu befreien. Die Geschöpfe seines Gottes.

So wie es klang, war sein Besuch ein einzelner Vogel, im Dornenstrauch gefangen. Er erkannte das scharfe, angstvolle Gurren, das kopflose Schlagen der Flügel. Komm herunter, flüsterte er sich selber zu. Er hatte weder die Stimme noch das Gottvertrauen, um laut zu rufen. Wie gerne hätte er sich das Gefieder ans Gesicht gedrückt. Das Fasten hatte ihn verändert. Er betete nicht mehr darum, daß Gott zu ihm kam. Er gab sich mit einem Vogel zufrieden.

Seine Taube löste eine Wolke trockenen Mergels aus, die vor der Höhle herunterschwebte und das schräge Sonnenlicht in gesprenkelte Säulen, die Luft in einen Tempel verwandelte. Seine Taube schlug ein paar der silbernen Blätter vom Dornenstrauch. Der Baum schüttelte Jesus die Sünden vor die Füße. Er hätte die Arme in die Sonne hinausstrecken und eines der Blätter auffangen können, wenn er sich stark genug gefühlt, wenn seine Hand nicht so gezittert hätte. So aber rührte er sich nicht. Er ließ die Blätter ihr Muster auf dem Boden auslegen, ungestört. Er sah ihnen nur zu und zählte sie, las Weissagungen aus der Art, wie sie fielen. Es bedeutete Unglück, wenn ein Blatt von einem anderen berührt oder gar bedeckt wurde. Und dann – als das Unglück sich auf dem Boden häufte – entschied er, daß mehr als vierzig Blätter herunterfallen mußten, wenn er sein Fasten überleben, der Wildnis entrinnen wollte. Oder jedes Blatt bedeutete ein weiteres Lebensjahr. In dem harten Licht, mit seinen schlechten Augen, erschien ihm das Häuflein Blätter wie ein Schatz von Silberschmuck.

Bald schon reichten die Blätter aus, um der Wildnis zu entfliehen und sechzig weitere Jahre zu leben. Jetzt wollte Jesus nur noch, daß die Taube zu ihm kam. Es mußte ein Vogel aus der Heimat sein, sagte er sich, eine dankbare Taube aus Galiläa, als seine Zeugin zu ihm gesandt. Er saß im Dunkeln, die Füße gekreuzt, die Zehen abgeschnitten von der harten Kante des Sonnenlichts, und lauschte dem hektischen Flügelschlag. Er wartete darauf, daß die Taube sich befreite und heruntergeflattert kam, um mit ihrem einschläfernden Guckeruckuu vor seinen Füßen nach Spreu zu suchen. Es gab dort keine Spreu.

Jesus rieb sich die Augen, kniff sich in die Nasenwurzel, um besser sehen zu können. Der Höhleneingang erschien scharf und klar, eine gezackte Pyramide aus Licht, aber dahinter war alles undeutlich. Seine Augen waren im Dunkeln schlechter geworden, das eine war entzündet und schwamm in Tränen. Die Tränen sickerten durch die Nasenhöhle in die Kehle; von dieser Feuchtigkeit trank er seit dreizehn Tagen. Seine Zunge war trocken und steif und silbrig, ein Dornenblatt in seinem Mund, ein Mund voll der Sünde. Er selber brachte damit kaum mehr als ein Guckeruckuu zustande. Er und seine Taube waren Vettern, zungenlahm, ohne Belang für die Wildnis, sich selber ein Nichts. Sie waren sanfte Kreaturen, nackt, verirrt und ängstlich, müde jenseits der Grenzen des Schlafs.

Jesus schlief trotzdem, oder fiel in Ohnmacht. Als er erwachte, war die Taube größer und bedrohlicher geworden. Kein Gurren und kein Flügelschlagen mehr. Was er für einen Vogel gehalten hatte, kämpfte viel zu heftig mit dem Dornenstrauch für etwas Kleines, Gefiedertes. Es zog und zerrte zu wild an den Zweigen. Der kahle Felsen über seinem Kopf, wo sicherlich nichts Größeres als ein einzelner Vogel oder ein Strauch Halt finden konnte, gab Geräusche von sich, die zu einer Katze oder einem Wolf gepaßt hätten. Größere Brocken als Mergel fielen herab und bedeckten den Silberschmuck. Jetzt schienen ihm die Blätter Flüche. Sechzig Jahre in der Hölle.

Jesus war nicht zu müde oder zu ausgehungert, um sich zu fürchten. Er schloß die Augen, kniff sich wieder in die Nasenwurzel, konzentrierte sich. Sein Gehör war noch so scharf wie ein Schilfhalm. Er hörte den um seine letzten Blätter trauernden Strauch, den bröckelnden Mergel, den Wind, der gereizt durch das Tal toste, sein ungepolstert schlagendes Herz. Und dann, ganz fern und hoch und dünn, drang durch die nackte Luft über dem Abgrund das Stimmengewirr erregter Menschen zu ihm. Noch ein fliegender Esel womöglich?

Ein Zweig brach ab und fiel auf den abschüssigen Felsen vor der Höhle. Dann plumpste, rot von Mergelstaub, aufgerissen von den Dornen, in denen er sich verfangen hatte, ein kleiner Lederbeutel ins Bild. Etwa in Kniehöhe pendelte er an einer geflochtenen Wollschnur vor dem schlüssellochförmigen Eingang hin und her – das ausgedörrte Leder heiser gurrend, tatsächlich wie eine kauernde Taube –, bis er an Schwung verlor und nur noch ruckte, wenn oben jemand zog.

Jesus wußte, was er zu tun hatte. Er steckte einen Daumen in jedes Ohr und preßte sich die Finger auf die Augen. Er wollte blind und taub sein. Aber lange ließ die Welt sich nicht aussperren. Er hatte keinen Zweifel mehr, welcher Laut der nächste sein würde, eine Stimme, zu hoch und zu dünn für einen normalen Mann. Kein beruhigendes Guckuruckuu. Er hatte sie schon ein dutzendmal gehört und sich vor ihr gefürchtet, denn an jedem Abend seiner Fastenzeit war der Fieberriese, den er halbtot in seinem fledermausflügligen schwarzen Zelt zurückgelassen hatte, auf dem Felsvorsprung ein Stückchen weiter rechts erschienen, um ihn zu versuchen, sein Fasten zu brechen. In kurzen, atemlosen Stößen hatte er seine Angebote herausgebellt wie ein billiger Trödler, als hätten lange Sätze keine Flügel, um vom Felsvorsprung in Jesu Höhle zu fliegen. »Komm heraus, Galli. Zeig uns dein Gesicht … Ich heiße Musa. Ich bin dein Vetter. Und dein Freund.« Keine Antwort? Dann: »Ich mache dich reich …« Und ein anderes Mal: »Heb wenigstens. Die Hände. Um für uns zu beten. Du darfst. Dich nicht weigern. Die Frau ist unfruchtbar, verstehst du? Und dieser Onkel stirbt. Am Krebs. Am Krebs unter seinen Rippen. Die anderen beiden. Sie sind besessen. Der eine. Spricht nicht. Der andere. Kann den Mund nicht halten. Komm. Herauf zum Zelt. Du bist. Du bist der Heiler. Komm herauf. Und heile.«

Jesus starrte den Lederbeutel an und wartete auf die Stimme. Er stellte sich Musa und sein Gefolge vor – den Blonden, die große Frau und den hinkenden Mann, den katzenhaften Irren mit dem hennaroten Haar –, wie sie oben auf dem Grat über dem Abgrund ihre Verführungen ersannen, von Schlangen und Hyänen umringt. Er sah sie mit Geierflügeln und mit gelben Augen. Wenn sie ihn erst in ihr Zelt gelockt hätten, zwischen die gefingerten Kissen und die äugenden Lampen, dann würden sie ihre Sünden an ihm reiben, Fleisch gegen Fleisch, und ihn mit ihrer Nahrung beschmutzen – ihrem Schimmel und ihrem Aas, ihrem Sabbatfisch, ihren Bechern mit Blut, ihren Geckos und ihren Schweinen.

Um seines Seelenfriedens willen hätte Jesus vielleicht gut daran getan, sich den unbekümmerten, wohlfeilen Standpunkt der Radikalen und Stadtgriechen zu eigen zu machen: daß nämlich der Teufel nur eine Ausrede sei, um die eigenen Schwächen rechtfertigen und jemandem die Schuld dafür geben zu können. Nach ihrer Weltanschauung war für den Teufel kein Platz auf der Erde, war das Böse in der Welt kein lebendiges Geschöpf. Der Mensch hatte die Schuld bei sich selber zu suchen, nicht bei anderen. Es gab nur Glück oder Unglück, das Befolgen oder das Mißachten von Gottes Geboten, die schwierige Gratwanderung zwischen Zufriedenheit und Schuld. Und den Tod natürlich, aber den Tod ohne einen Jüngsten Tag, den Tod ohne Ewigkeit. Hätte Jesus sich damit anfreunden können, um wie vieles leichter wäre ihm die Fastenzeit geworden. Der Lederbeutel wäre dann nichts weiter als ein Ärgernis gewesen und der dicke Mann über dem Abgrund kein Engel aus der Hölle. Seine Rufe wären allenfalls eine irdische Prüfung von Jesu Geduld gewesen, leicht zu bestehen, gefahrlos zu ignorieren.

Jesus aber war jung und unerfahren. Er hatte bis dahin ein ungriechisches Leben geführt. Freudlos und anstrengend. Der Tod war unwirklich und noch weit entfernt – warum hätte Jesus nicht an einen Jüngsten Tag glauben sollen? Und er kam vom Land; er war zu einfach und zu ungebildet, um Trost aus dem abstrakten Gedanken zu ziehen, daß das Leben endlich sei und der Teufel nicht aus Fleisch und Blut. Für ihn – auch wenn er es nicht in Worte kleiden konnte – war der lebendige Teufel so wirklich wie Gott. In der Tat, der Teufel war der lebendige Gottesbeweis, denn alles, was Gott erschaffen hatte, war aus gutem Grund schwach und unvollkommen. Gottes Schüssel hatte im Brennofen einen Sprung bekommen, damit seine Söhne und Töchter Gelegenheit hätten, durch Arbeit und Gebete dem Topf seine Vollkommenheit wiederzugeben. Der Teufel wohnte in dem Sprung, lauernd wie ein Wegelagerer. Gott hatte ihn dort hineingesetzt. Die Existenz des Teufels bestreiten, das hieß nichts anderes, als die vollkommene Unvollkommenheit Gottes zu leugnen.

Darum hegte Jesus keine Zweifel, daß es dem Teufel

ein leichtes wäre, sich als Musa am Abgrund zu zeigen. Er konnte tausend Lederbeutel nähen. Er konnte in seine Seele eindringen und sein Herz in Besitz nehmen, so wahrhaftig und handfest wie eine räuberische Dohle, die ein offenes Nest erobern und mit schwarzen Schwingen die zwitschernden Unschuldigen hinausdrängen kann. Das war die Dramatik, die grausame Schwärmerei von Jesu Glaubenslehre. Deshalb klammerte er sich so besessen an Gott. Das hier war nicht Galiläa mit seinen Flachsfeldern und Walnußhainen, seinem Regen, seinen Vettern und feigenbaumverschatteten Gärten. Ein Blick aus der Höhle, und er wußte Bescheid. An Beweisen mangelte es nicht. Dies war das Königreich des Teufels. Heiße Winde. Harte Felsen. Trockene Blätter. Ein unfruchtbares Universum, der maskierte Tod.

In solch dämonischer Wildnis konnte Jesus nicht einfach griechisch und radikal sein. Wie auch, wenn da oben auf dem Felsen der Teufel nach ihm rief, wenn die Dohle dicht vor seinem Gesicht mit den verfilzten Flügeln schlug? Er war allein, schutzlos, ein zwitschernder Unschuldiger. Und doch jubilierte sein Herz. Er dankte dem Himmel für den Teufel, denn der Teufel kündete von Gott. »Der Teufel und die Biene verstellen den Weg zum Himmel und zum Honig. Der Weg zur Süße ist ein steiniger«, hieß es im Psalm vom Lande. Je näher Jesus seinem Gott kam, desto fester würde des Teufels fette Pranke sich um sein dünnes Handgelenk schließen. Des Teufels Lippen würden sich an sein Ohr pressen. Gott würde zusehen und auf den rechten Augenblick warten, und wenn sein galiläischer Sohn standhaft blieb, würden Gottes gepolsterte Hände ihn am Ellenbogen und an der Hand nehmen und aus dem Griff des Teufels befreien.

Warum sonst wäre Jesus in diese Wildnis gekommen? Um der Erwählte zu sein. Das Schlachtfeld. Um aus dem Griff des Teufels befreit zu werden.

Und so wußte Jesus wenigstens, daß Gott ihn endlich sah, auch wenn Musas tägliche Besuche ihn ängstigten. Das gab ihm Kraft, half ihm, den beklemmenden Offerten vom Felsvorsprung zu widerstehen, die Absichten des Teufels besser zu durchschauen. Musas Verlockungen waren zu offensichtlich, seine Aufforderung, Jesus möge die Felswand verlassen und die Kranken heilen, zu sehr auf ihn zugeschnitten, um unschuldig zu sein. In den Schriften stand: *Der Teufel kommt, dir deinen Herzenswunsch zu erfüllen, drum sieh dich vor; dem Fischer verspricht er ein Boot, dem Mann, der gerne reiten will, ein Pferd; er bietet deinem Rücken weichen Pfühl, er bringt dir Feigen auf silbernem Tablett und Wein.* Denn genau das war immer Jesu größte, verrückteste Hoffnung gewesen, sein Herzenswunsch: Gott zu dienen, indem er Krankheiten und böse Geister austrieb, indem er kurierte und heilte. Er taugte nicht zum Eremiten, auf ewig vereint mit seinem Gott in einer Höhle. Und auch nicht zum Gelehrten, über Schriften grübelnd. Dazu fehlten ihm Belesenheit und Selbstvertrauen. Noch taugte er zum Priester. Er war zu schüchtern.

Am liebsten hätte er seinem Gott auf einfachere Weisen gedient, die weder Selbstvertrauen noch Belesenheit erforderten, auf Weisen, bei denen seine Familie und die Nachbarn Zeugen hätten sein können. Fehlte es ihm an Mut? Im besten Falle würde er Dörflern und Kindern predigen, jedem, der ihn nicht verspottete, ihm nicht nachrief: »Dein Kopf steckt in den Wolken, Galli. Er ist voller Hirngespinste.« Er wäre auch bereit, mit Freuden bereit, sich an all denen zu beschmutzen, die nicht in den Tempel durften – Aussätzigen, menstruierenden Frauen, Huren, Blinden, selbst den Unbeschnittenen –, wenn sie ihm nur zuhörten, wenn es dem Priester nur Unbehagen machte. Das waren jene, dachte er, die Gott aus gutem Grund schwach und unvollkommen erschaffen hatte. Das waren die zwitschernden Unschuldigen, die er aus des Teufels Klauen retten mußte, denn er war ja selber schwach und unvollkommen, mit Makeln behaftet. Diese Menschen waren seine Familie.

Jesus hatte sich seiner Vermessenheit immer geschämt, aber er träumte diesen Traum, seit er ein Kind war. Er sah eine Versammlung an einem Berghang in Galiläa. Er war der größte von ihnen allen und blickte hinunter auf ihre Köpfe. Er erkannte das Haar seiner Brüder, seiner Nachbarn, das Haar des Bäckers und des Priesters, des Aussätzigen, das unbedeckte Haar der Hure. Aber sie wollten keine Predigten mehr hören. »Kommt her zu mir, ihr Kranken, Sorgenbeladenen und Blinden«, würde er sagen. Er würde ihnen die Hände auf die Augen und auf die Stirn legen, die Schmerzen ausreiben, seine Finger in verhärtetes Fleisch drücken, mit einer Berührung Geschwüre entfernen, Wunden küssen. Ihre Sünden ausradieren. Er würde sie heilen. Durch seine Hand würden sie von Gott erneuert. Ja, er würde dem Fischer ein Boot verschaffen und Pferde denen, die zum Gehen zu schwach waren. Und sie würden sagen – ein Satz, den er liebte: »Wie haben wir unseren Galli nur so verkennen können? Er ist das Brot unseres kurzen Lebens. Er ist der gute Hirte, der uns aus der Not führen wird.«

Niemandem hatte er diesen Traum je eingestanden – nicht den Eltern, nicht dem Priester, nicht einmal Gott im Gebet und auch sich selber kaum. Er war sein versteckter Herzenswunsch geblieben, unausgesprochen, unsichtbar. Hier jedoch war jemand, dieser vom Fieber geheilte dicke Mann, der Beutel mit Proviant in den Abgrund baumeln ließ – ihn bei seinem anderen Namen nannte und ihm bis ins Herz zu blicken schien. Jemand, der das Ungesagte hörte. Jemand, der sehen konnte, was dem Auge verborgen blieb. Nie zuvor hatte ein Mensch so um ihn geworben, ihn mit solchen Schmeicheleien überhäuft. Ja, Jesus war in Versuchung, hinaufzugehen und seine wundertätigen Gebete in ihrem Zelt auszuprobieren, ihnen seine Fastenzeit zu opfern. Er spürte die heilenden Kräfte schon in den Fingerspitzen. Er brauchte sie nur noch aufzulegen. Bei dem Gedanken zitterten sie. Die Hände, die Äste aus Holz entfernen, Tauben aus dichtem Gestrüpp befreien konnten, würden auch Fieber und Krankheiten austreiben. Er würde der Zimmermann beschädigter Seelen sein. Aber Gott saß hinter dem Teufel und den Bienen, sah ihn an und sagte nichts. Er gab Jesus kein Zeichen. Und kein Zeichen war ein Zeichen dafür, daß solche Appelle an seine Eitelkeit Teufelswerk waren. Er mußte lernen, Augen und Ohren zu verschließen, damit er den Dämonen auf dem Felsen und ihrem Werben nicht doch noch erlag.

Und so verschloß sich Jesus seinen Versuchern. Er würde sich vom Inhalt eines ledernen Beutels weder verführen noch zum Narren halten lassen. Leise, durch die Finger in den Ohren, hörte er Musa vom Rand des Abgrunds mit unnatürlicher Stimme nach ihm rufen: »Galli. Galli. Sieh nach draußen. Da ist Wasser. Und etwas zu essen. Datteln. Ein wenig Brot. Meine Frau. Hat für dich gebacken… Galli, Galli. Sprich mit uns.« Er rührte sich nicht. Atmete kaum. Ihn konnte nichts mehr in Versuchung bringen. Sein Verlangen nach Nahrung war tot.

Es fiel ihm schwer, sich zu sammeln, Musa und die Stimmen auszusperren. Doch es gelang ihm, seine Gedanken auf zukünftige, bessere Zeiten zu lenken: Die Fastenzeit war vorüber, er hatte sich als würdig erwiesen. Er sah sich durch Jerusalem gehen, auf den Tempel zu, zwischen den Tischen und Ständen hindurch, die den äußeren Hof füllten. Die Kaufleute und Händler und Geldwechsler, die Leute, die weiche Tuche trugen und Weizenbrot aßen und sich auf Diwane betteten wie die Griechen, sie alle riefen ihm mit lauter Stimme zu: »Galli, Galli, iß unsren Kuchen und trink unsren Wein. Kauf uns unsere Tauben und Datteln ab.« Musa war auch da und bot lederne Beutel feil. Aber Jesus ließ sich nicht verführen, nicht vom Teufel in der Wildnis, nicht von den vielen Teufeln an der Tempelmauer. Er würde ihre Tische umstürzen, ihre Taschen leeren, ihre Tiere forttreiben. Er würde Musa mit Fußtritten zum Tor hinausjagen.

Zunächst aber bot sich Gelegenheit, gegen einen Beutel zu treten. Des Teufels Wasser, des Teufels Brot, des Teufels feinste Datteln waren darin. Wie gerne hätte er den Beutel aufgeschnürt und davon zu Abend gegessen. Welche Erleichterung wäre es gewesen, das Fasten zu brechen, das Tal seiner Kehle zu fluten.

Er schaffte es, aufzustehen, obwohl seine Knöchel bedrohlich schmerzten und sämtliche Knochen gegen die Anstrengung protestierten. Er konnte nicht ausholen, um gegen den Beutel zu treten. Er streckte den Arm in das Licht des frühen Abends. Keine Sonne schien mehr, ihn zu wärmen; wie töricht und wie stark er gewesen war, daß er die Kleider fortgeworfen hatte. Er schloß die Finger um die geflochtene Schnur. Er zog den Beutel in Richtung Höhle und faßte ihn mit beiden Händen. Er roch das Brot – sogar das Wasser – für den kurzen Augenblick, da er den Beutel in den Händen hielt. Er roch das Blut, den Schimmel, den Aasgeruch, der an dem Leder haftete. Er zupfte an dem Beutel. Kurz spannte sich die Schnur, um sogleich nachzugeben, als Musa oder einer seiner Komplizen das andere Ende losließ. Er spürte ihren Triumph. Er würde es kurz machen. Noch ehe die Schnur über den Rand rutschen und vor den Eingang der Höhle fallen konnte, warf Jesus den Beutel fort, als hätte das Ding Klauen und Zähne wie eine tollwütige Fledermaus. Er besaß nicht mehr viel Kraft. Der Beutel kam ihm erstaunlich schwer vor, dennoch flog er in einem Bogen über den Felsvorsprung vor der Höhle und fiel ins Tal, schlug mehrmals gegen die Felswand, bis der unsichtbare Wassersack in seinem Innern vom Aufprall auf die Felsen zerplatzte. Zu leer und zu leicht, um noch tiefer zu fallen, blieb er – von der Sonne gedörrt und auf ewig – zwischen zwei Felsbrocken liegen, zu hoch und zu weit unterhalb des Grats, um von einem Kletterer zurückgeholt zu werden.

Jesus stopfte sich die Finger fester in die Ohren. Er war bockig und ängstlich zugleich, ein ungehorsamer Junge, der ein Ei zerschlagen hatte und sich vor der Mutter fürchtete, nicht vor der Henne. Er wollte die vergeblichen Rufe seiner Versucher nicht hören. Er summte vor sich hin, so daß von oben kein Laut, keine der Stimmen mehr durch seine Rüstung dringen konnte.

19

Die Nacht kam auf schweren Schwingen und schlug Zelte und Höhlen in tiefes Dunkel. Jesus schlief; er war für eine Weile ohne Bewußtsein, aber wenn er träumte, träumte er von Musa, niemand anderem als Musa. Strich mit dem Daumen über Musas Augenlider. Sah Musas Gesicht auf der Oberfläche des Mondes. Sah Musa im Reich des Herrn sitzen, nackt und unbeschnitten, den gewaltigen Schoß den Blicken der Engel geöffnet. Musa auf dem Marktplatz, Fastentage anstatt Lederbeutel verkaufend, mit Jesus als seinem ersten Kunden.

Musas Verkaufsgeschick war nicht zu widerstehen. Wie denn auch. Jesus konnte keinen Dummkopf aus ihm machen, nicht einmal in seinen Träumen. Dieser Teufel war kein Ignorant, kein Trödler ohne Feingefühl. Er war ein Meister seines Fachs. Er war Händler und Verkäufer, geübt darin, aus Sünden Tugenden zu machen. Er wußte noch den Schimmel und die Druckstellen auf der schlechten Frucht zu verkaufen. Diese schwärzliche Schale ist süß wie Honig, pflegte er zu sagen. Probier, sobald du gezahlt hast, dann wirst du es schmecken.

Nein, für Jesus waren der Händler Musa und der Teufel ein und derselbe, im Traum wie im Leben. Nahe Verwandte ohnehin, weit gereist, geduldig, listig, raffiniert, durch nichts zu erschüttern. Für jede Kamelladung, die Musa in der Fremde gegen andere Waren eintauschte, brachte er in seinen Tragkörben neues Wissen mit nach Hause – über eine Stadt in blauen Fernen, die Vorlieben eines Königs, eine neue Philosophie, ein frisch geprägtes Wort, Gedankenübertragung, Sternbilder am Himmel. Er verstand es, seine Kunden in Gespräche über die verschiedensten Themen zu verwickeln – die diesjährige Zitronenernte, die Verwendungsmöglichkeiten von Balsamölen, die Frage, ob ein Sadduzäer ein Ei essen darf, das am Sabbat gelegt wurde. (»Essen ja, aber nicht kochen, wenn ihr mich fragt. Rohe Eier sind gut genug für Sadduzäer.«) Er führte stets kluge Gespräche. Sein Wissen war eine funkelnde Waffe, ein geflügelter Speer, mit dem er seine Beute reizte und verwundete. Musa wich keinem Streit aus, scheute vor keinem Wort, das er nicht verstand. Was er nicht wußte, dachte er sich aus, und der Schwindel wirkte abgeklärter als die Wahrheit. Er war ein starker Gegenspieler Gottes.

In Jesu Träumen verkaufte Musa an seinem Marktstand Fastenzeiten an fromme Juden, immer mit dem Hintergedanken, sie mit ihrer Eitelkeit in feuchte Höhlen in schroffen Felswänden zu locken, ohne eine Ameise als Gesellschaft, mit nichts als des Teufels Wasser, um sich Augen und Zunge zu benetzen. Er berief sich auf die heiligen Weisheiten eines Moses, Esra oder Mordechai, deren Fasten göttliche Unterstützung fand. Er legte seine Hand auf Jesu Hand, seinen Mund nur einen Hauch von Jesu Ohr entfernt, die gespaltene Zunge hinter geschwollenen Backen verborgen, und flüsterte seinem

Kunden zu: »Ich fordere dich. Kämpfe mit mir. Vierzig Tage lang.«

Und noch mehr Träume. Diesmal kam er zu Jesus in die Höhle. In der einen Hand hielt er eine Viper, in der anderen eine Wüstenmaus. »Diese Geschöpfe sind deine Vettern, Galli. Sie sind wie du. Sie kommen hier in dieser Wildnis vierzig Tage und länger ohne Essen und Trinken aus, drei Monate, vier Monate«, sagte er. »Wenn es nichts zu essen und zu trinken gibt, schalten sie einfach ihren Körper ab und warten auf den Regen. Nimm dir ein Beispiel an ihnen. Es ist nicht schwer. Zu dumm, daß eine von ihnen jederzeit ihr Fasten brechen kann, um die andere zu fressen ... Rate, welche. Schauen wir doch mal.« Er setzte die Viper neben die Maus.

Ein anderes Mal war der Händler ein Priester, sein großer runder Kopf gekrönt von einem Hut aus Leinen. Glocken und Granatäpfel hingen von seinem blauen Gewand. Er trug Broschen aus Sardonyx, eine goldene Tasche, einen purpurnen Umhang. Er predigte, daß Fastende, die sich seinen Segen verdient hatten, mit reichem Lohn rechnen durften. Mäusen oder Schlangen konnte er kein Paradies versprechen. Aber frommen Juden? Auf sie warteten unermeßliche Reichtümer. Mit Musa an ihrer Seite, so versprach er ihnen und lehnte seine Körperfülle gegen das Tempeltor, würden sie eine ruhige, gemütliche Fastenzeit verbringen. Sie würden ihren Seelenfrieden finden. Jegliche Zerstreuungen, jegliche Begierden des täglichen Lebens würde davongejagt wie Steppenhunde, und statt ihrer würde die Klarheit des Geistes zu ihnen kommen, an ihren Füßen schnuppern und darum betteln, von ihnen auf den Arm genommen und gestreichelt zu werden.

»Gegen Ende – in den letzten zehn Tagen – wird euch die Seele aus dem Leib fliegen wie eine Lerche«, sagte er. »Glaubt mir, ihr werdet in das Gebäude des Himmels einfahren und mit den Engeln zusammen am Tisch sitzen. Legt die Ellenbogen an. Ihr werdet euer Fasten mit Kichererbsen und goldenen Bechern voller Nektar beenden. Und dann wird man euch für den Hauptpreis aufrufen – eine Audienz bei Gott. Solange ihr mir nur vertraut.«

Der letzte Traum. Sie waren in Galiläa. Musa auf dem Marktplatz, mit Jesus und seiner Familie und allen Dorfbewohnern. »Ich brauche einen Freiwilligen, der die schwarze Haut meiner Fastenzeit kostet«, rief er. »Du.« Mit seinem fehlerhaften Stab stieß er Jesus vor die Brust. »Versuch zu fasten. Versuch es vierzig Tage lang. Und wenn du Gott erzürnt hast, wird dir vergeben. Deine Eigentümlichkeiten …«, er lächelte all den Galiläern verschwörerisch zu, »… zählen nicht mehr, ja, sie werden sich in Profit ummünzen. Sieh, wie dunkel die Nächte, wie hell die Sterne werden, je länger du Essen und Trinken entsagst. Komm, Galli. Bring deine Brüder und deine Freunde mit. Gebrochene Herzen werden wieder heil. Kahlen Männern wächst wieder volles Haar … Und haltet das Geld bitte abgezählt bereit.«

Dieser Alptraum weckte Jesus wohl ein dutzendmal in dunkelster Nacht. Er hatte erwartet, von Hühnchen und Melonen, von Hammeleintopf und über Rebholz gebratenem Lamm zu träumen, aber nicht von Musa, der das Fasten predigte. Jesus war völlig wehrlos, wenn er erwachte. Der Schlaf zerstörte seinen Geist. Ihm wollte nicht ein einziges Gebet mehr einfallen, mit dem er um Hilfe rufen oder den Traum abschütteln konnte. Seine

Ellenbogen und Knie knackten wie trockene Samenhülsen; seine Knochen waren krächzende Raben, die sein Fleisch verhöhnten – tok-tok, tok-tok. Sein Leib vibrierte vor Kälte. Das waren Momente der Niederlage. Er war ein Narr, daß er seine Kleider fortgeworfen hatte. Er war ein Narr, daß er Galiläa verlassen hatte. Er war ein Narr, daß er aus dem Bett gesprungen war, um zu beten. Was für ein Dummkopf er war, so sehr auf das Fasten zu setzen. Seine Fastenzeit war nicht mehr wert als billiger Tand, Katzengold, undichte Töpfe, verkauft von einem Mann, der mit des Teufels Zunge sprach. Trotz all der Opfer war er seinem Gott nicht näher als damals mit sechs Jahren. Hätte nicht irgend jemand in Galiläa – sein Priester, vielleicht auch ein Nachbar, der die Schriften der Eremiten besser kannte als er selber – ihn vor dem Aufbruch zur Seite nehmen und ihn über die Qualen ins Bild setzen können, die ihn allein in der Wildnis erwarteten? Wo blieb die Ekstase? Wo war die Freude in all dem Leid? Und wo die Würde des Todes?

Niemand hatte ihn auf die Schmerzen vorbereitet, ihm gesagt, daß zuerst Kopfschmerzen und schlechter Atem, Schwäche und Ohnmachtsgefühle ihm zu schaffen machen würden. Daß der Belag auf der Zunge jeden Tag dicker werden, daß ihm die Zunge bald am Dach des Rachens haftenbleiben würde, festgehalten von klebrigen Hungerfäden, so daß er nur noch mit sich selber reden, seine Gebete so sprechen konnte, als sei sein Gaumen von Geburt an gespalten gewesen. Daß ihm das Zahnfleisch bluten, die Zähne locker wie Dattelkerne sitzen würden.

Niemand hatte ihm klargemacht, wie schnell er den Willen zur Bewegung verlieren würde; daß selbst das

Heben der Arme, um den Schweiß abzuwischen – zuerst soviel Schweiß, dann gar keiner mehr –, zur mörderischen Anstrengung werden würde, daß er die Anstrengung aufschieben und den Schweiß ungehindert von den Brauen tropfen lassen würde, daß der Körper beginnen würde, sich auf grausamste Weise selber aufzufressen, daß Muskeln und Leber und Nieren um Nahrung kämpfen würden wie ein paar armselige Wüstenjungen, die sich um ein Stück Holz raufen, daß die Beine vom Eiter anschwellen, die Haut aufplatzen, die Wunden nicht mehr die Kraft haben würden, sich in Schorf zu kleiden. Niemand hatte ihm gesagt, daß er Bauchschmerzen und Krämpfe bekommen würde, die wie Hunde gestreichelt und getätschelt werden wollten.

Er haßte den Sonnenaufgang. Nachts konnte er sich wenigstens einbilden, noch heil zu sein. Doch im trüben Tageslicht der Höhle blickte er an sich herunter und sah, daß er sich an den Stellen, wo das Blut aus Muskeln und Gliedern sickerte, schwarz zu färben begann. Er war zum Aussätzigen geworden, zur Tüpfelhyäne, zu einem der fleckigen Sklaven an den Flüssen jenseits von Ägypten, die von ihren harten Herren braun und rosarot geprügelt wurden. So würde man ihn nicht auf das Tempelgelände lassen.

Jesus rieb sich die Glieder und wärmte sich die Finger im Mund. Diese Schmerzen konnte er lindern. Aber es gab andere, entsetzlichere Schmerzen, die sich nicht wegreiben ließen, die Schmerzen der Einsamkeit und der Verzweiflung. Das war das größte von allen Versäumnissen. Gab es denn keinen, der ihm hätte sagen können: Bleib bei deinen Eltern in Galiläa? Denn wenn du zu schnell in die Wildnis gehst, wird nicht nur dein Leib, sondern auch dein Geist, allem Glauben zum Trotz, zu bluten beginnen. Auch dein Geist wird abmagern, sein Gerüst wird weh tun, sein Blick sich trüben. Du wärst ein Narr, zu glauben, daß der Geist gegen Durst und Hunger gefeit ist. Nichts ist dagegen gefeit.

Sie hatten nicht einmal zu ihm gesagt: Geh in die Wüste und faste, wenn es sein muß. Aber nimm dich in acht. Denn Gott ist dort oben nicht allein, wenn er überhaupt dort ist. Es sind auch Tiere dort, und der Teufel ist das wildeste von ihnen.

Vielleicht war es ein Segen, daß Jesu Geist verfiel, bevor der Körper es tat, denn wäre er intakt geblieben, während er immer dünner und schwächer vom Fasten wurde, dann hätte er vielleicht versucht, dem Wahnsinn dieser gnadenlosen vierzig Tage zu entkommen. Dann wäre er vielleicht zu dem Schluß gelangt, daß es ratsam sei, den Mittelweg einzuschlagen, so wie die anderen Fastenden es getan hatten, denen er vor ein paar Tagen über das Geröllfeld gefolgt war. Sie waren vernünftig und bescheiden und unterbrachen ihre Fastenzeit jeden Tag nach Sonnenuntergang. Er hätte jeden Abend die Felswand hinaufklettern, in den Mulden ausgetretenen weichen Lehms durch die Talsohle zu der hoch gelegenen Reihe von Höhlen gehen und sich zwischen Mohnblumen um seinen Teil an ihrem Essen anstellen können. Er hätte sie um Kleidung bitten können. Oder sich zumindest auf diesen einen Kompromiß einlassen können – unbedingt ohne feste Nahrung auszukommen, aber Kehle und Körper während der vierzig Tage mit etwas Wasser aus der Zisterne feucht zu halten, denn das Wasser ist Leben und Gottes größte Gabe an die Welt.

Was für ein Hochmut, zu glauben, absolutes Fasten

könnte einen Menschen von der Sünde befreien oder ihn zur Rechten Gottes setzen; das hätte er sich selber sagen können, wären sein Geist und sein gesunder Menschenverstand nicht so geschwächt gewesen. Geh aus der Höhle, geh heim, geh jetzt – sei reuig, sei geläutert, sündige nicht mehr.

Es war zu spät. Er hatte nicht mehr die Kraft, die Felswand hinaufzuklettern. Jesus war ein Geschöpf der Finsternis geworden; er scheute Glück, Behagen, Schönheit, Licht. Er saß in seiner Höhle, umschloß mit den Händen kühlend seine Genitalien oder umkreiste die drei Symbole für den Namen Gottes, die er – vor tausend Jahren, wie es schien – in den Felsen gekratzt hatte, oder rieb sich Beine und Arme. Sein Gesicht war kreidebleich unter dem Staub. Sein Haar war lehmverkrustet. Die Pupillen waren stark vergößert und langsam geworden in ihrem Bemühen, das Licht einzufangen und festzuhalten. Er war verwirrt und zappelig. Die wenigen Sonnenstrahlen, die jeden Morgen in seine Höhle fielen, juckten und reizten ihn zum Niesen. Meine Augen ertragen das Licht nicht mehr, sagte er sich. Das ist ein Zeichen. Ich soll bleiben, wo ich bin.

20

Dreimal noch wurde Jesus von den Teufeln auf dem Felsen versucht. Sie ließen Lederbeutel mit Essen und Wasser herunter. Aber er war verstockt und so verängstigt, daß er ihren Gaben widerstand. Er ließ ihre Beutel die Felswand hinabtrudeln; Brot für die Raben, Wasser für die Eidechsen, Leder für die Ameisen.

Dann gingen seinen Versuchern offenbar die Versuchungen aus, denn sie ließen ab von ihren Bemühungen, ihn vom Fasten abzubringen. Aber sie kamen jeden Abend auf den Felsvorsprung, um ihn mit ihrer Nachtwache und ihren Versen zu quälen. Er lauschte, ohne ihre Worte zu verstehen, obwohl sein Gehör grandios geworden war und er jeden ihrer Schritte unterscheiden konnte. Er hörte sie schnauben, er hörte, wie sie sich räusperten, er hörte sie die Luft anhalten.

Sie riefen noch immer nach ihm, nicht nur der dicke Mann, auch die anderen. »Galli, Galli. Galli, Galli«, bis sie es müde wurden. Er lernte das jammernde Elend des Alters, die Verbitterung der Unfruchtbarkeit, die Großspurigkeit der Griechen zu unterscheiden. Manchmal baten sie Jesus, aus seiner Höhle zu kommen, mit ihnen zu reden, sich mit ein paar Wundern zu beweisen. Aber Jesus war zu schwach, um sich zu zeigen, selbst wenn er es gewollt hätte. Er hatte die ihm verbliebene Kraft an ihren Futterbeuteln verbraucht.

Der kleine Badu aber, obwohl er nicht rief, war in vielerlei Hinsicht der lauteste von allen. Er konnte nicht eine Sekunde stillsitzen. Ständig mußte er herumlaufen, waghalsig auf den Simsen entlangklettern wie eine Ziege oder Steine aus dem Boden lösen. Er mußte Erde zerkrümeln und die gefundenen Steine in den Abgrund schleudern. Er schien mit allem und jedem im Krieg zu sein. Ein wahrhaft unruhiger Geist, dachte Jesus die drei oder vier Male, die der Badu bei seinen Klettertouren am Rande des Abgrunds in sein Blickfeld kam. Eine dämonische Seele im Aufruhr, ruhelos, klein, dunkel, unbeschnitten. Ein Mensch, ganz und gar verloren für Gott. Auch mit Jesus würde es so enden, wenn er seine Hingebung vernachlässigte oder in seinem Willen, zu fasten, auch nur einen Augenblick lang schwach wurde. Er würde die Ewigkeit in Gesellschaft von Steinen verbringen müssen. Er würde schrumpfen und schwarz werden. Es würde ihm wieder eine Vorhaut wachsen. Er würde klettern müssen bis zum Ende aller Tage.

Nur einmal wäre er seinen Versuchern beinahe in die Falle gegangen. Es war vor Morgengrauen am zweiundzwanzigsten Tag seiner Fastenzeit, und Jesus schlief noch. Er hielt die eiligen Schritte, die ihn aus seinen Träumen weckten, für seine eigenen; in kopfloser Flucht hastete er über Felder von Knochen und Geröll. »Seht nur, wie unser kleiner Galli laufen kann!« Der Traum wollte auch im Wachen nicht von ihm weichen. Er hörte schlurfende Geräusche. Er meinte Atem an seinem Ohr zu spüren.

Die Angst gab ihm Kraft. Blitzschnell setzte er sich auf und spähte in das Dunkel. Er fand, wonach er suchte. Tiere waren ihm gleichgültig. Den Tod hätte er willkommen geheißen, wäre es der Tod gewesen. Aber es war nur der Badu, der im Eingang der Höhle stand, ein Schattenriß, den Umhang aus Moab-Purpur um die Schultern gehängt, seine Geschenke – ein paar Heuschrecken, die er gefangen hatte, ein Wasserschlauch – auf den ausgestreckten Händen. Er hatte sich beim Klettern das Knie aufgerissen und stand unsicher auf den Füßen, wie ein kleiner Junge. Er war nicht so verrückt und ruhelos, wie es aus der Ferne den Anschein hatte, weniger teuflisch. Die Heuschrecken und der Wasserschlauch zitterten. Der Badu hatte Angst, genau wie Jesus. Hier der Schatten, dort die Silhouette.

Der Badu flüsterte ein Wort, nicht Guckeruckuu, aber etwas Weiches, Knochenloses. Ein Wort, das Jesus nicht verstand. Der Badu legte die Heuschrecken auf den Schwellenstein. Er berührte sein Herz, dann die Stirn, ein stummes Zeichen, daß er als Freund gekommen war. Auch diese Geste kannte Jesus nicht. Der Badu bot Jesus den Wassersack an, und als sein Angebot unbeachtet blieb, kippte er sich etwas Wasser in die Hand, damit Jesus es sehen, daran riechen, seine Zunge hineinstecken konnte. Da war er, der Duft Galiläas, durch die zitternden Finger des Badu tropfend, nutzlos im Boden versickernd.

Jesus legte alle Kraft in seine Stimme. Darauf war er vorbereitet – auf die Ankunft des Teufels in seiner Höhle. »Laß mir meinen Frieden …«, schrie er dem Badu ins Gesicht. Und doch tat er einen Schritt nach vorn, um der Hand des Badu, dem Duft, dem Glitzern der verbliebenen Flüssigkeit ein wenig näher zu sein. Der Badu streckte die Hand ins Dunkel, legte seine feuchten Finger auf Jesu Gesicht. Er rieb ihm das Wasser auf die Wangen. Jesus wich nicht zurück. Es war alles zu viel für ihn.

»Reib mir ein wenig … auf die Lippen«, sagte er, doch seine Worte klangen schwach und brüchig. »Nicht zum Hinunterschlucken.« Er hätte über seine eigene Schwäche geweint, über all die Tage, die er an das Fasten verschwendet hatte, wenn ihm Tränen geblieben wären. Ein Tropfen Wasser, und der Teufel hätte jubiliert. Ein Tropfen Wasser, und Jesus hätte die Ewigkeit mit Dornen, Flammen und Steinen zugebracht.

Der Badu lächelte – unsichtbar in diesem Zwielicht –, bewegte aber nicht die Hand, legte die Finger nicht auf Jesu Lippen. Er schüttelte den Kopf. Noch einmal sagte er sein Wort, tat einen kleinen Schritt zurück, aus der Höhle heraus. Sein Schattenriß wurde kräftiger im Licht, er aber wirkte klein und aufgeregt. Er hatte sich Jesus nicht so nackt und verwildert vorgestellt. Er bot ihm nochmals den Wasserschlauch, ohne Jesus dabei anzublicken. Er schloß die Augen und wartete ab, die eine Hand ausgestreckt. Mit der anderen zwirbelte er sein Haar, so fest er konnte, zu Zinken und Knoten.

»Wer schickt dich her, mich zu verspotten?« fragte Jesus, jedes Wort eine selbst zugefügte Wunde. »Ich will nicht. Nicht trinken. Aber schütte mir das Wasser über Kopf und Nacken. Damit ich mir Gesicht und Augen waschen kann …« Der Badu rührte sich noch immer nicht. Er wartete darauf, daß Jesus ihm den Schlauch abnahm. Aber Jesus hielt die Hände hinterm Rücken und murmelte Gebete. Schließlich schlug der Badu die Augen wieder auf und trat noch einen halben Schritt zurück ins Licht.

»Du verspottest mich, Vetter«, sagte Jesus. »Du willst mir nicht einmal die Lippen netzen.«

Hätte der Badu der Bitte Folge geleistet, dann wäre Jesu Fastenzeit vielleicht gerade noch rechtzeitig zu Ende gegangen. Aber der Badu war ein aufgeregter Mann, trotz all seiner Geduld. Er hatte sein Leben gewagt, als er im Dunkeln so weit geklettert war. Er trat noch ein paar Schritte zurück in das erste Tageslicht und blieb vor dem Eingang der Höhle stehen, wo Jesu griechischer Schriftzug jedem Nichtjuden, der versuchte, in den inneren Hof zu gelangen, den Tod verhieß. Er hob die Hand und deutete mit dem Kopf auf die verbliebene Feuchtigkeit. Wieder berührte er Herz und Stirn. Er sprach nicht. Er lächelte auch nicht mehr. Er nahm die Heuschrecken auf und bot sie Jesus an. Er hielt den Wasserschlauch, schüttete jedoch kein Wasser mehr aus. Ein Bein war gebeugt. Er war bereit zur Flucht, falls Jesus nach seinem Arm griff.

Jetzt, da Jesus das Gesicht des Badu sah, machte sein Wankelmut dem Zorn Platz – vor allem auf sich selbst. Dies war eine Schlacht, die er nicht wegen eines Tropfens Wasser auf Hals und Nacken verlieren wollte. Er klatschte in die Hände. Der knochenharte Knall hallte trocken in der Höhle wider. Es tat weh. Er klatschte erneut und schüttelte den Kopf. Sein Hals und seine Schultern knarrten wie eine Tür. Sein Schädel hatte sich von der Haut gelöst. Sein Haar war Unkraut. Er ging ein, zwei Schritte auf den Badu zu. Fast hätten sie sich wieder berührt, ehe der Badu zurückwich. »Er bringt mich nicht zum Trinken, dieser Mann«, sagte Jesus. Und dann sein letzter Ruf, ein Stück Eibenholz, das im Feuer knackt: »Hebe dich hinweg von mir.«

Der Badu blickte ausdruckslos, ein Fisch hinter dem

dicken Glas einer Vase. Er hatte nicht geblinzelt, kein Lid gerührt, nicht einmal, als Jesus ihm direkt ins Gesicht gebrüllt hatte. Er nickte nur, drehte sich ohne ein Achselzucken um und ließ die Heuschrecken fallen, obwohl sie tot waren. Eine Verschwendung. Er hätte sie selber essen können; eine Badudelikatesse, die Garnelen der Wüste. Dann floh er zurück zu der Stelle, wo er sein Knie aufgerissen hatte, zurück auf den Grat der Felswand, zurück in seine Höhle. Er drehte sich nicht um, obwohl Jesus ihm nachrief, während er kletterte. Jesus rief ihm auf griechisch und aramäisch nach: »Du hast mich nicht in Versuchung geführt. Gelobt sei Gott.« Er ließ sogar ein paar sumerische Brocken folgen. Keine Antwort. »Feigling. Dämon. Lauf zu deinem Herrn wie ein Köter.«

Jesus stand vor seiner Höhle, erregt, nackt, wie gelähmt. Er weinte fast vor Glück. Gott breitete also doch seine Fittiche über ihn. Gott hielt Wache. Jesus pries Gottes Klugheit. Er kannte noch einen Mann, der so stillhalten konnte. Der Bäcker, der fünf Häuser von ihrer Werkstatt entfernt wohnte, war ähnlich teilnahmslos wie der Badu. Kleine Jungen drängten sich hinter seinem Stand und brüllten ihm ihren Spott ins Ohr. Sie beleidigten sein Brot. Er aber zuckte nicht mit der Wimper.

»O du herrlicher, gütiger Gott, der du gnädig warst meiner Schwachheit«, sagte Jesus laut, obgleich niemand seine Worte hören konnte. Der Mittler des Teufels war zu seiner Höhle heruntergekommen, ihn zu versuchen. Aber, gelobt sei Gott, des Teufels Mittler war taub. Denn alles, was Gott erschaffen hatte, war aus gutem Grund schwach und unvollkommen.

Jesus lachte. Wie dumm und ahnungslos der Teufel war.

21

Niemand muß Durst leiden in der Wüste, es sei denn, er will es nicht anders, sagte Musa. Er und Miri hatten alles Wasser in ihren Schläuchen verbraucht und waren zu der Zisterne bei den Höhlen heraufgekommen, um zu trinken und die leeren Schläuche zu füllen.

Hätte die Zisterne sie nicht mit Wasser versorgt, Miri wäre von ihrem Ehemann vom Webstuhl vertrieben worden, so kurz bevor ihre purpur- und orangerote Matte fertig war. Es galt nur noch die Kette zu öffnen, vorsichtig, Zoll für Zoll, dann konnte sie die Matte vom Webstuhl schneiden und die vierhundert Enden verknoten. Das Verknüpfen dieser Nabelschnüre war die Gewähr dafür, daß sie ihr Kind glücklich austragen würde. Aber für Musa zählten nur Matten, die sich verkaufen ließen. Er hätte keinen Durst gelitten, nur damit Miri an einer Matte weben konnte, die keinen Profit versprach. Er hätte sie auf Wassersuche geschickt.

Abgesehen von dem weichen Lehm der Talsohle unterhalb der Höhlen hatte sie im Strauchland wenig Hinweise auf Wasser entdeckt. Und ihr Mann würde sich kaum damit zufriedengeben, Lehm zu trinken. Keine

Gazellenspuren liefen aufeinander zu, keine Steinpyramiden bezeichneten die Stellen, wo jemand einen Brunnen oder eine Quelle gefunden hatte, in keiner Mulde kündete Grünzeug von verborgenem Naß. Sie hätte Melden ausreißen müssen, deren Wurzeln ein paar Tropfen Wasser enthielten, oder Tamarisken ausgraben, die ihre kleinen Finger stets in feuchte Flecken steckten. Sie dankte dem Himmel für die Zisterne oben bei den Höhlen. Welch ein Glück, dachte Miri, daß sie genau dort gegraben hatte, auch wenn sie es lieber gesehen hätte, die Grube wäre statt mit Wasser mit Musa gefüllt.

Die kurze Trennung von der Matte, um hinauf zu den Höhlen zu gehen, kam ihr ganz gelegen. Dort konnte sie mit Marta reden, und vielleicht vertrieb der Spaziergang den Schmerz aus ihren Schenkeln und war eine gute Übung für Rücken und Hals. Sie wußte nicht, ob das Weben oder die Schwangerschaft an der Steifheit in ihren Gliedern schuld war. Aber am deutlichsten spürte sie den wachsenden Umfang ihres Leibes, wenn sie im Schneidersitz vor dem Webstuhl saß. Das Kind füllte den ganzen Raum zwischen den Beinen aus. Ihre Kleider saßen knapp, und sie schwitzte selbst in der Nacht. Die Brüste taten ihr weh. Und die Brustwarzen sonderten honigfarbenen Ausfluß ab, ein Vorbote der Milch. Sie hatte Nasenbluten und plötzliche Krämpfe in den Beinen, und nicht einmal getrocknete Schneeballrinde verschaffte den Füßen Erleichterung.

Trotz alldem hatte sie sich auf ihren Webstuhl und das dichter werdende Gitter aus Farben konzentriert. Sie war auf dem gewobenen Stoff gesessen, um den Webstuhl auf Spannung zu halten; mit dem schwangeren Leib auf der wollenen Matte hatte sie Trost in der Klausur des Webens gefunden. Sie war ganz darin aufgegangen. Sie hatte Musa und die Beschwernisse ihres Lebens vergessen. Sie spürte, daß die Fertigstellung der Matte sie von dem Mann befreien würde. Vielleicht würde sie auf ihr davonfliegen, ihr Kindchen hübsch auf dem Schoß.

Nachdem sie die Böschung unterhalb der Höhlen hinaufgeklettert waren, war Miri froh, sich eine Weile ausruhen zu dürfen, bevor sie die Wasserschläuche füllte. Es war mitten am Nachmittag, aber die schwache Sonne hatte sie und ihren Mann nicht im Zelt zurückhalten können. Für einen Mittagsschlaf war es nicht heiß genug. Im Tal des salzigen Meeres blendete noch ein grelles Licht, aber über den Bergen schichteten sich dichte Wolken wie unbehauener Schiefer, fest und massiv wie das Land.

Trotz der schweren Kühle des Nachmittags war Musa noch zu sehr außer Atem, um gleich zum Zelt zurückzukehren, auch wenn er sich zum besseren Fortkommen Shims Wanderstab angeeignet hatte und Miri alle Wasserschläuche tragen mußte. Außerdem hegte er einen noch unfertigen Plan, der es erforderte, so lang als möglich hierzubleiben, zumindest so lang, bis er wußte, wie er sich holen konnte, was er begehrte und was ihm zustand. Das war keine Niedertracht, es war eine Frage der Ehre. Am Ende dieses unfreiwilligen Aufenthalts in der Wildnis mußte ein Profit erzielt sein. Er konnte nicht nach Jericho zurückkehren, ohne sich eines Erfolges rühmen zu dürfen. Kein Händler konnte das. Ein Händler will immer gewinnen. Unten am Abgrund war Musa leer ausgegangen. Vielleicht hatte er hier oben mehr Glück. Pech für jemand anderen.

Er spürte, daß der kurze Aufenthalt in der Wüste ihn gespalten hatte. Die beiden Zwillinge waren wieder da. Dort unten an der Felswand hatte der weinerliche, schwächere Zwilling sein Glück versucht. Der bittende Zwilling. Der Zwilling, der auf die Hand des Heilers hoffte. Hier herauf zu den Höhlen jedoch war der handeltreibende Despot gekommen, die Pranke, die Unersättlichkeit. Jeder Schritt auf die Zisterne zu vergrößerte den sicheren Abstand zu Jesus. Seinen Aberglauben hatte der Wirt im Zelt gelassen. Und seine Gottlosigkeit mit herauf in das hoch gelegene Tal unter den Bergen gebracht. Er war machtgierig. Er wollte sein Zeichen setzen. Sie würden sich alle über ihn wundern.

Also ließ er sich im Schatten der Felsen vor der untersten Höhle nieder, in der Marta schlief, und forderte Gastfreundschaft. Es kümmerte ihn nicht, daß seine Mieter fasteten, sich in ihre Gebete versenkten und – am dreißigsten der vierzig Tage – gereizt und trübsinnig waren. Miri mußte in die Hände klatschen und »Herbei! Herbei!« rufen wie schon bei Musas erstem Besuch bei den Höhlen.

Der Badu mißachtete Musas Aufforderung und blieb unsichtbar, Aphas und Marta dagegen waren gehorsamer; Aphas, weil er immer noch hoffte, Musa würde den Heiler überreden können, zu ihren Höhlen heraufzukommen, und Marta, weil der Klang von Miris Stimme unwiderstehlich für sie war. Schließlich erschien sogar Shim und kam, so gemächlich er konnte, zu seinem Wirt heruntergeschritten, um sich einen Platz ein wenig abseits von den anderen zu suchen, in sicherem Abstand zu Musa, wo er allen zeigen konnte, wie gelassen und wie unerschüttert er war.

»Was habt ihr mir anzubieten? Ich bin erschöpft«, sagte Musa. Sie brachten ihrem Wirt getrocknete Datteln – ebenjene Datteln, die er ihnen vor ein, zwei Tagen verkauft hatte – und die Reste des Hirschfleischs, das der Badu am Abend zuvor mitgebracht hatte. Das reichte Musa nicht. Er witterte Süßeres als Hirschfleisch. »Und was noch?« Er bemerkte, daß Aphas seinem Blick auswich.

»Was hast du, was dir nicht zusteht?« fragte er den alten Mann. Es war nur ein Gefühl. Aber er wußte, wenn er ins Schwarze traf, dann würde er furchterregend erscheinen, ein Magier, der in ihren Gedanken lesen konnte. Aphas errötete. Er kam ins Stottern. »Wir haben ein wenig Honig, wenn du magst.« Widerwillig boten sie ihm etwas vom Inhalt der triefenden Honigwabe an, die sie – eingewickelt in ein feuchtes Tuch – für sich zurückbehalten hatten. Sie sorgte für das bißchen Lebenskraft, das sie noch hatten, und hätte bis zum Ende der Fastenzeit reichen sollen.

Musa beträufelte Fleisch und Datteln mit Honig. Er hielt die Hand auf, und Marta schüttete ihm aus einem Schlauch Wasser auf die fettigen, klebrigen Finger.

»Wo habt ihr das Fleisch und die Honigwabe her?« wollte er wissen. Er fühlte sich gefährlich, bösartig, und auch erregt – die Nähe des weiblichen Schoßes, der leicht ranzige Geschmack des Fleisches hatten ihn auf einen Gedanken gebracht, mit dem er seinen Plan vervollkommnen konnte. Er rülpste. Er rieb sich den Bauch. Um zu üben.

»Der kleine Badu hat es gefunden«, sagte Aphas. »Irgendwo hier in der Gegend.« Er machte eine unbestimmte Geste mit der Hand.

»Irgendwo hier in der Gegend? Nicht auf meinem Land, will ich hoffen. Ich hab's euch gesagt. Dies ist kein öffentliches Land. Alles, was ihr hier seht, gehört mir. Was soll ich tun? Hölzerne Gatter anbringen …«, er deutete auf die Reihe ihrer Höhlen, »… weil ich meinen Gästen nicht trauen kann? Gebt mir die Wabe, was noch übrig ist. Miri, bring sie her! Ich bin ungehalten. Ihr tut euch an meinem Honig gütlich. Und stehlt mein Fleisch.«

»Der Badu war's«, wiederholte Aphas. »Keiner von uns.«

»Er kann es überall gefunden haben«, sagte Marta, eine Spur zu laut, kam es ihr vor. Nach dem, was sie von Miri gehört hatte, hegte sie den Verdacht, daß Musas Anspruch auf dieses Land nichts als Schwindel war.

»Wie, das Weib ergreift das Wort? Laß hören. Was hast du gesagt?«

»Die Bienen könnten von irgendwo gekommen sein …«

»Wo ist irgendwo?« fragte Musa. Er wandte sich Marta zu, hielt den Kopf schief und kniff die Augen zusammen. Was für eine Frau wagte es, einem Mann zu widersprechen? So eine – groß, mit breitem Gesicht und breiten Schultern. »Hinter meinem Land liegt das Land meines Vetters. Und dahinter das Land meines Onkels, und dann fängt mein Land wieder an. So weit kann keine Biene fliegen. So weit kann keiner von euch laufen, bevor er eingefangen wird. Laßt uns nicht streiten.« Den letzten Satz sprach er mit seiner sanftesten Stimme. Er wandte sich wieder an Aphas. Das Lächeln mußte er verstecken. »Wo hat euer Nachbar das Nest gefunden? Hier in der Nähe?«

»Das haben wir nicht gesehen. Wir haben ihn gesehen, aber …«

»Was habt ihr denn gesehen?« Er hatte den ganzen Nachmittag Zeit. Um sie zu schikanieren.

»Na ja, er hatte einen Stecken ...«

»Wie, er hat die Bienen geangelt?«

»... und den Stecken hat er mit einem Knochensplitter ausgehöhlt ...«

Musa ließ den Mann reden, unterbrach ihn nur gelegentlich, wie ein Hirtenjunge, der gelangweilt am Strick des alten Ziegenbocks zupft. Der Bock konnte ihm nicht gefährlich werden. Den durfte er ruhig schwatzen lassen. Das Geschwätz bot Musa Gelegenheit, an seinem Plan zu feilen, sich einen Vorwand auszudenken, um die Männer in der Nacht fortzuschicken und währenddessen ihre Höhlen zu besetzen. Also hörte er nur mit halbem Ohr zu, während Aphas mit dem Erstaunen des Städters beschrieb, wie der Badu das eine Ende des ausgehöhlten Steckens mit einem Stück angefaulter Aprikose zugepfropft hatte ...

»Eine Aprikose? Wo habt ihr die Aprikosen gestohlen?«

»Du hast sie uns verkauft.«

»Nun denn. Die Aprikosen waren gut, und preiswert. Zu gut, um sie in einen Stecken zu stopfen. Na los. Erzähl weiter. Hab ich gesagt, du sollst aufhören?«

Der Badu, erzählte Aphas weiter, hatte das zugepfropfte Ende seines Steckens in den Boden gebohrt und sich in den Schatten gehockt, um auf Bienen zu warten. Nicht lange, und die erste Biene war auf dem Rand gelandet und in den hohlen Stecken gekrabbelt, um nach der Frucht zu suchen. Sie flog wieder fort. Und kehrte mit Kameradinnen aus ihrem Nest zurück, und bald trugen hundert Bienen kleine Aprikosenstückchen fort.

»Der Badu legte den Daumen auf das offene Ende.

So«, sagte Aphas. Er schlug seinen eigenen Daumen auf einen Stein, allerdings weniger eindrucksvoll als erhofft. »Zehn Bienen saßen in dem Stecken in der Falle. Und was hat er gemacht?«

»Zehn Stiche bekommen?«

»... er ließ eine von ihnen davonfliegen. Dort hinunter ist er ihr gefolgt. Bis er sie nicht mehr sehen und ihr Summen nicht mehr hören konnte. Und was hat er gemacht? Dasselbe noch mal. Er hat eine zweite freigelassen und ist auch ihr gefolgt. Wir haben sie davonfliegen sehen. Sonst haben wir nichts gesehen. Sie sind in die Dornenbüsche hinter den Felsen geflogen. Und trotzdem, gar nicht dumm. Eine dritte Biene und eine vierte, dann eine fünfte, und jede brachte ihn näher ans Ziel. Er hatte zehn Bienen, hinter denen er herlaufen konnte, verstehst du? Sowie sie frei sind, fliegen sie zurück zur Königin in ihrer Bienenwabe.«

»*Meiner* Bienenwabe«, sagte Musa.

»Eine List, um ihr Nest zu finden«, schloß Aphas. »Er mußte nur noch etwas Rauch machen, um die Bienen fernzuhalten, dann konnte er sich bedienen. Er ist mit dem Honig zurückgekommen. Er spricht nicht. Er hat nicht gesagt, wessen Land es war.«

»Mein Land. Meine Bienen.«

Shim lachte. Er schlief also nicht. »Da hätten wir jetzt ein Gleichnis, über das wir nachdenken können«, sagte er, durch Musas scheinbar gute Laune angeregt.

Musa hatte sich gründlich über Aphas und seinen langatmigen Vortrag über die Honigsuche des Badu geärgert, aber er hatte dem Bedürfnis widerstanden, dem Mann übers Maul zu fahren. Eine Einmischung seitens des Blonden war jedoch keinesfalls hinnehmbar.

»Was für ein Gleichnis?« fragte er.

»Ein Gleichnis über geistiges Streben. Eine Suche, wie die unsrige, nach Erleuchtung …«, sagte Shim.

»Erleuchtung, Erleuchtung und kein Honig? Was hättest du lieber auf deinen Datteln?« Musa wandte sich ab. Das hätte genügen sollen, um Shim zum Schweigen zu bringen. Aber Shim war nicht mehr aufzuhalten.

»Die Bienen sind, sagen wir, Gebete oder vielleicht auch Fastentage in der Wildnis. Du läßt einen frei, folgst ihm, er ist verschwunden. Und immer noch keine Aussicht auf Erleuchtung oder ein Zeichen von Gott. Du bist noch immer verloren. Mußt ausharren. Du brauchst vierzig Bienen, bis du, sagen wir …«

»… sagen wir, bis dein Wirt von deinem Geschwätz die Nase voll hat und dich ohne Wasserschlauch in die Wüste jagt.«

»Ich hab mal eine Geschichte von einem Wasserverkäufer gehört, der …«, sagte Aphas.

»Sei still.« Musa hob warnend den Zeigefinger. »Jetzt rede ich.« Er war hier der Geschichtenerzähler, sonst niemand. Genug der Gleichnisse und des Geredes. Er mußte ihre Aufmerksamkeit zurückgewinnen, und zwar schnell. Er durfte die Zügel nicht aus der Hand geben, nicht einen Augenblick länger. Zuerst mußte er seine Opfer verzaubern – trotz seiner Neigung, etwas ganz anderes zu tun –, bevor er ihnen die Plätze für die Nacht zuwies. Er wußte schon, wie er es anstellen würde.

»Was soll ich mit einem Wasserschlauch?« beharrte Shim so leise, wie er sich traute. »Niemand muß Durst leiden in der Wüste, es sei denn, er will es nicht anders. Hast du das nicht selber gesagt? Ich glaube mich zu erinnern …« Während der gesamten Fastenzeit war er nicht so unterhaltsam und mutig gewesen. Aber keiner lachte.

»Dann geh«, sagte Musa kaum hörbar. »Geh weg von meiner Zisterne. Geh hinaus, versuch dein Glück wie ein Fuchs. Bete um Wasser. Verlaß dich auf Gott. Mal sehen, wie gut du damit fährst.« Musa tat, als wollte er sich erheben. »Auf, auf«, rief er Miri zu und verlagerte das Gewicht in die Schultern. Er griff nach dem gewundenen Stab. Von Verzauberung nun keine Spur mehr. »Mal sehen, wie gut du da draußen zurechtkommst heute nacht«, sagte er noch einmal.

»Ich glaube nicht, ich glaube ... nicht ... ich weiß ...« Shim lachte schüchtern. Er war zu weit gegangen. Respekt gegenüber Musa war gefragt. »Ich frag ja nur. Was kannst du uns raten? Was soll ein durstiger Mann ... was soll er tun?« Er saß da, so brav er konnte, die Hände in den Schoß gelegt, der Musterschüler vor dem weisen Lehrer.

»Das waren meine Worte. Nicht nötig, Durst zu leiden, das hab ich gesagt, und ich sag's noch hundertmal«, begann Musa, nachdem er Marta aufgefordert hatte, ihm Wasser zu bringen, und er sich Lippen, Gesicht und das Haar benetzt und sämtliche Falten und Knicke betrachtet hatte, die der Stoff ihres Kleids um die Hüften herum warf. »Wasser gibt es überall, man muß nur wissen, wo man suchen muß. Wißt ihr es? Es ist dasselbe Prinzip, wie wenn man mit dem Stecken nach Honig sucht. Aber kein Gleichnis. Nicht das Gleichnis, das er uns andienen wollte.« Er schwenkte den Stab in Shims Richtung. »Mein Gleichnis sagt, wenn einer eine Nase für Geschäfte hat wie ich, dann erschnüffelt er sich alles, was er braucht. Honig, Wasser Gold ...« Er schnüffelte theatralisch, und Marta meinte, er hätte ihr zugezwinkert. »Nun hört mir zu.«

Er erzählte ihnen, wie er einst eine Wüste durchquert hatte, in der überhaupt nichts wuchs, eine Wüste von – »sagen wir« – vierzig Tagereisen vom einen Ende zum anderen. Fünf Kamele und vier Vettern und er selber. Sie hatten sechzig Ziegen, gepökeltes Hammelfleisch, Indigo und Hörner dabei, um mit den schwarzen Männern am Fluß mit den drei Ufern Handel zu treiben. Die Reise verlief ohne Zwischenfälle, und die Ware war schnell verkauft. Sie hatten hundert Affen dafür bekommen, die sie in Nabatäa verkaufen wollten. Dort galt Affenfleisch – er zwinkerte wieder, sprach aber das Wort nicht aus – als Aphrodisiakum.

»Ach, was waren wir für Narren. Daß mir jetzt keiner nickt. Wir hatten ja keine Ahnung, wie durstig hundert Affen sein können«, sagte er. »Oder was die für einen Lärm machen. Hundert haarige *Shim*-pansen. Plapper-di-plapp den ganzen Tag.«

Zuerst banden sie die Affen an Leinen, um sie hinter den Kamelen hertrotten zu lassen. Aber die Affen waren aufmüpfig. Sie wollten nicht zu Fuß gehen. Sie zerrten an den Leinen. Hundert Affen, die Fersen in den Sand gestemmt, sind stärker als drei Kamele. Also banden Musa und seine Vettern die Affen an den Beinen zusammen wie Hühner und hängten sie zwei Kamelen ans Flankengeschirr. Auf dem dritten ritt Musa; seine Vettern konnten zu Fuß gehen. Sie waren schlank und bei Kräften und fügsamer als Affen.

Auf die restlichen zwei Kamele luden sie mit Wasser gefüllte Ochsenhäute, und am frühen Morgen, als die Luft noch kühl war, brachen sie vom Rand der Wüste auf. Die Affen waren guter Dinge. Kopfunter in Trauben zu hängen war nichts Ungewohntes für sie. Sie schrien und schnatterten pausenlos. Zunächst war es ganz amüsant. Auch Musa und seine Vettern schrien und schnatterten. Aber nach ein paar Tagen wurde der Lärm zur Qual.

Sie kamen nur langsam voran. Die Wüste, so mußten sie erkennen, war launisch wie ein Teppich: glatt und einladend, wenn mit dem Flor gestreichelt, aber widerspenstig, sobald man versuchte, mit den Fingern gegen den Strich der Wolle zu kämmen. Auf dem Hinweg hatte ihre kleine Karawane die Wüste mit dem Flor gestreichelt. Jetzt reisten sie gegen den Strich der Wolle. Die Sonne brannte ihnen auf den Rücken. Die Affen schnatterten und schrien unermüdlich wie Grillen, selbst wenn die Kamele spuckten und nach ihnen schnappten. Nur wenn seine Vettern ihnen Wasser gaben, wurden sie ruhiger. Seine Vettern gaben ihnen pausenlos Wasser.

Nach fünfzehn Tagen, sagte Musa, wurde ihnen klar, daß sie sich verirrt hatten: »Keine Aussicht auf Erleuchtung, kein Zeichen von einem Gott.« Das war ihrer Karawane noch nie passiert, obgleich sie schon hundert Wüsten durchquert hatten. Einer seiner Vettern, wegen seiner langen Nase Habak der Falke genannt, erkannte gewöhnlich jede Stelle, an der sie schon einmal gewesen waren, mit verbundenen Augen an ihrem Duft, wenn er an einer Handvoll Erde roch. Er hielt sich den Wüstenstaub, die sandigen Steine unter die Nase, aber er konnte weder den Ort benennen noch die Richtung weisen. Sie drehten ihn um sich selber, damit er die Luft schnupperte; er wußte nicht mehr, ob er auf dem Kopf oder den Füßen stand. Sie hielten nach Spuren von Karawanen Ausschau. Aber es hatte kräftig gestürmt, selbst die Spuren, die sie auf der Hinreise hinterlassen hatten, waren zusammen mit dem Geruch verweht. Sie harrten aus, immer in der Hoffnung, auf andere Reisende zu treffen oder einen von Bäumen gezackten Horizont zu entdecken, hinter staubgefüllter Nacht einen Stern auszumachen oder einen Vogel zu sehen.

Nach zwanzig Tagen fanden sie ihre eigenen Spuren wieder. Aber keine Ziegenspuren. Nur vier Männer zu Fuß, fünf Kamele und Rillen, gezogen von Affen, die ihre langen Hände durch den Sand schleifen ließen. Fünf Tage waren sie im Kreis gelaufen, und jetzt ging das Wasser in den Ochsenhäuten zur Neige. Die Affen, da es kaum noch Wasser gab, sie zu beruhigen, husteten und keckerten die ganze Nacht. Es störte sie nicht, daß ihnen das Blut in den Köpfen stand.

Musa hielt in der Erzählung inne, zog seine eigenen, leeren Wasserschläuche zu sich her und hielt sie hoch, zur Anschauung für seine Zuhörer: So sieht Wassernot aus; das ist Durst; das hatte ich mit Shim im Sinn. Er wußte nicht recht, wo seine Erzählung ihn hinführte. Er hatte noch keinen Schluß für sie. Ihr einziger Zweck war, zu verzaubern. Aber Aphas und Marta schien das nicht zu kümmern. Sie nickten dem Geschichtenerzähler aufmunternd zu, damit er weitererzählte. Seine Geschichte war besser als alle Gleichnisse. Was tat es, daß sie nur den einen Zweck hatte, sie über die Welt staunen zu lassen? Selbst Shim hörte zu, wenn er auch Mund und Augen fest geschlossen hielt.

»Wir mußten die Affen *und* uns selber retten, doch dafür reichte das Wasser nicht«, fuhr Musa fort, erfreut darüber, wie locker der Körper der Frau geworden war und wie groß ihre Augen. »Was hättet ihr getan? Sagt es nicht. Ihr hättet die Affen in den Sand geworfen, sie alle totgeprügelt und das ganze Wasser selber gesoffen. Gebt es ruhig zu. So hättet ihr es gemacht. Weil ihr keine Händler seid. Weil ihr nicht versteht, daß der Handel die ehrlichste Prüfung für einen Mann ist. Nur so kann er seine Stärke, seinen Wert, seine Frömmigkeit zeigen. Kaufen und verkaufen, das ist genauso religiös wie Gebete oder der Verzicht auf Nahrung. Will einer von euch das Gegenteil behaupten?« Er blickte Shim an. »Des Händlers unablässiges Trachten ist auf Dinge gerichtet, die man nicht anfassen oder kaufen kann, wie etwa Shims Erleuchtung – wozu soll die schon gut sein? –, sondern auf etwas ...« Es dauerte einen Moment, bis ihm die genauen Worte einfielen, die er von seinem ältesten Onkel hundertmal gehört hatte. »... etwas Neues und Wirkliches und Großes. Und Wertvolles natürlich. Etwas, das die Welt bereichert. Wir sind Götter, wir sind kleine Götter. Wir sind *groß*. Und deshalb ... « Er sah sie alle der Reihe nach an, bis auf Miri natürlich, und wandte den Blick erst ab, nachdem er von jedem ein Lächeln und ein Kopfnicken geerntet hatte. »Und deshalb durften wir nicht aus der Wüste zu unseren Onkeln zurückkehren, mit nichts in den Händen für die lange Strapaze als ein paar blutigen Affenkadavern. Wer hätte uns die abkaufen sollen? Ein Händler reist nicht mit leeren Körben. Das zeigt, daß er den Glauben verloren hat.« Er hielt inne. Er lächelte, ein echtes und freudiges Lächeln. »Was habt ihr zu verkaufen, wenn ihr nach Hause kommt? Was weist ihr euren Onkeln vor, nach vierzig Tagen Fastenzeit?« Er hob die Hand. Sie mußten nicht antworten.

Musa erzählte, wie er und seine Vettern sich gegen die

Wüste behauptet hatten. Sie waren weitergezogen, Tag für Tag, in der Hoffnung, auf Brunnen oder Quellen zu stoßen oder auf ein trockenes Flußbett, wo sie nach Wasser graben konnten. Sie verbanden ihrem Vetter Habak die Augen, um seinen Geruchssinn zu schärfen. Er mußte auf allen vieren kriechen, im Sand nach Feuchtigkeit schnüffeln, doch außer Dürre und Hitze roch er nichts. Sie suchten glücklos nach Spuren von Leben und fanden nichts außer sich selber. Sie träumten von Tamarisken mit Seen von Wasser um die Wurzeln und Honigtau entlang der Stämme und fanden nichts außer ihrem Durst.

»Doch unsere Affen lachten«, sagte Musa. »Sie freuten sich über unsere aussichtslose Lage. Sie hatten nichts dagegen, daß wir im Sand gebacken wurden. Es war ihnen gerade recht. Sie wollten nicht nach Nabatäa, um dort in einem Topf zu enden. Wer konnte es ihnen verdenken? Lieber verdursteten sie. Trau keinem Affen auf dem Rücken eines Kamels. Das ist ein guter Rat … Trau keiner durstigen Frau und keinem Hund.« Er lachte und ließ das Lachen in einem jähen Schmerzensschrei enden. Er griff sich an die Brust und zuckte zusammen. Nur eine kleine Magenverstimmung … »Vielleicht sollte ich mich ein wenig ausruhen«, sagte er. Er befühlte seine Stirn. »Fühlt sich heiß an.« Er schloß die Augen.

»Du machst nur Spaß«, sagte Aphas. »Ich will hoffen, daß du nur Spaß machst. Wie geht es weiter mit den Affen? Meinethalben ruh dich aus, wenn dir nicht wohl ist. Natürlich wollen wir nicht, daß dir dich nicht wohl …«

»Ach, unser Nachbar würde also das Ende des Geschichtenerzählers für das Ende der Geschichte in Kauf nehmen«, sagte Musa schwer atmend. »Die Affen sind ihm wichtiger als ich ...? Ich hatte gehofft, bei einem kranken Mann mehr Mitgefühl für einen Leidensgenossen zu finden.«

»Nein, nein, ruh dich nur aus ...«

»Ich ruhe mich nicht aus. Der Schmerz gewährt mir gottlob eine Frist. Bringt mir Wasser. Legt mir den schönen Schal um die Schultern, den die Frau trägt. Ich will weitererzählen, solange ich kann.« Der Schal war warm und roch süß mit einem Hauch Ingwer von Martas Balsam.

Die Zeit war gekommen, erzählte Musa, nachdem er das Wasser getrunken und sich noch ein paarmal an die Brust gegriffen hatte, er und seine Karawane waren auf ihrer Reise durch die Wüste vor der Tür des Teufels angekommen. Trinken, irgend etwas trinken oder sterben, das war die Wahl. Sie würden Musas Kamel das Messer geben müssen. Er würde zu Fuß weitergehen müssen wie seine Vettern, knöcheltief im Sand. Sie wollten dem Kamel den Höcker und den Bauch aufschneiden. Um sein Wasser, sein Blut und seine Milch zu trinken; die Affen mochten sich aus Eingeweiden und Fett holen, was sie an Nahrung brauchten. Die Affen würden kopfunter Kamel fressen müssen.

»Aber mich zwingt keiner, zu Fuß zu gehen«, sagte Musa und rieb sich die Seite. »Ein kluger Händler geht nicht zu Fuß. Ich schloß die Augen. Ich ließ den Kopf seine Arbeit tun. Ich dachte, töten wir doch ein paar Affen. Holen wir uns Fleisch und Flüssigkeit von ihnen. Das Fleisch ist gut abgehangen, es wird uns munden. Aber denkt daran. Was hab ich über das Affenfleisch gesagt? Warum verspeisen sie es in Nabatäa? Weil es den Mann hungrig auf sein Weib macht. Und was hätte uns fünf Männern das genützt, mit nichts als Sand, um uns zu trösten? Es ist Sünde, wenn ein Mann seinen Samen an Kamele vergeudet. Uns würden Söhne mit zwei Zehen geboren.

Also packte ich keinen der Affen beim Kragen, um ihn meine Klinge spüren zu lassen. Ich schnitt einen von ihnen los. Ich hielt ihn am Schwanz fest. Ich flüsterte in sein Ohr, ich sagte: Such uns Wasser. Du bist eine Biene. Ich mußte ihn nicht in einen hohlen Stock stecken oder ihm das Hinterteil mit einer Aprikose verstopfen. Ihr hättet sehen sollen, wie er gelaufen ist. Er wußte, daß seine Chance, davonzukommen, zurück zu seinem Fluß mit den drei Ufern, darin lag, daß er Wasser fand und dann Fersengeld gab. Mein flinkester Vetter, Raham, folgte ihm über die Sandwehen, bis er ihn aus den Augen verlor. Ein Affe ist flink wie eine Ratte. Mein Vetter Raham auch. Aber der Affe war bald seinen Blicken entschwunden. Er summte nicht. Hinter seinem Summen konnten wir nicht herlaufen. Aber wir konnten seine kleinen Spuren im Sand verfolgen, den Schwanz, die schwingenden Hände, bis wir ihn gefunden hatten, erschöpft vom Laufen und der Sonne. Halb tot. Und noch kein Wasser. Wir fesselten ihn, wir hängten ihn an den Füßen zu seinen Brüdern und Schwestern. Dann ließen wir den nächsten Affen frei … Ich flüsterte ihm ins Ohr: Lauf schön, kleiner Affenjunge …«

Sie brauchten vierzehn Affen und zwei Tage, so Musa, bis sie schließlich eine Reihe von Steinen und Dornensträuchern entdeckten, die hinunter in ein ausgetrocknetes Flußbett führte – und dort saß ihr vierzehnter Affe in einer offenen Zisterne unter einer Felsplatte und badete wie eine Kaiserin in ihrer Wanne. »Wir bedienten uns. Wir mußten keine Bienen ausräuchern. Wir wuschen uns. Wir ließen uns voll Wasser laufen. Wir füllten unsere Ochsenhäute. Dann waren die Kamele an der Reihe. Süßes Wasser, mit einem Hauch von Ingwer im Geschmack.«

Sie kehrten der Wüste den Rücken und zogen das Tal entlang, folgten den Rinnen, die vor einem oder ein paar Jahren der letzte Regenguß hinterlassen hatte, bis sie auf belaubte Bäume und menschliche Wohnstätten trafen, auf Äcker, auf denen, wie Musa sich ausdrückte, »das Gras so spärlich sproß wie einem Jüngling der Bart«. Sie gelangten rechtzeitig nach Nabatäa, um noch ein Geschäft zu machen; nur zwanzig Affen waren unterwegs verendet, und Musa war nicht einen Schritt zu Fuß gegangen. »Am Ende meiner Geschichte war ich ein wenig reicher als zuvor.« Er blickte Shim an: »Deine gelehrte Meinung, wenn ich bitten darf. Enttäusch uns nicht.« Er atmete ein und hielt die Luft in den Lungen, bis sein Gesicht rot anlief. Jetzt war der Zeitpunkt gekommen, sie zu überrumpeln.

»Dies ist eine Geschichte«, sagte Shim mit gebotener Vorsicht, »die uns allen eine Lehre sein kann. Die ersten dreizehn Affen, denen ihr gefolgt seid, haben das Wasser nicht für euch gefunden. Aber ihr habt bis zum vierzehnten durchgehalten. Beharrlichkeit ist die Lehre deiner Geschichte. Dafür werden meine Nachbarn dir dankbar sein … da bin ich sicher …«

Er hätte noch mehr gesagt, versucht, sich noch besser ins Licht zu rücken, hätte Musa nicht plötzlich einen lauten Schrei ausgestoßen und sich auf den Bauch geschlagen. »Dieser Schmerz … ich halte diesen Schmerz nicht mehr aus«, sagte er. Er schloß die Augen und ließ die Luft heraus. Er schob sich die Hand ins Haar. »Ich verbrenne. Mein Kopf.«

»Soll ich dir noch etwas Wasser bringen?« fragte Aphas.

»Nein, nein. Laßt mich ausruhen.«

Musa klappte ein Auge auf und sah sich um. Shim lächelte beinahe. Marta war aufgestanden, erschreckt, so schien es ihm. Seine Frau hielt sich eine Hand vors Gesicht. Er konnte ihren Mund nicht sehen. Sie macht sich Sorgen, dachte er, daß der Teufel zu ihm zurückgekehrt war, daß ein zweiter Fieberanfall sie bald zur Witwe machen würde. Auf einem Felsen, noch hinter der letzten Höhle, balancierte der Badu auf einem Bein wie ein Reiher, den einen Fuß auf das andere Knie gestützt.

»Nein, nein«, wiederholte Musa. »Ich muß mich hinlegen. Es ist hier.« Er deutete auf seine Seite – ein stechender Schmerz in der Leber – und strich sich mit den Händen über den Bauch – eine Region diffuser Beschwerden.

»Vielleicht hast du was Falsches gegessen«, sagte Aphas hilfsbereit, auch wenn er sich nicht vorstellen konnte, daß jemand schlimmere Leberschmerzen haben sollte als er. Er neigte das Haupt vor Shims Klugheit und vor Musas brillanter Zunge, diffuse Beschwerden jedoch betrachtete er als sein ureigenstes Reservat.

»Das Fleisch«, sagte Musa mit seiner knabenhaftesten Stimme. »Es war schlecht. Der Honig hat den Geschmack überdeckt.« Mochten seine Mieter ruhig denken, daß sie ihn vergiftet hatten. »Mir ist heiß.« Und dann, nachdem Miri gekommen war, um ihm mit ihrem Tuch Luft zuzufächeln: »Mir ist kalt. Eine schlimme Geschichte ... Erst stehlen sie mein Fleisch, und jetzt vergiften sie mich.« Musa hätte sich vor Schmerz gekrümmt, wenn er gekonnt hätte. Er war zu dick dazu. Statt dessen rollte er sich auf die Seite und streckte sich in den Staub, ein verwundetes Tier, der mächtige Kopf nur auf ein paar Steine gebettet. Er hatte Aphas dreißig Tage lang seinen Krebs zelebrieren sehen, ohne davon beeindruckt zu sein. Das konnte Musa besser. Zucken und Stöhnen reichten nicht. Er experimentierte mit ein paar unkontrollierten Krämpfen im Bein. Er griff sich ans Ohr. Er schaute so furchtsam und verstört wie möglich. Hier wurde keine billige Schmierenkomödie gespielt. So etwas ließ Musa sich nicht nachsagen. Das war Theater vom Allerfeinsten; es war seine Version eines Wunders.

Der Wind hatte aufgefrischt, der Nachmittag war kühl und neigte sich dem Ende zu. Wolken brachten eine frühe Dämmerung. Er durfte keine Zeit verlieren. »Ich muß schlafen«, sagte er.

Die Frauen nahmen je ein Bein, während Aphas, Shim und der Badu ihren Wirt bei den Schultern in die nächste freie Höhle zogen – nur wenige Schritte von Martas Höhle entfernt, mit Blick auf die abschüssige Terrasse, abgeschirmt durch nichts als ein paar Melden und das kupferfarbene Geröll der Felswand. Sie legten ihn auf die Erde; sein einziges Bettzeug war Martas Schal. Den schoben sie ihm unter den Kopf. Er vergrub seine Nase darin. Er mochte Martas Wärme, ihren Duft.

Seine Frau und seine Mieter standen im Eingang der Höhle, schlossen das Licht aus, flüsterten. Was sollten sie mit ihm tun? Keiner von ihnen hatte gesagt: »Alsdann, werde gesund«, oder ihm die Stirn gestreichelt. Jeder hatte von Leuten gehört, die auf solche Weise gestorben waren – derselbe plötzliche Schmerz, der Schrei, die über der Brust gespreizten Finger, das rötlichgraue Gesicht, der letzte, röchelnde Atemzug. Der Welt mochten ein paar Geschichten verlorengehen, wenn Musa starb, aber sonst nicht viel Bewahrenswertes. Die Aussicht auf seinen Tod war zu verkraften. Sein Tod war überfällig. Miri wagte nicht einmal, zu beten. Ihre Gebete hatten sie schon einmal im Stich gelassen. Würde sie eine zweite Gelegenheit bekommen, Musa die Böschung hinunter und in die Zisterne zu rollen, die sie für ihn ausgehoben hatte? Aber warum für einen wie ihn gutes Wasser vergeuden? Sie mußten seine Höhle nur mit Steinen verrammeln, sie zur Totengruft machen, und die Steine mit Kreide markieren, um künftige Fastende und durchreisende Juden vor dem verfaulenden Leib zu warnen.

»Miri, Miri, komm her zu mir«, sagte er schließlich, die Stimme so schwach wie nie gehört, das Gesicht unsichtbar. Sie mußte niederknien und ihr Ohr an seine Lippen halten. Sein Atem war warm und trocken. Kein schwefliger Eiergeruch diesmal. »Geh statt meiner ins Zelt zurück und gib gut acht auf alles«, sagte er. »Ich kann nicht gehen. Ich muß hier schlafen. Und morgen früh, sobald es hell ist, bringst du mir eine Flasche Dattelgeist. Und Matten und Decken. Kissen für meinen Kopf. Sammle ein paar Kräuter. Und backe heute abend etwas Süßes für mich. Da ist der Honig. Und vergiß nicht, die Wasserschläuche zu füllen. Sag ihm, er soll herkommen.« Er deutete auf Aphas.

Aphas kniete nieder, so gut es ging, und lauschte angestrengt den immer leiser werdenden Worten seines Wirts. »Geh mit meiner Miri, Onkel. Paß gut auf sie auf, denn es gibt Briganten in diesen Bergen. Und Wölfe, reißende Wölfe. Hier draußen darf keine Frau allein bleiben. Und jetzt ruf sie und ihn zu mir her.« Shim und

Marta wurden herbeigewunken. Mit etwas Abstand kniete sich Marta neben Musa, um zu hören, was er von ihr wollte. Shim dagegen zeigte wenig Neigung zum Niederknien. Er fürchtete um seine Fesseln und den kleinen Zeh, trotz der plötzlichen, verheerenden Erkrankung ihres Wirts. Aber Musa fand die Kraft, lauter zu sprechen: »Ich bitte euch, einen von euch, gleichgültig wer ... Bleib heute nacht in deiner Höhle und bring mir Wasser, wenn ich rufe. Bete für mich, falls ich sterben sollte. Kümmere dich um Miri und die Ziegen ...« Er atmete schwer. »Und den anderen von euch. Das ist mein letzter Wunsch. Der Galli hat mir einmal das Leben gerettet. Geh hinunter zu ihm, solange noch Licht ist. Stell dich auf unseren Felsen, wo ich so oft gestanden habe. Rufe, bis dir die Stimme versagt. Bleib die Nacht über und flehe ihn an. Sag ihm, daß ich sterben muß, wenn er nicht kommt. Hab Mitleid mit einem Mann ... Wer von euch geht?«

Er meinte natürlich: Wer von euch bleibt? Und er wußte, daß es Marta sein würde. Eine unbehütete Frau konnte nicht über die Mitternacht hinaus auf einem Felsen stehen und nach einem Verrückten in einer Höhle rufen. Natürlich bestand die Gefahr, daß Shim zurückbleiben würde. Dann würde Musa spät nachts in seine Höhle schleichen und ihm mit einem Stein den gelben Schädel einschlagen. Ein zweitrangiges Vergnügen.

Alle taten gerne, was ihnen aufgetragen wurde. Aphas und Shim wollten lieber zum Zelt und zum Abhang hinuntergehen als bei Musa bleiben. Sollte er doch sterben oder von selber wieder gesund werden. Weder das eine noch das andere wollten sie mit ansehen müssen. Aphas dachte, wie angenehm es sein würde, einmal auf Teppichen zu schlafen. Miri dachte an die Stunden, die sie damit verbringen durfte, bei Kerzenlicht die Fäden ihrer Matte zu verknoten. Shim hatte seinen gewundenen Stab wieder an sich genommen, kaum daß Musa zu Boden gesunken war. Ihm gefiel die Vorstellung einer ungestörten Nachtwache auf dem Felsvorsprung, eingehüllt in seinen dicksten Mantel, endlich allein mit Musas sehr dummem Jungen – auch wenn er den Galiläer natürlich nicht zu laut rufen, ihn nicht allzusehr drängen wollte, heraufzukommen und Musa zur Seite zu stehen. Bei Hirtenjungen wußte man nie. Ein Wunder konnte er nicht gebrauchen.

Sie hatten es eilig, die drei. Sie liefen davon.

Marta zuckte die Achseln. Es machte ihr nicht viel aus, daß sie zurückbleiben mußte. Eine von vierzig Nächten Fastenzeit – was war schon dabei? Von ihnen allen hegte sie am wenigsten Groll. Musas Geschichten hatten sie besänftigt. Sie konnte keine rechte Angst vor einem Mann haben, der so fesselnd erzählte, der so krank war, der Miri ein Kind gemacht hatte. Wenn doch Thaniel fähig wäre, eine solche Geschichte zu erzählen. Wenn er doch nicht gar so langweilig wäre. Vielleicht wäre dann auch sie schwanger.

Musa ließ Marta in Ruhe. Er spielte auf Zeit, ließ die Frau ihren abendlichen Verrichtungen nachgehen. Er hörte ihre Schritte, roch ihr Feuer, hörte sie husten im Qualm. Er belästigte sie nicht. Er war milde gestimmt. In der Höhle war es warm genug. Der Boden war weich. Er schlief. Er würde warten, bis es Nacht war. Endlich waren sie allein, oder doch nur durch das Erdreich zwischen ihren Höhlen getrennt.

Gewiß, da war noch der Badu. Man vergaß ihn so

leicht. Nachdem sie alle ihre geflüsterten Anweisungen von Musa erhalten hatten, war er in die Höhle gekommen und niedergekniet. Er hatte die Stirn seines Wirts gefühlt und den Kopf geschüttelt, als wollte er sagen: Eine schlimme Krankheit. Du wirst ihr nicht entkommen; oder: Dir fehlt gar nichts. Mich verkaufst du nicht für dumm. Steh auf und geh zurück in dein Zelt. Er hatte seine Wangen, sein Haar an Musas Gesicht gedrückt. Musa hätte ihn beißen können. Er hätte ihm den hennaroten Kopf mit einem Stein zertrümmern können. Statt dessen flüsterte er ihm ins Ohr: »Lauf schön, kleiner Affenjunge … Sei brav und laß dich hier nicht blicken.« Doch eigentlich machte sich Musa wegen eines Verrückten wie ihm keine Sorgen. Er war zu klein, um solch großen Kontrahenten in die Quere zu kommen.

22

Es wäre die ideale Nacht für Musas Tod gewesen, wenn er ernstlich krank gewesen wäre oder irgendein Gott den Lärm, den Musa schlug, für bare Münze genommen und beschlossen hätte, endlich kurzen Prozeß mit ihm zu machen. Der Himmel war rabenschwarz. Keine Sterne. Kaum ein Mond. Das spärliche Licht wurde von Nebelbänken verschluckt, unter denen die Silhouetten der Berge noch weniger massiv erschienen als die Wolken. Eine endliche Welt, aber ein ewiger Himmel. Die Erde war substanzlos, der Himmel war fest.

In einer solchen Nacht hätte der Tod unbemerkt zu Musa hineinschlüpfen, ihm mit den Fingern über die Augen streichen und seine schwere Seele hinauf in den Himmel schicken können, ohne daß auch nur ein Schatten über der Wüste sein grausames Werk verraten hätte. Wenn Musa geschrien hätte: »Er rührt mich an« – es wäre in den kurzen Augenblicken, in denen der Hauch des Lebens aus seinem Fleisch wich, um sich in den Wolken aufzulösen, niemand gekommen, hätte ihn an den fleischigen Zehen festgehalten und gefleht: »Dieser Mann ist Ware, die nicht angerührt werden darf.

Wir lassen nicht zu, daß du diesen Mann von uns nimmst.«

Sicher, der Badu war die ganze Nacht über wach, aber er würde Musa nicht zu Hilfe kommen. Er würde und er konnte es nicht hören, wenn Lebenshauch und Fleisch sich trennten. Möglich, daß Marta nur im Halbschlaf lag, aber sie war schwach und vernünftig genug, des Nachts die Höhle nicht zu verlassen, ganz gleich, was für Geräusche sie hörte. Musa hätte seine kleine Familie zu Hilfe rufen können, wie er es schon einmal getan hatte: »Miri, Miri. Komm rasch zu mir und rette mich vor …« Ein sterbender Mann durfte ja wohl erwarten, daß seine Frau um sein Leben kämpfte. Aber Miri war zu weit entfernt, um auf seinen Hilferuf zu antworten. Sie und der alte Aphas schliefen so fest wie seit Tagen nicht, außer Rufweite, im Zelt, nicht bekümmert um das Schicksal ihres Gatten, ihres Wirts, es sei denn im Traum.

Nur Shim, der mit gekreuzten Beinen weit draußen auf dem Felsvorsprung saß, überwältigt von der Dunkelheit und seiner Angst, filterte jeden Laut heraus, den er vernahm. Ein rollender Stein. Das trockene Husten, wenn ein Wind sich regte. Ein Vogel auf seinem Zweig. Nur er hörte das Geschiebe und Geschimpf der Wolken, als der Tod in seinem grauen Wagen über den Himmel fuhr. Falls er überhaupt betete bei solchen Geräuschen, betete er, der Tod möge vor Musas Höhle haltmachen und nicht auf Shim herabkommen. Soll Musa ruhig sterben, dachte er. Seine Zeit ist längst gekommen. Die Welt wird ein besserer Ort, wenn Musa ein kurzes Leben hat. Aber ich bin von Nutzen für die Welt, ich habe eine Aufgabe, und noch sind zehn Tage Fastenzeit abzudienen. Meine Zeit ist noch nicht gekommen.

Doch nicht lange konnte Shim sich selber täuschen. Natürlich war sein Standpunkt der des Griechen. Der Tod tat seine Arbeit nicht, um die Welt zu verbessern. Nur ein Narr konnte das glauben. Der Tod ist ein Diener, mit einer Liste zum Markt geschickt und viel zu dumm, um selber eine Wahl zu treffen. Überdies ist er sparsam. Er feilscht nur um die Unbehüteten und Schwachen, weil sie billig und leicht zu erstehen sind. Der Tod würde sich nicht mit Musa abmühen, noch nicht. Musa war zu jung und zu kräftig, zu unerreichbar für den Tod. Er war zu groß. Er würde sich weigern zu sterben, und mochte er noch so krank erscheinen, mochte er sich noch so sehr die Seite halten, sich vor Schmerzen krümmen. Es bestand kaum Aussicht, daß Musa am Morgen tot war. Er würde am Leben sein. Shim hatte es im Gefühl, auch wenn er das Gegenteil hoffte. Was, wenn diese Krankheit nur gespielt war, eine List, um selber ein tödliches, grausames Werk zu verrichten?

Nein, der Tod würde sich nicht mit Musa herumschlagen, solange es leichte Beute wie Aphas gab, der alt und verkrebst war. Oder sogar Miri, geschwächt durch ihr Kind. So viele schwangere Frauen starben vor ihrer Zeit. Den Tod bestach ihr Preis. Ein Sonderangebot, zwei Leben in einem. Oder Shim selber. Er war nicht gut gerüstet für die Schlacht um seine Seele. Er fühlte sich schwach und wehrlos in der Nacht, beschützt weder durch ein Obdach noch durch Kampfesmut. Eine leichte Übung für den Tod, ihm die Klauen in die Schultern zu schlagen wie eine Eule und ihn vom Felsen zu heben. Oder, wahrscheinlicher noch, der Tod kam nicht als Eule zu ihm auf den Felsen, er kam in Musas Gestalt, hielt ihn an den Fesseln fest und schlug ihm fünfzig Fäuste auf den

Kopf. Warum wohl hatte Musa, der Listige, ihn an diesen Ort bestellt, damit er die Nacht hier allein verbrachte? Doch nur, um ihn von den anderen zu trennen, damit er ihn töten konnte. Und niemand würde von seinem Tod erfahren. Musa mußte seine Leiche nur über die Felskante rollen – nicht nötig, daß Freiwillige ihn bis zum Abgrund schleiften – und zurück in seine Höhle gehen, um seine Krankheit wiederaufzunehmen. Seinen Nachbarn konnte er erzählen, Shim war des Fastens überdrüssig geworden und hatte das Weite gesucht. Oder Shim war im Dunkeln gestolpert. Oder Shim war zu solch tiefer Ruhe gelangt, daß er sich in einen Stein verwandelt hatte.

Und so kauerte Shim den ersten Teil der Nacht über auf seinem Felsvorsprung und wartete auf Musa, formte Musa in vielerlei Gestalt aus der Dunkelheit. Musa schweigend. Musa gewaltig. Musa auf Zehen laufend, mit Schlangen und Flammen an den Fingerspitzen. Der Tod mit Musa als Reiter. Musa schwarz und flink, unsichtbar. Keine Nacht war je so dunkel gewesen, so still, so voll der Möglichkeiten. Aber der Schrecken währte nicht lang. Shim hörte das Geschiebe und Geschimpf in den Wolken nachlassen. Auch seine Angst ließ nach. Für eine Weile wurde der Himmel leiser. Er ruhte aus, verdaute. Wenn der Tod gekommen war, dachte Shim, dann war er an ihm vorübergegangen. Aber irgend jemand mußte gestorben sein, ganz in der Nähe. Er konnte es förmlich riechen. Was würde er vorfinden, wenn er am Morgen zu seinen Nachbarn zurückkehrte? War Musa wohlauf? Waren Marta und der Badu verschont geblieben? Hatte der Tod um das Zelt herum geschnüffelt, in dem Miri und Aphas schliefen, und sich beide oder einen von beiden geholt?

Es war fast Mitternacht, als der Blitz die Wolkendecke durchbohrte und eine Lawine von Donnerschlägen auf die Erde niederrollen ließ. Der Himmel drohte nur. Er ließ die Muskeln spielen. Kein Grund zur Sorge. Schon bei der Erschaffung der Welt waren Regen und Wüste übereingekommen, sich gegenseitig, so gut es ging, in Frieden zu lassen. Die Wolken senkten sich herab, um an den Bergen zu schnuppern, sich an Dornensträuchern die Bäuche zu kratzen, sich auf der warmen Erde noch ein wenig auszuruhen vor den beschwerlichen Schlachten der Nacht. Den einen oder anderen Tropfen verloren sie dabei, genügend, daß das Zelt erzitterte, und Shim erwog, sogleich zu seiner Höhle oder – besser noch – zu den anderen im Zelt zurückzukehren, falls dort jemand überlebt hatte.

Aber diese Wolken zogen nur durch. Sie trugen den größten Teil ihrer Last nach Norden, über Sawiya und Jerusalem hinweg nach Samaria und Galiläa. Sie wässerten lieber die Blätter von Eichen und Terebinthen, als ihr Wasser an Dornengestrüpp zu vergeuden; sie wuschen lieber den Staub von Myrte, Ginster und Asphodill. Noch vor Sonnenaufgang würden die ersten schweren Regentropfen Bohnen und Zwiebeln in ihren tiefen Ackerfurchen mit galiläischer Erde besprenkeln und das schwarzrote Erdreich von den Wurzeln des Sommerweizens spülen. Jesu Brüder würden die Hühner hereinholen und wach liegen, während der Regen auf ihre flachen Dächer prasselte und den Kalkmergel aufbrach, den sie über Planken und Balken und Schilf gedeckt hatten, um die Dächer abzudichten. Bei Tagesanbruch würde einer von ihnen mit dem steinernen Zylinder den Mergel wieder an seinen Platz walzen müssen. Nicht ich, dachte jeder. Ich bin nicht an der Reihe. Ich nicht.

Doch der uralte Mergel im Strauchland blieb nahezu trocken. Scheppernd auf ihre Schilde schlagend, zogen Blitz und Wolken weiter. Der Himmel wurde wieder sanft vom Mondlicht, dann sternenklar. Und mit den Sternen kam der Wind, der ungehindert über das leere Forum des Himmels streifen durfte, ein Gladiator auf der Suche nach einem Gegner. Es war ein zorniger Wind. Seht her, rief er. Ich habe die Wolken vertrieben. Donner und Blitz sind geflüchtet. Ich habe die Nacht ihrer Wärme beraubt. Es gibt nichts, das ich euch nicht antun könnte.

Der Wind hatte keine Übereinkunft mit der Wüste. Sie waren Feinde von jeher. Die Wüste schob Felsspitzen und Grate heraus, um den Wind abzuwetzen, ihn zu verletzen. Als Antwort packte der Wind Staub und Dornen und wirbelte das lose Zeug auf dem Strauchland umher, riß totes Geäst aus den Bäumen wie ein tollwütiger Junge. Aber in dieser Nacht wollte der Wind sich nicht mit totem Geäst zufriedengeben. Er fiel über das Strauchland selber her. Die dürren Bäume hielten dem Wind nicht stand. Ein Baum kann sich biegen, bis er abbricht oder entwurzelt wird.

Shim hätte noch viel länger auf dem Felsvorsprung ausgeharrt, wenn der Wind nicht gewesen wäre. So hell, wie der Mond jetzt schien, hätte er die ganze Nacht draußen bleiben können. Er wollte sich gegen die Dunkelheit behaupten. Er wollte den Sternen ebenbürtig sein. Und dann – wenn sie gegen Morgen nach ihm schauten – würden sie ihn als stoische Silhouette vor dem aufgehenden Purpur des Tages auf seinem Felsen sitzen sehen, halb Fleisch, halb Stein. Ein erhabener Anblick, allemal erhabener als der Galli, der sich in seiner Höhle verkrochen hatte. Dann würde Shim zum Zelt hinaufgehen, die niedrige Sonne im Rücken, die Schatten seines Körpers und seines Wanderstabs vor ihm ausgelegt wie Mäntel, von seinen Jüngern auf den Boden geworfen, um ihm den Weg zu bereiten. Er würde sich Zeit lassen. Mit Bedacht würde er die Schritte setzen. Sein Gesicht würde nicht verraten, wie lang die Nacht, wie nah er dem Tode gewesen war. Mit etwas Glück würde die Frau zu ihm sagen: Mein Mann ist tot. Oder: Aphas ist dahingegangen. Oder: Es gab einen Unfall; der Badu ist gestürzt, hat sich den Hals gebrochen. Ein Löwe ist gekommen. Es stand ein Begräbnis an, und Shim – wem sonst – würde es obliegen, die Ritualien zu leiten und seine Nachbarn anschließend daran zu erinnern, daß es noch zehn Tage Fastenzeit zu absolvieren galt. Bis zum Schluß würden sie sich alle Shims Wünschen fügen.

Doch dieser grausame, eigensinnige Wind blies, und es war kalt. Shim konnte nicht einen Augenblick länger bleiben. Es wäre gefährlich gewesen, unvernünftig. Er war schließlich nicht aus eigenem Antrieb auf den Felsen gestiegen. Man hatte ihn geschickt. Man hatte ihn hereingelegt. »Rufe, bis dir die Stimme versagt«, hatte Musa befohlen. »Bleib die Nacht über, flehe den Galli an. Er hat mir einmal das Leben gerettet. Sag ihm, daß ich sterben muß, wenn er nicht kommt. Das ist mein letzter Wunsch.« Dann stirb, dachte Shim. Das ist *mein* letzter Wunsch. Er würde nicht flehen, wie man es von ihm verlangte. Wer käme schon dahinter? Statt dessen flüsterte er in den Wind, der die Felswand bestürmte: »Galli. Der Fettsack Musa sagt, er stirbt. Er sagt, du sollst kommen und ihm das Leben retten, oben bei den Höhlen. Hab Mitleid mit einem Mann, sagt er. So. Das war's. Ich bin fertig. Und nun schlaf weiter.«

Shim hüllte sich in seinen Mantel und brach kurz nach Mitternacht auf, als der Wind um den Felsvorsprung herum bereits Steine und Erde lockerte und das Geröllfeld herabrutschen ließ, der Stille des freien Falls entgegen. Er war erstaunt, wie schwer er vorankam. Der Wind faßte seine Knie, hob ihm den Mantel um den Kopf. Er schlug ihm um Gesicht und Ohren.

Es kletterte sich nicht leicht im Dunkeln, doch zunächst gab es wenigstens keine Zweifel am richtigen Weg. Jeder Schritt mußte ein Stück höher führen als der vorherige. Er stolperte vorwärts, ertastete mit den Händen die Richtung. Doch als er die ebene Fläche über der Felswand erreicht hatte, verlor er jegliche Orientierung. Hier stürmte es noch heftiger als auf der Felskante; obwohl die Nacht klarer geworden war, konnte er die Silhouette der Berge nicht erkennen. Seine Augen tränten, fast geschlossen vor dem Wind. Er hockte sich nieder und ließ den Stab über den Boden gleiten. Der Sturm blies kräftig genug, ihn bis nach Jericho zu wehen. Er versuchte sich zu erinnern, aus welcher Richtung der Wind gekommen war, als er noch auf dem Felsen saß. Shim meinte, daß er ungefähr in einer Linie mit der Felswand geweht hatte, eng an die Risse und Spalten, die Schwangerschaftsstreifen der Talwände geschmiegt, als sei das Tal selber vom Wind geformt. Wenn er sich die Böen weiterhin auf die linke Wange blasen ließ, dann konnte er nur landeinwärts unterwegs sein, fort von der Felskante. Mit Füßen und Stab, wie ein blinder Bettler, erfühlte er sich seinen Weg. Sein Haar zerrte an der Kopfhaut. Blätter und Dornenzweige flogen ihm ins Gesicht, fliegender Staub stach ihm in die Haut. Seine Kleider mit ihren Bändern streckten sich den Wassern des Nordens entgegen.

Er hätte das Zelt vielleicht nie gefunden, wenn er nicht, eingerollt in seinen Mantel, hinter einem Felsen Schutz gesucht hätte. Warum den Rest der Nacht nicht einfach hier verbringen? Es war nicht kalt genug für Frost. Und es regnete nicht. Der Felsen bot ein wenig Schutz. Shim führte den Stab am Fuß des Felsens entlang und in jede Spalte, die er fand. Womöglich war er nicht die einzige Kreatur, die Zuflucht vor dem Sturm gesucht hatte. Er verschränkte die Arme vor der Brust. Er stellte verwundert fest, wie sehr er seine Höhle und sogar seine Nachbarn vermißte.

Schon bald hörte er Schreie hinter dem Wind, die Stimmen von einer Frau, einem Mann und sechs Ziegen, das Schlagen von Stoff. Erleichtert verließ er seinen Felsen und kämpfte sich vorwärts gegen den Wind, auf ein Geknatter zu, das von den sturmgeblähten Segeln eines Schiffes hätte herrühren können. Er meinte beinahe, das Salz auf der Zunge zu schmecken, die Angstschreie der Ruderskiaven zu hören. Und dort, endlich, stand Miri inmitten umgeknickter, ungebärdiger Masten und Stangen, klammmerte sich an ihr umgewehtes Zelt wie ein kleines Fischerweib an Segel und zerfetzte Takelung. Ihr Haus aus Ziegenhaar, so biegsam in Bauweise und Lebensart, hatte sich vor dem Wind zu tief verbeugt.

Aphas, ein Schatten, dunkler als die Nacht, war zu langsam und zu schwach, um den Zeltstoff entschlossen zu packen. Zuerst lief er herum, griff nach allem, das sich bewegte, einem Stück Schnur, einem taumelnden Webstuhl, einer Stoffbahn, ein paar Kleidern, einem Laib Brot. Doch kaum hatte er sie zu einem Haufen zusammengetragen, rollten sie schon wieder fort, bevor er sie mit einem Stein beschweren konnte. Er gab es auf. Er war zu alt, um sich gegen das trommelnde Possenspiel der Windböen aufzulehnen. Er suchte zwischen ein paar Steinen Schutz. Mochte kommen, was da wollte. Er würde lieber sterben als eine solche Nacht erleben.

Shim mußte sich sputen. Es kam jetzt nicht mehr darauf an, daß er gemessenen Schrittes ging, daß man ihm die durchwachte Nacht nicht ansah. Er war keine stoische Silhouette. Er war bestenfalls eine hastende Gestalt, zwei gekrümmte Beine, ein flatternder Mantel, doch immerhin eilte er Miri zu Hilfe, half ihr, den ungebändigten Zeltstoff einzuholen, der fliegenden Finsternis der Nacht Stricke und Zeltstangen zu entreißen. Schließlich schichteten sie das viele Ziegenhaar, die vier Seiten des Zelts, das Dach, den bunten Vorhang, der Musa von seiner Frau getrennt hatte, zu einem Stapel auf. Arme und Beine gespreizt, taub vom Knattern der Stoffkanten, legten sie sich darauf. Was hätten sie tun sollen? Sie warteten, daß der Tag den Wind vertreiben würde.

Ein eiserner Topf flog über die Steppe davon, zwischen entsetzten Ziegen hindurch, angetrieben von einem kräftigen Windstoß. Eine ungestimmte bleierne Glocke, die sich selber schlug und an jedem Stein einen anderen Ton fand.

23

Der Galli wußte, was für ein Wind das war. Ein Wind, um mit ihm davonzufliegen. Seine heulenden Böen suchten ihn in seiner Höhle, kamen hereingeplatzt wie lärmende Buben, um ihn aus seiner Bewußtlosigkeit zu rütteln. Auf, auf, Zeit zu gehen.

Er war dafür gerüstet. Das Fasten hatte ihn bereitgemacht. Vielleicht hatte er die dreißig Tage nur abgeleistet, um sich gegen den Wind zu wappnen. Die Fastenzeit war die ideale Vorbereitung auf den Tod gewesen. Sein Leib war leblos und geschwächt: trocken, ohne Saft, durchsichtig fast, willens, sich klaglos vom Leben zu trennen. Ein Sturm von solcher Stärke konnte ihn pflücken wie ein Blatt und ihn in die Paläste und die Gärten der Engel oben in den Sternen hinaufwehen. Es war ein gnädiger Wind, trotz seines Geheuls, von einem nachsichtigen Gott gesandt, der hin und wieder auch Ausnahmen machte. Sein Gott, er sei gelobt, hatte nicht auf den vierzig Tagen beharrt. Er hatte Jesus nicht bis zum letzten Moment seiner Fastenzeit, hinfällig und unrein, in seinem Koma verharren lassen. Er hatte Mitleid mit seinem galiläischen Sohn. Komm nun.

Als Jesus erwachte und die Hand in den Wind hinausstreckte, schien es ihm, als sei er bereits tot und erlebe das. Die vertrauten Gesichter, die er als Verbündete und Zeugen um sich versammelt hatte, die Zimmerei in Galiläa, die Äcker, die Jungen, die schattigen Winkel im Hof des Tempels, waren nur mehr blasse Erinnerungen. Das Leben eines anderen. Eine Geschichte, von jemand anderem erzählt. Die Tauben in den Gemüsebeeten würden nicht mehr von Jesus befreit werden. Für ihn gab es keine Zukunft. Keine leibliche Zukunft jedenfalls. Er hatte der Nahrung für Träume entsagt. Er hatte sein Fleisch gegen ewige Heiligkeit eingetauscht. Was würden seine Eltern und Nachbarn sagen, wenn sie ihn jetzt sehen könnten? Sie würden sagen, daß er ein sehr dummer Junge war.

Dennoch fand er natürlich die Kraft – so gut wie erlöst, so gut wie tot –, sich aus der Höhle zu schleppen, auf den Stein vor dem Eingang. Er klammerte sich daran fest, der nackte Körper dem Wind ausgesetzt. Knochen hatten sich durch seine Haut gebohrt. Die Brust war eingefallen. Wunde Stellen an Beinen und Mund wollten schon lange nicht mehr heilen. Zähne und Zahnfleisch standen ihm wie Brüstungen aus dem Gesicht hervor. Der Schmerz hinter den Augen ließ sich nicht mehr vertreiben, obwohl er doch beinahe blind war. Die Kälte spürte er nicht. Er spürte nicht einmal mehr den Wind, jetzt, wo er darin eingewickelt war. Er konnte den Wind vom Rauschen in den Ohren nicht mehr unterscheiden. Er war gefühllos wie Holz. Sie hätten ihm Nägel in die Füße treiben können. Er hätte es nicht gespürt. Sein Herz war schon zu schwach, das Blut noch so weit zu schicken. Sein Herz war zerfallen. »Bringt Gott Opfer dar und haltet euch bereit für die Winde des Gerichts«, warnte die Schrift. Er war bereit. Er war das Opfer.

Einen Moment der Klarheit gab es, bevor sein Körper sich von der Seele trennte. Den gibt es immer. Und immer kommt er zu spät. Das macht den Augenblick des Abschieds groß und grenzenlos. Jesus suchte nach Worten für seine letzten Gebete. Ein paar aramäische Worte, ein paar griechische, ein paar Guckuruckuus, ein paar Tok-tok-toks. Und seine Gebete wurden erhört. Eine Stimme wurde vom Wind hergetragen, über die Felsen herbeigeweht, eine Stimme, die nicht jüdisch war und nicht griechisch. Die Stimme erschütterte Jesus bis ins Mark. Für einen Moment gaukelte sie ihm ein wenig Hoffnung vor, wo es keine Hoffnung gab. Sie hob ihn aus der Felswand und setzte ihn im Strauchland ab. Wenn es dort wilde Tiere gab, dann waren sie zahm geworden. Die Stimme nahm sich seiner an. Sie brachte ihn zu der Reihe entlegener Höhlen. Sie führte ihn zu den Überresten des umgewehten Zelts. Sie nahm ihn mit zu der schwellenden Leber und dem verwaisten Schoß. Sie nahm ihn mit zu den Ohren des Badu. Sie übte an Shim ihr geistliches Amt aus. Sie wirkte ihre Wunder. Sie sagte: »Der Fettsack Musa stirbt. Du sollst kommen und ihm das Leben retten. Hab Mitleid mit dem Mann. So. Das reicht. Das war's, ein für allemal. Und nun schlaf weiter.«

Er schlief. Er schlief in Galiläa, in Jerusalem, in Cäsarea, Griechenland und Rom. Er schlief in Ländern, wo es außer Orangerot keine andere Farbe gab, wo alle Seen voller Gold waren, wo jeder Esel zwei Schwänze hatte, wo Fremde in langen Reihen darauf warteten, erlöst zu werden. Er legte ihnen die Hand auf und sagte: »Alsdann, werde gesund.« Ein gebräuchlicher Gruß aus Galiläa.

Der Wind stieß ihn von allen Seiten an, suchte nach einem Halt. Er hob ein wenig ab, spürte, wie sein Leib sich vom Felsen löste. Die Erde hielt ihn nicht mehr zurück. Er war nur noch Oberfläche, ohne Inneres. Sein Blatt war endlich vom Baum gefallen. Er war nichts als eine trockene, fortgeworfene Schriftseite. Der Wind umfaßte ihn, rieb die Worte von ihm ab. Machte ihn leer. Machte ihn geisterhafter als Luft. Nicht ich, noch nicht, hätte er vielleicht rufen wollen, doch er hatte keine Stimme mehr. Welche List blieb ihm, sich Kameraden an seine Seite zu holen? Welche Lüge, welche Feigheit, welcher Verrat würde ihn zurück in sein Kinderbett in Galiläa bringen?

So lästerte er Gott ein letztes Mal. Er bat den Teufel, herbeigeflogen zu kommen und ihn vor dem Sturm in Sicherheit zu bringen. Der Teufel wäre ihm beinahe lieber als Gott gewesen. Der Teufel läßt mit sich handeln, läßt sich austreiben. Aber Gott ist erbarmungslos und unberechenbar. Niemand wirft Gott hinaus. Es war zu spät. Jesus stand bereits auf der Schwelle zu der zitternden Welt, die er gesucht hatte, in der er seine vierzig ewig währenden Tage hatte verbringen wollen. Das also war der Tod. Das war der Schmerz, dem die Kraft genommen war. Das war die in ihren Samen zurückgekehrte Frucht.

Jetzt war Jesus endlich ein Reisender zwischen Himmel und Erde. Ein Licht brannte tief in der Mitte der Nacht. Er versuchte darauf zuzuschwimmen. Er versuchte zu fliegen. Er streckte dem Licht die Hände entgegen. Seine Hände waren bläulichweiß wie Glas. Das Licht schien hindurch. In der Ferne erzitterte der Berg. Er spürte dort die Kälte des Nichts. Er hörte die Kälte des Niemand. Kein Gott, keine Gärten, nur der Wind.

24

Musa schlief wie ein Esel. Er schlief wie ein toter Esel. Hätte ihn jemand mit dem Stock geschlagen, er wäre nicht aufgewacht. Es war schade, daß niemand mit Stöcken kam.

Der Wind weckte ihn schließlich auf, aber nicht, solange er wehte. Ein wehender Wind konnte Musas Schlaf nicht stören. Doch als der Sturm sich gelegt hatte, rüttelte die tiefe Stille ihn wach. Seine Höhle hatte sich als warm und behaglich erwiesen, trotz des Wetters, und so fühlte er sich ausgeruht und munter. Er wußte genau, wo er sich befand und warum er hier war, trotz der völligen Finsternis. Nicht ein Augenblick der Verwirrung. Er hatte mit einer Erektion geschlafen, bereit für den Besuch in der Nachbarhöhle, und noch bevor er die Augen aufgeschlagen hatte, erinnerte sein pulsierender Schoß ihn an das große Vorhaben. Er rieb sich die Hoden. Sie konnte ihm nicht entkommen. Sie konnte nicht fortlaufen. In ihrer Höhle hatte er sie in der Falle, sobald ein bißchen Licht war.

Musa preßte das Gesicht in ihren Schal. Er duftete noch immer nach ihr. Ein Hauch von Würze. Ihm lief das Wasser im Mund zusammen. Er zog seine Kleider hoch und schnürte die Unterwäsche auf, um sich mit dem Schal das Geschlechtsteil zu reiben. »Gib dem Hund ein Stück Stoff zu schnuppern, und er spürt den Besitzer auf«, lautete seine Devise. Und dann? Dann würde er mit seinem Leib den Eingang zu ihrer Höhle verstellen. So, daß er sie gerade noch erkennen konnte. Sollte sie ruhig schreien. Besser, als wenn sie nicht schrie. Sie würde sich entweder in eine dunkle Ecke drücken oder auf ihn zugestürzt kommen. Vielleicht hatte sie sogar einen Stock und versuchte, ihn damit zu vertreiben. Er würde sie an Füßen und Händen festhalten. Er würde ihr die Fingernägel ins Fleisch bohren. Er würde ihre Lippe mit den Zähnen fassen. Keine Frau will sich die Lippen aufreißen lassen. So still wie möglich würde sie stehenbleiben, auf Zehenspitzen, ihre Lippe zwischen seinen Zähnen gefangen, ihr Körper über seinen Bauch gebeugt. Und er konnte sie mit den Händen überall dort anfassen, wo er sie anfassen wollte.

Zweimal kräftig geruckt, zweimal quer über den Rücken gerissen, und er hätte sie nackt vor sich. Ihre Kleider würden wie Stoffmuster von ihr herabhängen. Er würde ihr den Schal um die Hüften binden, sie zwingen, sich auf ihn zu setzen, daß Fleisch und Stoff sich senkten und hoben auf seinen Schenkeln, ihr Mund auf seinem, während ihrer beider Busen sich aneinanderdrückten wie aufgehende Fladen Brot. Versuchte sie sich zu entziehen, würde der kleine Geldbeutel an der Schnur um ihren Hals zwischen ihnen pendeln wie ein Weihrauchtopf. Musa sah eine frohe Vision seiner selbst: Er packte sie an der Schnur, zog ihre Brüste, ihren Mund wieder zu sich herunter. Das und noch vieles mehr würde er mit ihr anstellen, wenn sie in ihrer Höhle in der Falle saß.

Musa schob den Schal von seinem Geschlechtsteil, damit die kühle Luft ihn beruhigte. Er wollte es nicht riskieren, sich noch einmal zu berühren, nicht jetzt. Er war dem Samenerguß schon zu nahe gekommen. Das wären Kosten ohne Rendite. Wie oft hatte er auf diese Weise mit Frauen geschlafen, allein, seinen Penis in der Hand, im Gedenken an eine kurze Begegnung des Tages. Wenn er diese flüchtig gesehenen Frauen doch alle fleischlich besitzen könnte, jede einzelne von ihnen. Wenn er sie doch nur, an den Füßen zu Bündeln verschnürt, an seinem Kamel aufhängen könnte wie Affen. Jede Nacht würde er sich eine Mollige aus dem Bündel aussuchen. Sie waren es ihm schuldig, alle miteinander. Wenn sie ihn erregten, sollten sie ihn auch befriedigen. Frauen, die er flüchtig im Gedränge eines Basars erblickt hatte. Die Ehefrauen seiner Vettern, halb nackt bei der täglichen Wäsche überrascht. Ältere Frauen, die sorglos mit ihrer Kleidung waren. Mädchen, zu jung, um ein Tuch zu tragen, zu jung, um danach zu fragen, ob Musa ihre Beine sah. Frauen, die vor seinem Stand mit ihm gestritten hatten, breitschultrig, mit feurigem Blick. Frauen mit Sicheln in der Hand, auf Feldern, an denen Musa mit seinen Kamelen vorbeigezogen war; er hatte ihnen zugerufen, und die eine odere andere hatte sich erhoben, um den schmerzenden Rücken zu strecken, ihm zugewunken, sich die Spreu und den Staub aus den Kleidern geschüttelt.

Wie leicht es gewesen war, des Nachts die Hand in ihr erinnertes Leben zu tauchen. Sie mit den Fingerspitzen zu erkunden. Diese fremden Frauen in seinen Phantasien zu zwingen, ihm zu Willen zu sein. Weder Knüffe noch Schreie hatte er von ihnen zu befürchten, es sei denn, er rief die kleine Miri zu sich ans Bett, damit sie ihm die Frau ersetzte, die er sich an diesem Tag ausgesucht hatte. »Wink mir zu, Miri. Tu, was ich dir sage. Stell dich dort hin. Mach den Rücken krumm. So ist es gut. Sei still! Zieh dein Gewand hoch. Streck dich.« Sei außer meiner Frau noch eine andere. Irgendeine. Jede.

Musas Herz schlug jetzt viel zu schnell. Er atmete schwer, aber wenigstens mußte er sich heute nacht nicht auf seine Hand oder sein Weib verschwenden. Es gab die Aussicht – die Gewißheit –, daß all diese herzklopfenden, atemlosen Augenblicke der Vergangenheit durch ein Wunder zum Leben erweckt würden. Marta entschädigte ihn für alle Frauen, die er je gesehen, alle Gelegenheiten, die er je verpaßt hatte. Er würde sich an ihr auslassen, wie er seine Wut an der kleinen Eselin ausgelassen hatte. Er würde sein Pistill noch einmal gut zu nutzen wissen. Er würde der Frau gegen die Waden treten. Um sie in die Knie zu zwingen. Er wollte den Kopf dieser störrischen Kreatur in den Staub rollen sehen. Zu Boden fallen sollte sie. Sie würde die Augen schließen, wenn er in sie eindrang. Er sah ihr Gesicht vor sich, er entwarf sich ein Bild davon, und es war rund und zerschunden und schön. Alles an ihr war aus Seide, und alle Seide war zerrissen. Er würde sie dazu bringen zu sagen: Mach mit mir, was du willst. Du bist der Wirt. Dies ist mein Mietzins.

Musa hob den Kopf vom Boden, rollte sich auf die Seite und verlagerte das Gewicht auf die Knie. Niemand half ihm auf die Beine. Aber heute war er zur Abwechslung einmal behende. Er fühlte sich jung und gesund, kräftige Dämonen halfen ihm beim Aufstehen. Seit dreißig Tagen hatte er auf diesen Augenblick gewartet. Er wollte sich Zeit damit lassen.

Draußen war es noch zu dunkel, er konnte die Verwüstungen nicht erkennen, die der Wind in der Nacht angerichtet hatte, die abgerissenen Äste, die entwurzelten Bäume, den alles gleichmachenden Mantel aus Sand über dem Strauchland. Aber um den Weg zur Nachbarhöhle zu finden – ihren Schal um die Schultern gelegt –, war es hell genug. Er blickte um sich und lauschte. Kein Laut außer seinem Atem. Niemand schien in der Nähe. Der Badu machte bei jeder seiner Bewegungen ein Geräusch. Das hieß, jetzt schlief er. Musa schlich am Rand der Böschung entlang. Keine der Mohnblumen hatte die Nacht überlebt. Er gab acht auf jeden Schritt. Es durfte kein Stein die Böschung herunterrollen und sie wecken, den Badu aufscheuchen. Er mußte so plötzlich wie möglich auftauchen. Er mußte sie überrumpeln. Seine Kleider waren offen, die Hoden klein und knittrig in der Kälte, wie schrumpelnde Schnecken, denen man Salz auf den Rücken gestreut hat.

Dies war nicht Schlechtigkeit, redete er sich ein. Es war seine Pflicht und sein Recht. Marta wollte ihn. Warum hätte eine Frau wie sie, gebildet, von vornehmer Herkunft, wohlhabend und von edler Gestalt, so viele Tage mit Miri vertun sollen, wenn nicht, um einen Vorwand zu haben, ihm nahe zu sein, dem Geschichtenerzähler, dem König der Händler? Warum hatte sie diese verführerischen Brüste, diese Schenkel, wenn nicht, um sie betasten zu lassen? Warum war sie überhaupt zu den Höhlen heraufgekommen, wenn nicht, um geschwängert zu ihrem Mann zurückzukehren? Er hatte es aus ihrem Mund gehört. Darum hatte sie auf dem Felsvorsprung gebetet. Sie wollte nach Sawiya zurückkehren, von Wundern verwandelt, von der Fastenzeit fruchtbar gemacht. Er würde sich nicht lumpen lassen. Er würde ihr geben, was der Galli ihr verweigert hatte. Er würde seinen Samen auf ihren brachen Acker streuen.

Musa sah sie wieder vor sich, wie sie auf dem Stein saß, während er seine Abenteuer ohne Wasser in der Wüste erfand und erzählte. Sie hatte nicht Miri angesehen, sondern ihn. Mit offenem Mund hatte sie ihm zugehört. Die Beine leicht gespreizt unter dem Kleid. Sie hatte die Glieder gelockert für ihn. Sie hatte ihm an den Lippen gehangen, mit großen Augen. Gesicht und Haar blühend und voll. Sie hatte ihn angelächelt. Sie hatte ihm ihren Schal gegeben, als Zeichen ihrer Gunst. Das war eine Einladung in ihre Höhle. Sie war selber schuld.

Sie würde es ihm hinterher danken. Dafür würde er sorgen. Er wäre erst befriedigt, wenn sie ihm gesagt hätte, wie glücklich sie über sein Kommen war. »Ein Wunder. Du bist nicht mehr unfruchtbar«, würde er sagen, wenn er mit ihr fertig war. »Dein Mann ist schuld, sonst niemand. Er ist kein Mann. Er ist zu nichts nutze. Aber sieh, wie dick Miri geworden ist. Sieh, wie dick die unfruchtbarsten Frauen werden, wenn ich auf ihren Basar komme. Ich schicke sie mit vollen Taschen nach Hause, und sie müssen nicht eine einzige Münze dafür springen lassen. Sie haben an mir verdient. Ihre Bäume biegen sich unter der Last der Früchte. Reben wie ihre hast du noch nicht gesehen. Das ist der Zauber meines Gewerbes. Meine Karawanen liefern Fruchtbarkeit. Wozu das Fasten? Wozu Gebete? Wozu sich all den Gesetzen beugen, wenn Musa dich zu seiner Braut nimmt?

»Auf, auf!« würde er sagen. Und dann müßte sie ihm auf die Beine helfen.

Marta hatte während des Sturms nicht viel Schlaf gefunden. Sie hatte nicht Musas Gelassenheit. Stürme brachten ihr kein Glück und keine schönen Träume. Und auch nach dem Sturm war sie viel zu beklommen und verschreckt, um wieder einzuschlafen. Sie lag noch wach, als Musa draußen herbeischlich und auf das Morgengrauen als Verbündeten wartete. Jetzt, da der Wind sich gelegt hatte, hallte jeder kleinste Laut von Musa noch stärker in ihrer Höhle. Sie hörte das Atmen ihres Wirts, das Scharren seiner Füße. Doch zuerst fürchtete Marta sich nicht vor den Geräuschen. Sie dachte nicht einen Augenblick daran, daß Musa dort draußen war. Sie hatte gesehen, wie krank er gestern abend gewesen war. Wie heiß und schwer, wie schwach bei Stimme. Sobald es hell war, wollte sie ihm Wasser bringen und nachsehen, ob er tot war, aber ihretwegen mußte der Morgen sich nicht beeilen. Sie vertrieb sich die Zeit damit, über die Geräusche da draußen zu rätseln.

Im schlimmsten Fall, dachte sie, scharrte der Badu da draußen im Gesträuch, zupfte sich an den Haaren, wendete Steine mit den Zehen. Der schien niemals zu schlafen. Oft schlich er nachts herum und machte seltsam schlürfende Geräusche wie die Schnauze der Hyäne im Aas. Je länger sie lauschte, desto mehr bezweifelte sie jedoch, daß es überhaupt ein Mensch war. Die Bewegungen eines Mannes hätten gewichtiger geklungen. Diese Laute waren zu leicht und vogelhaft, um bedrohlich zu sein. Eine Eule? Vielleicht Gazellen? Im besten Fall – im allerbesten – war es die kleine, knöcherne Schwester aus dem Zelt mit dem zerzausten Haar und dem neugierigen Mausgesicht. Ihre Miri also – mit Matten und Kissen und »etwas Süßem« zu den Felsen hinaufgestiegen, wie ihr Mann es ihr aufgetragen hatte, um ihn tot in seiner Höhle aufzufinden? Marta schämte sich dafür, aber sie wünschte, es wäre so. Dann könnten sie und Miri bis zum Ende aller Tage Schwestern bleiben. Sie könnte Miris Kind eine Tante sein. Arm in Arm würden sie nach Sawiya gehen, die Witwe und die unfruchtbare Frau. Das wäre tausend Tage fasten wert.

Marta lauschte aufmerksam, aber sie konnte sich nicht glaubhaft einreden, daß Miri dort draußen im Dunkeln wartete. Den Fehler würde sie nicht noch einmal machen. Nein, das hier mußten dieselben Geräusche sein, die sie schon einmal erschreckt hatten, an ihrem ersten Tag. Die Eidechsen und die Fliegen, die Würmer, Tausendfüßler, Skorpione, die nackten und behausten Schnecken waren in die Zisterne gekrochen, um zu trinken. Es war wieder der vierte Tag der Schöpfung, und das Wasser wimmelte von Getier. Noch einmal lauschte sie, hielt den Atem an. Aber … nein … das war noch nicht die Antwort. Die Geräusche waren zu trocken, zu nah für die Zisterne. Und zu ungewohnt – bis auf das Ein- und Ausströmen von Atemluft, das zu gleichmäßig für das Atmen eines Tiers war. Da stand jemand und atmete durch die Nase ein und aus.

Es dauerte nicht lang, da verlosch das spärliche Tageslicht wieder. Der Atmende versperrte den Eingang der Höhle und blieb dort stehen, dunkel und still wie ein riesiger Fels. Marta betete. Jetzt mußte sie Optimistin sein. Sie mußte glauben, daß es der Heiler war. Sie hatte ihn beinah erwartet. Ihr Zusammentreffen war eine Fügung. Vielleicht würde er ein Wunder tun. Dafür hatte sie schließlich gebetet. Davon hatte sie geträumt. Deshalb hatte sie so viele Abende, wenn sie lieber bei Miri am Webstuhl geblieben wäre, auf dem Felsvorsprung verbracht und nach einem Lebenszeichen vor seiner Höhle Ausschau gehalten. Es konnte nur der Galli sein, der ihr das Tageslicht nahm. Wer sonst? Sonst war niemand da. Sie betete zu Gott, daß sonst niemand da war.

Sie hörte seine Zunge. Sie hörte seine Lippen. Sie hörte die Melde rascheln und dann eine Männerstimme ihren Namen flüstern. Sie war ihr sogar willkommen. »Da bin ich, Marta.« Zuerst wollte sie die Stimme nicht erkennen. Sie war leise und vom Hall der Höhlenwände verzerrt. Noch konnte es die Stimme des Galiläers sein. Wie hätte sie es auch wissen sollen? Sie hatte ihn nie sprechen hören. Sie kannte nicht einmal sein Gesicht. Sie hatte nur einen Beinahe-Anblick von ihm erhascht, einen scheuen Beinahe-Schatten auf dem Felsvorsprung. Sie hatte nur seine murmelnden Steine gesehen. Sie hielt den Atem an. Sie wartete, daß der Schatten näher kam. Noch blieb Raum für Hoffnung.

»Komm herein«, sagte sie und betete. Dank sei dir, Gott, und mach, daß es der Galli ist. Daß er aus seiner Felswand geklettert ist, um mir beizustehen. »Da bin ich, Marta«, hatte er gesagt. Er kannte ihren Namen. Das erste von vielen Wundern. Er würde zum heiligen König anschwellen und seine Hand in ihre Höhle strecken. Er würde ihr Gesicht in seine gewaltigen Hände nehmen. »Werde gesund...«, und er würde sein Königreich auf ihren brachen Feldern errichten.

Wieder sagte er ihren Namen. Und jetzt wußte sie, seine Stimme klang zu hoch, zu lachhaft für einen, der so mitleidsvoll und stark war. Sie betrachtete den Schatten, und er schwoll an, er streckte die Hand in ihre Höhle, wie sie es geträumt hatte. Er betrat ihre brachen Felder. Seine Haut und sein Knochenbau waren nicht die eines Jünglings. Dieser Mann war groß und wurde noch größer. Er faßte ihre Handgelenke. Er nahm ihren Kopf in seine gewaltigen Hände.

Wie lautete ihr neuester Glaubensartikel? Wenn alles möglich war, dann würde es auch geschehen.

25

Musa suchte sich unterhalb der Höhlen einen Weg durch die Verwüstungen der Nacht. Der Sturm hatte Steine gewendet und ihre verborgenen Gesichter freigelegt. Er hatte aus Sträuchern Feuerholz gemacht, Wurzeln und Erde aus dem Boden gezerrt. Aus den Kratern wimmelten Läuse und Termiten ans Tageslicht, emsig mit Reparaturen beschäftigt. Vögel machten reiche Beute. Ihre Nester und Gelege waren zerstört, dafür konnten sie sich an Insekten gütlich tun, bis ihnen die Bäuche platzten. Alle Fußspuren auf der stoppeligen Böschung, die vom Kommen und Gehen der Fastenden gekündet hatten, waren vom Wind ausradiert. Eine Schicht aus Staub und Steinen bedeckte den Boden wie Mehl und Körner einen Brotlaib. So hatte die Welt vor der Erschaffung des Menschen ausgesehen, als die Erde noch unberuhrt war und unschuldig wie ein Kind. So würde die Welt aussehen, wenn der Mensch sie wieder verlassen hatte, wenn der reinigende Wind der Propheten Sünden und Tugenden hinweggefegt hatte und die Wildnis übersät war mit den Scherben zerbrochenen, herrenlosen Glaubens.

Musas Fußspuren waren die ersten an diesem Morgen. Gewöhnlich gehörten diese Spuren dem Räuber, dem Ehebrecher, dem Sohn, der nachts davongelaufen war, dem Langfinger, dem Hühnerdieb. Doch Musa empfand keine Scham. Er fühlte sich so schuldig wie ein Junge, dessen mehlbestäubte Hände der einzige Beweis sind, daß er Brot gestohlen hat. Zwar wußte er, daß er unrecht getan hatte, aber er war froh darüber. Das Brot hatte gut geschmeckt. Seine Scham war weiß und federleicht. Mit einem einzigen Atemzug ließ sie sich von den Fingern pusten.

Nun gut, die Frau hatte blaue Flecken auf den Armen davongetragen, Hautabschürfungen und vielleicht ein paar kleinere Blessuren, die man nicht sah, auch wenn sie langsam heilten. Ihre Unterlippe war innen aufgeplatzt. Ihr Anus hatte einen Riß. Doch den Geldbeutel hatte er ihr gelassen. Er war schließlich kein Dieb. Im Grunde hatte sie seine Erwartungen enttäuscht. Sie hatte geschrien. Sie hatte ihn beleidigt. Sie hatte ihm mit ihren weichen Händen wohl ein dutzendmal ins Gesicht geschlagen. Sie hatte ihn angespuckt. Sie hatte sogar versucht, ihn mit einem Stein zu schlagen. Ihr Zorn und ihr Widerstand hatten es ihm schwergemacht; er hatte sie in Schach halten müssen, statt sich seiner Lust hingeben zu können. Er hatte immer auf der Hut, stets darauf bedacht sein müssen, sie an Haaren, Ohren, Armen, Hals, an ihrer Schnur festzuhalten, damit sie ihm nicht entwischte. Sie hätte aufspringen und davonlaufen können – er nicht.

Sie hatte erst Ruhe gegeben, als er sie mit der Faust betäubte. Aber betäubt und teilnahmslos hatte sie ihm keinen Spaß gemacht. Ihm war es nicht um einsame Lust zu tun, mit keinem Mitspieler außer ihm selber. So hatte er sich das nicht gedacht. Zweimal war er zum Samenerguß gekommen – das erste Mal viel zu schnell, kaum daß er in der Höhle war, das zweite Mal ohne große Erregung. Er hätte gern mehr Zeit mit ihr gehabt, um einen dritten, erfüllenderen Versuch zu unternehmen. Doch egal, wie er sich mühte, er konnte ihr nicht genug abgewinnen. Bewußtlose Frauen waren nicht nach seinem Geschmack. Sie zeigten keine Angst. Und so hatte er ihren Leib mit ihrem Schal bedeckt – niemand sollte behaupten, daß er gar keine Rücksicht kannte – und war als ein leicht enttäuschter Mann in den Morgen hinausgetreten.

Aber beglückwünschen konnte er sich dennoch. Zumindest hatte er in dieser Nacht ein Geschäft gemacht. Es waren keine Kosten entstanden, denn sie würde niemandem auch nur ein Sterbenswörtchen sagen. Wäre er sich da nicht sicher gewesen, er hätte ihr den Hals gebrochen und es dem Badu oder einem Briganten der Berge oder auch dem Wind in die Schuhe geschoben. Er wußte, welch harte Strafen jeden Mann erwarteten, der eine jüdische Frau seinen Leidenschaften gefügig machte, vor allem wenn er ein Nichtjude war. Wenn Marta Musa bei der jüdischen Justiz anzeigte und man ihr Glauben schenkte, dann würden sie seinen Namen bis in die staubigsten Winkel des Landes verbreiten. Und wenn er sich Sawiya auch nur auf zwölf Tagereisen näherte, würden sie ihn aufspüren, um dem Buchstaben des Gesetzes Genüge zu tun. Sie würden ihn bis zu den Hüften in einen Misthaufen stecken und ihn teeren und verbrennen. Sie würden ihm eine brennende Fackel in den Rachen stoßen. Er hatte einiges riskiert, mit ihr zu schlafen. Er hatte Mut bewiesen.

Aber Marta würde kein Risiko eingehen. Musa wußte, daß sie vernünftig sein würde, nicht mutig. Sie würde niemandem seinen Namen flüstern. »Was ist dir denn bloß eingefallen, so ganz allein?« würden sie sagen. »Warum hast du den Mann hereingebeten?« Nein, Marta würde schweigen. Sie würde das Erlebnis möglichst schnell begraben wollen. Wo Angst und Scham sich paaren, schweigt die Zunge still. Überdies hatte er ihr gedroht. Ein Wort darüber außerhalb der Höhle, hatte er gesagt, und ich lade alle meine Vettern zu dir ein. Damit sie dasselbe mit dir machen wie ich. Und auch ich komme wieder. Ich finde dich überall.

Dennoch fühlte Musa sich irgendwie bloßgestellt. Zumindest Marta gegenüber hatte er sich als das entlarvt, was er war: billige Ware aus schlechtem Bestand. Kein Händler bleibt am Ort zurück, um sich für Mängel an seinem Handelsgut zu rechtfertigen. Höchste Zeit, die Sachen zu packen und zu verschwinden. Musa wollte das Ende der Fastenzeit lieber nicht abwarten, wollte Martas Angst und ihre finsteren Blicke nicht zehn weitere Tage ertragen, selbst wenn die Aussicht ihn nicht allzusehr schreckte. Er würde nicht bis zum Ende warten. Die Wüste konnte ihn nicht mehr bereichern. Er schmiedete neue Pläne. Marta war erobert. Jetzt richtete er sein Trachten auf Jericho.

Er war froh, als er die Lehmmulden im Tal unterhalb der Höhlen erreicht hatte und wieder auf sein Zelt zuging. Ein bißchen Abstand zwischen sich und Marta würde ihm guttun, und das Gehen auf ebenerem Grund wäre, so hoffte er, nicht gar so quälend für seine Fesseln. Der Lehm war von den wenigen Regentropfen der Nacht erneuert und aufgefrischt worden. Der Wind hatte ihn zuerst geglättet, dann ein wenig onduliert – ein schlickiges Watt, das Blasen gefangener Luft warf und sich zwischen den Zehen kalt anfühlte. Musas Kräfte ließen bereits nach. Er hatte keinen Stab. Und kein Weib, das ihn stützte und ihm half, das Gleichgewicht zu halten. Knie und Hüften schmerzten heftig. Der nasse Lehm machte ihm mehr zu schaffen als das Geröll. Aber er konnte sich nicht einfach hineinsetzen und ausruhen. Er ließ es langsam angehen.

Musa hatte keine Freude an den Abdrücken, die er hinterließ, am schmatzenden Protest seiner Sandalen, wenn er sie wieder aus dem Schlamm zog. Seine Spuren waren tief und leicht zu erkennen. Lieber hätte er gar keine Spuren hinterlassen, keine Schulden. Karawanenreisende kommen, Karawanenreisende gehen, wie schon der Spruch sagt: Und laß den Staub, den ihre Tritte rühren, die Spuren füllen, die sie hinterließen.

Es dauerte nicht lange, und Musa sah Bewegung am anderen Ende der Talsohle. Die Sonne stand ihm ins Gesicht, aber er war sicher, daß jemand ihm entgegenkam, jemand, der so leicht war, daß ihm die Sandalen nicht im Schlick steckenbleiben wollten. Der Badu womöglich, oder der Blonde auf dem Rückweg von seiner aussichtslosen Wache auf dem Felsen. Musa würde ein wenig Hilfe beim Gehen einklagen. Vielleicht war es sogar seine Frau, die Kräuter sammelte oder ihrem kranken Gemahl, wie ihr aufgetragen, beim ersten Licht des Morgens eine Flasche und Decken brachte. Es wurde auch höchste Zeit. Musa blieb stehen, rieb sich die Seite, übte beschwerliches Atmen ein. Er war krank gewesen, das durfte er nicht vergessen. Er sei genesen, aber noch schwach auf den Beinen, würde er sagen. Wieder ein Wunder.

Aber es war Jesus, der dort durch den Schlamm ging, barfuß, nackt, mager und brüchig wie ein Dornenzweig. Dann war Shims unsinnige mitternächtliche Mission also doch von Erfolg gekrönt? Seine von Musa befohlene Nachtwache auf dem Felsvorsprung – »Sag ihm, daß ich sterben muß, wenn er nicht kommt« – hatte gewirkt, wo tagelange Gebete und Ermahnungen versagt hatten. Musa lachte leise vor sich hin. Welche List er auch anwandte, sie zahlte sich aus. Sein kleiner Galli war also doch noch erschienen. Er war aus seiner Höhle heraufgekommen, um Musa ein zweites Mal zu heilen. Dies zweite Wunder war ein leichtes. Er mußte nur die Dämonen aus Musas Hüfte und Knie vertreiben und ein bißchen Schlamm abkratzen. Er mußte nur eine Lüge fortwischen.

Musa ging keinen Schritt weiter. Er wartete, als der Mann näher kam, dünn wie ein Reiher, bis auf die Knochen abgemagert, mit übergroßen Händen und Füßen und geschwollenen Gelenken. Nur seine Geschlechtsteile schienen unbeeinträchtigt vom Fasten. Kein Problem. Musa war nicht schockiert. Er hatte Schlimmeres gesehen als nackte Mystiker. Auf seinen Reisen war er Einsiedlern begegnet, die gelb vor Entbehrungen waren und durchscheinend wie Bernstein. Er hatte die Eremiten von Khaloun gesehen, die nichts anderes als Insekten aßen. Ihre Haut war hart und rissig wie die von Kakerlaken. Er hatte schlimmere Geschwüre, lockerere Zähne, hohlere Augen gesehen. Aber nie hatte er einen Mann gesehen, der ihm so leicht, so unbesiegbar erschienen war wie der Galli.

Musa wußte nicht, was er tun sollte. Den Mann wie einen alten Freund begrüßen, wenn er bei ihm angekommen war? Auf die Knie fallen oder weglaufen, auch wenn beides einem Mann seines Umfangs und in so tiefem Schlamm gleichermaßen schwerfiel? So tun, als wäre er noch krank und heilungsbedürftig? Konnte er Jesus mit solcher Arglist hinters Licht führen? Musa entschied sich für den Mittelweg. Er trat einen Schritt zurück, hielt sich die Seite, krümmte sich, bückte sich beinahe; nicht ganz Demutsbezeugung, nicht ganz Abwehrhaltung, nicht ganz Lauerstellung. So tief gebeugt konnte er den Galli nicht mehr sehen. Er wartete, daß die Gestalt herankam, in seltsamer Furcht vor ihr und doch triumphierend. Schon wieder ein Sieg. Hier war der Mann, der Musa Wasser auf Lippen und Wangen getupft hatte. Hier war das Gesicht, das er zuletzt eine Handbreit vor seiner Nase gesehen hatte, in seinem Zelt. Das Bauerngesicht, das Diebsgesicht. Das Gesicht des Heilers. Auf diese Entfernung, unter offenem Himmel, erschien es ihm nicht mehr so jung wie bei ihrer ersten Begegnung. Das Haar war bleich. Der Körper hatte die Farbe der Landschaft.

Wie sollte Musa seinen Galli begrüßen? Da war guter Rat teuer. Er konnte ihm schlecht entgegenrufen: »Guten Morgen, Vetter. Kennst du mich noch?« Als seien sie alte Bekannte vom Marktplatz. Oder: »Ich bin's, der Mann, der dich jeden Tag besuchen kommt. So sieht man sich wieder.« Oder: »Auf ein Wort, Vetter. Vor dreißig Tagen kanntest du mich noch. Dies ist mein Land.« Derlei Artigkeiten waren nicht am Platze bei einem, der so heilig und so mager war. Doch Musa hätte sich den Kopf nicht zerbrechen müssen. Sein Galli kam nicht durch den Schlamm zu ihm herüber, um ihm mit dem Daumen über die Lider zu streichen oder mit ihm zu reden oder sein Urteil über die Schwächen seines Wirts zu fällen. Als Musa sich aufrichtete und den Blick wieder hob, war der Mann ein Stück weiter weg und von Schatten und Sträuchern kaum noch zu unterscheiden. Er hatte einen tiefer liegenden Weg genommen, durch eine abschüssige Senke mit Dornen und Steinen, und entfernte sich von Musa mit der Zuversicht desjenigen, der endlich von Gott erfüllt ist.

Musa sah zu – erleichtert, vor den Kopf gestoßen –, wie Jesus die steile Böschung hinaufzusteigen begann; sein Knochengerüst verband sich mit Steinen und Sonnenlicht zu einem scharfkantigen Muster, das pulsierte und kippte. Musa legte die Hände an den Mund. »Was willst du?« rief er. Der Galli schien ihn nicht zu hören. Er war schon zu weit weg. Er pulsierte und kippte, verschwand, wurde ein paar Schritte weiter den Hang hinauf wieder zum Mann, ging zwischen Landschaft und Sonne immer mehr verloren. Wonach suchte er, wenn nicht nach dem König der Händler? War das Wasser in der Zisterne sein Ziel? Oder die Frau in der Höhle?

Die Luft wurde viel kälter, als sie hätte sein dürfen. Musa wagte kaum zu atmen. Er hätte schwören können, daß der Mann gelb und bläulich glühte wie ein Stück Kohle.

26

Aphas sah Musa als erster, kurz nach Sonnenaufgang, wie er langsam durch die Steine auf das eingestürzte Zelt zukam, mit Stiefeln aus Schlamm an den Füßen, die Haare schwer vom Schweiß. Irgendwie wirkte er nicht mehr so gewaltig, als hätte eine einzige Fastennacht in den Höhlen ihn kleiner und schmäler gemacht. Selbst die Ziegen stellten eine Verbesserung fest. Sie stoben nicht auseinander wie sonst, wenn er zwischen ihnen hindurchging. Er trat nicht nach ihren Beinen.

»Sieh nur«, sagte Aphas. »Dein Mann ist zurück.« Miri sah es, und auch Shim. Sie liefen nicht auf ihn zu, froh darüber, daß er auch diese Krankheit überstanden hatte und wieder auf den Beinen war. Ihre Tagträume verflogen bei seinem Anblick. Sie blieben auf den Zeltbahnen sitzen, als fürchteten sie, der Sturm könnte jeden Moment aufs neue losbrechen, und warteten auf seinen Wutanfall angesichts der Zerstörung seines Heims. Miri wußte, was er sagen, was er tun würde. Er würde ihr das Handgelenk verbiegen: »Zu was bist du nutze? Schau dir an, was du in einer einzigen Nacht angerichtet hast.« Er würde sich nicht scheuen, ihr ins Gesicht zu schlagen, selbst wenn Shim und Aphas ihm dabei zusahen. Bei der kleinsten Gelegenheit würde er auch ihnen ein paar Maulschellen verabreichen.

Aber nein, er schüttelte nur den Kopf und rollte die zerbrochenen Zeltstangen mit dem Fuß hin und her.

»Du mußt ein neues machen«, sagte er, »wenn wir erst in Jericho sind.« Er sah Miri an, die zwischen den wenigen Habseligkeiten kauerte, die sie vor dem Sturm gerettet hatte, die fertige Geburtsmatte unverknüpft auf dem Schoß, den zerbrochenen Webstuhl zu ihren Füßen, Haare und Gesicht aschfarben vor Staub. »Du mußt dir einen neuen Webstuhl beschaffen.«

»Und wie geht's deinem Bauch?« fragte sie, immer noch furchtsam. »Wir haben für dich gebetet, ich schwör's. Wir haben die ganze Nacht für dich gesungen ...«

»Eure Gebete sind erhört worden. Siehst du? Ich bin wohlauf. Der Wind hat den Schmerz weggeblasen. Mein Wind hier drinnen ...«, er rieb sich über den Bauch, »... wurde da draußen zum Sturm. Sieh, wie er sich ausgetobt hat.« Er zuckte erneut die Achseln, breitete die Hände über das Zelt, beinah ein Stoiker. »Das ist der Preis, den wir zahlen müssen.«

Was sollten sie nun mit Musa anfangen? Den Überlebenden beim Zelt kam er verwandelt vor. Auch wenn die Gewalt des Sturms sie natürlich alle verwandelt hatte. Es gibt kaum etwas Entmutigenderes, als sich im Morgengrauen an ein zusammengestürztes Zelt zu klammern, und hinter der Wüste ist nichts als noch mehr Wüste und keine Rettung in Sicht. Siebenmal waren sie in der Nacht eingekreist worden. Siebenmal hatte der Wind in sein Horn gestoßen. Und ihre lederne Stadt dem Erdboden gleichgemacht. Mehr Freundlichkeit war von einem Wind nicht zu erwarten. Kein Wind kommt zurück, um ein Zelt wieder aufzustellen. Aber Musa, so mutmaßten sie, hatte noch mehr Grund, entmutigt zu sein, als jeder von ihnen, so er ein Mensch war. Obwohl ihm das Schauspiel mit dem Zelt erspart worden war. Er war sehr krank gewesen und mußte von seinem Kampf noch erschöpfter, noch niedergedrückter sein. Die Vorstellung, der mitternächtliche Sturm sei in Musas Bauch entstanden, erschien ihnen nicht abwegig, zumindest Aphas nicht. Der Bauch *war* groß genug, einen Sturm zu beherbergen. Und Dämonen nahmen vielerlei Formen an. Warum sollte ein Dämon, den Musa aus der warmen, behaglichen Höhle seines Bauches vertrieben hatte, sich nicht an seinem Zelt gerächt haben? Das war nur folgerichtig. Aphas fand Gefallen an der Idee. Was hatte sein Wirt vor vielen Tagen gesagt? »Ein Rülpser von mir, und ein Sturm bricht los.« Vielleicht hatte er einen so heftigen Sturm losgerülpst, daß sein ganzer Zorn sich am Strauchland verbraucht hatte und er jetzt harmlos und zerbrechlich war wie ein ausgeblasenes Ei. Eine leere Schale. Ganz sicher hatte keiner von ihnen Musa jemals so ruhig erlebt. Sie hätten nicht gedacht, daß er nachdenklich oder melancholisch sein konnte. Das wollte nicht recht zu ihm passen. Sein schwerer Unterkiefer hing noch schwerer. Seine Augen hatten den bedrohlichen Schalk verloren. Er wirkte abwesend und erschöpft. Vielleicht hatte die zweite Begegnung mit dem Tod einen besseren, einen geringeren Mann aus ihm gemacht.

Dennoch wahrten Aphas und Shim Abstand, und selbst Miri – zum zweiten Mal entwitwet – hatte es nicht eilig, Musa ihre Hilfe anzubieten oder zwischen ihrer überall verstreuten Habe nach Speis und Trank für ihn zu suchen. Schließlich sagte er: »Bring mir die Flasche.« Vielleicht würde der Dattelgeist ihn aufmuntern, ihm neuen Lebensmut verleihen. Aus Gründen, die er nicht verstehen konnte, hatte die flüchtige Begegnung mit dem Galli ihm Furcht eingeflößt.

»Ich weiß nicht, wo sie hingekommen ist«, sagte Miri.

»Dann geh sie suchen.«

Miri hatte die Flasche unter den geborgenen Resten ihres Hausrats noch nicht gefunden, als ein trällerndes Geräusch ertönte und der Badu angelaufen kam, staubbedeckt und mit Kratzern übersät. Zur Abwechslung redete er, aber niemand verstand seine Sprache. Er wirkte ungewöhnlich erregt, seine Zunge war zu klein für das, was er sagen wollte. Er hat den Galli gesehen, dachte Musa. Oder er hat mich aus Martas Höhle kommen sehen. Er hat ihre blauen Flecken gesehen. Nur gut, daß er nichts sagen kann. Aber der Badu zeigte nicht zum Tal und den Höhlen. Er zeigte zum Abgrund hinüber. Er faßte Shims Handgelenk und zog.

»Was soll das? Laß los.«

Er zog Aphas hoch und zerrte ihn ein Stück in Richtung des Felsvorsprungs. Dann versuchte er dasselbe mit Shim. Und als Shim ihn abschüttelte, entwand der Badu ihm den gewundenen Wanderstab und reichte ihn Musa. Wieder deutete er auf den Abgrund und stellte pantomimisch ein Gebet dar. Er winkte zum Felsvorsprung hinüber, ging ein Dutzend Schritte voraus, forderte sie auf, ihm über das Strauchland zu folgen.

»Er will, daß wir gehen«, vermutete Shim.

»Wozu?« sagte Musa. »Ich gehe heute keinen Schritt mehr.«

»Es muß etwas mit dem galiläischen Jungen sein.«

»Der galiläische Junge ist schon fort. Ich habe ihn gehen sehen. Heute morgen.«

»*Wen* hast du gesehen?«

»Den Galli. Er ist gegangen.«

»Wohin?« fragte Aphas entsetzt. Was mochte ihm während der nächtlichen Abwesenheit von der Höhle sonst noch alles entgangen sein? »Hat er dich geheilt? Was hat er gesagt? Wo ist er jetzt?«

Musa zuckte die Achseln. Er schüttelte den Kopf. »Nichts ...«

»Aber du hast ihn gesehen?«

»Ich hab ihn gesehen, ja. Mir zeigt er sich. Er ist irgendwo dort oben. Bei den Höhlen. Es sei denn, er ist in die Berge hinaufgegangen.«

»Hier ist er nicht vorbeigekommen«, sagte Shim. »Wir haben keine Schritte gehört. Und wir sind die ganze Nacht hier gewesen.«

Musa wollte nicht mit Shim streiten. Er sagte nur: »Man hört ihn nicht, wenn er geht ...«

Der Badu kapitulierte vor den Männern. Miri war leichter von der Stelle zu bringen, ließ sich williger überzeugen von den Grimassen und den Schreien des Badu.

»Geh du mit ihm«, sagte Musa. »Sieh nach, was hinter dem ganzen Spektakel steckt. Laß mich in Ruhe nachdenken. Ja, geh. Sieh nach, ob meine Flasche dort hinübergeweht worden ist.«

Sie war schnell wieder zurück von ihrem ersten Besuch auf dem Felsvorsprung. Den Badu hatte sie dort gelassen. »Komm mit und schau's dir selber an«, sagte sie. »Da liegt ein Toter.« Musas Unterkiefer klappte herunter. Er schien fassungslos. Wir haben ihn beim Lügen ertappt, dachte Miri. Das gefiel ihr. *Mir zeigt er sich.* Aber ja. *Ich habe ihn gehen sehen. Heute morgen.* Was hatte ihr Mann sich von einer solchen Lüge versprochen?

Sie konnten die Leiche auf dem Felsen vor der Höhle nicht gleich erkennen. Der Staub hatte alles mit einer Einheitsfarbe überzogen, einzelne Formen waren nicht zu unterscheiden. Aber sie sahen die Raben, die sich über irgendwelches Aas hergemacht hatten, sie hörten das Tok-tok ihrer Schnäbel. Die Leiche lag unter den Vögeln.

»Er ist es«, sagte Musa und verschränkte die Hände fest ineinander, damit sie zu zittern aufhörten. Sein Kopf schwirrte, als sei er voller Bienen.

»Und wer ist dann gegangen?« fragte Aphas. »Zu den Höhlen hinauf, wie du gesagt hast?«

Musa streckte das Kinn vor und zuckte die Achseln. »Das war auch ... er«, sagte er zaghaft. »Da hab ich wohl seinen Geist aus ihm herausfahren sehen. Oder ich hab es geträumt. Möglich, daß es nur ein Traum war. Ihr wißt ja, es ging mir nicht gut.« Er versuchte sich an die Gestalt zu erinnern, die über den Lehm geglitten war. Hatte er wirklich ein lebendiges Gesicht gesehen? Hatte er überhaupt jemanden gesehen, oder spielte sein Gewissen ihm Streiche? Die Erinnerung war viel zu schwach und ungenau, um ihm Gewißheit zu geben. Selbst wenn er die Augen schloß, sah er nur den auf dem Felsen ausgestreckten Galli und die Raben über seinem Gesicht. Und wenn er sie wieder aufschlug und zur Höhle in der Felswand hinuntersah, war es dasselbe Bild. Was auch immer Musa an diesem Morgen gesehen hatte, eines stand nun fest: Dem Galli war nicht mehr zu helfen.

Sie blieben auf dem Felsvorsprung stehen und sahen dem Badu zu, wie er mit Stricken und Tüchern bewaffnet zur Höhle des Galli hinunterkletterte, um den toten Körper vor den Raben zu bergen. Der Badu schien weder Tod noch Raben zu fürchten. Die Vögel hielten die Stellung und hackten mit blutigen Schnäbeln nach seinem Arm. Aber er scheuchte sie fort, hob die Leiche hoch, als sei sie nicht schwerer als eine Garbe Schilf – und sie war auch nicht schwerer als Schilf – und wickelte sie in den zerrissenen Zeltvorhang, mit dem Miri sich gegen ihren Mann abgeschirmt hatte. Die nackten Füße des Galli ragten unter dem Stoff hervor wie die eines kleinen Jungen, der sich hinter einem Wandteppich versteckt.

Der Badu verschnürte den verhüllten Körper mit einem Strick, befestigte ein zusätzliches Seil daran und kletterte wieder hinauf zu Shim, der am Rand des Abgrunds oberhalb der Höhle stand. Sie zogen den toten Körper herauf, vorbei an dem überhängenden Felsen, dem Dornenstrauch, den brüchigen Konturen der Felswand. Die Raben flogen einen letzten Angriff auf die wippenden Füße, doch dann stand Jesu Begräbnis nichts mehr im Wege.

»Nicht nötig, ein Grab auszuheben«, sagte Musa, als er mit seiner Frau und Aphas herbeikam und sich zu den beiden anderen gesellte. »Wir haben ein Grab. Das Grab meiner kleinen Eselin. Es muß für ihn bestimmt gewesen sein … Es war immer für ihn bestimmt.«

»Du meinst, wir sollen die Zisterne nehmen?« fragte Shim.

»Es war ein Grab, bevor es zur Zisterne wurde.«

»Und was trinken wir?«

Musa zuckte die Achseln. Was scherte es ihn, ob andere zu trinken hatten? Er würde keinen Tag länger bleiben, also kümmerte ihn auch ihr Durst nicht.

»Du kannst ihn nicht in unserem Trinkwasser begraben.« Shim blieb hartnäckig.

»Wessen Land ist das hier? Hol dir dein Wasser woanders her. Geh nach Jericho, da kannst du trinken, bis du platzt. Da unten ist eine leere Höhle, die geb ich dir umsonst, falls du keine Angst vor diesen Vögeln hast. Klettere hinunter. Mach, was du willst. Das Grab für diesen Mann ist schon gegraben.«

Shim und der Badu trugen Jesus zum Zelt und ruhten sich dort aus, während Miri zusätzliche Wasserschläuche suchte, um sie zu füllen, bevor die Zisterne ihre ursprüngliche Bestimmung fand. Sie holte auch etwas zu essen und ein paar Decken. Sie würden alle in den Höhlen übernachten müssen. Das Zelt war nicht mehr zu gebrauchen.

Sie trugen den Toten durch die Lehmmulden und die steile Böschung hinauf. Musa, Miri und Aphas bildeten den Trauerzug. Sie hätten dem Galli eine Blume auf den Mund legen sollen, aber es waren keine Blumen stehengeblieben. Sie mußten mit ein paar geschwärzten Mohnblüten vorliebnehmen. Schließlich legten sie den Leichnam in die Höhle, in der Musa die Nacht verbracht hatte, um ihn sicher zu verwahren, bis alles für das Begräbnis bereit war. Sie verbarrikadierten den Eingang mit entwurzelten Dornensträuchern und zündeten ein Feuer an, um die Fliegen fernzuhalten. Das Holz war feucht, der Rauch erst schwarz, dann purpurgrau, die passende Farbe für ein Begräbnis.

»Wo ist Marta?« fragte Miri.

27

Ihr solltet ein Opfer bringen, als Abschied für den Galli«, schlug Musa vor.

Shim und Aphas nickten mißtrauisch. Ihr Wirt war ungewohnt kameradschaftlich zu ihnen, um ihre Aufmerksamkeit von seiner Frau abzulenken. Sie hörten Miri im Schotter unterhalb der Höhlen suchen und mit zunehmender Verzweiflung in der Stimme »Marta, Marta« rufen. Doch Musa hob die eigene Stimme, um ihre zu übertönen. Er wollte nicht, daß die Männer Miri halfen. Wenn einer von ihnen Marta fand, lebend, schluchzend und zerschunden – was würde er sie fragen? Was würde sie antworten?

Am liebsten wollte Musa die Frau nie wiedersehen. Er war zornig auf sie. Sie hatte unvernünftig gehandelt. Wäre sie bei Verstand gewesen, dann hätte sie ihre wenigen Sachen gepackt und sich auf den Heimweg gemacht und ihnen allen damit Ärger und Peinlichkeiten erspart. Aber Miri hatte in ihrer Höhle nachgesehen, und Martas Kleider waren noch da. Eine Frau brach nicht auf, ohne ihre Kleider mitzunehmen. Entweder versteckte sie sich im Strauchland, oder es war ihr etwas Schlimmes zugestoßen. Etwas Tödliches, hoffte Musa. Sie hatte selber schuld an ihrer Lage. Wenn sie tot war, mußten sie ein Doppelbegräbnis durchführen – der Galli und die Frau in einem Grab. Dann konnte sie bis in alle Ewigkeit Jesu Dienerin sein. Eigentlich eine Ehre. Zuviel der Ehre für sie. War sie jedoch noch am Leben, würde allein ihr Anblick ihm das Begräbnis des Galli verderben. Musa wollte den Heiler mit untadeliger Frömmigkeit heimschicken, wie es ihm gebührte. Da mußten nicht ausgerechnet seine kleinen Sünden neben ihm am Grab stehen.

»Ihr könnt ihn nicht ohne ein Opfer vor seinen Schöpfer treten lassen.« Musa brach sein eigenes Schweigen. »Na los. Was wollt ihr für ihn tun?«

»Was für ein Opfer?« fragte Shim. Forderte der Wirt ein Opfer an Prinzipien, an Würde oder an Geld ein? Sein Reichtum ging zur Neige, und auch wenn er noch ein paar Münzen im Mantel verborgen hielt, er wollte keine davon hergeben.

»Was opfern diese Leute? Ihre Töchter, vermute ich. Also ein Tier. Wir müssen ein bißchen Blut für den Mann vergießen, um unsere Gebete damit zu netzen. So macht man das in Galiläa. Man nimmt einen Ochsen und schneidet ihm den Hals durch.«

»Bedauerlicherweise kann ich euch keinen Ochsen bieten«, sagte Shim sehr erleichtert. »Ich habe hier oben noch keinen Ochsen gesehen …«

»Da wären noch deine Ziegen«, sagte Aphas hilfsbereit. »Töten wir eine von ihnen. Das wäre nobel.«

»Verschwenderisch wäre es«, sagte Musa. »Und spendabel nur von mir. Was ist mit eurem Anteil?« Er dachte nicht daran, Handelsware zu opfern, nicht einmal für den

Galli. Ziegen lieferten Milch und Fleisch und Brennstoff und Leder. Eine Ziege ohne guten Grund zu töten war vierfache Verschwendung. »Schickt ihn los.« Er hob das Kinn in Richtung des Badu. »Er ist der Jäger, oder nicht? Er hat eh schon genug Vögel und Wild auf meinem Land gewildert. Soll er uns etwas fangen. Ich denke, soviel kann ich erübrigen.«

Musa warf einen Stein nach dem Badu, um ihn aufmerksam zu machen. »Erklär ihm, was wir wollen«, forderte er Aphas auf. »An dich ist er gewöhnt.« Er beobachtete den Alten, wie er pantomimisch das Jagen und Schlachten eines Tieres darstellte. Der Badu schien nicht zu verstehen. Er grinste und schüttelte den Kopf, bis Musa sein verziertes Messer aus dem Tuch wickelte und so tat, als würde er sich die Klinge über die Kehle ziehen; dann faltete er wie zum Beten die Hände. Jetzt nickte der Badu. »Seht nur, er ist gar nicht so blöd, wie er aussieht«, sagte Musa. »Wär ja auch kaum möglich.«

Der Badu eilte davon. Er hatte fast richtig verstanden. Er sollte einen Vogel fangen für Jesus. Das kleinste Opfer für ein Begräbnis. Er hatte Musas betende Hände als Zeichen für einen Vogel mißverstanden, die Finger aneinandergelegt wie geschlossene Flügel, die Daumen hervorstehend wie ein kleiner Kopf. Der Badu wußte genau, was zu tun war. Vögel fangen war leicht. Vögel fing er seit Jahren.

Er rannte hinunter zum Zelt und wühlte zwischen den Ziegenfellen, bis er Miris Kochkiste gefunden hatte. Er schob sich einen kleinen Brocken hart gewordenes Salz zwischen die Lippen und spulte von einer von Musas ramponierten Musterrollen ein ausgefranstes Stück grünes Baumwollgarn ab. Den Faden wickelte er sich um den Finger und schlich auf Zehenspitzen zwischen den Ziegen umher, die losgebunden worden waren, damit sie die verstreuten Stoffetzen fraßen und was sie sonst noch an Eßbarem fanden. Jedem Beobachter mußte es vorkommen, als flüsterte er ihnen etwas in die Ohren – wieder ein Beweis für seinen Wahnsinn. Ein Verrückter, der mit den Ziegen sprach. Was hatte er mit ihnen vor? Sie mit dem dünnen Faden festzubinden? Womöglich eine von ihnen zu erdrosseln, als Opfer für den Galli?

Der Badu suchte die Ziegen ab, bis er in den Hautfalten eines Ziegenohrs eine mit Blut vollgesogene Zecke fand. Leicht zu erspähen, aber nicht so leicht zu pflücken. Ein wenig Rauch, von einem schwelenden Stock geblasen, und so eine Zecke ließ meist von selber los. Aber der Badu hatte keinen Rauch. Statt dessen nahm er den jetzt aufgeweichten Brocken Salz aus seinem Mund. Er krümelte ihn der Ziege ins Ohr und rieb ihr das Salz in die Haut. Salz war noch besser als Rauch, um Zecken zu fangen. Eine Ziege mit brennendem Ohr würde nicht stillstehen. Die Zecke aber haßte Salz. Sie zog sich zusammen, wurde dunkler und fiel dem Badu in die Hand. Das war die leichtere Übung.

Die schwerere Übung war es, der Zecke den Faden um den Bauch zu binden, ohne ihren Blutsack zum Platzen zu bringen, ohne daß sie sich an der Hand des Badu festsog. Aber er war geübt. Seit er ein kleiner Junge war, hatte er Hunderte von Zecken angeschirrt. Er hätte einen Wagen mit ihnen ziehen können.

Der Badu brachte die angebundene Zecke zum nächsten Dornenstrauch. Das bißchen Regen der Nacht hatte die Saaten des vergangenen Jahres dazu verführt, ihre ersten grünen Knospen herauszuschieben. Insekten, herbeigelockt von Feuchtigkeit und dem austretenden Saft der im Wind gebrochenen Zweige, fraßen um die Wette. Nicht anders die Vögel. Finken, Steinschmätzer, Grasmücken waren von überall herbeigekommen, um sich die Bäuche zu stopfen. Über ihnen kreisten, wie anders, Falken, warteten auf die saftigste Gelegenheit.

Der Badu legte seine Zecke, eine kleine blutrote Weintraube, auf einen gut sichtbaren, flachen Felsen zwischen den Sträuchern und beschwerte den Faden eine Fingerlänge von der Zecke entfernt mit einem Stein. So konnte sie nicht davonzuckeln, heraus aus dem unbarmherzigen Licht. Sie konnte nicht einmal sehr tief fallen; ihr blieb gerade genug Spielraum, um sich mit ihrem Gestrampel anzupreisen. Der Faden um ihren Bauch störte sie. Und die Sonne störte sie auch. Der Badu ging rückwärts, mit dem Wind, ließ sich den restlichen Faden durch die Finger laufen, bis er hinter einem Strauch ein Versteck gefunden hatte, wo er nicht zu sehen war, die zappelnde Zecke aber im Blick hatte. Jetzt würde er sich einen Vogel angeln.

Er war ein Experte im Stillsitzen, auch wenn jeder, der ihn während der vergangenen dreißig Tage beobachtet hatte, sich verwundert hätte, daß ein Mensch, den ein solcher Bewegungsdrang plagte, so ruhig und geduldig sein konnte, wenn es ihm taugte. Vielleicht war dies die Wahrheit: Er war nur dann verrückt, wenn andere dabei waren, das verteufelte Gegenbild all derer, die darauf eingeschworen waren, in Gesellschaft besonnen zu sein und die Besessenheiten für sich allein zu pflegen. Hatte der Badu keine Zeugen, die ihre Zungen an ihm wetzten und die Köpfe schüttelten, wirkte er vollkommen vernünftig. Er setzte sich unter einen Dornenstrauch und bot vorüberfliegenden Vögeln eine Blutzecke am Faden zum Fraß an. Und glücklich war er außerdem. Er hatte Pläne. Er würde an dem Galli, der gestorben war, seine Pflicht tun, und dann wollte er ein reicher Mann werden.

Nicht lang, und ein Steinschmätzer kam vorbei, ein Männchen, auf dem Weg nach Norden, wo er sich fortzupflanzen gedachte. Trotz seines prächtigen Hochzeitsgewands – damastener Federbusch, schwarzes Gefieder – war er müde von der langen Reise und froh über solch leichte, nahrhafte Beute. Die Kunst, das wußte er, bestand darin, nicht in die Zecke zu picken. Sonst platzte der Ballon aus Blut. Statt dessen also senkte der Steinschmätzer den Kopf und schluckte die Zecke in einem Stück. Dann hob er den Schnabel und ließ den Leckerbissen in den Kropf fallen.

Für den Badu bestand die Kunst im Abwarten. Zog er zu schnell am Faden, bevor die Kehle des Steinschmätzers mit ihren Schluckbewegungen fertig war, hüpfte die Zecke wieder aus dem Schnabel – ohne das Blut. Zog er zu spät, hatte der Steinschmätzer womöglich schon so viel Schwung, daß der Faden riß. Der Badu wartete, bis der Steinschmätzer die Flügel breitete; zwei Schläge, und er riß am Faden. Der Steinschmätzer taumelte in der Luft und fiel auf den Rücken. Schon war der Badu bei ihm. Der Vogel gehörte ihm. Nicht das großartigste aller Opfer, das nicht. Nicht ganz so nobel, als wär's eine Ziege, nicht ganz so schwer wie ein Ochse. Aber immer noch besser als gar kein Opfer.

Der Badu brach dem Steinschmätzer nur einen Flügel, damit er nicht fortfliegen konnte. Er hielt ihn, zitternd, in beiden Händen. Der Vogel pickte nicht lange nach ihm. Nur seine bebende Brust zeigte an, daß er noch am Leben war. Der Badu riß den Faden oben am Schnabel ab und trug den Vogel zu den Männern, die am Grab warteten. Sie waren enttäuscht. Sie hatten wenigstens auf einen kleinen Hirsch gehofft.

»Wenn dieses armselige Land uns nichts Besseres zu bieten hat, dann hol's der Teufel«, sagte Musa. »Sei's drum, wir müssen damit vorliebnehmen.«

»Das ist zweifellos der trostloseste Flecken Erde, den ich je gesehen habe«, sagte Shim mit Nachdruck, trat nach den Steinen und schwang die Arme zwischen der undankbaren Wildnis, der unbarmherzigen Sonne und dem unnachgiebigen Wirt hin und her. Er redete sich bereits ein, daß es Zeit zu gehen war.

Es war nicht ganz gerecht, dem Strauchland vorzuwerfen, daß es mit allem geizte außer mit Raum und Licht und Stein. Den Männern gegenüber hatte es sich vielleicht nicht spendabel gezeigt, aber es war großzügig zu Miri gewesen. Es hatte sie bis dahin weder mit Wahnsinn noch mit Lahmheit geschlagen. Es hatte sie weder krank noch mager gemacht. Im Gegenteil, Miri war die einzige, die während der dreißig Tage zugenommen hatte. Es hatte sie die Geburtsmatte fertigstellen lassen; das hatte ihr, trotz der Wolle, viel Freude gemacht. Und in der Nacht hatte es sich gar mit dem Wind verschworen und Miri vom Familienzelt befreit. Ein Akt der Nächstenliebe.

Aber Miri war ein Sonderfall. Sie hatte das Strauchland vom ersten Tag an verhext. In Schlichtheit und Ausdauer waren sie einander ebenbürtig. Gewöhnlich war das Strauchland ein weniger versöhnlicher, kompromißloserer Gastgeber, der den Zweifler ebenso verachtete wie den Gläubigen und dem Räuber den Vorzug gab, ganz gleich, was er glaubte. Es verteilte seine Grausamkeiten gerecht. Es unterschied in der Regel nicht zwischen Esel und Maultier. Es zog den Geier nicht der Krähe vor. Es schätzte hennarotes Haar nicht höher als blondes. Es hängte seine Bäume nicht voll Nahrung, füllte seine Mulden nicht mit Wasser, um seinen Gästen das Leben zu erleichtern. Hier mußten die Durchreisenden für sich selber sorgen, oder sie gingen leer aus. Das Strauchland war sparsam wie ein alter Mann, und grenzenlos in seiner Unfruchtbarkeit und Armut. Seine Luft war dünn, seine Erde bleich, seine Kräuter schäbig; in seinen Launen war es unberechenbar und verdrießlich.

Doch manchmal lag, alldem zum Trotz, beinahe so etwas wie Fülle über dem Strauchland. Etwas Nährendes, Selbstloses, ja sogar Fruchtbares. Das mochte daher kommen, daß es keine Sprüche machte. Es versprach einem nichts, bis auf eines vielleicht, nämlich durch den Reichtum an nicht Vorhandenem die innere Einsamkeit des Leibes nachzubilden und seine Mieter und Gäste von all ihren Süchten und Eitelkeiten zu befreien. Die leeren Landstriche – die Höhlen, die Pfade, das Ödland, die wasserlosen Flußbetten – waren den brachen Feldern des Herzens verwandt. Aus welchem Grund kamen fromme Gäste sonst hier herauf? Zehntausend Fastende hatten in diesen ausgedörrten Bergen ihre vierzig Tage verbracht, die einen rasend vor Krankheit, die anderen fiebrig vor Gott und Schuld und Wahnsinn, losgelöst von sich selber durch Visionen einer besseren, ewigen Welt, der Rest durch das Fasten um den Verstand gebracht. Doch am Ende der vierzig Tage schickte das Strauchland sie alle bereichert, ohne Wasser bewässert nach Hause. Selbst Aphas. Selbst Shim.

Ein, zwei Auserwählte jedoch, ganz wenige nur, wurden für ihre Fastenzeit mit heiligen Offenbarungen belohnt. Ihnen öffnete das Strauchland seine steilen, schmalen Pfade, führte sie über geebnete Bergrücken dorthin, wo die Götter sie erwarteten. Und dort breitete es seine grauen Horizonte vor ihnen aus, um ihnen zu offenbaren, welche fernen Armeen mit glitzernden Phalanxen von Speeren heranrückten, welche nie gesehenen Könige und Prediger mit Gaben und Prophezeiungen nahten, wie langsam und wie unentwegt die Welt war. Von dort oben ließ es seine Besucher einen Blick ins Paradies werfen.

Jesus war bis zu diesen heiligen Feldern vorgedrungen, hatte Horizont auf Horizont gesehen und kein Ende. Er weilte noch immer dort.

Und Musa auch. Ja, selbst Musa – vor allem Musa – hatte einen Blick ins Paradies geworfen und die Hand seines Predigerkönigs gespürt. Er würde nicht ohne Einkünfte zurückkehren. Das Strauchland schickte ihn nicht mit leeren Händen zurück zu seinen Märkten. Läßt sich ein größerer Edelmut denken?

28

Miri kümmerten weder Visionen und Prophezeiungen noch ein Gott. Sie hatte ihn nie um Hilfe angerufen, nicht einmal in den Klauen des Orkans, als der Webstuhl ihrer Mutter zu Bruch gegangen war. Doch jetzt betete sie für Marta. In heller Angst lief sie von Höhle zu Höhle, von Strauch zu Strauch, rief nach der Frau, voller Vorfreude auf den Moment des Wiedersehens und doch in der Furcht, daß Marta schon tot war. Sie hatte den Tod in Musas Augen gesehen, oder etwas nicht weniger Entsetzliches.

Ein bellender Fuchs führte sie schließlich zu Martas Versteck. Etwas Schmackhaftes mußte ihn ans Tageslicht gelockt haben. Irgendeine leichte Beute. Miri befürchtete das Schlimmste. Doch er war nur den verspeichelten Blutstropfen gefolgt, die Marta ausgespuckt hatte, während sie zwischen den Felsen Schutz suchte vor Musa und dem Trauerzug, der zu den Höhlen hinaufstieg.

Miri zog die zitternde, hinkende Marta ins Sonnenlicht. Ihre Kleider waren zerrissen. Die Handgelenke aufgeschürft. Ihre Unterlippe war auf einer Seite aufgeplatzt und geschwollen und blutete noch. Miri mußte die Fliegen verscheuchen. Diese Verletzung erkannte sie wieder. Einen solchen Mund hatte sie selbst schon gehabt. Die Narbe war noch zu sehen. Musa liebte es, ihre Lippen mit den Zähnen zu greifen.

»Was ist dir zugestoßen?«

Marta fand nicht den Mut, zu sprechen.

»Das war Musa, stimmt's?«

Sie schüttelte den Kopf.

»Wer sonst? Wer außer ihm würde ... Ich weiß, daß er es war. Er war das!« Miri schlug die Hände gegeneinander. »Er hat uns alle zum Narren gehalten. Schon wieder! Er war nicht einmal krank. Alles Lügen. Der Mann läßt noch den Himmel über uns zusammenstürzen ...«

»Nein ... ich bin gefallen.«

»Dann hat Musa dich gestoßen. Schau dich doch an!«

»Es war der Wind ...«

»Der Wind? Wie kann der Wind dich so zurichten?«

»Er hat mit Steinen und Stöcken nach mir geworfen. Ich bin hingefallen ...«

»Er war's.«

»Nein. Zwing mich nicht, es zu sagen.«

»Hör mir zu, Marta. Gib mir deine Hand. Und sag, daß du nicht hingefallen bist. Sei tapfer. Sag's mir. Ich kenne meinen Mann, ich weiß, wozu er fähig ist. Er hinterläßt seine Spuren überall.«

»Er weiß nicht, daß ich hier bin? Laß ihn nicht herkommen.«

»Es ist vorbei. Er ist fertig mit dir. Erzähl mir, was dieser Teufel getan hat.«

»Ich kann nicht. Es gibt nichts zu erzählen ...« Sie schluchzte auf, stieß Miri fort und hielt doch ihre Handgelenke fest. Ihr Gesicht war trocken. Keine Tränen. »Zwing mich nicht, es zu sagen.«

Miri legte einen Finger auf die heile Hälfte von Martas Mund. Miris Wangen waren tränennaß. »Dann sag's nicht. Ich weiß, wozu er fähig ist. Du mußt es nicht sagen. Sag's nicht.«

»Was soll ich tun?«

»Hier kannst du nicht bleiben. Du mußt mit mir zu den Höhlen kommen ...«

»Ich kann nicht.«

»Du mußt. Da bist du sicherer. Wir sind zu fünft, er ist allein. Ich passe auf dich auf. Er wird dich in Ruhe lassen, das weiß ich. Was kann er dir schon tun, wenn wir dabei sind? Er hat jetzt Angst vor dir.«

»Ich trau mich nicht ... zurück.«

»Komm. Du mußt mir helfen. Der Galli ist tot. Hast du den Toten nicht gesehen, den sie getragen haben?«

Jetzt konnte Marta die Tränen nicht länger zurückhalten. »Der Galli ist tot?«

»Wir müssen ihn begraben. Komm. Sei tapfer.«

Marta fügte sich. Sie folgte Miri. Klammerte sich fest an ihren Arm. Schlang ihre Finger in Miris Hand, bis sie bei der Höhle waren. Sie würde eine Gelegenheit finden, ihrer Schwester zu erzählen, was der Wind wirklich getan hatte.

Musa sah sie nicht einmal an. Er saß im Gespräch mit den Männern, den Blick hinaus auf das Tal gerichtet. Sein Gesicht war ohne Ausdruck, der fette Nacken lag in Falten, zwanzig fette Fratzen übereinander. Nur einmal sprach er Miri an, ohne sich ihr zuzuwenden.

»Wir warten.«

»Worauf?«

»Auf dich. Daß du den Galli für das Begräbnis herrichtest.«

Tote herrichten war seiner Meinung nach Frauenarbeit. Die Männer durften sitzenbleiben und beten, während Miri und Marta – froh darüber, beschäftigt und ihm aus den Augen zu sein – Blätter und Borke für den Leichenbalsam sammelten. Sie pflückten Morgenstern und Ysop, Dill und das gelbe Gewürz vom Stengel der Nachtschatten, um den Toten zu salben. Dann nahmen sie Dornenzweige vom schwelenden Feuer, entzündeten Becher mit Kerzenfett und zogen sich zu Jesus in die rauchige Höhle zurück.

Hand in Hand standen sie in ertrinkendem Kerzenlicht und herausziehendem Qualm und blickten auf den eingehüllten Körper, unschlüssig, wo sie beginnen sollten. Nur Hände und Füße standen heraus, also reinigten sie ihm Hände und Füße mit Wasser aus seinem Grab. Seine Haut war kalt und trocken. Trotz der gerissenen Nägel, der Blasen und Wunden waren seine Hände und Füße noch immer schön, so glänzend und hart wie aus Holz geschnitzt. Das Fasten hatte Finger und Zehen noch länger und dünner werden lassen; Knochen und Gelenke traten rund und reif hervor wie Haselnüsse in der Schale. Die Frauen wickelten ihn aus dem Vorhang, nahmen die Mohnblütenblätter von seinen Augen, traten zurück und ließen das Kerzenlicht auf sein Gesicht scheinen. Marta hielt den Atem an. Sie berührte Wangen und Lippen des Galli, dann schüttelte sie den Kopf. Zum ersten Mal an diesem Tag lächelte sie beinahe.

»Was ist?« fragte Miri. »Geht's noch? Setz dich lieber hin. Ich mach das schon.«

»Nein, laß mich helfen. Ich will dir helfen.« Noch einmal berührte Marta seine Wangen. »Ich fürchte mich nicht vor ihm. Er ist nur Haut und Knochen.«

Die Frauen bedeckten Jesu Gesicht mit einem Tuch, um seinen Mund vor dem Teufel zu schützen und sich selber vor der Gefahr, einem toten Mann zu lange in die Augen zu blicken. Das war ein Geisterglaube: »Toter Augen Blick bringt Unglück.« Doch keine von ihnen fühlte sich unwohl in Jesu Nähe. Allzuviel Ehrfurcht empfanden sie nicht. Sein Leib war zu zerstört und entwürdigt. Nur Füße und Hände hatten sie in Staunen versetzt. Der Rest war vom Fasten um so schlimmer entstellt und nicht schön anzusehen. Aber sie ekelten sich nicht davor, ihn zu berühren. Es kam ihnen eher wie ein Segen vor, nicht wie eine lästige Pflicht. Es würde ihnen Glück bringen, nicht Unglück. Miri und Marta sprachen nicht, während sie Jesus zurechtmachten. Dazu war die Arbeit viel zu traurig und zu ernst. Er war so jung und so entstellt. Aber sie waren froh, daß sie die Aufgabe gemeinsam erledigen, die Arbeit zwischen sich aufteilen konnten. Sie wuschen seinen Leib, wischten das getrocknete Blut, die Schicht aus Asche und Staub ab, säuberten ihm Augen und Mund und Lenden. Sie schlossen ihm die Augen, schoben die Lippen, so gut es ging, über die Zähne. Sein Zahnfleisch war so arg geschwollen, daß der Mund sich nicht schließen ließ. Sein Grinsen war breit und freudlos. Sie rieben ihn mit den gesammelten Kräutern und dem Balsam ein; statt Weihrauch verbrannten sie Samenkörner in den Kerzenbechern. Zum Schluß verbanden sie ihm Füße und Hände und hüllten ihn wieder in den Vorhang. Mehr konnten sie als Frauen nicht für ihn tun. Nun war es an den Männern, ihn hinunter zur Zisterne zu tragen und dort zu begraben. Frauen durften nicht in die Nähe des Grabes. Miri und Marta blieben in der Höhle, während Jesus bestattet wurde, und blickten in die Kerzenflammen.

»Was war mit dir, als wir ihn aufgedeckt haben?« fragte Miri. »Du hast den Atem angehalten. Als wärst du erstaunt, ihn zu sehen.«

»Ich habe sein Gesicht erkannt«, sagte Marta. »Mein Gott, wie gut ich sein Gesicht kenne. Ich habe immer gewußt, daß sein Gesicht so aussieht.«

»Woher willst du sein Gesicht kennen? Du hast ihn nie gesehen. Du hast doch gesagt, er ist nie aus seiner Höhle gekommen.«

»Ich kenne sein Gesicht aus Träumen. Wenn es Träume waren.«

»Du hast sein Gesicht geträumt?«

»Hundertmal. Noch heute morgen. Vor der Höhle …«

»Heute morgen war er schon tot! Du hast selber gesehen, wie tot er war.«

»Ich habe jemanden zu mir heraufkommen sehen. Ich habe mich vor ihm versteckt. Ich dachte, es wäre dein … ich mag den Namen nicht einmal aussprechen. Du weißt schon. Und dann hab ich *ihn* gesehen. Ich wußte, es muß der Galli sein. Dasselbe tote Gesicht. Nur Haut und Knochen. Er war mir so nah wie du jetzt. Ich hätte ihn berühren können. Aber er hat mich berührt. Er hat meine Schnitte und Wunden berührt. Und dann hat er mir die Füße geküßt.«

Miri lachte. »So etwas geschieht einer Frau nur im Traum.«

»Er hat meinen Bauch berührt, als ob er ein Priester wäre. Ein Sohn für Thaniel, hat er gesagt. Woher kannte er den Namen meines Mannes? Er sagte, er habe mir ein Kind geschenkt, nur mit den Fingerspitzen.«

»Auch das geschieht einer Frau nur im Traum.«

Draußen am Grab erklang kein Geheul, kein Wehklagen schreckte die Frauen auf. Die Männer zerrissen sich nicht die Kleider, sie kasteiten sich nicht, obwohl Kasteiung not getan hätte. Doch jeder von ihnen, auch Shim, berührte den verbundenen Fuß des Galli, der noch immer unter dem Vorhang hervorstand. Sie beteten um weitere Wunder. Sie durften in seinem Tod keinen Rückschlag, sie mußten darin eine Chance sehen: die Möglichkeit, daß sein Geist durch sie hindurchfuhr auf seiner Reise zu Gott, segnend und heilend. Musa betete am inbrünstigsten von allen. Eine Berührung, nur eine winzige Berührung, um ihn vor der Welt zu retten.

Im Grab hatte knöcheltief das Wasser gestanden, aber der Badu, der gern mit Steinen spielte, hatte den Boden ausgepflastert; das Bett war jetzt hart, aber trocken. Sie hoben Jesus hoch – alle vier Männer als Totenträger, an jedem Arm und Bein einer – und senkten ihn in die Grube hinab, mit dem Gesicht nach unten. Sie durften annehmen, daß er ohne Nachkommen war. Er kam ihnen leicht wie ein Kind vor. Welcher verheiratete Mann, welcher Vater würde seine Familie verlassen und sich zu Tode hungern? Sie opferten den Steinschmätzer mit Musas verziertem Messer. Sein Blut floß auf das Vorhangleichentuch. Musa ließ den kleinen Körper dem Heiler zu Füßen fallen. Sie füllten das Grab mit Erde und Steinen, sprachen kaum ein Wort, schauten nicht in das Grab, bis der Leichnam ganz bedeckt war. Selbst Musa stieß ein wenig Erde in das Grab und seufzte, sooft er konnte.

»Dieser Todesfall kommt mich hart an«, sagte er, und das war nicht ganz falsch. »Ich war der einzige, der den Mann wirklich gekannt hat.«

Sie legten vierzig Steine auf das Grab. Das erschien ihnen angemessen. Die vorgeschriebene Trauerzeit betrug mindestens drei Tage, das wußten sie. Niemand dürfte herumgehen, Feuer machen oder kochen. Sie dürften sich nicht waschen, sich nicht die Bärte schneiden. Sie müßten schmutzige Kleider tragen, um der Pflicht Genüge zu tun. Aber sie waren nicht seine Verwandten; sie konnten sich die drei Tage sparen. Hier war ein Fremder gestorben, trotz der Nachtwachen auf dem Felsen und der Hoffnungen, die sie in ihn gesetzt hatten. Und wenn sie betrübt waren, dann deshalb, weil sein Tod ihnen ihr eigenes Scheitern vor Augen führte. Dies war erst der einunddreißigste von vierzig Tagen, und trotzdem ihr letzter. Wie sollten sie sich dessen rühmen, unten in den Tälern, den Städten? Der Heiler war eine Enttäuschung. Er hatte sie alle betrogen mit seinem Tod. Sie hatten ihre Zisterne geopfert. Der Wind hatte die Zeltstangen geknickt. Und auch sie. Sie würden in der Morgendämmerung aufbrechen und die Fastenzeit beenden. Es blieb ihnen keine Wahl. Der Sturm hatte allen Mut aus ihnen herausgeblasen. Das Strauchland schickte die sechs Eindringlinge nach Hause.

29

In dieser Nacht verschwand der Badu. Und mit ihm die Ziegen. Als sie alle im Morgengrauen von den Höhlen herunterstiegen, um aus dem Zelt zu retten, was sie für den Abstieg ins Tal gebrauchen konnten, war von den Tieren nur noch der Mist übrig. Musa überprüfte sogleich seinen Vorrat an Kostbarkeiten, mit denen er sich auf den Sommermärkten im Norden wieder Geltung zu verschaffen gedachte. Seine Hände zitterten, als er die Satteltaschen öffnete. Er rechnete fast damit, daß der Badu seine Schätze gegen einen Felsbrocken ausgetauscht hatte, aber es war noch alles da, unangetastet. Der Zopf aus Berbertuch mit den Juwelen, ein paar Münzen und etwas Gold, die sieben Fläschchen Parfüm.

»Und das will ein Dieb sein!« sagte Musa.

Und doch hatte der Badu den Wirt und seine Mieter verblüfft. Er war nicht ganz so verrückt, wie sie geglaubt hatten. Nun mußte er Musa an seinem letzten Tag nicht mehr die silbernen Armreife aushändigen, wie Musa es beabsichtigt hatte. Nicht eine einzige Münze hatte er für Essen, Trinken oder Unterkunft bezahlt. Er hatte nicht einmal für sie gearbeitet, das Hab und Gut seines Wirts, wie versprochen, hinunter zur Straße nach Jericho geschafft. Und jetzt hatte er auch noch sechs Ziegen, die er melken oder verspeisen oder verkaufen konnte. Kein schlechter Lohn für dreißig Tage Nichtstun.

Musa verfluchte die hundert Ecken des Himmels und betete, daß jeder Dämon der Wüste dem kleinen Dieb mit Dornenranken und Schlingen und Fallen auflauern, daß er in eine Grube fallen und verhungern möge. Aber niemand glaubte so recht daran, daß dem Badu ein Leid zustoßen könnte. Sie hatten ihn in der Felswand klettern sehen. Auch die tiefste Grube setzte ihn nicht gefangen. Sie hatten ihn mit erlegtem Wild, Steinschmätzern und Honigwaben zu den Höhlen zurückkehren sehen. Der verhungerte nicht. Überdies hatte er sechs Ziegen als Reisegefährten. Es war beinah zum Lachen, sich den hennaroten Badu und die schwarzbraunen Ziegen vorzustellen, wie sie im blökenden Gespräch mit zierlichen Schritten über das Strauchland davonliefen. Aphas und Marta, sogar Miri, wünschten dem Badu Glück. Er hatte es Musa gezeigt. Sie träumten davon, es ihm gleichzutun.

Einzig Shim fühlte sich verraten und verkauft. Hatte er den Badu womöglich liebgewonnen, oder lag es einfach daran, daß seine Gegenwart ihm ein wenig Rückhalt gegeben hatte? Welchen Beistand könnten der alte Mann und die Frauen ihm schon leisten, sollte es Musa einfallen, ihn wieder am Fußgelenk zu packen und ihm die Zehen abzupflücken wie unreife Beeren? Sie waren viel zu schwach und fürchteten sich zu sehr vor dem Mann, um mehr zu tun, als zuzusehen. Der Badu dagegen hatte sich bestürzt gezeigt und bereit, ihm zu helfen, und nun war er verschwunden. Shim rief nach ihm, für alle Fälle, aber er antwortete nicht und ließ sich nicht blicken. Shim ging sogar zum Felsvorsprung hinunter, um zu sehen, ob der Badu dort unten saß oder in der Felswand kletterte, aber nichts deutete auf Leben hin. Selbst die Höhle des Galli schien unberührt. Mehr noch, sie schien unerreichbar. Kein halbwegs vernünftiger Mensch würde ohne Leiter oder ein Seil hinunterklettern. »Ein dummer Junge, ein sehr dummer Junge«, dachte er, um die Schmach zu mildern, daß er nicht bis zum Ende der Fastenzeit allein dort oben in seiner Höhle aushielt. Er hätte bleiben müssen, doch ihm klang die Wahrheit in den Ohren, mit der Musa ihn zwei Tage zuvor herausgefordert hatte: »Versuch dein Glück wie ein Fuchs. Bete um Wasser. Mal sehen, wie du dich ohne Wasserschlauch schlägst.« Der Galli hatte nicht sehr lange durchgehalten ohne Wasserschlauch.

Nein, Shim wollte keinen weiteren Tag an dieses wahnsinnige Unternehmen verschwenden. Er würde kein Risiko eingehen. Er würde sich möglichst still verhalten. Er würde zur Abwechslung tun, was man von ihm verlangte. Und am Abend würde er das Strauchland und seinen Wirt ein für allemal los sein. Er war nicht erfreut, als Musa sich für den langen Weg über das Plateau und den Abstieg zur Straße im Tal seinen gewundenen Wanderstab ausborgte, aber er brachte dieses Opfer ohne Widerrede. Ein Mann von Bildung und Geist durfte sich nicht zu sehr an bloßen Besitz klammern. Gelassenheit und Selbstachtung waren wichtiger als ein Stück Holz. Die würde er nicht an Musa abtreten. Das Stück Holz konnte er haben.

Musa schickte die beiden Männer voraus. Er hatte ihnen schwere Last aufgebürdet. Sie würden nur langsam vorankommen. Zusätzlich zu seinen eigenen Habseligkeiten – der Bettmatte aus Binsen, seinem Mantel, dem

Wasserschlauch – hatte Shim zwei Satteltaschen mit Musas Waren auf den Rücken geschnallt bekommen; auf den Schultern trug er einen Teppich und Bettzeug, in den Händen einen halbgefüllten gewobenen Sack mit Korn. Aphas waren, aus Rücksicht auf sein Alter und seine Krankheit, nur zwei Taschen mit Hausrat aufgeladen worden. Unhandlich, aber nicht sehr schwer. Der Rest blieb für die Frauen. Ein paar Kleider und Wolle, getrocknete Früchte sowie eine Leinentasche mit Kleinigkeiten für Marta. Miri trug die schweren Wasserschläuche und zwei Kameltragkörbe an Stricken um den Hals; unter die Stricke hatte sie die noch immer nicht verknotete Geburtsmatte geschoben, damit sie sich die Haut nicht aufscheuerte.

Musa selber gedachte außer dem Wanderstab nichts zu tragen. Er hatte es sich zur goldenen Regel des Reisens gemacht, die Hände frei zu behalten, jederzeit für Geschäfte und Gespräche bereit zu sein. Ein Händler war kein Kamel. Er mußte ohne Behinderung kommen und gehen können. Und falls die Gelegenheit sich bot, wollte er seinen Frieden mit Marta machen. Auch deshalb hatte er die Männer vorausgeschickt, um Zeit mit ihr allein zu haben. Der gestrige Tag lag schon so weit zurück. Was er ihr angetan hatte, war mit Jesus begraben worden. Die Totenwache war vorüber. Sie konnten noch einmal von vorn anfangen. Aber Marta hielt sich wie ein schüchternes Mädchen nah bei seiner Frau. Wenn er sich ihr näherte, wich sie ihm aus. Sie wollte ihn nicht einmal ansehen, und wenn sie antwortete, dann nur mit einem Flüstern, das Miri weitergab.

Natürlich verstand Musa ihre Scheu. Eine Frau, die des Ehebruchs schuldig geworden war, ob willentlich oder nicht, mußte sich vor sich selber schämen. Sie mußte Angst haben, daß ihr Ehemann es erfuhr und sie steinigen ließ. Aber er würde ihr sagen, daß sie nichts zu befürchten hatte. Was zwischen Menschen im Schutze der Nacht geschieht, bleibt selbst Gottes Neugier verborgen. Denn auch Gott braucht Schlaf. Und das sollten Männer und Frauen sich zunutze machen. Er würde ihr eines seiner kleinen Parfümfläschchen schenken, na ja, ein halbes, wenn sie nur ein einziges Mal den Blick heben und ihn ansehen wollte. Damit wäre sie reichlich entschädigt.

Was sollte mit dem Zelt geschehen? Kein schöner Gedanke, die Überreste liegenzulassen, wie Miri vorschlug, denn dann würde ihr Pech mit dem Sturm womöglich einem unwürdigen Reisenden zugute kommen oder dem Badu, falls er noch im Strauchland weilte, zu einer kostenlosen Unterkunft verhelfen. Also befahl Musa den Frauen, die Stangen und Zeltwände zu stapeln und alles Brennbare oben auf den Haufen zu werfen – Stoffetzen, zerrissene Vorhänge und Schilfmatten, die Einzelteile des zerbrochenen Webstuhls, sogar entwurzelte Sträucher.

»Geht schon voraus«, sagte er zu Miri. Marta wandte sich ab. »Und wartet auf mich, wenn ihr oben auf dem Geröllfeld seid.« Er war ein kleiner, ungezogener Junge, der ein Feuer anzünden und sich an Flammen und Zerstörung ganz allein erfreuen wollte.

Musa nahm die Feuersteine aus dem Beutel und schlug einen Funken auf einen kleinen Haufen Reisig. Es herrschte, Gott sei's gedankt, kein Wind. Die Flamme war ihm eifrig zu Diensten. Er legte Zweige dazu, und schnell hatte er genügend Hitze, um aus Stöcken und Stoff ein Feuer zu entfachen.

Als erstes flackerten die Sträucher auf. Blaue Flammen, dann grauer Qualm, als der wenige Saft aus dem Holz brodelte. Der Webstuhl und die Zeltstangen ließen nicht lange auf sich warten, aber sie waren aus härterem Holz und brannten langsamer und mit weißerem Rauch. Dann ergaben sich auch die Zeltwände aus Ziegenhaar der Hitze. Sie brannten nicht. Von ihnen stiegen keine Flammen auf. Sie wurden schwarz und rot, glühten und zerfielen. Sie stanken wie Opferfleisch. Ihr Qualm war gelber, widerspenstiger als der der Dornensträucher. Zuerst blieb er schwer wie Schwefeldampf über dem Boden liegen, bis er schließlich in schmalen Zöpfen hinauf in die kühlere Luft stieg.

Niemand konnte Musa jetzt beistehen. Seine Onkel und Vettern waren ungreifbar wie der Qualm. Von seinen beiden Gepäckträgern war nichts mehr zu sehen. Die Frauen waren bereits außer Rufweite. Die Stille lastete so unverrückbar auf dem Wüstenland, daß Musa nicht wußte, ob er vor Freude schreien sollte oder um Hilfe. Er überließ das Feuer sich selbst und machte sich auf den Weg, zwischen den windverstreuten Überbleibseln seines Lebens hindurch. Er erkannte einen Kupfertopf. Ein Tuch. Einen Schal. So schnell er konnte, eilte er den Frauen nach.

Und zurück blieb sein Fieberteufel; unterhalb der Höhlen stand er mit den Füßen in den Flammen, sein Leib in gelben Qualm gehüllt. Er kringelte sich über dem salzigen Strauchland, bebend und verlassen, ungreifbar, niemandem zugehörig, und wartete auf seine Stunde.

30

Marta und Miri waren nicht stehengeblieben, um dem Rauch nachzusehen. Sie hatten es zu eilig. Sie sprachen kaum ein Wort. Der Pfad war unwegsam und schmal und hielt sie die meiste Zeit getrennt. Doch auch als er breiter wurde, ausgetreten von den vielen Karawanen, die über diese Berge nach Jericho zogen, gingen sie nicht Seite an Seite. Marta lief voran, ängstlich jeden Stein und jedes Fleckchen Grün vermeidend, wo Schlangen oder Skorpione lauern konnten, aber dennoch schnellen Schrittes, vorangetrieben von einer Mischung aus Furcht und Erregung. Voran war besser als zurück.

Miri brauchte Platz um sich herum, Spielraum für die Lastkörbe und Wasserschläuche, die sie mit sich schleppte. Die Geburtsmatte, die sie sich um die Schultern gelegt hatte, damit die Stricke ihr nicht so in die Haut schnitten, sog das Sonnenlicht auf und war bald naß und schwer von ihrem Schweiß. Sie war ein wenig verärgert über Marta. Sie hatte erwartet, daß sie sich Zeit ließ, möglichst nahe bei ihr blieb, damit sie sich an ihrem letzten Tag wenigstens die Hände halten, einander berühren, ein paar Worte wechseln konnten. Ihre und Martas Wege würden sich trennen, sobald sie die Handelsstraße erreichten. Sawiya war ein Dorf im Westen nahe bei Jerusalem. Die Sommermärkte, zu denen ihr Mann weiterziehen wollte, lagen im Norden weit hinter Jericho. Aber Miris Freundin hastete viel zu schnell voran und wurde ungeduldig, wenn Miri zurückfiel oder ein Gespräch anfangen wollte.

Marta hatte gut eilen, dachte Miri. Sie mußte nur eine Tasche und ein paar Kleider tragen. Eine vergleichsweise geringe Last für solch eine große, grobknochige Frau. Die zudem nicht im sechsten Monat schwanger war. Der Hüften und Rücken nicht zu schaffen machten. »Langsamer, so geh doch langsamer«, sagte sie ein paarmal zu sich selber. Aber nicht zu laut. Sie wurde zwar zunehmend gereizter und müder, aber dennoch konnte sie recht gut verstehen, warum Marta sich so eigennützig und verschlossen gab. Sie war vergewaltigt worden. Zwei Packtaschen voller Angst lasteten auf ihr. Der dickste Mann von ganz Judäa saß ihr im Nacken. Kein Wunder, daß sie davonlaufen wollte.

Miri hätte rasten und sich ausruhen können. Sie hätte im Schatten eines Felsens auf Musa warten können. Dann wäre sie seinen langsamen Schritten gefolgt, und Marta hätte am Rande des Erdrutsches, wo das Strauchland in einen steilen Geröllhang abfiel, auf sie warten müssen. Doch Miri wollte Marta noch einmal für sich allein haben. Sie wollte, wenn irgend möglich, die glücklichen Stunden wieder lebendig machen, die sie zusammen am Webstuhl verbracht hatten. Der Erdrutsch war die letzte Gelegenheit, zu beenden, was sie begonnen hatten. Während ihr langsamer Mann sich schwerfällig wie ein schwankender Wagen durch das Strauchland kämpfte, konnten sie und Marta sich mit gekreuzten Beinen einander gegenübersetzen, die purpurne und orangerote Geburtsmatte zwischen sich ausgerollt. Sie würden sich die noch immer unverknoteten Enden auf den Schoß legen. Jede von ihnen würde jeweils vier Kettfäden fassen und die Matte mit hundert Knoten fertigstellen. So würden sie ihre kühne, unmögliche Freundschaft besiegeln: mit den Knoten in der kühnen, unmöglichen Wolle.

Also gab Miri sich alle Mühe, in Sichtweite ihrer Freundin zu bleiben. Was tat es, daß ihre Arme erlahmten und die Schultern bis zu Unerträglichkeit schmerzten, solange sie Marta nicht aus den Augen verlor. Am frühen Nachmittag hatten sie die Hochfläche durchquert und warteten, endlich Seite an Seite, am Rand des Erdrutsches, wie Musa ihnen aufgetragen hatte. Unter ihnen hatten Shim und Aphas bereits den Abstieg begonnen. Sie sahen Shims blonden Haarschopf und hörten das Rollen der Steine, wenn er durch den Schotter rutschte. Aphas war ein Stück zurückgefallen; an jedem größeren Felsen mußte er sich festhalten und bewegte sich doch flink für einen Mann, der so hinfällig und krank war. Sie trugen ihre Lasten nicht mehr.

»Sieh mal dort«, sagte Marta und deutete auf einen Felssims kurz vorm oberen Rand des Erdrutsches. Dort lagen Musas Satteltaschen, die Matten und das Bettzeug, der Getreidesack, die zwei Taschen mit Hausrat. Die Männer hatten sie einfach dort abgeladen und waren davongelaufen.

Miri ließ Taschen und Körbe fallen, wo sie stand, streckte Arme und Schultern, um den Schmerz zu lindern, und trank einen Schluck Wasser aus dem Schlauch.

Es war zu warm, um erfrischend zu sein. Jetzt hatte sie eine zusätzliche Sorge. Ihr Mann würde rasen vor Wut, wenn er entdeckte, daß seine Träger ihn übers Ohr gehauen hatten. Und wer würde dafür bezahlen müssen? Wem würde er die Satteltaschen, die Matten und das Bettzeug, die zwei Taschen mit Hausrat auf die Schultern packen? Seiner Frau natürlich. Doch sie behielt ihre Sorge für sich. Sie brachte es noch nicht über sich, Marta anzusprechen. Aber sie rollte die Geburtsmatte aus. Sie setzte sich hin wie geplant, das eine Ende auf dem Schoß, und machte sich daran, die Fäden zu bündeln und zu verknoten. Sie würde ja sehen, ob Marta sich zu ihr setzte und ihr half. Andernfalls wäre sie unversöhnlich. Doch Marta setzte sich nicht wortlos zu ihr. Sie stand da und blickte über das Tal hinweg auf die Gipfel von Moab. Ihre Lippe war noch immer geschwollen und mißgestaltet. Ihre Hände zitterten.

»Komm«, sagte Miri. »Setz dich zu mir. Laß uns das hier fertigmachen. Bevor er kommt.«

Sie waren noch nicht fertig, als Musa in Sicht kam. Von der Hochfläche, die sich dem Erdrutsch zuneigte, winkte er ihnen mit Shims Wanderstab und rief: »Wartet auf mich.« Er war seiner eigenen Gesellschaft überdrüssig. Seit Jahren hatte er nicht mehr soviel Zeit allein und ohne Hilfe verbringen müssen. Der Weg bis hierher war zermürbend und beschwerlich gewesen. Die Fesseln taten ihm weh. Die Brust wurde ihm zu eng. Er mußte alle paar Schritte stehenbleiben, um Luft zu holen. Er war nicht für das Wandern geschaffen. Ein Tag noch, und er hatte wieder Kamele, wie sich das gehörte. Nur dieser Erdrutsch lag noch zwischen ihm und den Märkten von Jericho.

Es würde schwierig werden, den Erdrutsch hinunterzusteigen. Er wußte, wie heimtückisch das Geröll für Männer seines Umfangs war. Er sah es schon vor sich, wie die Steine sich unter seinen Schritten lösen und wegrutschen würden, wie größere Steine von oben auf ihn zugerollt kämen. Er brauchte die Frauen, damit sie ihn unter den Ellenbogen faßten und ihm hinabhalfen. Marta würde sich natürlich weigern. Sie würde ihn nicht anfassen wollen.

»Nur du als Hilfe, das ist nicht genug«, würde er zu Miri sagen. Er würde das Kinn in Martas Richtung schwenken. »Sie muß auch helfen. Komm her.«

»Ich mag nicht.«

Er malte sich Methoden aus, sie zu zwingen.

Aber als er sich den Frauen bis auf wenige hundert Schritte genähert hatte, als er bereits die Farben der Matte erkennen konnte, stand Marta plötzlich auf, faßte Miri beim Handgelenk und zog sie auf die Beine.

»Wir müssen gehen«, sagte sie. »Sieh ihn nicht an. Nimm die hier mit.« Sie stieß Miri die Matte in die Arme. »Wir machen sie ein andermal fertig. Und nimm das Wasser.«

Miri griff nach einem der Wasserschläuche – nicht eine Sekunde der Verwirrung, des Zögerns – und begann, die anderen Lastkörbe und ihre eigenen Habseligkeiten zusammenzusuchen.

»Laß sie liegen.« Marta stieß die Lastkörbe zur Seite und warf Musas Kleider und Stoffe, den Sack mit getrockneten Früchten und die Strohtasche mit Kleinkram auf den Haufen. Das mußten sie alles zurücklassen. Sie schleifte den anderen Wasserschlauch zum Rand des Abgrunds und schleuderte ihn, so weit sie konnte, auf die

Felsen hinaus. »Mal sehen, was er sich einfallen läßt«, sagte sie.

Nur mit dem kleineren Wasserschlauch und der Geburtsmatte beladen, konnten die Frauen sich flink bewegen. Sie hatten keine Zeit, zu lachen oder zu weinen oder auf Musas Drohungen und Versprechungen zu antworten. Er war noch zu nah, zu gefährlich. Er warf mit Steinen nach ihnen. Sie würden ihren überstürzten Abstieg nicht unterbrechen, bevor ihr Wirt, ihr Mann, der Vater ihres Kinds nicht außer Sicht- und Rufweite war. Sie bewegten sich leichtfüßig wie junge Mädchen. Jetzt brauchten sie keine Hilfe mehr. Sie brauchten keine Wunder mehr.

Schweigend eilten sie den Erdrutsch hinunter, ganz auf den losen Untergrund, den unsicheren Halt konzentriert. Zur Talsohle hin wurde es wärmer und der Schutt weicher. Der Boden war Gips, gewürzt mit Salz. Er roch nach faulen Eiern. Doch gegen die Mitte des Nachmittags erreichten sie – bereits von einer gelben Salzschicht bedeckt – sanfter geneigten, besser riechenden Grund, eine Landschaft aus so weicher Kreide, daß ein Kind sie mit bloßen Händen hätte brechen können wie Brot. Auf das Land war wieder Verlaß; sie konnten Seite an Seite weitergehen, hinunter zu der Handelsstraße, auf der Wanderer, Karawanen und Söldner von den mauerbewehrten Städten Judäas kamen oder dorthin unterwegs waren. Sie gingen inmitten von Eseln und Männern, und erst jetzt tauschten sie ihre Tränen und ihr Lächeln.

»Wohin sollen wir gehen?« fragte Miri.

»Nach Sawiya.«

»Was wirst du ihnen sagen?«

»Ich werde sagen, daß du eine Witwe bist, daß du

allein in der Wildnis zurückgeblieben bist. Ich werde sagen, daß dein Mann ein Händler war und am Fieber gestorben ist. Ich werde sagen, daß der Wind deinen ganzen Besitz mit sich fortgenommen hat und daß es meine Pflicht war, dir meine Hilfe anzubieten, weil du schwanger bist und niemanden hast.«

»Das ist beinah die Wahrheit.«

»Das ist die Wahrheit.«

»Wovon soll ich leben?«

»Du wirst weben. Ich werde dem Kind eine Tante sein.«

Martas Lippe war noch ein wenig wund, ihre Glieder schmerzten, aber zum ersten Mal seit zehn Jahren fühlte sie sich unbeschwert. Alles Schlechte in ihrem Leben hatte sie an der Kante des Erdrutsches zurückgelassen. Sollten die Geier sich daran gütlich tun. War sie nur eine törichte Optimistin, war die Flucht vor Musa ihr zu Kopf gestiegen? Wahrscheinlich. Aber für den Augenblick war sie überzeugt, daß ihr Schicksal sich gewendet hatte. Sie war das Geröllfeld hinuntergelaufen, und jetzt war alles anders. Alles um sie herum. Alles in ihrem Innern. Sie spürte, daß sie nicht mehr unfruchtbar war. Sie hatte von Frauen gehört, die es sofort wußten, wenn sie schwanger waren, beinahe vom Augenblick der Empfängnis an. Sie mußten nicht mehr auf Blutung oder Schmerzen warten. Ihre Gesichter prickelten, wie von der Hand eines Engels berührt.

Mit Miri an ihrer Seite kam es Marta vor, als hätte sie schon einen Stern vom Himmel gepflückt. Nicht schwer, sich noch einen zu holen. Vielleicht hatte er bereits in ihrem Inneren zu leuchten begonnen. Es war ihr gleich, von wem er war, ob von Musa oder der Wüste, oder ob er ihr im Traum geschenkt worden war durch jene einzige Berührung des Heilers. Ihren Mann, Thaniel, würde es nicht kümmern, solange sie nur einen Bauch bekam. Er hatte ihr geraten, fortzugehen und um ein Wunder zu beten. Das hatte sie getan. Er hatte ihr befohlen, ein Kind zur Welt zu bringen. Nun durfte er sich mit ihr freuen.

Es brachte Unglück, sich umzudrehen. Sie richteten ihr Augenmerk auf den Weg vor ihnen. Selbst als sie Shims schmalen, blonden Kopf vor sich sahen, als sie Aphas erkannten, der mit frischem Selbstbewußtsein neben ihm ging, verjüngt und voller Lebenskraft, riefen sie ihnen keinen Gruß zu. Sie blieben für sich, wie sie es sich vorgenommen hatten. Zwei Frauen, die den fleischlichen Stempel mindestens einer Schwangerschaft am Leib trugen. Zwei Frauen, mit Gott und Kind gesegnet. Sie gingen, bis es Abend wurde. Es war ihnen gleichgültig, wo sie die Nacht verbrachten. Sie waren der Welt des Wahnsinns entflohen, sie waren in Sicherheit. Nur ihre Gesichter schmerzten, vom vielen Lächeln.

Morgen würden sie weiterziehen, das Tal entlang in Richtung Jericho, und dann die bergige Route durch Almog einschlagen. Grüne Hügel. In zwei Tagen würden sie die Zugangsstraßen nach Jerusalem erreichen. Sie würden einen Bogen um die Stadt herum machen, auf lehmigen Wegen, zwischen lehmigen Häusern hindurch, würden sie nach Sawiya gehen. Sie würden es Martas Nachbarn gleichtun, Schafe züchten, mit lauter Stimme reden, sich um den Schatten unter den Feigenbäumen im Hof streiten und um den Platz am Feuer. Ereignislose Welt der Dörfer.

Sie würden vor dem Ende der Fastenzeit in Sawiya

sein. Schon bald würden sie zusammen an einem Tisch sitzen, in einem Zimmer, in dem die einzigen Farben die Kerzenflamme und das Purpur und Orange ihrer Matte wären. Sie würden sich an Fisch satt essen. Es würde Stille herrschen, die Stille derer, die klein und müde sind. Und wenn etwas in der Welt größer war und stärker als ihr Tisch – was kümmerte es sie? Es hatte noch nicht zu ihnen gesprochen. Sie hörten nicht hin. Sie waren zufrieden mit ihrer gemaserten Welt aus Kerzenlicht und Wolle und Holz.

31

Musa hielt mit seinen Kräften haus. Er konnte seinen Zorn nicht am Geröll auslassen. Er rastete eine Weile, um Luft zu holen, dann türmte er seine Habseligkeiten, die von den Männern zurückgelassenen und die von der Frau und Miri zurückgelassenen, die Wolle, das Bettzeug, all die Stoffe ihres Lebens, auf einen großen Haufen. Sie durften nicht offen liegenbleiben, daß jeder sich bediente. Eher zündete er noch ein Feuer an. Aber ein Stück den Erdrutsch hinunter lagen gewaltige Felsbrocken, zwischen denen er seine Waren verstecken konnte. Dann mußte er sie nicht tragen. Er mußte sie nur rutschen und rollen lassen und die Sachen dann in einen Spalt stoßen. Den würde er mit Steinen verrammeln, bevor er aufbrach. Dann konnte er jederzeit wiederkommen oder jemanden schicken, um Hand auf seinen Besitz zu legen, solang sich das Geröll nicht auftat und Musas Schätze für sich forderte.

Der Wasserschlauch, den Marta in das Geröllfeld geschleudert hatte, lag zu weit fort, unerreichbar für seine Kletterkünste. Also hatte er kein Wasser. Er wäre ein Narr, wenn er den Weg in der Nachmittagshitze fortsetzte. Die

Sonne würde ihm den Garaus machen. Auf keinen Fall durfte er versuchen, hinter den Frauen herzuhetzen. Statt dessen nahm er unterhalb der Felsspalte Platz; sein Hab und Gut im Rücken, suchte er im Schatten Schutz. Als die Sonne unterging, hüllte er sich in das Bettzeug, saß da, sein Unglück verwünschend, und wartete vergeblich auf den Schlaf. Noch keine Nacht war ihm so lang erschienen.

Am Morgen, sobald es hell wurde, aber noch bevor die Sonne richtig brannte, erhob Musa sich unter großen Mühen, um den Abstieg hinunter ins Tal fortzusetzen. In der Hand trug er nur den Wanderstab des Blonden. Die Parfümfläschchen, das Gold, die Münzen und Juwelen verbarg er in seinen Unterkleidern. Das verzierte Messer stieß er sich in die Schärpe. Er fühlte sich erstaunlich ausgeglichen. Eine durchfluchte Nacht hatte ihn wiederhergestellt. Jetzt sah er das Leben wieder als Herausforderung. Wenn er nur sicheren Fußes den Erdrutsch bewältigte – wer sollte ihn dann noch davon abhalten, nach Jericho zu gelangen, wer sollte ihn daran hindern, sein Unglück gegen Glück einzutauschen? Wer würde es wagen?

Seine Frau und sein Kind waren weit voraus. Sie konnte er nicht mehr einholen. Er versuchte es gar nicht erst. Er war von ihr geschieden. In Jericho würde er eine andere finden, die ihm auf die Beine half und ihm den Rücken wusch. Eine Frau mit etwas mehr Fleisch auf den Rippen. Allein der Gedanke daran ließ seinen Zorn verrauchen. Der Weg über das Geröllfeld war mühsam, alle zehn Schritte stützte er sich auf den Stab und ruhte aus, bis er zu steif zum Ausruhen war. Vor Mittag hielt er an und machte wieder im Schatten Rast. Diesmal schlief er ein, den Kopf auf ein Kissen aus Schiefer gebettet. Es hinterließ seinen Abdruck auf Musas Wange. Ein paar dünne Wolken schirmten an diesem Tag die Sonne ab, also konnte er seinen Abstieg am Nachmittag ohne den Widerstand der Hitze fortsetzen. Der Tag ging zur Neige, als er die Handelsstraße erreichte und sich unter die Nachzügler einreihte, die sich um Schlafplätze im einzigen Wirtshaus an der Straße zur Stadt würden raufen müssen.

Musa war erschreckend müde, er hinkte sogar ein bißchen. Er ging langsamer als die anderen Reisenden, allesamt jüngere, leichtere Männer, die mit Taschen beladen waren oder ihre Besitztümer auf hölzernen Schlitten hinter sich herzogen. Aber zwei oder drei ließen sich zurückfallen, um mit ihm zu reden. Einer bot ihm etwas Wasser aus seinem Schlauch an. Wer mochte er sein, dieser eindrucksvolle, korpulente, mit Staub und Kratzern bedeckte Mann mit seinem seltsam gekringelten Wanderstab, dem verzierten Dolch in der Schärpe und nichts auf dem Rücken, das ihn als Händler oder ordentlichen Reisenden ausgewiesen hätte? Er sah aus wie ein König der Propheten, aus den Bergen herabgestiegen wie Moses mit seinen Verordnungen für die Welt.

Sie staunten über die Geschichten, die er zu erzählen wußte. Vierzig Tage lang hatte er oben in der Wildnis gefastet. Er hatte weder gegessen noch getrunken. Er war als dünner Mann hinaufgestiegen und fett zurückgekehrt, dank Gottes guter Fürsorge. Er hatte seine Höhle mit Engeln und Heilsbringern geteilt; er hatte einen Heiler getroffen und einen Mann, der aus Steinen Brot machen konnte. Sein Wanderstab war in der Nacht zu ihm gekommen, eine gefährliche Schlange, die zu Holz geworden war, als sie sich um seinen Arm wand. Sie durften den Stab in die Hand nehmen, gegen ein Geldstück. Wer ihn berührte, war gegen alle Schlangen gefeit. Er habe auch, sagte Musa, einige Fläschchen einer heiligen Arznei. Einmal an jeder geschnüffelt, und alle ihre Krankheiten wären kuriert, alle ihre Sorgen halbiert. Er wollte nicht sehr viel dafür verlangen, denn sie waren Freunde, Gefährten der Landstraße. »Kommt heute abend zu mir in den Gasthof«, sagte er, »dann werdet ihr es sehen.«

Einer der Reisenden gab Musa zu essen. Ein anderer ließ ihn auf seinem Eselskarren Platz nehmen. Er saß auf Garben von Steppengras, seine dicken Beine baumelten über den hinteren Wagenrand. Das bißchen Sonne kam vom Grat der Felswand. Musa blickte hinauf zum Geröllfeld, schirmte die Augen gegen das Licht ab und suchte die Stelle, wo er seine weltlichen Güter gelassen hatte. Einen Augenblick lang war er beunruhigt. Jemand kletterte von oben auf sein Versteck zu, halb in den Schatten verborgen. Mann oder Frau? Musa war sich nicht sicher. Wer immer es war, blieb nicht stehen, um zwischen den Felsen zu suchen, sondern stieg eilig über eine Platte aus silbernem Schiefer hinab. Jetzt hatte Musa einen besseren Blick; eine schmale, schwankende Gestalt lief quer über das Geröllfeld, beinahe wie eine Luftspiegelung – fußlos, armlos – im schwindenden Licht.

Musa rief seinen neuen Gefährten zu: »Seht nur, dort oben. Das ist der Mann, von dem ich gesprochen habe. Der Heiler. Aus dem Grabe auferstanden.« Aber sie konnten nicht mit Gewißheit sagen, daß sie jemanden ausmachen konnten. Die Umrisse dort oben mochten vom Wind herrühren, Schatten, die im Luftzug zitterten. Doch Musa wußte jetzt fast sicher, was er sah. Es war sein kleiner Galli, der vom Tode und von Gott herabkam, um sein priesterliches Amt anzutreten. Er erkannte ihn am Gewicht und am Gang.

Musa wollte den Besitzer des Karrens schon fast bitten, ihn am Straßenrand abzusetzen, damit er auf den Galli warten konnte. Aber er hatte Angst, sich zu täuschen. Wenn er nun wartete, und der Mann kam gar nicht herunter? Wenn er wartete, und der Mann war eine magere Gestalt mit einem anderen Gesicht? Oder er war, was sie gesagt hatten – nur ein Schatten, der im Luftzug zitterte? Musa schob den Gedanken beiseite. Er würde nicht warten, weil es nicht vernünftig war zu warten. Er mußte die praktische Seite im Auge behalten. Der Karren war kein kaiserliches Gefährt, aber er war einigermaßen bequem und einem Fußmarsch vorzuziehen. Der Galiläer mochte ein Heiler und der Herr der Wunder sein, aber er war kein Eselskarren. Nein, Musa mußte ausharren. Er würde zum Gasthof vorausfahren und dort zwei Plätze für die Nacht mieten, falls es noch Plätze zu mieten gab. Einen für sich selber und einen für den Galli. »Zeig mir, wie man Stein in Brot verwandelt«, würde er sagen, »und wir kommen ins Geschäft. Ich mach dich reicher als Tiberius.« Und mit ein paar Bechern würden sie den Handel besiegeln.

Und wenn er nicht in den Gasthof kam? Dann würde Musa dennoch nicht verzagen. Das Leben war noch lang. Er durfte damit rechnen, dem Mann in Jericho zu begegnen, zwischen den Palmen, unter den Blüten des Hennastrauchs. Oder in Jerusalem. Oder in Rom. Oder im Land ohne Zwischenhändler, auf dem Berg hinter den Bergen, in dem Dorf jenseits von allen Dörfern, wo das Blau silbern war und die Luft schwerer als Rauch.

Und bis dahin würde er eine Ware feilbieten, die feiner und leichter war als Farben, Geräusche oder Gerüche. Eine Ware, für die man weder Kamele noch Träger oder Vettern brauchte. Das Wort würde seine Ware sein. Es gab einen Mann, der den Tod allein mit seinen Fingerspitzen besiegt hatte. »Ich bin der lebende Beweis.« Er wollte zu den Märkten dieser Welt reisen. Um die gute Nachricht zu predigen. Das wäre nicht schwer. Musa hatte die Fähigkeit dazu. Mit dieser Gabe war er gesegnet. Er konnte Geschichten erzählen. »Er ist in mein Zelt gekommen«, würde er sagen. »Hier hat er mich berührt, und hier. ›Werde gesund‹, hat er zu mir gesagt. Und es geht mir gut. Es ist mir noch nie so gutgegangen. Kommt her. Faßt mich an. Fühlt, wie gesund ich bin.«

Musa blickte wieder zu dem fernen Geröllfeld hinauf. Nein, dies war nicht das Hirngespinst eines Händlers. Sein Galli war nicht mehr schmal und schwach, in Hitzeschleiern aufgelöst, vom Flimmern der Luft verzerrt. Langsam und bedächtig, barfuß und nackt, setzte er seinen Weg über das Geröllfeld fort, die Füße blutrot von Wunden, und als er der Talsohle näher kam, wurde seine Silhouette schärfer, und sein Leib setzte Fleisch an.

Musa hob grüßend den Arm, doch er erhielt keine Antwort. Mit den Augen des Galli haperte es noch, würde er sagen. Der Mann sah allenfalls die Steine vor seinen Füßen. Nicht aber das ferne Tal oder die Berge. Und so konnte er auch seinen Wirt dort unten nicht fahren sehen. Und er hatte keinen Blick für den endlosen Fluß der Handelsstraße, die Fluten, die Klüfte, die Truppen, die ewigen Karawanen, die Abendruhe, die kein Gott stiftet, sondern der Stein und die Erde selber, *shalom*, *salaam*, die einmaligen, immer wieder neuen Friedensangebote des Landes.